자유의 종을 난타하라

자유의 종을 난타하라

ⓒ 손동우 · 양권모 2007

초판 1쇄 발행일 · 2007년 3월 2일

지은이_손동우 · 양권모
펴낸이_이정원

책임편집_김인경

펴낸곳_도서출판 들녘
등록일자_1987년 12월 12일
등록번호_10-156
주소_경기도 파주시 교하읍 문발리 파주출판단지 513-9
전화_마케팅 031-955-7374 편집 031-955-7381
팩시밀리_031-955-7393
홈페이지_www.ddd21.co.kr

ISBN 978-89-7527-561-6 (03810)

동학혁명에서 제2공화국까지
1894~1960

자유의 종을 난타하라

손동우 · 양권모 지음

들녘

역사의 굽이마다 명문(名文)이 있었다

어떤 식으로든, 글을 쓰는 일을 업으로 삼는 이들에게 수시로 닥치는 명문에 대한 기갈(飢渴)은 숙명과도 같다. 자꾸만 언어가 겉돌고, 글쓰기가 부박(浮薄)해질수록 그 기갈은 너무도 독해서 견디기 힘들어지곤 한다. 갖은 소음과 공해의 언어들에 휘둘릴수록 혼미해진 정신을 흔연히 씻어주는 문(文)의 세례를 구하는 마음이 절절해진다.

그럴 때면 도리가 없다. 시대와 역사를 초월해 연면한 생명력을 발휘하는 명문을 찾아 읽는 것이 지름길이다. 각 영역에서 당대 정신의 진수를 보여주는 명문을 읽다보면 절로 머리가 맑아지고, 마음이 숙연해진다. 무엇보다 글 쓰는 일의 자세를 벼리게 된다.

명문은 그런 것이다. 시공을 초월해 읽는 이들에게 울림을 주고, 그 울림의 여운이 진하고 오래 남아 정신의 푼푼한 자양분이 되는 글이 명문이다. 해서, 미문(美文)이 곧 명문이 되는 것은 아니다. 아무리 아름다운 단어들로 채색된 글일지라도 글쓴이의 혼이 담겨 있지 않으면 명문이 될 수 없다. 시대정신이 녹아 있지 않다면 명문이 될 수 없다.

요즘은 명문이 사라진 시대이다. 명문이나 명연설에 의해 감동을 받아본 기억이 아득한 시대가 되어버렸다. 대신 말과 글의 장난질이 횡행하는 시대이다. 인터넷과 휴대전화로 오가는 말과 글은 오로지 속도와 편리함에 의탁하고 있다. 점점 욕설의 지경에 이른 정치의 언어들은 또 어떠한가.

문장의 기본은커녕 찰나의 감정과 부정확한 지식을 실어 나르는 데 급급한 파편화된 언어들 속에서 심신을 정화시켜주는 명문의 감동을 맛보기란 실로 '하늘에서 별을 따는 것'보다 어려운 일이다.

명문의 소용은 크고 절실하지만, 막상 당대의 명문을 대하기는 어려운 세상이다 보니 결국 명문을 찾는 순례는 역사 속에서 이뤄질 수밖에 없다.

신문사 논설위원이라는 특성상 역사 속 명문, 명연설문의 순례를 상대적으로 자주 행하는 편이다. 글쓰기가 막히거나 아니면 내 글쓰기가 거짓과 가식의 경계에서 비틀거릴 때 양(洋)의 동서, 시(時)의 고금을 넘나드는 순례를 떠난다. 순례 중에 이거다 싶은, 정신을 번쩍 들게 하는 명문을 만났을 때 그 기쁨은 헤아리기 힘들다. 특히나 격조 있는 문장 속에서 글쓴이의 얼이 오롯이 감지되고, 나아가 그 명문이 격동시킨 역사의 물줄기가 선연하게 느껴질 때면…….

명문을 찾는 순례 횟수가 쌓이면서 매번 봉착하는 현실은 '우리'의 명문, 명연설문에 대한 자료나 책이 매우 빈약하다는 점이다. 수천 년 전 로마황제의 연설이나 미국의 역대 대통령, 중국 사상가들의 명문이나 명연설문에 관한 자료나 책은 수두룩하지만 막상 우리 명문에 관한 것은 별로 없다. 서양의 황제나 대통령의 연설문 구절은 줄줄이 꿰면서, 한국사에 족적이 뚜렷한 연설문은 존재조차 알지 못하는 경우가 태반인 것도 이런 현상과 무관치 않을 듯싶다.

우리 명문들 중에서도 근대 이후의 것이 특히 푸대접을 받고 있다. 조선시대를 비롯해 고대, 중세의 고전 명문들을 소개하는 작업은 그나마 근래 들어 활발히 전개되고 있다. 하지만 오늘의 역사와 삶에 직결될뿐더러 한글이라는 모국어로 된 명문과 명연설문의 보고(寶庫)라 할 수 있는 근대 이후의 글을 제대로 소개해놓은 책 하나 없는 것이 현실이다.

일제의 식민지배와 독립투쟁, 민족의 나아갈 바를 놓고 좌우의 이념대립이 불꽃을 튀긴 해방 공간, 분단과 한국전쟁, 경제개발과 독재, 그리고 가혹한 탄압과 희생 속에서 꽃핀 민주화. 파란과 곡절로 점철된 근현대사의 굽이굽이에서 시대의 고뇌를 갈파하고, 역사의 물줄기를 바꾼 명문과 명연설문을 한 묶음으로 만날 수 있는 길은 없을까.

　시대의 어둠에 분노하고, 그 분노를 세상을 바꾸는 힘으로 전환시킨 역사 속의 선언문과 연설문을 요연하게 정리할 수는 없을까. 우리 근현대사의 고비에서 퇴행과 반역의 흐름에 분연히 맞서 빛났던 글들을 한 권의 책으로 묶어낼 수는 없을까. 그래서 그 명문들을 읽는 것만으로도 파란과 곡절로 점철된, 그러나 결국은 뚜벅뚜벅 전진해온 근현대사의 맥락을 조감할 수 있지 않을까.

　어쩌면 극히 평이할 수 있는 이 같은 물음이 이 책을 쓰게 했다. 하지만 우리 근현대사의 명문을 찾는 순례에 나섰을 때 필자들은 실로 아득해졌다. 필자들이 갖고 있는 지식의 척박함과 글쓰기의 미숙함으로 인한 한계는 어쩔 수 없다손 치더라도 역사의 골짜기와 능선에서 저마다 빛을 발하고 있는 수많은 명문들 속에서 대체 어떤 것을 취하고 버린다는 말인가. 이 난감함이 오랫동안 이 책을 쓰는 일을 주저케 했고, 느리게 했다.

　우리는 기본에 충실하기로 했다. ‘문장 형식의 완벽 여부만으로는 명문이라 할 수 없다. 역사가 함께 들어 있어야 한다.’ 이렇게 기준을 정했다. 글로서 완성적이되 시대정신을 꿰뚫는 글쓴이의 혼이 담겨 있고, 종국적으로는 우리 역사의 고비에 굵은 궤적을 남긴 것을 고르기로 했다. 수록 글의 태반이 근현대사를 수놓은 위인, 혁명가들의 것인 까닭이 여기에 있다. 또한 이런 기준에 맞으면 좌, 우의 이념적 잣대는 최대한 배제했다. 그래서 해방정국에서의 김일성, 박헌영의 연설문이 포함됐다.

　아울러 우리는 단순히 명문과 명연설문의 전문을 수록하는 것에 그치지 않고 이해를 도울 수 있는 길라잡이 글을 곁들이고자 했다. 해당 글이 쓰이고, 발표된(혹은 연설된) 현장과 시대적 배경을 최대한 사실적으로 전달함으로써 명문(명연설문)을 보다 생생하게 읽을 수 있는 작은 버팀목이라도 세우자는 취지였다. 당시의 신문과 증언, 자서전과 회고록 등을 참조해 최대한 사실에 충실하면서도 현장감을 살리고자 했다. 이 책을 한 권 읽음으로써 빛나는 명문의 세례에 듬뿍 빠질 수 있고, 한편으로는 우리 근현대사의 굵은 마디마디를 새로운 각도에서 대할 수 있었으면 하는 바람이 있었다. 단락마다에 해당 시대를 개관하는 글을 실은 것도 이 때문이다.

시작은 창대했으나, 끝은 거기에 턱없이 부족하게 마련인 이치는 이번에도 어김없이 증명됐다. 부족하거나 부실한 것은 전적으로 필자들의 몫이다. 이 책이 명문에 기갈을 느끼는 사람들, 가볍고 거친 글 장난에 지친 사람들에게 명문의 세례를 접할 수 있는 소담한 창(窓)이 되기를 바란다. 아울러 명문과 그 명문을 낳은 역사를 함께 만날 수 있다는 점에서, 역사 읽기의 새로운 방식이 되기를 기대해본다.

2007년 2월

손동우 · 양권모

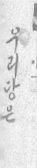

8 · 15해방에서 한국전쟁
해방, 분단, 그리고 전쟁

한국전쟁에서 제2공화국
이승만 독재체제의 구축과 민주주의의 열망

일러두기

1. 모든 외래어는 외래어 표기법에 따라 표기했다. 단, 익숙한 단어들은 당시의 느낌을
   살리기 위해 우리 한자음으로 읽었다.
   예) 상해임시정부, 제국대학, 경응의숙 등
2. 연설문의 경우, 그 특성상 전해지는 판본이 여럿 있는 점을 감안해 오자가 있는 경우
   에는 별도의 설명 없이 바로잡았다.
3. 지금의 글과 달라 이해가 어려운 글에는 번역문을 달았다.

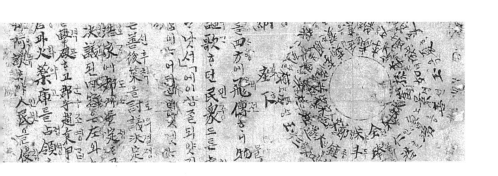

열강의 소용돌이에 휩싸인 근대 조선

19세기에 들어서면서 조선 사회는 안팎으로 변화와 존립의 위기에 직면했다. 안으로는 중세 봉건사회의 근간을 이루는 신분제가 허물어지고, 민중세력이 성장했다. 내부의 모순이 증폭되면서 사회체제가 변혁되지 않고는 더 이상 발전이 어려운 상태가 됐다. 밖으로는 일본과 서양 열강의 침략 세력이 거세게 밀려왔다.

조선에는 외세의 침략을 막아내는 것과 동시에 봉건체제의 모순을 극복하고 자주적 근대화의 길을 찾아야 하는 이중의 과제가 주어졌다. 이중의 과제를 풀기 위한 민족의 대응은 위정척사운동, 개화운동, 농민운동의 세 갈래 방향으로 분출됐다.

서양 열강과 일본의 침탈에 맞서 쇄국의 빗장을 쳤던 조선 왕조는 제국주의의 무력 앞에서 무기력했다. 1876년(고종 13년) 9월 군함을 앞세운 무력시위에 밀려 일본과 강화도조약을 체결했다. 세 개의 항구(부산, 인천과 원산) 개방, 일본인의 치외법권 인정, 조선에서 일본 화폐 통용, 관세 폐지 등을 골자로 한

강화도조약은 명백한 불평등 조약이었다. 일제에게 경제 침략의 기반을 마련해준 것이다.

제국주의 열강의 침략 기도가 그대로 드러나는 가운데 조선 정부는 개화파 인물을 중용하면서 개화정책을 적극적으로 추진했다. 통리기무아문을 설치하고, 중국 톈진(天津)과 일본에 각각 영선사와 신사유람단을 파견하는 등 서양 문물을 적극적으로 수입하고자 시도했다. 근대식 군대인 별기군을 신설하고 외국어 교육기관을 세웠다. 〈한성순보〉 같은 신문도 발간했다. 일본에 이어 1880년대에는 미국, 영국, 독일, 프랑스 등과 잇따라 국교를 수립하고 수호조약을 체결했다.

이런 조선 정부의 개화정책에 맞서 유림들을 중심으로 전통적 질서를 지키며 외세를 배척하자는 위정척사운동이 펼쳐졌다. 위정척사운동은 개항 반대 상소운동을 거쳐 1895년 을미의병으로 이어졌다. 위정척사운동은 전통 체제의 유지라는 틀에 묶여 있었지만, 제국주의를 반대하는 반외세 자주운동의 성격을 지녔다.

반면 개화운동은 개항을 불가피한 시대적 흐름으로 인정하고, 적극적으로 봉건체제를 혁신하려고 한 운동이다. 임오군란(1882)으로 개화정책이 후퇴에 직면하자, 급진적인 정치체제 변화를 위해 갑신정변(1884)이 일어났다. 갑신정변으로 정권을 잡은 개화파들은 문벌을 폐지해 인민평등의 권리를 세우고, 능력에 따라 관리를 임명하는 등 근대적 정치체제로의 개혁을 꾀했다. 하지만 개화파 정부는 민중적 기반이 없이 외세에 의존해 위로부터의 급진 변혁을 꾀했다는 치명적 약점 때문에 '3일천하'로 끝이 났다. 개화운동은 이후 독립협회운동과 민족계몽운동으로 계승되었다.

정부가 추진한 개화정책이나 개화운동, 위정척사운동은 결과적으로 열강의 침략에 효과적으로 대응하지 못했다. 조선 내부의 체제 모순도 해결하지 못하는 한계를 드러냈다. 더욱이 근대 문물의 수용과 열강의 경제 침탈 때문에 농민에 대한 수탈은 심화됐고, 농촌경제는 급격히 파탄에 이르렀다.

이런 사회경제적 조건이 배경이 되어 민중의 주체적 혁명 의지가 폭발한 것이 동학혁명(1894)이다. 동학혁명의 불길은 1894년 무장현에서 창의문을 발표하고 조직적 거병에 나섬으로써 본격적으로 지펴졌다. '안으로는 탐학한 관리의 머리를 베고 밖으로는 횡포한 강적의 무리를 내쫓고자 함이라'(백산 격문)는 기치를 내건 동학혁명은 전통적 지배체제에 대한 변혁을 꾀하고 외세의 침략을 막으려는 아래로부터 시작된 '반(反)봉건, 반(反)외세'의 민중혁명적 성격을 띠었다. 그러나 일본과 외세에 결탁한 집권 세력의 탄압으로 동학혁명은 좌절됐다. 혁명군의 잔여 세력은 뒷날 항일의병을 이끄는 주체가 되었고, 국권을 침탈당한 뒤에는 만주에서 무장독립투쟁에 나서게 된다.

동학혁명은 좌절되었지만, 정부는 더 이상 민중의 거센 개혁 요구를 외면할 수 없었다. 그렇게 해서 등장한 것이 갑오개혁(1894)이다. 갑오개혁은 신분제의 철폐와 각종 인습을 타파하는 등 사회개혁 차원에서는 일정한 진전을 이루었다. 하지만 농민들의 가장 절박한 요구인 토지개혁과 같은 경제 분야의 조치는 사실상 전무했으므로 분명한 한계가 있었다.

민중의 혁명운동인 동학혁명이 좌절되자, 제국주의 열강의 경제 침략은 한층 노골화됐다. 광산채굴권, 철도부설권, 산림채벌권, 토지 침탈 등이 본격화되었던 것이다. 열강의 경제 침탈은 조선의 자주적 근대화에 필요한 물적 기반을 송두리째 뒤흔드는 결과를 낳았다. 조선은 급속히 식민지의 길로 접어들었다.

식민지화의 위기에 맞서는 민족운동은 크게 의병투쟁과 독립협회 운동으로 표출됐다. 독립협회는 자유 민주주의 사상을 밑바탕으로 자주 독립 국가를 건설하기 위해 1896년 결성됐다. 인민의 눈과 귀를 개명시키는 것을 창간 목표로 내건 순한글 〈독립신문〉을 통한 애국계몽운동도 활발히 펼쳐졌다. 처음에는 진보적 지식인들이 중심을 이루었으나 열강의 침탈과 지배층의 폭정에 불만을 품은 도시 시민층이 합류하면서 만민공동회 운동으로 승화되었다. 그러나 정부와 황국협회를 앞세운 보수 세력의 탄압으로 독립협회는 설립 3년 만에 해산됐다.

러일전쟁에서 승리한 일제는 1905년 을사늑약을 강제 체결해 외교권을 빼앗고 서울에 조선통감부를 설치해 조선의 내정에 본격적으로 개입했다. 사실상 일제가 조선의 주권을 빼앗은 것이다.

을사늑약 체결 소식이 전해지자 나라 안팎에서는 조약 무효와 매국노 처단을 요구하는 상소와 자결, 의병투쟁이 격렬하게 전개됐다. 〈황성신문〉에 실린 장지연의 「시일야방성대곡」은 일본의 침략에 대한 민족의 원통함과 분노를 절절히 대변했다. 고종도 국내외에 조약의 무효를 선언하고 헤이그 만국평화회의에 이준, 이위종, 이상설 등 특사를 파견(1907)했다. 하지만 일본측의 집요한 방해공작으로 인해 회의 참석이 무산됐다. 이에 즉석 연설을 통해 을사늑약의 무효를 주장했던 이준은 끝내 울분을 참지 못하고 현지에서 분사(憤死)했다. 일제는 이 사건을 빌미로 고종을 강제 퇴위시켰다.

독립협회 운동을 주도했던 지식인들은 대한자강회, 신민회 등을 설립해 국권 회복을 위한 애국계몽운동을 펼쳤다. 민중을 일깨워 애국사상을 불어넣고 산업을 부흥시켜 부국강병 국가를 만들어야 한다는 실력양성운동을 벌이면서 근대적 교육, 출판, 언론 등의 분야에서 주로 활동했다.

을사늑약으로 국가의 존립이 위태로워지자 전국 각지에서 의병항쟁이 일어났다. 초반에는 최익현 등 양반 유생이 주도했으나 점차 신돌석 등 평민의 주도로 바뀌었다. 고종의 강제 퇴위와 군대 해산을 계기로 한층 고양된 의병투쟁은 서울진공작전을 시도하기도 했으나, 일제의 신식무기와 야만적 탄압에 밀려 크게 위축되었다. 그러나 많은 의병들은 간도와 연해주로 건너가 독립군이 되어 항일무장투쟁을 펼쳤다.

1909년에는 안중근 의사가 중국 하얼빈에서 을사늑약의 원흉 이토 히로부미를 사살했다. 독립과 동양 평화를 목적으로 한 안중근 의사의 의거는 국내 의병운동이 일제의 야만적 탄압으로 사실상 제압당한 뒤 해외 항일투쟁으로의 전환이 모색되던 시점에 한민족의 독립열망과 항일 의지를 만방에 일깨웠다.

한편 19세기 후반부터 근대 문명의 수용이 이뤄지면서 사회·경제·문화 각 분야에서 한민족의 생활은 급속한 변화를 겪었다.

전기가 들어오고, 전신과 전화가 가설됐다. 서울 시내에 전차가 운행되고, 민중들의 수많은 희생과 노역 속에 경인선과 경부선의 철도도 부설됐다. 서양 의학이 보급돼 '광혜원' 같은 근대적 병원이 설립됐으며, 배제학당·이화학당 등의 근대적 교육기관이 속속 세워져 1908년에는 서울에만 100여 개의 학교가 들어섰다.

애국계몽운동의 일환으로 국학운동이 전개됐고, 지석영과 주시경은 한글 연구에 이바지했다. 근대 문화도 활발히 수용됐다. 먼저 문학에서 새로운 경향이 나타났다. 이인직의 『혈의 누』와 같은 신소설과 최남선의 「해에게서 소년에게」와 같은 신체시가 발표됐다. 『이솝이야기』, 『천로역정』 같은 외국문학의 번역도 활발히 이뤄졌다. 원각사가 세워져 서양 연극이 도입됐으며, 음악에서는 창가(唱歌)라는 신식 노래가 유행했다.

무장 창의문과 백산 격문

전봉준

무장 창의문(倡義文)

세상에서 사람을 귀하게 여김은 인륜(人倫)이 있기 때문이다. 군신부자(君臣父子)는 인륜의 가장 큰 것이라. 임금이 어질고 신하가 곧으며 아비가 사랑하고 자식이 효도한 후에야 비로소 집과 나라를 이루어 능히 무궁한 복을 누리게 되는 것이다. 지금 우리 임금께서는 인효자애하고 신명성예하시니 현명하고 어질며 정직한 신하가 보좌하여 정치를 돕는다면, 요순의 교화와 문경의 정치를 가히 해를 보는 것처럼 바랄 수 있을 것이다.

그런데 지금의 신하된 자들은 나라에 보답할 것은 생각하지 않고 한갓 봉록과 지위만을 도둑질해 차지하고 임금의 총명을 가리고 아첨과 아양을 부려 충성된 선비의 간언을 요망한 말이라 하고 정직한 신하를 일러 비도(匪徒)라 하니, 안으로는 나라를 돕는 인재가 없고 밖으로는 백성에게 사납게 구는 관리가 많아서 백성들의 마음이 날로 더욱 나쁘게 변해가고 있다. 안으로는 삶에 즐거움이 없고 밖으로는 보호할 방책이 없다. 학정은 날로 커가 원성이 그치지 아니하여 군신의 의리와 부자의 윤리와 상하의 분수가 드디어 무너져 하나도 남지 않았다.

관자(管子)가 이르기를, "예의염치(禮義廉恥)가 퍼지지 못하면 나라가 곧 멸망한다" 했는데, 지금의 형세는 옛날보다도 더 심하다. 공경(公卿) 이하로 방백 수령에 이르기까지 국가의 위태로움은 생각지 않고 한갓 자기 몸을 살찌우고 제 집을 윤택하게 하는 것만 생각하여, 사람을 뽑아 쓰는 곳을 재물이 생기는 길로 보고 과거 보는 곳을 교역하는 저자거리로 만들었다. 허다한 뇌물은 나라의 창고에 넣지 않고 도리어 사사로이 저장하였다. 나라에는 쌓인 빛이 있는데도 이를 갚을 생각은 하지 않고 교만하고 사치하고 음란하게 놀면서 두려워하거나 꺼려하는 바가 없으니 온 나라가 어육이 되고 만민이 도탄에 빠졌다. 수령들이 재물을 탐하고 사납게 구는 것이 까닭이 있는 것이니, 어찌 백성이 궁하고 또 곤하지 않을 수가 있겠는가. 백성은 나라의 근본이라, 근본이 깎이면 나라가 쇠잔해지는 것이다. 보국안민의 방책은 생각하지 않고 밖에 향제(鄉第)를 세우고 오직 혼자만 온전하려는 방책에 힘쓰면서 녹봉과 지위만 도둑질하고 있으니, 어찌 옳은 이치이겠는가.

우리들은 비록 초야에 버려진 백성이나 임금의 땅에서 나는 음식을 먹고 임금이 주신 옷을 입고 있으니, 가히 앉아서 나라의 위태로움을 보고만 있을 수 없어, 온 나라가 마음을 같이하고 억조창생이 머리를 맞대고 의논하여 이제 의기를 들어 보국안민으로써 죽고 사는 맹세를 하노니, 오늘의 광경은 비록 놀라운 일이나 절대로 두려워하거나 움직이지 말고 각자 그 생업에 편안하여 함께 승평한 일월을 빌고 모두 성상의 덕화를 바랐으면 천만다행이겠노라.

백산 격문(檄文)

우리가 의(義)를 들어 이에 이른 것은 그 본뜻이 다른 데 있지 아니하고 창생을 도탄 가운데서 건지고 국가를 반석의 위에다 두고자 함이라. 안으로는 탐학한 관리의 머리를 베고 밖으로는 횡포한 강적의 무리를 내쫓고자 함이라. 양반과 부호에게 고통을 받는 민중들과 방백과 수령의 밑에 굴욕을 받는 소리들은 우리와 같이 원한이 깊을 것이나, 조금도 주저치 말고 이 시각으로 일어서라. 만일 기회를 잃으면 후회하여도 미치지 못하리라.

'백성은 나라의 근본이라, 근본이 깎이면 나라가 쇠잔해지는 것이다.' 1894년 음력 3월 20일 전라도 무장현(지금의 고창군 공음면 구암리)의 당산에 농민들이 속속 모여들기 시작했다. 단 앞으로 인(仁), 의(義), 예(禮), 지(智), 신(信)이 한 자씩 큼직하게 적힌 깃발 다섯 개가 펄럭였다. 그 깃발의 뒤로 황토물을 들인 두건에 화승총이나 죽창을 멘 농민들이 줄을 이루어 섰다. 징이 울렸다. 전봉준을 비롯한 두령들이 나오자 줄지어 선 농민들이 화승총과 죽창을 치켜들며 함성을 질렀다.

전봉준이 앞에 나섰다. 손화중 등 다른 동학 접주들의 호위를 받으며 전봉준은 두루마리를 펴들고 쩡쩡한 목소리로 창의문(倡義文, 의로 일어날 것을 널리 호소하는 글)을 낭독하기 시작했다.

"나라의 위태로움을 보고만 있을 수 없어, 온 나라가 마음을 같이하고 억조창생이 머리를 맞대고 의논하여 이제 의기를 들어 보국안민(나라를 보존하고 백성을 평안케 한다)으로써 죽고사는 맹세를 하노니,"

무장 창의문은 탐관오리를 숙청하고, 보국안민에 거병의 목적이 있음을 제시하고 있다. 다만 창의문은 백성들의 폭넓은 지지를 얻기 위해 군신(君

臣)의 질서와 윤리 등 당대의 유교적 이념체계 틀 안에서 봉기의 명분을 세우고 있다. 하지만 이 창의문은 일개 군현 단위가 아니라, 전국 단위의 봉기를 촉구하고 있다는 점에서 실로 동학혁명의 봉홧불이었다.

'보국안민을 위해 봉기하라'는 전봉준·손화중·김개남의 이름으로 된 창의문은 전라도 각지에 보내졌다. 무장현을 떠난 전봉준·손화중의 농민군은 보군안민 등의 깃발을 앞세우고 죽창을 흔들며 백산을 향해 진군했다. 전라도 곳곳에서 봉기한 농민들이 깃발을 앞세우고 백산으로 모여들었다. 김개남의 농민군도 합류했다. 창의문을 발한 지 닷새 만에 근 1만여 명이 모여들었다. 백산은 온통 농민군으로 뒤덮였다. 일어서면 흰옷 입은 사람들 천지이고, 앉으면 농민군의 죽창만 보였다. 실로 '서면 백산(白山) 앉으면 죽산(竹山)'이었다.

백산에 총사령부를 설치한 농민군은 군대로서 대오를 편성했다. 전봉준은 동도대장으로 추대됐고, 손화중과 김개남이 총관령을 맡는 등 지휘체계와 조직도 완비했다. 이어 격문과 4대 명의(名義), 12대 조의 기율(紀律)을 발해 농민혁명의 취지와 농민군 군사행동의 원칙을 정했다.

무장의 창의문이 백성들의 지지를 얻기 위해 왕조체제를 인정하고, 인륜의 도를 앞세운 데 반해 백산의 격문은 농민군을 상대로 왜 봉기에 나서는지를 일체의 군더더기 없이 알맹이만으로 천명하고 있다. 농민 봉기의 뜻과 의지를 보다 확실하게 밝힌 것이다.

백산 격문은 우선 "창생을 도탄 가운데서 건지고 국가를 반석 위에 두고자 함이라"고 거병의 기치를 내걸었다. 그리고 이 같은 목적을 실현하기 위해서는 "안으로는 탐학한 관리의 머리를 베고 밖으로는 횡포한 강적의 무리를 내쫓고자 함이라"는 점을 통렬히 적시하고 있다.

봉건체제의 개혁과 외세 침략으로부터 조국을 수호하는 것을 봉기의 대의로 선언한 것이다. 바로 이 반봉건, 반외세는 19세기 후반 조선이 해결

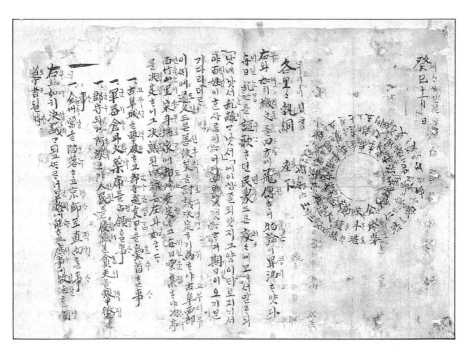

전봉준 등 20명이 봉기를 약속하며 작성한 사발통문 (1893)

해야 할 절체절명의 양대 과제였다.

　당시 조선은 백척간두의 위기에 부닥쳤다. 이미 봉건왕조의 통치 질서는 파탄을 맞았다. 그 파탄은 민중, 농민에 대한 가혹한 수탈로 나타났다. 수탈에 대한 저항은 민란, 민요, 농민봉기 등으로 19세기 내내 방방곡곡에서 펼쳐졌다. 한편, 열강의 제국주의가 '조용한 아침의 나라'를 유린하고 들어왔다. 자주적 독립이냐, 굴욕적 사대냐? 조선이 나아갈 길을 놓고 양반과 지식인 등 기존의 지배세력은 각각 쪼개져서 싸웠다. 위정척사, 갑신정변 등으로 조선의 나아갈 길을 모색하는 운동이 벌어졌으나, 민중적 동의를 받지 못했기에 실패로 끝났다. 조선은 점점 예속의 길로 접어들었다.

　봉건체제의 개혁과 외세 침탈의 저지, 이것을 이뤄내는 것은 민중의 몫으로 남았다. 동학혁명은 바로 이 시대적 과제를 민중이 주체가 되어 해결하려 한 최초의 근대적 민중혁명이었다.

파죽지세, 동학농민군의 기세는 거칠 것이 없었다. 정읍 황토재와 전남 장성 황룡천에서 전라감영군과 경군(京軍)을 격파한 농민군은 곧장 전라감영이자 호남의 심장인 전주성으로 진군했다.

전주성 함락에 놀란 봉건왕조는 청나라에 지원군 파병을 요청했다. 이것을 빌미로 일본도 조선에 군대를 파견했다. 국토가 외국의 부대에 의해 유린되는 상황에서 동학농민군은 청·일 양국군에게 철병의 명분을 주기 위해 중앙정부와 전주화약을 맺고 전주성에서 철수했다.

전주화약 후 각지로 흩어진 농민군은 무장한 채로 각지에서 주체적 개혁 작업에 착수한다. 농민의 자치기관으로 집강소를 설치하고 폐정(弊政) 개혁에 나선다. 민중에 의한 자치라는 혁명적 실천이 19세기 조선 땅에서 이뤄진 것이다.

그러나 전주화약으로 청일 양군의 철수가 이뤄질 것이란 농민군의 기대는 배반당했다. 정부는 내란이 종식되었음을 선언하고 청과 일본에 군대 철수를 요청했으나 일본은 내정개혁을 빌미로 이를 거절했다. 오히려 고종 임금을 감금하고, 청군을 공격하여 청일전쟁을 도발하는 등 조선 지배의 야욕을 노골적으로 드러냈다.

봉건왕조의 실정에 더해 조국 산하가 외세의 전쟁터로 변하자 백성들의 삶은 더욱 피폐해졌다. 농민군은 전라도 삼례에서 척왜(斥倭)의 기치로 다시금 봉기했다. 1차 봉기가 탐관오리 숙청 등 반봉건에 방점이 찍혀졌다면, 2차 봉기는 반외세에 초점이 맞춰졌다.

"서양 오랑캐와 왜놈을 몰아내어 나라를 보존하고 백성을 편안하게 하자."

봉기는 전라도뿐 아니라 충청도, 경상도, 강원도 등 전국에서 동시에 일어났고, 전 민족적 항쟁으로 확산됐다. 10만으로 불어난 농민군의 주력은 논산과 이인, 판치, 곰티, 효포를 지나 공주성으로 진격했다. 공주성으로

가는 우금치에서 농민군이 맞닥뜨린 것은 근대 무기로 중무장한 일본군과 정부군의 연합군이었다. 40~50차례에 걸친 치열한 싸움, 우금치는 농민군의 피로 뒤덮였다.

외세의 침략을 물리치고 근대적인 폐정 개혁을 단행하여 자주와 대동의 세상을 구현하려던 농민군의 꿈은 외세와 외세에 의탁하지 않고는 존립이 불가능했던 봉건왕조에 의해 좌절됐다.

우금치 패배 이후 농민군은 전라도 각지로 흩어졌다. 일본군과 정부군은 곳곳에서 농민군을 참살했다. 녹두장군 전봉준도 순창에서 체포되어 끝내 처형당했다.

동학혁명의 좌절은 곧 마지막 남은 주체적 근대화의 길이 무너졌음을 뜻한다. 이제 조선에게 남은 것은 급속하게 식민지로 가는 길뿐이었다. 자주권을 상실한 조선에서 제국주의 열강들은 하나하나 이권을 빼앗아갔다. 금광을 비롯한 광산의 채굴권, 철도를 비롯한 각종 사회간접자본 부설권, 통신 등의 시설권이 모두 넘어갔다. 조선의 자립적 경제 기반은 송두리째 뒤흔들렸다. 조선의 경제는 열강의 손아귀에 좌우됐고, 조선인은 몰락했다. 민중, 농민의 삶은 봉건과 외세에 의한 이중 수탈 속에서 더욱 피폐해졌다.

"새야 새야 파랑새야/녹두밭에 앉지 마라/녹두꽃이 떨어지면/청포장수 울고 간다."

동학혁명은 비록 외세에 의해 좌절됐으나 그 정신은 이어졌다. 동학혁명의 반외세, 반봉건의 정신은 우금치에서 꺾이지 않았다. 동학혁명에 참가했던 농민들은 이후 영학당, 활빈당과 같은 조직들을 결성해 지속적인 반봉건, 반외세 저항운동을 펼쳤다. 동학혁명은 끝났지만 농민의 투쟁은 계속된 것이다. 동학혁명의 정신은 항일의병, 3·1운동, 만주의 항일독립군 투쟁에 이르기까지 면면이 이어졌다. 실로 동학혁명은 조선 후기 들어

줄기차게 전개되어온 반봉건 농민운동의 결산이자, 근대 민중항쟁의 선구였다. 또한 4월 혁명과 광주민중항쟁으로 그 피가 이어져 주체적 민족민주운동의 등뼈를 이루었다.

전북 정읍시 내장산국립공원 입구에는 동학농민혁명의 주역인 전봉준, 손화중, 김개남 장군의 동상이 세워져 있다. 창의문을 읽는 전봉준 장군을 중심으로 죽창을 든 김개남 장군과 방망이를 손에 쥔 손화중 장군을 좌우에 배치했다.

전봉준 장군이 직접 작성해 낭독한, 제폭구민(除暴救民, 폭정을 제거하고 백성을 구한다)과 반외세의 기치를 내건 무장 창의문과 백산의 격문은 실로 민중의 나라, 자주적 민족통일국가의 대업을 이루는 그날까지 여전히 유효한 선언문이다.

독립신문 창간사

서재필

우리가 독립신문을 오늘 처음으로 출판하는데, 조선 속에 있는 내외국 인민에게 우리 주의를 미리 말씀하여 아시게 하노라.

우리는 첫째, 편벽되지 아니한 고로 무슨 당에도 상관이 없고 상하귀천을 달리 대접 아니하고 모든 조선 사람으로만 알고 조선만 위하며 공평히 인민에게 말할 터인데 우리가 서울 백성만 위할 게 아니라 조선 전국민을 위하여 무슨 일이든지 대언(代言)하여 주려 함. 정부에서 하시는 일을 백성에게 전할 터이요, 백성의 정세를 정부에 전할 터이니 만일 백성이 정부 일을 자세히 알고 정부에서 백성의 일을 자세히 아시면 피차에 유익한 일 많이 있을 터이오, 불평한 마음과 의심하는 생각이 없어질 터임.

우리가 이 신문 출판하기는 취리(取利)하려는 게 아닌 고로 값을 헐하도록 하였고, 모두 언문으로 쓰기는 남녀 상하귀천이 모두 보게 함이요, 또 구절의 띄어쓰기는 알아보기 쉽도록 함이라. 우리는 바른 대로만 신문을 할 터인 고로 정부 관원이라도 잘못하는 이 있으면 우리가 말할 터이요, 탐관오리들을 알면 세상에 그 사람의 행적을 펼 터이요, 사사백성이라도 무법한 일 하는 사람은 우리가 찾아 신문에 설명할 터임.

우리는 조선 대군주 폐하와 조선 정부와 조선 인민을 위하는 사람들인 고로 편당 있는 의논이든지 한쪽만 생각하고 하는 말은 우리 신문상에 없을 터임. 또 한쪽에 영문으로 기록하기는 외국 인민이 조선 사정을 자세히 모른즉 혹 편벽된 말만 듣고 조선을 잘못 생각할까 보아 실상 사정을 알게 하고자 하여 영문으로 조금 기록함.

그러한즉 이 신문은 똑 조선만을 위함을 가히 알 터이요, 이 신문을 인연하여 내외 남녀 상하귀천이 모두 조선 일을 서로 알 터임. 우리가 또 외국 사정도 조선 인민을 위하여 간간이 기록할 터이니 그걸 인연하여 외국은 가지 못하더라도 조선 인민이 외국 사정도 알 터임.

오늘은 처음인 고로 대강 우리 주의만 세상에 고하고 우리 신문을 보면 조선 인민이 소견과 지혜가 진보함을 믿노라. 논설 그치기 전에 우리가 대군주 폐하에게 송덕하고 만세를 부르나이다.

우리 신문이 한문은 아니 쓰고 다만 국문으로만 쓰는 것은 상하귀천이 다 보게 함이라. 또 국문을 이렇게 구절을 띄어쓴즉 아무라도 이 신문 보기가 쉽고 신문 속에 있는 말을 자세히 알아보게 함이라. 각국에서는 사람들이 남녀 물론하고 본국 국문을 먼저 배워 능통한 후에야 외국 글을 배우는 법인데 조선에서는 조선 국문은 아니 배우더라도 한문만 공부하는 까닭에 국문을 잘 아는 사람이 드묾이라.

조선 국문하고 비교하여 보면 조선 국문이 한문보다 얼마나 나은 것이 무엇인고 하니 첫째는 배우기가 쉬우니 좋은 글이요, 둘째는 이 글이 조선글이니 조선 인민들이 알아서 백사를 한문 대신 국문으로 써야 상하귀천이 모두 보고 알아보기가 쉬울 터이라 한문만 늘 써 버릇하고 국문은 폐한 까닭에 국문만 쓴 글을 조선 인민이 도리어 잘 알아보지 못하고 한문을 잘 알아보니 그게 어찌 한심치 아니하리오. 또 국문을 알아보기가 어려운 것, 다름이 아니라 첫째로 말마디를 띄지 아니하고 그저 줄줄 내려쓰는 까닭에 글자가 위에 붙었는지 아래 붙었는지 몰라서 몇 번 읽어본 후에야 글자가 어디에 붙었는지 비로소 알고 읽으니 국문으로 쓴 편지 한 장을 보자 하면 한문으로 쓴 것보다 더디 보고 또 그나마 국문을 자주 아니 쓰는 고로 서툴러서 잘못 봄이라. 그런 고로 정부에서 내리는 명령과 국가 문적을 한문으로만 쓴즉 한문 못하는 인민은 남의 말만 듣고 무슨 명령인 줄 알고 이 편이 친히 그 글을 못 보니 그 사람은 무단히 병신이 됨이라. 한문 못 한다고 그 사람이 무식한 사람이 아니라 국문만 잘하고 다른 물정과 학문이 있으면 그 사람은 한문만 하고 다른 물정과 학문이 없는 사람보다 유식하고 높은 사람이 되는 법이라.

조선 부인네도 국문을 잘하고 각색 물정과 학문을 배워 소견이 높고 행실이 정직하면 물론 빈부귀천 간에 그 부인이 한문은 잘하고도 다른 것 모르는 귀족남자보다 높은 사람이 되는 법이라. 우리 신문은 빈부귀천을 가리지 아니하고 이 신문을 보고 외국 물정과 내지 사정을 알게 하려는 뜻이니 남녀노소 상하귀천 간에 우리 신문을 하루 걸러 몇 달간 보면 새 지식과 새 학문이 생길 걸 미리 아노라.

인쇄기에서 갓 찍어낸 〈독립신문〉 창간호를 펼쳐든 서재필은 벅찬 감동을 억누를 길이 없었다. 가로 22cm, 세로 33cm 크기의 조그마한 신문, 그것도 4면밖에 되지 않는 빈약한 부피의 신문이었지만 서른두 해 인생의 모든 것이 집약된 결정체였다. '독닙신문'이란 한글 제호(題號)와 'The Independent'라는 영문 제호를 번갈아 어루만지며 그는 격랑 속에 휩쓸렸던 나라의 사정과 마찬가지로 평탄치 않았던 자신의 지난 삶을 떠올렸다.

16세의 나이로 과거에 급제했던 순간, 일본 유학을 떠나 군사학교와 경응의숙에서 공부하던 시절, 김옥균·박영효 등과 갑신정변에 참여했던 일, 그 정변이 실패로 돌아가 11년간 머나먼 미국 땅에서 망명 생활을 했던 쓰라림 등이 꼬리에 꼬리를 물고 마치 어제의 일처럼 생생하게 스쳐갔다.

"신문의 모양이 정말 예쁩니다."

"순 우리글이라 일반 부녀자들도 쉽게 읽을 겁니다."

신문사 편집진들과 직원들이 저마다 신문을 한 부씩 들고와 서재필에게 덕담을 건넸다. 서재필 역시 이들의 손을 부여잡으며 노고를 치하했다.

1896년 4월 7일 〈독립신문〉 창간일은 단순히 어떤 신문이 새로 발간된 날이 아니었다. 그 날은 이 땅에서 근대적 형태의 신문이 처음으로 모습을 보인 날이다.

서재필은 자신이 직접 쓴 창간 논설에서 〈독립신문〉의 발행 목적을 분명히 했다. 무엇보다 '정부와 백성 사이의 가교 역할을 하겠다'는 것이었다. 그것은 "정부에서 하시는 일을 백성에게 전할 터이요, 백성의 정세를 정부에 전할 터이니 만일 백성이 정부 일을 자세히 알고 정부에서 백성의 일을 자세히 아시면 피차에 유익한 일 많이 있을 터이오"라는 대목에서 잘 드러난다.

또한 "편벽되지 아니한 고로 무슨 당에도 상관이 없고 상하귀천을 달리 대접 아니하고…… 서울 백성만 위할 게 아니라 조선 전국민을 위하여 무슨 일이든지 대언하여 주려 함"이라고 밝힘으로써 〈독립신문〉이 특정 정파·계층·지역의 이해관계를 반영하는 것이 아니라 모든 조선 사람에게 공평하게 대하겠다는 '불편부당(不偏不黨) 선언'을 하고 있다.

창간 논설은 이와 함께 "우리가 이 신문 출판하기는 취리하려는 게 아닌고로" "내외 남녀 상하귀천이 모두 조선 일을 서로 알 터임", "외국 사정도 조선 인민을 위하여 간간이 기록할 터이니…… 외국은 가지 못하더라도 조선 인민이 외국 사정도 알 터임"이라고 밝혔다. 〈독립신문〉의 발간 목적이 사적 이윤를 추구하려는 것이 아니라 많은 사람들이 신문을 읽고 국내외의 사정을 바로 알도록 하겠다는 것이었다.

따라서 일반인들이 싼 가격으로 신문을 구독할 수 있도록 했다. 창간 당시 신문 값은 1부에 1전, 정기구독이면 월 12전이었고, 연간 구독료는 1원 30전이었다. 창간호에 실린 당시의 쌀값은 상품(上品) 1되에 3냥 4돈 5푼이었고 중품(中品)은 3냥 2돈, 하품(下品)은 3냥이었다. 신문 1부의 제작비는 1전 6리였으므로 1부당 6리의 적자였다. 손해를 보면서도 발행한 것은 같은 해 10월 27일자 논설에서 밝힌 것처럼 "이 신문을 경향에 집집마다 사람마다 모두 읽어보고 깨달아 세상이 옳게 되고 나라에 좋은 신민들이 되게 하자"는 것이었다. 물론 적자가 난다는 계산법은 신문 제작비와 구독료를 단순 비교해서 그렇다는 것이고, 광고료와 전보료 등 부대사업 이익이 있었으므로 전체적으로는 큰 적자가 아니었을 것으로 추정된다.

창간사는 신문의 비판 기능 즉, 권력기관이나 부패한 관리 등을 비판하고 비리를 폭로하겠다는 점도 분명히 하고 있다. "우리는 바른 대로만 신문을 할 터인 고로 정부 관원이라도 잘못하는 이 있으면 우리가 말할 터이

영문과 한글판 〈독립신문〉(1896)

요, 탐관오리들을 알면 세상에 그 사람의 행적을 펼 터이요"라고 언급한 대목이 바로 그것이다. 〈독립신문〉이 비록 정부의 자금으로 세워진 신문사일지라도 당시에 만연했던 관리들의 부정부패와 탐학을 가차 없이 비판하겠다는 것이었다. "사사백성이라도 무법한 일 하는 사람은 우리가 찾아 신문에 설명할 터임"이라고 언급한 것처럼 〈독립신문〉은 창간 이후 일반인들의 잘못도 날카롭게 비판하면서 계몽적인 논조를 펼쳤다.

서재필이 정부 고관과 양반 등 권력층들을 호되게 비판할 수 있었던 것은 무엇보다 그가 미국 국적을 가졌기 때문에 가능했다. 서재필은 법적으로 엄연한 미국인이라 미국 공사관의 신분 보호를 받았고, 정부는 그에게 위해를 가하거나 인신 구금을 할 수 없었다. 만일 서재필이 '보통 조선인'이었다면 〈독립신문〉을 통해 그와 같이 거침없는 태도로 정부와 관리들을 비판하기는 어려웠을 것이다.

창간사에서 드러난 또 하나 의미 있는 것은 바로 한글 전용과 띄어쓰기였다. 당시로서는 일종의 문화적 대혁명이었다. 이것은 누구나 신문을 손쉽게 읽을 수 있도록 하였고, 한글을 한국인들의 일상적인 공용문자로 격상시켰다. 서재필이 한글 전용을 고집한 것은 상하귀천이 다 보게 하자는 것이었다. 띄어쓰기를 한 목적도 읽기 쉽도록 하겠다는 것이었다. 다른 나라 사람들은 자기 나라 글을 먼저 배워 능통한 뒤에야 외국 글을 배우는 법인데 조선은 이와 반대였다. 한글은 한자에 비해 배우기가 훨씬 쉬운데다 우리 자신의 글이었으나 당시까지는 띄어쓰기를 하지 않아 읽기가 어려웠기 때문이다.

그러나 〈독립신문〉은 서재필이 가진 인식의 한계와 올바르지 못한 정세분석으로 말미암아 그릇된 노선을 걸었다. 그 하나의 예가 바로 곡물 해외 유출 금지령을 내린 함경도 관찰사 조병식에 대한 격렬한 비난이다.

〈독립신문〉 창간 당시 일본 상인들은 20년 전 체결된 강화도조약의 덕택으로 조선의 농촌에 침투하여 쌀, 콩 등을 갖은 방법으로 매점한 뒤 본국으로 보내고 있었다. 조선의 식량난은 더욱 가중되었다. 그러자 곡물 수출항인 원산을 관장하던 함경도 관찰사 조병식이 곡물의 해외유출을 금지시켰다.

백성과 국가를 위한다는 〈독립신문〉으로서는 당연히 조병식의 조처를 지지했을 법하지만 실제로는 정반대였다. 창간 8개월 뒤인 1896년 12월 15일자 〈독립신문〉은 논설을 통해 조병식을 격렬하게 비난하면서 "약조를 어기는 조선은 아무리 해도 야만국이라는 소리를 면치 못할 것"이라는 극언도 서슴지 않았다. 극심한 가뭄과 기근으로 죽어가는 민중에 대해서는 단 한마디도 언급하지 않았다.

이는 서재필을 비롯한 독립협회 주요 구성원들이 인식하는 독립의 개념과 일본에 대한 인식이 우리가 일반적으로 알고 있는 것과는 전혀 달랐다는 증표다. 사실 독립협회는 외국 의존을 반대하고 나라의 자주독립을 주장하는 애국자들이 결성한 단체라고 알려져 있지만 실제로 그 구성원들은 이상재, 주시경 정도를 빼고는 모조리 거물급 친일파 인사들이었다. 즉 이완용, 윤치호, 이근호, 김가진, 안경수, 민상호 등 하나같이 나중에 일제로부터 작위를 받거나 매국의 대가로 큰 은전을 입었던 인물들이다. 〈독립신문〉과 독립협회가 주장하는 '독립'도 모든 외세를 반대하자는 것이 아니라 청나라에서 독립해 일본에 붙자는 속뜻을 담고 있었다. 한마디로 이들이 가진 인식은 "조선은 청일전쟁에서 일본의 승리로 독립이 된 만큼 일본에 감사해야 한다"는 것으로 요약할 수 있다. 독립협회가 독립문을 세운 일도 바로 이 같은 인식을 바탕으로 한 것이다.

서재필 또한 자신이 조선인이라고 생각하지 않았다. 미국 망명 시절 미국 국적을 얻어 조선인으로서 최초로 미국 시민이 된 그는 미국 여성과 결혼했고, 조선인 '서재필'이 아니라 미국인 '필립 제이슨'으로 행세했다.

조선 정부로부터 중추원 고문으로 초빙받아 귀국한 서재필은 언제나 영어로만 말했고, 대중연설조차 영어로 했다. 독립문 기공식 행사에서도 그는 미국인의 신분으로 영어로 연설했다.

당초 〈독립신문〉은 조선 정부가 마련해준 신문사 건물과 4,400원의 국고금으로 창간됐다. 1898년 정부가 서재필을 추방하려 하자 그는 24,400원을 요구했다. 10년 계약으로 조선 정부의 고문으로 왔는데 아직 7년 10개월이 남았으니 그에 해당하는 급료 28,200원과 미국으로 돌아갈 여비 600원을 내놓으라는 것이었다. 미국을 의식하지 않을 수 없었던 조선 정부는 그의 요구를 모두 들어주었다. 서재필의 태도는 망해가는 나라를 진정으로 걱정하는 애국자의 모습은 결코 아니었다.

이런 서재필이 창간하고 주도한 〈독립신문〉의 논조가 애국적일 수는 없었다. 일본을 극구 칭찬하는 것은 말할 것도 없고, 그들의 침략 정책을 적극 옹호했다. 심지어 의병을 '비적(匪賊)'이라고 능멸하고 조선을 은혜도 모르는 야만국 등으로 비하하는 일도 서슴지 않았다. 독립협회가 자주독립을 주창한 애국단체이며, 서재필이 이 단체의 중심인물이자 애국언론인 〈독립신문〉을 창간한 애국지사로 알려져 있는 것은 모두 허구의 신화이다. 거짓 신화는 깨어져야 한다.

이 같은 역사 왜곡은 1945년 이후 미국을 배경으로 하는 정치세력들이 자신들도 독립운동을 했다는 것을 증명하려고 '역사적 증거'를 찾던 중 서재필과 〈독립신문〉, 독립협회 등을 앞세우게 되면서 시작된 것으로 짐작된다. 객관적인 자료를 바탕으로 한 학계의 연구가 더욱 정밀하게 이뤄져야 할 대목이다.

1905
시일야방성대곡(是日也放聲大哭)

장지연

저번에 이토 후작(이토 히로부미)이 한국에 왔을 때, 어리석은 우리 인민들은 순진하게도 서로 말하기를 "후작은 평소에 동양 3국이 정족(鼎足, 솥을 받치는 삼각 발)하는 안녕을 주선한다고 자처하던 사람이었으니, 오늘날 그가 한국에 온 것은 반드시 우리나라의 독립을 굳게 부식(扶植, 뿌리박아 심다)하자고 할 방법을 권고하리라"고 하여 시골에서부터 서울에 이르기까지 관민(官民)이나 상하가 환영하여 마지 아니하였는데, 천하의 일에는 헤아리기 어려운 일도 많도다.

천만 뜻밖에도 5조약은 어디에서부터 나왔는가? 이 조약은 비단 우리 한국뿐 아니라 실상 동양 3국이 분열할 조짐을 빚어낼 것이니, 이토 후작이 본래부터 주장했던 뜻은 어디에 있었는가. 비록 그렇다 하더라도 우리 대황제 폐하의 강경하신 성의(聖意)가 거절하여 마지 아니하였으니, 이 조약이 성립되지 못한다는 것은 상상컨대 이토 후작 스스로 알고 스스로 간파하였을 것이다.

아! 저 개돼지만도 못한 이른바 우리 정부의 대신이란 자들이 영달과 이득을 바라고, 거짓된 위협에 겁을 먹고서 머뭇거리고 별별 떨면서 달갑게 나라를 파는 도적이 되어, 사천 년을 이어 온 강토와 오백 년의 종묘와 사직을 남에게 바치고, 이천만 생령(生靈)으로 하여금 모두 다른 사람의 노예 노릇을 하게 하였으니, 저들 개돼지만도 못한 외부대신 박제순 및 각부 대신들을 족히 크게 나무랄 것도 없거니와, 명색이 참정대신이란 자는 정부의 우두머리인데도 다만 부(否)자로써만 책임을 막고서 이름을 유지하는 밑천이나 꾀하였던가. 김청음(金淸陰, 청음 김상헌−병자호란 당시의 척화파 대신)이 국서(國書)를 찢고 통곡하던 일도 하지 못했고, 정동계(鄭桐溪, 동계 정온−병자호란 당시의 척화파 대신)가 칼로 할복하던 일도 못하고서, 그저 편안히 살아남아서 세상에 나서고 있으니, 그 무슨 면목으로 강경하신 황상 폐하를 다시 대할 것이며, 무슨 면목으로 이천만 동포를 다시 대하리오.

아! 원통하고 분하도다. 우리 이천만 남의 노예가 된 동포여! 살았는가, 죽었는가. 단군과 기자 이래의 사천 년의 국민 정신이 하룻밤 사이에 별안간 멸망하고 말았도다. 아! 원통하고도 원통하도다. 동포여! 동포여!

원고지와 펜을 앞에 놓은 〈황성신문〉 주필 위암 장지연은 하염없이 흘러내리는 눈물을 닦을 생각도 하지 않았다. 당대 최고의 언론인, 문인, 역사학자이자 항일 지사로서 그 어떤 외부의 탄압과 협박에도 눈 하나 깜짝하지 않을 만큼 담대한 성격의 소유자였지만 이틀 전(1905년 11월 17일) 체결된 을사늑약을 생각하면 치밀어 오르는 분노와 슬픔을 가눌 길이 없었다. 말이 좋아 '보호조약'이지 외교권 등 한 국가의 주권이 송두리째 넘어가고, 모든 조선 사람들을 노예로 부리고 감시할 조선통감부를 설치한다는 내용을 담은 그 조약은 '노예문서'일 뿐이었다.

'是日也放聲大哭'. 장지연의 논설의 제목은 '오늘 목 놓아 크게 우노라'라는 뜻이다. 실제로 그는 목 놓아 울면서 글을 써내려갔다.

논설이 실린 이튿날인 1905년 11월 21일 아침 황성신문사에 일본 경찰들이 들이닥쳤다. 〈황성신문〉은 장지연의 논설이 실린 신문을 일본 당국의 사전 검열을 받지 않은 채 발간했다. 일본 경찰은 아직 남아 있는 신문을 압수하는 한편, 술을 마시며 사무실에 앉아 있던 장지연을 연행 구금했다. 당시로서는 꽤 많은 부수인 3,000부의 〈황성신문〉이 서울 시내에 뿌려지자 시중의 분위기는 비분강개와 통곡 바로 그것이었다. 「시일야방성대곡」의 내용이 이 집에서 저 집으로, 이 사람에서 저 사람으로 전파되면서 신문을 받아 보는 집에서는 낭송하는 소리가 대문 밖까지 흘러나왔다. 분노와 격분을 이기지 못한 사람들은 신문을 손에 든 채 거리로 쏟아져 나와 서로 붙들고 통곡하거나 기습적인 반일 시위를 벌였다.

영국인 베델과 양기탁이 한영(韓英) 합판으로 발간하던 〈대한매일신보〉는 "위암의 「시일야방성대곡」이야말로 모든 대한제국 신민들의 통곡"이라고 표현하면서 "아! 황성 기자는 실로 온 겨레의 대표가 되어 밝고 올바른 의지를 세계에 나타냈다"고 극찬했다. 〈대한매일신보〉는 〈황성신문〉과 서로 경쟁하는 사이였지만 수많은 사람들의 심금을 울린 명문에 대해서만큼은 높은 평가를 아끼지 않았던 것이다.

〈대한매일신보〉뿐만이 아니었다. 수많은 애국적 논설과 격문이 전국적

훈련을 명목으로 남산에 대포를 배치하고 위협 시위를 하는 일본군 (1905)

으로 쏟아져 나왔고, 일본에 항거하는 연설회, 시위, 상가 철시(撤市), 의병 봉기 등도 들불처럼 번져나갔다. 경운궁(덕수궁) 앞에서는 수천 명의 군중이 몰려 조약의 반대와 무효를 주장했으며, 종로의 상인들은 일제히 가게 문을 닫고 철시 투쟁을 전개했다.

이 같은 민중들의 분노에 힘입어 전현직 관료와 양반 유생들의 상소 및 자결 투쟁도 줄을 이었다. 특히 시종무관 민영환의 죽음은 온 국민에게 큰 충격을 주었으며, 항일운동을 격화시킨 원동력이 됐다. 민영환은 순국하기 전 5통의 유서를 남겼는데 그 가운데서도 국민에게 보낸 유서가 〈대한매일신보〉에 실려 수많은 독자들을 울렸다. 한마디로 장지연은 국권 침탈에 대해 민족 구성원들이 느끼고 있었던 분노의 화약고에 붓 한 자루로 불을 지른 셈이다.

장지연은 이 필화사건으로 경무청 감옥에서 64일의 옥고를 치르고 이듬해인 1906년 2월 14일 풀려났다. 러일전쟁 개전 후 일본군 사령부의 포고로 실시되어온 신문 사전검열을 위반했다는 죄목이었다.

시일야방성대곡은 넘치는 민족정기와 민족의 폐부를 찌르는 강렬한 호소력, 웅혼한 필체를 골고루 갖춘 글이다. 그 내용을 요약하면 우선 동양 3국 간의 평화안녕을 부르짖던 이토 히로부미가 갑자기 한국의 국권을 강탈하는 을사5조약을 내밀었다는 사실에 분노한다는 것이다. 또 고종황제가 이를 거부하였으므로 조약은 성립되지 않았으며, 개돼지만도 못한 대신들이 겁을 먹고 서명해 나라를 팔아먹었으니 무슨 면목으로 황제와 동포를 대할 것이며, 이천만 동포는 사천 년 이어온 민족정신을 하룻밤 사이에 망하게 할 것인가를 묻고 있다.

위암의 투철한 지사적 면모가 확연하게 드러난 「시일야방성대곡」은 전형적인 '비분강개형' 논설이라 할 수 있다. 특히 나라를 팔아먹으면서도 자신의 안일과 영달만을 도모하는 대신들의 비열한 행위를 규탄하고 국민들에게 들고 일어날 것을 촉구하는 대목은 치솟는 분노와 충정으로 피를 끓게 만든다. 흔히 명문, 명논설이 무엇이냐고 할 때 「시일야방성대곡」을 꼽는 까닭도 바로 이 때문이다.

그러나 오늘날의 논설 작성법 또는 넓은 의미로 글쓰기의 관점에서 분석하면 「시일야방성대곡」의 문제점은 적지 않다. 우선 이 논설은 을사늑약의 핵심이라고 할 수 있는 외교권 박탈이나 조선통감부 설치 문제 등에 대해 아무런 언급도 하지 않고 있다. 당연히 평가와 논박도 없다. 반드시 짚고 넘어가야 할 '중요한 사실'에 대한 평가를 빠뜨린 것이다. 일제가 을사늑약의 외교권 박탈과 조선통감부 설치 조항을 통해 한국의 주권을 강탈하고 5년 뒤 마침내 완벽하게 한국을 집어삼킨 역사를 떠올려 볼 때 이에 대한 비판을 누락했다는 것은 중대한 흠결이 아닐 수 없다.

그래서 논설로서 「시일야방성대곡」은 다소 기형적인 구조를 가지고 있다. 특히 이토 히로부미의 기만 행위를 도입부로 쓴 것은 문제의 핵심과 동떨어져 있다는 느낌마저 준다.

만일 「시일야방성대곡」을 오늘날의 '버전'으로 다시 쓴다면 먼저 외교권 박탈과 조선통감부 설치 등 국권 강탈의 부당성과 조약체결 과정의 문제점을 통렬히 비판해야 할 것이다. 그런 다음에 이토가 자행한 기만 행위, 대신들의 매국적 처신 등을 비난하고 국민 봉기를 촉구하는 형식을 취했을 것이다.

그러나 이 같은 지적은 어디까지나 현대적 글쓰기 형식의 관점에서 평가할 때 그러하다는 것이지 결코 「시일야방성대곡」이 주는 호소력과 감동을 폄하하려는 뜻은 아니다. 이 글이 무려 1백 년 전에 쓴 글인데도 여전히 많은 한국인들의 가슴에 절절이 와닿는 것은 지금 이 순간까지 일본이 보여주고 있는 비이성적·반문명적 작태 때문이리라.

위암 장지연의 민족정신과 문장력은 하루 아침에 이뤄진 게 아니었다.

장지연은 1864년 경북 상주에서 태어났다. 어려서부터 총명하여 1894년 (고종 31년) 식년진사시에 합격해 진사가 됐고, 내부주사를 역임했다. 장지연이 항일지사로서의 면모를 드러내기 시작한 것은 일본에 의해 명성황후가 시해되면서부터다. 사건 직후 그는 항일 의병의 궐기를 촉구하는 격문을 지어 곳곳에 뿌렸고, 아관파천으로 러시아의 간섭이 커지자 고종의 환궁을 요구하기도 했다.

「시일야방성대곡」 사건으로 감옥에 갇혔다가 풀려난 뒤에는 대한자강회를 세웠다. 1908년 연해주 블라디보스토크로 망명길에 오른 장지연은 그곳에서 발행되는 〈해조신문(海朝新聞)〉의 주필로 일하면서 수많은 항일 논설을 썼다. 이듬해 귀국한 그는 진주에서 〈경남일보〉를 발간하며 주필로 일했다.

1910년 일제가 국권을 강탈한 뒤 실의에 빠져 시부(詩賦)와 음주로 세월을 보내던 그는 1921년 58세를 일기로 마산에서 세상을 떠났다.

장지연은 망국의 한과 울분을 술로 달랜 적이 많았다. 마음이 맞는 벗과 어울려 마시기도 했지만 때로는 혼자서 즐기는 일도 적지 않았다. '논개'로 유명한 시인 변영로가 어느 날 아버지 변정상의 심부름으로 장지연을 찾아갔다. 변영로가 방문 앞에 다다르니 "자~ 자~ 자네 차례야, 싫다고? 그럼 내가 먹지"라는 장지연의 목소리가 들려왔다. 변영로는 또 어떤 주객이 와 있겠거니 생각했는데 방문을 여니 장지연 혼자 이불을 똘똘 말아 마주 앉혀놓고 권커니 잣거니 하며 술을 마시고 있었다고 한다.

평생을 항일 논설 집필로 보낸 장지연을 기리기 위해 정부는 1962년 대한민국 건국 공로훈장 단장을 그에게 추서했다. 또 뛰어난 학문 또는 언론 활동을 한 사람들에게 주어지는 위암 학술언론상도 제정했다.

창의토적소(倡義討賊疏)

최익현

삼가 아룁니다. 작년 10월 21일의 변을 어찌 차마 말하겠습니까. 안팎 도적들이 합세하여 임금을 협박하고 강제로 조약을 꾸며 침탈을 강행하니, 이제 나라가 있다는 것은 허울에 지나지 않고 폐하가 계시는 것도 허위(虛位)에 불과합니다. 종묘와 사직을 보전할 길이 없고 민생은 어육이 될 날만 있을 뿐입니다.

예로부터 남의 나라를 멸망시키고 남의 땅을 빼앗는 자가 한정 없이 많았어도 저 왜놈들같이 교활하고 흉악한 자는 없었습니다. 그런데 그 나라 군신들이 바야흐로 천하에 성명하기를 '동양 평화'라 하고 '교의익친(交誼益親)'이라 하여 만국의 이목을 기만하려 하니, 그 계책도 어리석은 일입니다. 그런데도 우리나라 역적들은 그들의 앞잡이가 되어 우롱을 달게 받으면서도 말하기를, '일본에 외교권을 잠시 빌려주고 우리가 부강하게 되면 다시 찾는다' 합니다. 아아, 저 왜놈들은 어차피 마음과 행실이 짐승 같은 오랑캐이니 실로 인도(人道)로써 책망할 바도 못 되지만, 우리의 역적들은 국가와 무슨 원수를 졌기에 기어이 나라를 망치고자 하여 이렇게 차마 못할 일을 하고 있습니까?

이제 저 왜놈들은 마침내 인종마저 바꿀 독한 꾀를 써서 이민(移民)의 조례(條例)를 만들어 불일내로 시행한다고 합니다. 이 지경이 되었는데 역적들은 또한 무슨 말로 그 죄를 피할 수 있겠습니까? 이때를 당해서 진실로 인성(人性)을 가진 자라면 누구나 죽기를 원하지 않을 자가 없을 것입니다. 하물며 신처럼 늙은 것은 하루를 더 살면 하루의 욕이 더하게 되고, 이틀을 더 살면 이틀의 욕이 더할 것이니, 어찌 구차스럽게 몸을 아껴 한 번 죽어 나라에 보답하기를 민영환 · 조병세 · 홍만식 · 송병선 등과 같이 못하겠습니까.

그러나 신이 삼가 생각건대, 옛날 신하로 나라가 망하려고 할 때를 당하여 떠난 사람이 있으니, 은나라의 미자(微子)입니다. 죽은 사람은 명나라 태학사 범경문 등 40여 인이 그들이요, 나라를 회복하는 데 뜻을 두어 의병을 일으켜 역적을 토벌하다가 뜻을 이루지 못하고 죽은 이도 있으니, 한나라 책의와 송의 문천상이 그들입니다. 신은 불행히도 오늘까지 살아서 눈으로 이러한 변고를 보고 이미 떠나야 할 만한 곳과 의리가 없으니, 대궐에 나아가서 소를 올리고 폐하 앞에서 머리를 깨고 스스로 죽을 수밖에 없습니다.

그러나 폐하께서 할 일을 못하실 것이 분명하다면 빈말만 번거롭게 드리는 것이니, 한갓 형식적인 글로 귀결될 뿐입니다. 또한 인심이 그래도 국가를 잊지 않음을 보니, 혼자만 구렁에 목매어 죽는 것도 경솔한 데 가까운 것입니다. 이 때문에 억지로 참고 살아 있으면서 몇 사람의 동지와 더불어 책의와 문천상 같은 거사를 모의한 지 벌써 3, 4개월이 되었습니다. 그러나 신은 본래 재능과 지혜가 없는 데다가 더욱

이 노병으로 죽음이 가까우니 모의를 하는 즈음에 방해만 되는 것이 10에 8, 9이기 때문에 지연되어 하는 일 없이 세월만 보내다가 이제야 계획이 조금 정해져서 사람들이 점차 모입니다.

마침내 이달 12일에 전 낙안군수 임병찬을 보내서 먼저 창의하는 깃발을 세우고 동지를 독려하며 차례로 서울로 올라가서 서면으로 이토 히로부미와 하세가와 요시미치 등 여러 왜놈들을 부르고 각국 공사·영사와 우리 정부의 여러 대신을 회동시켜서 담판을 크게 벌여 작년 10월의 강제 조약을 돌려받아 찢어 버려야 합니다. 그리고 각부에 있는 고문관을 파면하여 돌려보내고, 우리의 국권을 침탈하며 민생을 해롭게 한 여러 가지 강제로 맺은 조약을 모두 만국 공론에 부쳐야 합니다. 그리하여 버릴 만하면 버리고 고칠 만하면 고쳐서 반드시 나라의 자주권을 찾고 생민(生民)의 종자를 바꾸는 화를 면할 수 있게 하는 것이 신의 소원입니다. 진실로 힘과 세력을 헤아리지 않고 민중을 멋대로 선동하여 중과부적의 오랑캐와 목숨을 다투려 함은 아닙니다.

그러나 만약 하늘이 내린 재앙을 뉘우치지 않아 이 뜻을 이루지 못하고 그만 저들에게 짓밟히게 된다면, 신도 마땅히 달게 죽음을 받아 사나운 귀신이 되어 원수인 오랑캐를 쓸어 없앨 것이며 맹세코 놈들과 더불어 같은 하늘 아래에 살지 않을 것입니다. 우리는 저들의 노예가 됨을 즐거워하며 대의를 세운 우리를 원수처럼 보는 자들이 다투어 서로 의병을 비도라 일컫고 떠들며 헐뜯는데, 신은 진실로 그런 일 따위는 걱정하지 않습니다.

신은 하늘을 바라보고 대궐을 그려 보니, 목이 메인 심정을 금할 수 없기에 삼가 죽음을 무릅쓰고 아룁니다.

일본이 침략의 마각을 드러내고 불평등한 강화도조약 체결을 강압하고 있던 1876년 1월. 살을 에는 바람이 부는 광화문 앞에 한 선비가 도끼를 메고 나타났다. 그는 도끼를 옆에 두고 황제가 있는 궁궐을 향해 절을 올렸다. 그리고 사흘 낮밤을 꿇어앉아 황제에게 직소하는 복각 상소를 올렸다. 그가 한말의 애국지사 면암 최익현이다.

"왜와 수호하자 함은 나라를 파는 일이요, 짐승을 끌어들여서 사람을 잡아먹게 하는 일이옵니다."

강화도조약 체결을 반대하는 최익현의 목소리에는 절절히 피가 맺혔다. 최익현은 일본과 강화도조약을 체결해서는 안 되는 다섯 가지 이유를 제시했다. 그리고 "강화도조약을 받아들인다면 조선은 머지않아서 망할 것이며, 조선의 쌀이 왜적에게 약탈되어 마침내 조선의 백성들은 기근의 고통에서 헤어나지 못할 것"이라고 갈파했다.

"상소를 들어주지 않으려면 이 도끼로 나를 죽이시오." 최익현의 결의는 그토록 비장했으나 그에게 돌아온 것은 흑산도 유배였다.

이른바 '도끼상소'로도 일컬어지는 '지부복궐(持斧伏闕) 척화상의소(斥和

上議疏)'는 단순히 국수적 쇄국을 주장하는 것이 아니라 강화도조약에서 드러난 일본의 침략 본질을 정확히 꿰뚫어보고 있다. 당시 국제정세에 대한 최익현의 통찰력을 보여주는 것이다.

'강화도조약을 체결하게 되면 조선은 머지않아 망할 것'이라는 예견은 그로부터 29년 후 정확히 현실로 다가왔다. 1905년 외교권을 박탈당한 을사늑약이 체결됨으로써 조선은 주권을 상실했다. 사실상 식민지배에 들어간 것이다.

최익현은 조약의 무효를 국내외에 선포하고, 이완용과 박제순 등 을사오적을 처단하자고 주장하는 「청토오적소(請討五賊疏)」를 올렸다. 하지만 주권을 상실한 상황에서 이것이 받아들여질 리 만무했다. 그 사이 송병선이 을사늑약에 항의, 순절했다는 소식이 전해졌다.

최익현은 의병을 일으키기로 결심했다. 전국의 동문, 제자들에게 의병의 합류를 독려하는 서신을 보내면서 거병을 준비하던 중 낙안군수를 지낸 임병찬이 찾아왔다.

"호남의 선비들이 장차 의병을 일으키려 하는데 모두 선생을 맹주로 생각하고 있습니다. 어서 그곳으로 가시지요."

최익현은 74세의 노구를 이끌고 호남으로 향했다. 그리고 1906년 4월 8일 담양의 용추사에서 기우만 등 남도 선비 50명을 만나 결의를 다졌다. 최익현은 "모두가 힘을 합하여 원수 오랑캐를 무찔러 그 종자를 없애고 소굴을 불 지르며 역적의 도당을 섬멸하여 나라의 명맥을 튼튼히 하자"는 내용의 격문을 호남 각지에 돌렸다.

그리고 사흘 뒤 최익현은 임병찬과 함께 태인의 무성서원에서 강회를 열었다. 호남 각지에서 모인 80명의 의사 앞에서 최익현은 좌중을 둘러보며 카랑카랑한 목소리로 대의를 밝혔다.

"왜적이 국권을 장악하고 역신이 죄악을 빚어내 오백 년 종묘사직과 삼천 리 강토가 이미 멸망지경에 이르렀다. 나라를 위해 사생을 초월하면 성공 못할 것이 없다. 나와 사생을 같이하겠는가?"

모인 사람들은 한 목소리로 결의했고, 최익현은 의병대장으로 추대됐다. 그리고 최익현은 한 줄, 한 줄 피를 끓는 심경으로 거병의 대의를 밝힌 「창의토적소」를 써 조정에 올렸다.

「창의토적소」에서 최익현은 "이제 나라가 있다는 것은 허울에 지나지 않고…… 종묘와 사직을 보전할 길이 없고 민생은 어육이 될 날만 있을 뿐"이라고 일본에 의해 사실상 식민지배의 길로 접어든 당시의 정세를 정확히 지적했다. '일본에 외교권을 잠시 빌려 주고 우리가 부강하게 되면 다시 찾는다'는 을사늑약 체결을 주도한 앞잡이들의 주장이 잘못되었음을 통렬하게 꼬집었다.

그러고 나서 강제 조약(을사늑약)을 돌려받아 찢어버려야 한다면서 나라의 자주권을 찾고 생민의 종자를 바꾸는 화를 면할 수 있게 하는 것이 거병의 목적이라고 선명하게 제시했다.

"이 뜻을 이루지 못하고 그만 저들에게 짓밟히게 된다면, 신도 마땅히 달게 죽음을 받아 사나운 귀신이 되어 원수인 오랑캐를 쓸어 없앨 것이며 맹세코 놈들과 더불어 같은 하늘 아래에 살지 않을 것입니다."

이처럼 「창의토적소」는 죽어서도 왜적을 물리치겠다는 서릿발 같은 의지를 피력하는 것으로 끝을 맺고 있다.

최익현은 「창의토적소」에 이어 항일의병투쟁의 전개를 촉구하는 「포고팔도사민(布告八道士民)」을 호남 각지에 돌렸다. 포고문은 토지, 화폐, 민생 등의 분야에서 침략의 실상을 정확히 설파하고 항일의병투쟁을 호소하는 한편 납세 거부와 일본 상품 불매운동 등 사민이 시급히 행해야 할 일을 제시했다.

「창의토적소」와 「포고팔도사민」은 최익현의 위정척사가 상소라는 언론

수단에 의한 개인적 방법이 아닌 집단적 무력투쟁으로 전환되었음을 보여준다. 아울러 그의 위정척사가 국수적 쇄국주의가 아닌 민족의 자주의식을 바탕으로 한 민족주의로 심화되고 있음을 드러낸다.

무성서원에서 거병한 최익현 의병은 처음에 비록 수는 적지만 의기가 드높았고, 진군을 거듭할수록 합류자가 늘었다. 태인, 정읍을 거쳐 순창에 입성했을 때는 그 수가 800여 명에 이르렀다. 당시 신망이 두텁던 최익현이 이끄는 의병에 대한 민중들의 호응도 컸다. 힘을 얻은 최익현 부대는 파죽지세로 곡성을 거쳐 남원으로 진군했으나 남원의 방비가 워낙 거세 순창으로 물러났다. 순창에서 일본군과의 일전을 준비하고 있었으나, 맞닥뜨린 것은 전주와 남원의 진위대였다. 일본이 정부에 압력을 넣어 진위대를 출동시킨 것이다.

최익현은 같은 동포끼리 싸워야 한다는 사실에 괴로워했다. 그는 임병찬을 불러 "만약에 왜병이라면 마땅히 한번 결사적으로 싸울 것이나 왜가 아니고 진위대 군사라면 이것은 우리가 우리를 치는 것이니 차마 어찌할 수 있겠느냐"며 해산을 지시했다. 의병들은 눈물을 머금고 발걸음을 돌렸다. 해산을 명하고 난 최익현은 자신이 죽을 곳은 이곳이라며 그 자리에서 움직이지 않았다. 20여 명은 끝내 해산하지 않고 최익현과 함께 자리를 지켰다.

일본은 서울로 압송된 최익현을 설득해 민심을 돌려보려고 시도했으나 최익현이 끝내 거부하자 쓰시마 섬에 감금시켰다. 최익현은 쓰시마 섬에서 일본이 주는 음식을 일체 거부한 채 단식을 계속하다 숨을 거뒀다.

최익현의 의병투쟁은 비록 좌절됐지만 그 영향은 실로 컸다. 유생과 민중의 의병항쟁이 전국 곳곳으로 확산되는 계기를 만들었고 이는 한말의 항일의병운동으로 이어졌다. 본래 명성황후 시해와 단발령 등에 항거해 전개됐던 의병운동은 을사늑약 체결 후 직접 일제와 싸워 주권을 찾

쓰시마 섬으로 끌려가는 면암 최익현 (1906)

으려는 항일의병전쟁의 성격을 띠기 시작했다. 1907년 군대 해산 뒤 해산 군인들이 대거 합류한 것을 계기로 무기와 전술상의 발전이 이뤄지면서 의병 전력이 크게 향상됐다. 1908년에는 관동 의병대장 이인영을 중심으로 서울 진공작전이 시도되기도 했다. 이러한 의병운동의 전국적 확산에 위기를 느낀 일제는 '남한대토벌작전' 등으로 전국을 피로 물들이며 의병에 대해 가혹하고도 무자비한 탄압에 나섰다. 이후 남은 의병들의 상당수는 간도와 연해주 등으로 건너가 독립군이 되어 항일무장투쟁의 주축이 되었다.

최익현은 이토록 치열하게 전개된 한말 항일의병운동의 정신적 지주였다. 의병투쟁으로까지 나아간 최익현의 위정척사를 성리학적 틀 속에 한정시키고 국수주의적인 것으로 폄하하는 것은 왜곡된 해석이다. 오히려 일찍이 외세 침략의 본질을 꿰뚫어보고, 그에 온몸으로 항거하면서 시대의 소명에 충실한 지식인의 표상으로 새롭게 자리매김해야 한다. 특히 그의 투철한 우국애민과 위정척사의 정신은 일제강점기 민족주의 계열 독립운동의 지도이념으로 승화되었다.

1945년 해방이 되고, 환국한 백범 김구는 상해임시정부의 요인들과 함께 충남 청양의 모덕사를 찾아 최익현 선생께 '고유제문(告由祭文)'을 드렸다.

"나라를 잃고 안팎의 난리 속을 헤매다가 지쳐 쓰러질 때마다 선생의 위대한 훈업에 격려된 일이 한두 번이 아니었습니다. 선생이시여! 이제야 저의 힘을 다하여 산 넘고 물 건너서 여기 선생의 봉롱 가까이 왔사옵고 산 같이 높으신 뜻을 받들고 조촐한 차림으로 모시옵니다."

헤이그 만국평화회의 연설

이준

지금 일본 전권(全權) 가토 다카아키의 진술은 무례무도하기 짝이 없는 것입니다. 우리는 당당한 한국의 전권 대표로서 이 평화회의에 참석할 권리가 있습니다. 일본 전권이 말하는 1905년에 체결된 을사조약은 휴지와 같은 것입니다. 그것은 우리 국민이 전부 반대하여 피로써 항의하는 것이요, 우리 황제의 의사에 없는 억지로 만들어진 조약입니다.

그 증거로는 우리나라의 국서에는 황제 폐하의 순어새(循御璽)가 찍히는 법인데, 그 조약에는 우리 황제의 어압(御押)이 없는 것을 보아도 잘 알 수 있습니다. 무엇으로 한 나라의 외교권을 양도받았다 합니까?

적반하장이란 말이 없지 않는 바 아니나, 이것이야말로 적반하장이라 하겠습니다. 일본의 무례·무법·무의·무도한 행동은 열국이 소소히 보고 있는 것으로, 이런 것을 귀정(歸正)짓지 못한다면, 만국평화회의는 빈껍데기인 한유회(閑遊會)에 지나지 못할 것을 경고하여 마지 않는 바입니다.

멀지 아니한 장래에 일본은 세계 평화를 교란하여 영국으로 하여금 고통받게 할 것입니다. 다시 말하면, 일본의 한국에 대한 그러한 무법 무도한 행동들을 인용(認容)한다면 그 다음에는 그런 나쁜 행동이 점차 자라서 청국을, 인도를, 그리고 동양 평화를 파괴하는 날, 세계 평화는 교란을 면치 못할 것입니다.

이러한 말은 본 대표의 입을 빌리지 아니하여도 여러 대표들이 더 잘 알 줄 압니다. 이 평화회의에서 비도의(非道義)와 부정의(不正義)를 토정한다고 할 것 같으면 일본 전권의 그 무례한 실례의 발언은 취소가 있기를 본 대표는 강력히 바라는 바입니다.

(여기서 노회한 영국 대표가 일본 대표를 지지하는 발언을 했다.)

나는 지금 영국 전권의 폭언을 시정하려 합니다. 영국은 신사의 나라로 나는 알고 또 믿고 있습니다. 영국은 과거 병술년에 우리나라의 거문도를 불법으로 점령한 바 있습니다. 그러나 그때 우리나라에서는 그 불법을 말하니 그들은 곧 철거해 갔습니다. 그래서 우리 조야(朝野)에서는 오늘날까지 영국을 신사국이라 일컬어 오는 바입니다.

그런데 오늘 영국 대표의 말은 한영조약(韓英條約)을 헌신짝같이 버리고 약소 국가를 박해하는 것 같은 말이라 아니할 수 없습니다. 영국의 신사도라는 것이 그렇게 강약을 따라 변하는 것입니까?

영국 전권은 동양사에 어두운 것 같습니다. 오늘 당신네 나라의 동맹국인 일본의 역사는 이천 년 밖에 아니되나, 우리나라는 사천 년의 역사를 가진 나라입니다. 일본에게 무엇을 배울 것이 있어 외교권을 이양할 것입니까? 일본이 강제적으로 우리나라를 침범하는 것을 영국

전권은 알아야 합니다. 영국 전권은 정의의 신사도를 지켜 자중하기를 바라는 바입니다.

을사보호조약을 강제로 체결한 것은 그때 신문을 보면 잘 알 것입니다. 우리 서울을 철통같이 일본 헌병과 일본 군대가 에워싸고, 더욱이 심한 행동은 황제 앞에 칼을 차고 들어가서 강요하였으나, 그 조약은 각 대신밖에 찍지 않았고 우리 황제가 그 조약에 어새를 찍었는지 아니 찍었는지 그것조차 일본 대표는 모르는 모양이나, 귀국하거든 자세히 그것을 보는 것이 어떻습니까?

(이때 신임장 문제에 대하여 일본 대표가 위조라고 주장했다.)

여러분! 각 대표 앞에 사태가 이렇게까지 된 것은 참으로 부끄러운 일이라 아니할 수 없습니다. 이 세계에 문화와 역사를 같이한 나라로서 그러한 말은 차마 할 수 없으리라고 생각합니다. 일본은 거짓을 좋아하는 나라라 그렇게까지 몰염치하게 말하는지 모르나, 우리나라는 남에게 속임을 받을지언정 남을 속이지 못하는 국격(國格)입니다.

우리 황제 친서의 신임장을 위조한 친임장(親任狀)이라 폭언함은 너무나 외교인의 체면을 모독함이 심한 자이라 하겠습니다. 일본 전권의 근신을 요청하는 바입니다. 여기에 우리 황제의 어보가 찍힌 당당한 친임장이 있습니다. 어린애 같은 수작은 하지 말기 바랍니다.

(이때 신임장의 진위를 본국으로 조회하자는 말이 나왔다.)

그러면 전보로 조회하여 보아도 좋습니다. 그러나 오늘 우리나라의 현실은 저 일본의 압박과 간섭이 심하여 어떠한 답전이 올는지 모르겠다는 부끄러운 말을 아니할 수 없습니다. 그러나 그것이 사실인데야 어찌하겠습니까. 우리 황제의 자유까지 저 일본 관헌들이 속박을 하고 있는 현상입니다. 그러므로 우리가 밀조를 봉대(奉戴)하고 오게 된 것입니다. 이 점만을 특히 각국 대표들에게 말해 두지 않을 수 없는 우리들 일행의 고충을 알아주길 바랍니다.

(조회 결과가 돌아온 뒤 마지막 역설)

여러분! 지금 나는 우리 황제의 회전(回電)을 부인합니다. 천지신명께 맹세하거니와 우리가 밀조를 봉대하였음은 조금도 변함이 없습니다. 이 답전은 창피한 말이나 우리나라에 있는 일본의 주구들이 협잡하여 꾸민 것이 아니면, 이토 히로부미가 우리 황상을 위협하여 만들어진 것일 것입니다.

본 대표는 일신(一身)을 희생하여서라도 우리 한국 동포들이 다 저 왜적의 무의무도에 항쟁하여 최후 일인까지 신명을 우리나라에 바치려는 결심이 있음을 세계 만국에 대하여 실제로 보이려 합니다.

(이 연설을 끝으로 이준이 할복자살한 것으로 알려져 있다. 그러나 실제로는 화병과 단식에 따른 심장마비로 사망했다는 설이 유력하다.)

국제협회 회의장에 들어선 이준은 이것이 마지막 기회임을 직감적으로 알아차렸다. 고종 황제의 밀서를 품에 안고 무려 달포 이상 바닷길과 철길을 거쳐 만국평화회의가 열리고 있는 이곳 네덜란드 헤이그로 달려왔지만 일본과 주최국인 네덜란드의 방해로 끝내 본회의장에는 참석하지 못했던 것이다. 천신만고 끝에 만국평화회의를 계기로 개최된 국제협회 회의장에 영국 언론인 스테드의 주선으로 참석한 그는 을사늑약의 불법성과 체결과정의 부정의(不正義)를 세계 각국의 대표들에게 고발할 수 있는 절호의 기회를 잡게 됐다.

이준, 이상설과 함께 밀파된 외교관 출신 이위종의 '한국을 위한 호소'라는 연설의 전문(全文)이 며칠 전 네덜란드 현지 언론을 비롯한 각국 언론에 크게 소개돼 각국 대표들까지 한국의 사정을 알게 된 것도 유리하다면 유리한 배경이었다.

국제협회 회의 의장으로부터 발언권을 얻은 이준은 갖가지 상념이 솟구쳐올라 잠시 눈을 감았다. 먼저 자신이 국민교육회 회장으로 있을 때 만난 안중근이란 청년의 모습이 떠올랐다. 비범한 풍모와 눈빛을 가진 안중근과 그는 첫 대면에서부터 의기투합했고 "죽음으로써 나라를 구하자"며 서로의 손을 맞잡았다.

양복 안주머니에 깊이 간직한 단검이 싸늘하게 가슴을 내리눌렀다. 문득 자신이 지었던 「생사관(生死觀)」이란 오언율시(五言律詩)가 떠올랐다.

人生稱何死　무엇을 죽음이라 이르며

人生稱何生　무엇을 삶이라 이르는가

死而有不死　죽어도 죽지 아니함이 있고

生而有不生　살아도 살지 아니함이 있다

誤生不如死　그릇되게 살면 죽느니만 못하고

善死還永生　제대로 죽으면 되려 영원한 삶을 얻으니

生死皆在我　살고 죽는 것이 모두 내게 달렸다면

須勉知死生　모름지기 죽고 사는 것을 힘써 알지어다

이윽고 이준은 피를 토하는 듯 열정적으로 연설을 시작했다. 그는 우선 일본 대표인 가토 다카아키가 "한국은 을사조약으로 외교권을 일본에 넘겼으니 이 평화회의에 참석할 자격과 권리가 없다"며 퇴장을 요구한 것에 대해 강력히 반박했다. 그 조약이라는 것이 "우리 국민이 전부 반대하여 피로써 항의하는 것이요, 우리 황제의 의사에 없는 억지로 만들어진 조약"이기 때문이라는 논리였다. 이준은 그 구체적 증거로 조약문서에 고종 황제의 옥새가 찍히지 않았다는 사실을 제시했다. 일본이 강압적인 무력을 동원해 체결한 을사조약은 한마디로 조약의 이름을 빈 사기극이라는 것이었다.

일본은 전 평리원 검사 이준과 전 의정부 참찬 이상설로 구성된 한국 밀사(이위종은 나중에 합류)들이 헤이그에 도착했을 때부터 이들의 회의 참석을 막기 위해 집요한 방해공작을 폈다. 이준과 이상설이 의장인 러시아 대표 넬리도프를 만나 고종의 신임장을 제시하고 한일조약의 무효화를 회의 의제에 상정할 것을 요구했다는 사실을 알게 된 일본은 고종을 감금했다. 또 현지 공관과 회의 대표들에게 "모든 역량을 동원해 한국 밀사의 회의 참석을 막으라"는 지시를 내렸다. 일본의 거센 항의와 압력에 부담을 느낀 넬리도프는 형식상의 초청국인 네덜란드에 책임을 미뤘다. 네덜란드 역시 "각국 정부도 을사조약을 승인한 만큼 한국 정부의 자주적인 외교권을 인정할 수 없다"며 밀사들의 회의 참석을 거부했다.

연단 위의 이준은 일본을 지지하는 영국 대표에 대해서도 포문을 열었다. 그는 영국을 신사의 나라로 알고 있는데 한영조약을 헌신짝처럼 버리고 약소국가를 박해하는 것은 신사도에 어긋난다고 공박했다. 즉 1885년 영국 함대가 거문도를 불법 점거한 데 대해 조선이 철수를 요구하자 즉각 이에 응한 것을 두고 조선에서는 역시 신사의 나라라고 칭송하고 있는데 오늘 행태를 보니 그게 아닌 것 같다고 비꼰 것이다. "한국에 대한 일본의 무법·무도한 행동들을 인용한다면 그 다음에는 그런 나쁜 행동이 점차 자라서 청국을, 인도를, 그리고 동양 평화를 파괴하는 날, 세계 평화는 교란을 면치 못할 것"이라는 이준의 통찰은 참으로 음미할 만하다. 그의 예견대로 일본은 한국을 집어삼킨 데 이어 중국을 침략했으며, 태평양전쟁을 일으켜 수많은 아시아 국가와 영국·미국에까지 극심한 고통을 안겼기 때문이다. 신임장이 위조라는 일본 대표의 터무니없는 주장에 대해서는 '국격'을 거론하며 제압했다. 즉 일본은 거짓을 좋아하는 나라라서 그 같은 몰염치한 발언을 할지 몰라도 우리나라는 남에게 속을지언정 남을 속이지는 않는다. 사람에게 인격이 있듯이 나라에는 국격이 있는 것 아니겠는가. 그 격에서 우리와 일본은 비교가 되지 않는다는, 자못 통렬하고 날카로운 논박이었다. 신임장의 진위를 본국에 조회한 결과 '가짜'라는 회신이

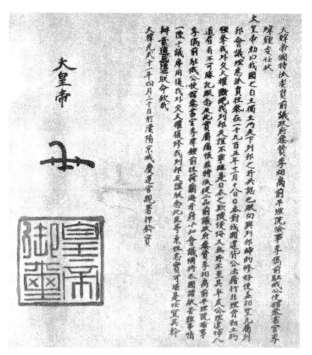

大韓帝國特派委員前議政府參贊李相卨前平理院檢事李儁前駐俄公使館參書官李瑋鍾支往

大皇帝初以戰國之日主痛之威日與列邦時約好伏義相望几廢平會議深念忠貞扶義左(一千九百五年十二月十日日本對我國違片公法肆行非理脅勒之約奪我外交權勒置列邦之誼隔我使臣是日之於隣接於人道有不可勝此歐化念而亦思念日本行不軌列邦有道公斷違悖人

李儁前駐俄公使館參書官李瑋鍾往赴和蘭海牙(一千九百七年六月十五日會議橫侵本國謀舍我邦)李瑋鍾駐俄公使館參書官李瑋鍾性忠義字端是任宜其幹

(隆十五歲有朕不曾忘朕今秋義)大韓光武十一年四月二十日於漢陽京城慶運宮親署押給貨

大皇帝〔御押〕

〔御璽〕

고종의 옥새가 찍힌 특사
위임장 (1907)

온 뒤에 행한 마지막 대목은 이준의 피 끓는 분노와 불타는 애국심이 한데 뭉쳐졌다. "이 답전은 창피한 말이나 우리나라에 있는 일본의 주구들이 협잡하여 꾸민 것이 아니면, 이토 히로부미가 우리 황상을 위협하여 만들어진 것"이라는 처절한 호소가 절절하다. "왜적의 무의무도에 항쟁하여 최후 일인까지 신명을 우리나라에 바치려는 결심이 있음을 세계 만국에 대하여 실제로 보이려 합니다"라는 결어는 애국지사의 비장함과 의연함이 솟구친다.

이준의 일생은 애국지사의 전형적인 삶이었다. 그는 1859년 함경도 북청에서 태어났다. 1896년 아관파천이 일어나자 일본으로 건너가 와세다대학 법학부를 졸업하고 귀국했다. 1902년 이상재·민영환·이상설·이동휘 등과 함께 비밀결사인 개혁당을 만들어 항일운동을 전개했다. 러일전쟁을 일으킨 일제가 1904년 군대를 한국에 불법 진주시켜 제1차 한일의정서를 강제 체결하는 등 침략정책을 노골화하자 이에 대한 반대시위운

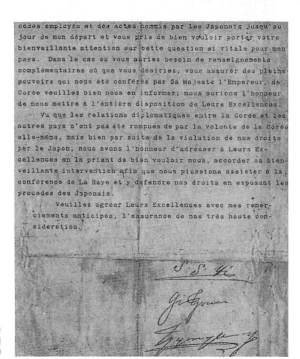

헤이그 만국평화회의에 제출한
이상설 · 이준 · 이위종의
「공고사」 (1907)

동을 일으키는 데 주도적 역할을 했다. 또한 1905년 일제가 무력으로 을늑
조약을 체결하자 대한문 앞에서 일본경찰과 투석전을 벌이는 등 격렬한
항일시위운동을 조직했다. 1907년 대구에서 국채보상운동이 일어나자 서
울에 국채보상연합회의소를 설립하고 모금활동을 벌였다. 같은 해 안창
호 · 양기탁 등이 중심이 돼 신민회가 창립되자 이에 가입하여 활동했다.
같은 해 6, 7월 헤이그에서 만국평화회의가 열린다는 소식을 들은 그는 고
종을 만나 특사 파견을 제의했고, 고종의 동의를 받았다. 1907년 4월 22
일 서울을 출발한 그는 이것이 이승에서의 마지막 여행이라는 사실을 이
미 알고 있었다.

이준의 죽음에 대해서는 그동안 할복자살설이 가장 널리 알려져 있었
다. 일제의 만행을 널리 알리려는 자신의 외교적 노력이 결실을 맺지 못한
것에 원통함을 참지 못한 나머지 품 안의 단검으로 자신의 배를 갈라 회의

장 연단에서 스스로 목숨을 끊었다는 것이다. 이는 구한말 애국지사이자 대문장가인 황현이 자신의 저서인 『매천야록』에서 그렇게 서술한 데서 비롯된 것이다. 게다가 이준의 고결한 애국심을 높이 기리려는 일반 민중들의 애틋한 마음이 하나로 뭉쳐져 할복자살설이 더욱 신빙성을 얻었다. 그러나 〈평화회의보〉를 비롯한 당시의 각종 자료와 언론보도가 알려지면서 할복자살은 역사적 사실이 아닌 것으로 밝혀졌다. 당시 헤이그 현지의 보도와 일본 외무성 문서에는 이준이 급성 전염병을 얻어 사망했다고 나와 있다. 또 〈인디펜던트 *The Independent*〉는 그가 심장마비로 죽었다고 보도했다. 그러나 이준과 함께 밀파됐던 이상설과 이위종은 "이준은 강철같은 체력의 소유자로 뺨에 종기가 났지만 그것이 죽음에 이르게 할 정도는 아니었다"고 증언했다. 두 사람은 "일본이 자행한 국권강탈을 끝내 막아내지 못한 데 대해 분통이 터져 음식을 끊게 됐고 이로 말미암아 병을 얻어 갑자기 죽음에 이르게 됐다"고 주장했다. 여러 가지 정황을 종합해 볼 때 이상설·이위종의 증언이 가장 진실에 가까운 것으로 보인다.

이준의 죽음이 할복자살에 의한 것이 아니라고 해서 그 의미가 훼손되는 것은 아니다. 일제의 불법적 국권강탈을 세계 만방에 알리기 위해 활동하던 중 유명을 달리한 '순국'임에는 변함이 없기 때문이다. 또 일부 연구자들은 당시의 밀사 외교에 대해 "제국주의적 세계 질서를 제대로 인식하지 못한 순진하고 이상주의적인 발상"이라는 비판도 제기하고 있지만 이준의 죽음이 갖는 치열하고 숭고한 정신은 훼손될 수 없다.

이준이 죽었을 때 그의 나이 겨우 49세였다. 네덜란드 정부는 특별히 헤이그 국립공원 묘지에 안장을 허가했다. 이준은 피를 토하는 호소로 일본의 침략을 폭로해 세계 만국의 양심을 일깨웠으나 이 사건의 결과는 참담했다. 고종은 일제에 의해 강제로 퇴위당했고, 대한제국 군대는 해산됐다.

법정 최후 진술

안중근

나는 검찰관의 논고를 듣고 나서 검찰관이 나를 오해하고 있다고 생각한다. 예컨대 하얼빈에서 검찰관이 올해로 다섯 살 난 나의 아이에게 내 사진을 보여주며 '이 사람이 네 아버지냐'고 물었더니 그렇다고 대답했다고 말했는데, 그 아이는 내가 고국을 떠날 때 두 살이었는데 그 후 만난 적도 없는 나의 얼굴을 알고 있을 까닭이 없다. 이 일로만 미루어 봐도 검찰관의 심문이 얼마나 엉성한지, 또 얼마나 사실과 다른지를 알 수 있다고 생각한다. 나의 이번 거사는 개인적으로 한 것이 아니고 한일 관계와 관련해서 결행한 것이다.

그런데 사건 심리에 있어서 재판장을 비롯하여 변호인과 통역까지 일본인만으로 구성하고 있다. 나는 한국에서 변호인이 와 있으니 이 사람에게 변호를 허가하는 것이 지당하다고 생각한다. 또 변론 등도 그 요지만을 통역해서 들려주기 때문에 불공평하다고 생각한다. 또 다른 사람이 봐도 이 재판이 편파적이라는 비방을 면할 수 없을 것이라 생각한다. 검찰관이나 변호인의 변론을 들어보면, 모두 이토가 통감으로서 시행한 시정 방침은 완전무결한 것이며 내가 오해하고 있다고 하지만, 이는 부당하다. 나는 오해하고 있는 것이 아니라 오히려 너무 잘 알고 있다고 생각하기 때문에 이토가 통감으로서 시행한 시정 방침의 대요를 말하겠다.

1905년의 5개조 보호조약에 대한 것이다. 이 조약은 황제를 비롯하여 한국 국민 모두가 보호를 희망했던 것은 아니다. 그런데 이토는 한국 상하의 신민과 황제의 희망으로 조약을 체결한다고 말하며 일진회(一進會)를 사주하여 그들을 운동원으로 만들고, 황제의 옥새와 총리대신의 부서가 없는데도 각 대신을 돈으로 속여 조약을 체결했기 때문에, 이토의 정책에 대해 당시 뜻있는 사람들은 크게 분개하여 유생 등은 황제에게 상주(上奏)하고 이토에게 건의했다. 러일전쟁에 대한 일본 천황의 선전조칙에는 동양의 평화를 유지하고 한국의 독립을 공고히 한다는 말이 있었기 때문에 한국의 인민들은 신뢰하며 일본과 더불어 동양에 설 것을 희망하고 있었지만, 이토의 정책은 이와 반대되는 것이었기 때문에 각처에서 의병이 일어났던 것이다.

그래서 가장 먼저 최익현이 그 방책을 냈다가 송병준에 의해 잡혀서 쓰시마에서 구금돼 있던 중 사망했다. 그래서 제2의 의병이 일어났다. 그 후에도 방책을 냈지만 이토의 시정방침이 변경되지 않았다. 그래서 당시 황제의 밀사로 이상설이 헤이그의 평화회의에 가서 호소하기를, 5개조의 조약은 이토가 병력으로 체결한 것이니 만국공법에 따라 처분해달라고 했다. 그러나 당시 그 회의에 물의가 있었기 때문에 그 일은 성사되지 않았다. 그래서 이토는 한밤중에 칼을 뽑아 들고 황제를 협박해서 7개조의 조약을 체결시켜 황제를 폐위시켰고, 일본으로 사죄사를 보내게 되었다.

이런 상태였기 때문에 경성 부근의 상하 인민들은 분개하여 그 중에 할복한 사람도 있었지만, 인민과 군인들은 손에 닿는 대로 무기를 들고 일본 군대와 싸워 '경성의 변'이 일어났던 것이다. 그 후 십수만의 의병이 일어났기 때문에 태황제께서 조칙을 내리셨는데, 나라의 위급존망에 즈음하여 수수방관하는 것은 국민된 자로서의 도리가 아니라는 것이었다. 그래서 국민들은 점점 격분하여 오늘날까지 일본군과 싸우고 있으며 아직도 수습되지 않았다. 이로 인해 십만 이상의 한국민이 학살됐다. 그들 모두 국사에 힘쓰다가 죽었다면 본래 생각대로 된 것이지만, 모두 이토 때문에 학살된 것으로, 심한 사람은 머리를 노끈으로 꿰뚫는 등 사회를 위협하며 잔학무도하게 죽였다. 이 때문에 장교도 적지 않게 전사했다. 이토의 정책이 이와 같이 한 명을 죽이면 열 명, 열 명을 죽이면 백 명의 의병이 일어나는 상황이 되어, 시정방침을 개선하지 않으면 한국의 보호는 안 되는 동시에 한일간의 전쟁은 영원히 끊이지 않을 것이라고 생각한다.

이토 그는 영웅이 아니다. 간웅으로 간사한 꾀가 뛰어나기 때문에 그 간사로 꾀한 '한국의 개명은 날로 달로 나아가고 있다'고 신문에 싣게 했다. 또 일본 천황과 일본 정부에 '한국은 원만히 다스려 날로 달로 진보하고 있다'고 속이고 있었기 때문에 한국 동포는 모두 그의 죄악을 미워하고 그를 죽이고 싶은 마음을 갖고 있었다.

사람은 누구나 삶을 즐기고 싶어하지 않는 자가 없으며 죽음을 좋아하지 않는다. 그뿐 아니라 한국민은 십수 년 동안 도탄의 괴로움에 울고 있기 때문에 평화를 희망함은 일본 국민보다도 한층 깊은 것이다. 게다가 나는 지금까지 일본의 군인, 상인, 도덕가, 기타 여러 계급의 사람과 만난 이야기는, 내가 한국에 수비대로 와 있는 군인에게 '이같이 해외에 와 있는데 본국에 부모처자가 있을 것이 아니가. 그러니 분명히 꿈속에서도 그들의 일은 잊혀지지 않아 괴로울 것이다'라고 위로했더니, 그 군인은 '본군 일이 견디기 어렵지만 어쩔 수는 없다'라며 울며 말했다. 그래서 나는 '그러면 동양이 평화롭고 한일 간에 아무 일이 없기만 하면 수비대로 올 필요가 없을 것이 아니냐?'라고 물으니, '그렇다. 개인적으로는 싸움을 좋아하지 않지만 필요가 있으면 싸우지 않으면 안 된다'라고 말했다. 그래서 나는 '수비대로 온 이상 쉽사리 귀국할 수 없겠다'라고 했더니, 그 군인은 '일본에는 간신이 있어서 평화를 어지럽게 하기 때문에 우리들도 마음에 없는 이런 곳에 와 있다'는 것이다.

'이토 따위를 혼자서는 죽일 수 없지만 죽이고 싶은 생각이다'라고 울면서 이야기했다. 그리고 농부와의 이야기는, 그 농부가 한국에 왔다는 당시에 만나서 한 이야기이다. 그가 말하기를 '한국은 농업에 적합하고 수확도 많다고 해서 왔는데, 도처에서 의병이 일어나 안심하고 일을 할 수가 없다. 또 본국으로 돌아가려고 해도 이전에는 일본도 좋았지만 지금은 전쟁 때문에 그 재원을 얻는 데 급급하여 농민들에게 세금을 많이 부과하기 때문에 농업은 하기 힘들다는 이야기를 들었다. 그렇다고 해서 한국에 있자니 이와 같아 우리들은 몸둘 곳이 없다'라고 한탄하며 호소했다. 다음으로 상인과의 이야기를 말하겠다. 한국은 일본 제작품의 수요가 많다고 듣고 왔는데 앞의 농부의 이야기와 같이 도처에 의병이 있고 교통이 두절되어 살 수가 없다며, 이토를 없애지 않으면 상업도 할 수 없으니 자기 한 사람의 힘으로 되는 일이라면 죽이고는 싶지만, 어떻든 평화로워지기만을 기다릴 수밖에 없다고 말하고 있었다.

마지막으로 도덕가의 이야기라는 것은 예수교 전도사의 이야기이다. 나는 먼저 그 자에게 말을 걸어 '이렇게 무고한 사람을 학살하는 일본인이 전도가 되겠는가?'라고 물으니, 그가 '도덕에는 나와 남의 구별이 없다. 학살하는 사람은 참으로 불쌍한 자이다. 천제의 힘으로 개선시키는 수밖에 없으니, 그들을 불쌍히 여겨 달라'고 말했다. 이 사람들의 이야기에 의해서도 일본인이 동양의 평화를 희망하고 있는 동시에 얼마나 간신 이토를 미워하고 있는지를 알 수 있다. 일본인에게도 이런데 하물며 한국인에게는 친척이나 친구를 죽인 이토를 미워하지 않을 까닭이 없다.

내가 이토를 죽인 이유는 이토가 있으면 동양의 평화를 어지럽게 하고 한일 간이 멀어지기 때문에 한국의 의병 중장의 자격으로 죄인을 처단한 것이다. 그리고 나는 한일 양국이 더 친밀해지고, 또 평화롭게 다스려지면 나아가서 오대주에도 모범이 돼 줄 것을 희망하고 있었다. 결코 나는 오해하고 죽인 것은 아니다. 나의 목적을 달성할 기회를 얻기 위해 한 것이다. 따라서 이제라도 이토가 그 시정방침을 그르치고 있었다는 것을 일본 천황이 들었다면 반드시 나를 가상히 여길 것이라고 생각한다.

오늘 이후 일본 천황의 뜻에 따라 한국에 대한 시정방침을 개선한다면 한일 간의 평화는 만세에 유지될 것이다. 나는 그것을 희망하고 있다. 변호인의 말에 의하면, 광무3년에 체결된 조약에 의해 한국민은 청국 내에서 치외법권을 가지니 본건은 한국의 형법대전에 의해 다스려져야 할 것이며, 한국형법에 의하면 처벌할 규정이 없다고 했는데, 이는 부당하며 어리석은 논리라고 생각한다.

오늘날 인간은 모두 법에 따라 생활하고 있는데, 현실적으로 사람을 죽인 자가 벌을 받지 않고 살아남을 도리는 없는 것이다. 그렇다면 나는 어떤 법에 의해 처벌돼야 하는가의 문제가 남아 있는데, 이에 대해 나는 한국의 의병이며 지금은 적군의 포로가 돼 있으니 당연히 만국공법에 의해 처리돼야 할 것이라고 생각한다.

1910년 2월 12일, 만주 뤼순(旅順)의 관동도독부 지방법원 앞에는 아침부터 많은 사람들이 몰려들었다. 이들은 살을 에는 듯한 만주의 겨울바람에 목을 움츠리면서도 상기된 표정으로 속속 법정으로 들어갔다.

이날 형사법정에서는 조선통감 이토 히로부미를 하얼빈 역에서 저격 사살한 안중근에 대한 제5차 공판이 열릴 예정이었다. 이미 사형선고가 예정된 형식적인 재판이었지만 사실상의 마지막 공판을 앞두고 사람들의 관심은 더욱 높아져 있었다. 이토를 저격한 이래 일본 관헌들의 그 혹독한 고문에도 굴복하기는커녕 당당하고 기품 있는 자세로 그들을 감동하게 만들었다는 안중근이 과연 최후 진술에서는 어떤 말을 할 것인지 궁금했다. 형사법정에 들어갈 수 있는 수용인원은 300명밖에 되지 않아 나머지 사람들은 법정 앞에 떨고 서 있거나 발길을 되돌려야 했다. 한국인으로서 법정 입장이 허용된 사람은 안중근의 두 동생인 정근·공근 형제와 변호사 안병찬 세 사람뿐이었다.

이윽고 공판이 시작됐다. 법정은 물을 끼얹은 듯 깊은 정적이 흘렀지만

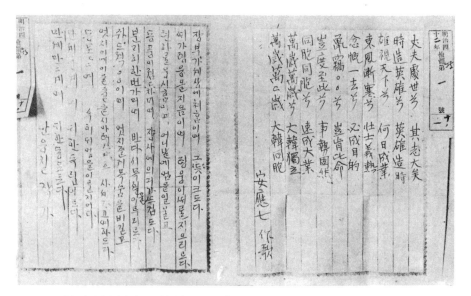

의거 전 하얼빈에서 안중근 의사가 친필로 남긴 「장부가」 (1909)

안중근이 간수들에게 두 팔을 잡힌 채 들어오자 잠시 술렁댔다. 밤하늘의 별처럼 형형하게 빛나는 눈동자, 굳게 다문 입술, 서른두 살 청년을 더욱 어른스럽게 해주는 콧수염. 안중근의 풍모는 일본인들이 피상적으로 알고 있는 흉악한 살인범의 모습이 아니었다.

이틀 전인 2월 10일, 4차 공판에서 검찰은 이미 안중근에게 사형을 구형한 터여서 일본인 변호사들의 형식적인 변론이 있었다. 이들은 그동안의 변론 요지를 이날도 되풀이했다. 즉 안중근이 케케묵은 한문 서적 정도만 읽은 '무지몽매한' 상태에서 세상 물정을 잘 모르고 이토와 같은 불세출의 정치가이자 세계적인 평화주의자를 살해했으니 선처해 달라는 것이었다. 변호사들의 하나마나 한 '앵무새 변론'을 듣고 있던 안중근의 입가에 희미한 미소가 번졌다.

변론이 끝나자 재판장인 마나베 주조 판사가 "변론은 상세하게 들었으니 피고인이 마지막으로 할 말이 있으면 하라"고 최후진술을 허용했다. 안중근은 자리에서 일어나 조금도 당황하지 않고 진술을 시작했다. 그것은 자신이 이토를 살해한 것은 결코 사적 감정이 아니라 대한민국의 군인이자 지사로서 적국의 수괴를 처단한 정당한 행위였으며, 반일주의자가 아니라 진정한 동양 평화론자임을 역설하는 내용이었다. 법정을 가득 메운 일본인들은 곧이어 닥칠 죽음 앞에서도 한 치의 흐트러짐 없이 당당하게 진술하는 안중근의 모습을 보고 감탄을 금치 못했다.

안중근은 최후진술에서 우선 재판 자체가 기만적이며 형식적이라는 사실을 질타했다. 그는 아들에게 사진을 보여주며 대조 작업을 한 검찰관의 심문이 얼마나 엉성한 것인지, 혹은 그런 사실 자체가 조작됐을 가능성이 있음을 지적했다. 또 사건 심리에서도 재판장과 변호사 모두 일본인으로 구성했고, 한국에서 온 한국인 변호사에게는 변론의 기회마저 박탈한 것은 불공평한 처사라고 주장했다.

안중근은 또 수사와 재판을 받으면서 여러 차례 강조한 바 있는 '이토 저격의 당위성'을 거듭 강조했다.

폭포수가 떨어지는 듯, 파도가 일어나 부서지는 듯, 큰 바위들이 한꺼번에 구르는 듯 힘차고 위엄 넘치는 안중근의 진술이 계속됐다. 누가 봐도 삶을 구걸하는 사형수의 모습은 아니었다. 일본인들의 죄악을 질타하면서 동양의 평화를

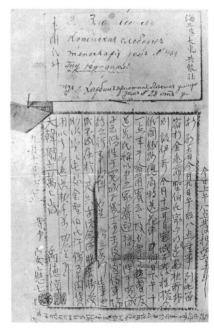

의거 직전 하얼빈에서 블라디보스토크에 있는 〈대동공보사〉 주필 이강에게 보낸 서한 (1909)

見利思義見危授命

庚戌三月 於旅順獄中 大韓國人 安重根 書

"이로움을 보거든 정의를 생각하고 위태로움을 보거든 목숨을 주라"

위해 자신의 한 몸을 기꺼이 바치겠다는 대한남아의 기세가 넘쳤다.

마지막으로 안중근은 "이토가 있으면 동양의 평화를 어지럽게 하고 한일이 멀어지기 때문에 한국의 의병 중장의 자격으로 죄인을 처단" 했노라고 당당하게 선언했다. 결코 사사로운 차원의 복수가 아니라 한일 두 나라의 친선을 위해서 행한 일인 만큼 일본 천황도 자신의 진의를 알면 오히려 칭찬할 것이라고 역공을 펴기까지 했다.

석 달 보름 전인 1909년 10월 26일. 아침 7시경 안중근은 삼엄한 경계를 뚫고 하얼빈 역사의 찻집에서 이토의 도착을 기다리고 있었다. 만주의 늦가을 새벽은 싸늘했다. 품 안의 권총이 주는 묵직한 느낌이 다시금 그의 각오를 새롭게 했다. 9시경 이토를 태운 열차가 하얼빈 역에 도착하자 러시아 대장대신 코코프체프가 객실 안까지 들어가 이토를 영접했다. 20분 뒤 열차에서 내린 이토는 코코프체프의 안내를 받으며 의장대를 사열하기 시작했다. 바로 그 순간 안중근의 두 눈에서 새파란 불꽃이 튀었다. 사열을 마

大韓義士安重根公血書

一千九百九年二月五日安重根公在我領烟秋與同志十一人共斷手指盟約爲國獻身報其流血艱書斯文

괴유년이월초침일에안의사즁근이라스연추로단지동밍을힝흐고그피로써몸을받에잇셔처기로단지동빙을힝흐한가지국가를위하야

大韓獨立

안의스의단총 安重根公之斷指 안의스의숀가락 安重根公之手指

안의스즁근공의혈서

안중근 의사가 연해주 연추 지방에서
동지들과 함께 단지(斷指)동맹을 맺고
조국의 독립을 위해 헌신할 것을
맹세하며 쓴 혈서를 엽서로 만든 것
(1909)

친 이토가 흰 수염을 휘날리며 각국 사절단의 인사를 받았다. 1905년 초대 조선통감으로 부임한 뒤 을사늑약 체결을 통해 조선 강탈의 기초를 닦은 이토가 추밀원 의장 자격으로 러시아를 방문한 것은 일본의 조선 합병에 대한 러시아의 의중을 떠보기 위해서였다. 당시 만주지역에서는 일본과 러시아는 물론, 영국과 청나라 등 동서의 열강이 지배권을 놓고 각축전을 벌이고 있었다. 특히 철도를 둘러싼 이권 쟁탈전은 치열했다. 이토의 방문 목적에는 러시아와의 협상을 통해 만주철도의 분할지배권을 확정하려는 것도 포함되었다.

9시 30분.

"탕! 탕! 탕!"

세 발의 총성이 하얼빈 아침의 찬 공기를 찢었다. 러시아 의장대 뒤편에

순국하기 이틀 전, 면회 온 두 아우와 빌렘 신부에게 유언하고 있는 안중근 의사 (1910)

서 있던 안중근이 열 걸음 정도의 거리를 두고 선 자세로 벨기에제 브로우닝 권총을 이토 히로부미에게 발사했던 것이다. 급소를 맞은 이토는 그 자리에 쓰러졌다. 곧이어 안중근은 남은 세 발의 총탄도 마저 발사했다. 이토를 수행하던 하얼빈 총영사 가와카미 도시히코, 비서관 모리 타이지로, 남만주철도 이사 다나카 세이타로가 차례로 쓰러졌다.

행사장은 아수라장으로 변했다. 그 자리에 우뚝 서 있던 안중근은 러시아 헌병에 체포되자 '까레야 우라(한국 만세)'를 세 번 외쳤다. 안중근의 권총 세 발에 조선을 삼킨 원흉 이토의 숨이 끊어졌고, 우렁차게 외친 만세 삼창에 하얼빈 역 주변이 숨을 죽였다. 러시아 헌병대에서 심문을 당한 안중근은 저녁 8시경 일본 영사관으로 넘겨졌다.

이토의 죽음이 알려지자 일본 열도는 충격과 경악에 휩싸였다. 조선인에게 이토는 나라를 빼앗은 원수 중의 원수였지만 일본인에게 그는 총리대신을 네 차례나 지내면서 나라의 기틀을 굳건히 다진 영웅 중의 영웅이었기 때문이다. 이토의 시신이 일본으로 옮겨진 뒤 정치인으로서는 최초로 국장이 치러졌다. 천황을 비롯한 황실 전체가 그의 죽음을 애도했다. 언론도 장례식의 모든 과정과 그의 전 생애를 연일 대대적으로 보도했다. 이토가 일본에게 얼마나 추앙받는 인물인지는 그의 모습이 담긴 지폐만 봐도 알 수 있다. 1963년에 발행된 1,000엔짜리 지폐에는 그의 얼굴이 그려져 있다.

이토 히로부미는 빈농의 집안에서 몸을 일으켜 자신의 재능과 노력만으로 천황을 제외한 최고 권력자의 자리에 올랐고, 근대 일본의 기틀을 다졌다. 일본인들은 지금도 '맨 밑바닥에서 최단 기간에 맨 꼭대기에 오른' 인물로 도요토미 히데요시와 더불어 이토 히로부미를 꼽는다. 도요토미 역시 임진왜란을 일으켜 16세기 조선 전역을 쑥밭으로 만들었다는 것을 기억한다면 정말 묘한 운명의 일치다. 일본인들에게 이토 히로부미는 메이지 유신의 주역이었으며 영국의 글래드스턴, 프로이센의 비스마르크, 미국의 루스벨트 등 대정치가들에 비견되는 위인이었다. 그러나 한국인들에게는 조선 침략의 주모자일 뿐이었다. 초대 조선통감으로 취임한 이토는 한국의 군사권과 외교권을 박탈하고, 헤이그 밀사사건을 계기로 고종을 강제로 퇴위시켰다.

안중근의 최후 진술 이틀 뒤인 2월 14일 재판부는 본국의 지시대로 안중근에게 사형을 언도했다. 이토 암살에 참여한 우덕순에게는 징역 3년, 조도선·유동하에게는 징역 1년 6개월이 선고됐다. 선고를 받은 안중근은 "이보다 더 극심한 형은 없느냐"고 말하면서 시종일관 의연함을 잃지 않았다. 물론 항소도 하지 않았다. 안중근의 어머니도 "구차한 목숨에 연연하기보다는 나라를 위해 눈을 감아라. 네가 나라를 위해 가는 길이 자랑스럽다"는 편지를 보냈다. 과연 그 아들에 그 어머니였다.

3월 8일 안중근은 면회 온 빌렘 신부와 정근·공근 두 동생을 만났다. 빌렘 신부는 천주교 신자인 안중근에게 고해성사와 미철성찰대례, 성례성

혈 예식 등을 베풀었다. 20분 동안 기도를 드린 안중근은 두 동생에게 유언을 남겼다.

"내가 죽은 뒤에 나의 뼈를 공원 곁에 묻어 두었다가 우리나라가 주권을 되찾거든 고국으로 옮겨다오. 나는 천국에 가서도 또한 우리나라의 독립을 위해 힘쓸 것이다. 너희들은 돌아가서 국민된 의무를 다하며, 마음을 같이하고 힘을 합하여 큰 뜻을 이루도록 일러다오. 대한독립의 소리가 들려오면 나는 춤추며 만세를 부를 것이다."

1910년 3월 26일 안중근은 전날 고국의 어머니가 손수 지어주신 흰 조선옷으로 갈아입고 10분 동안 기도했다. 교수대에 올라가기 직전 마지막으로 남길 말을 묻는 검찰관에게 그는 "나의 거사는 동양평화를 위해 결행한 것이므로 당신들도 앞으로 한일 간에 화합하여 동양평화에 이바지하길 바란다"고 말했다. 안중근은 이어 '동양평화 만세'를 부르고 싶다고 말했으나 관리들이 허락하지 않아 그대로 교수형을 당했다. 안중근의 시신은 송판으로 만든 침관에 안치된 뒤 뤼순 감옥 묘지에 묻혔다. 무섭도록 의연하고 빛나는 죽음이었다.

식민지, 줄기찬 독립운동

식민지, 줄기찬 독립운동

1910년 대한제국의 국권을 강탈한 일제는 식민통치기관으로 조선총독부를 설치하고 총칼을 앞세워 무단통치를 시작했다. 2만여 명의 헌병 경찰과 헌병 보조원을 앞세워 언론 · 출판 · 집회 · 결사의 자유를 철저히 박탈하고 독립운동의 말살을 시도했다.

동시에 일제는 경제적으로 조선을 식민지 수탈체제로 재편해갔다. 강제적으로 토지조사사업을 벌여 토지제도를 식민지 통치에 걸맞게 재편하자, 그 결과는 농민들의 급격한 몰락으로 나타났다. 많은 땅이 일본인의 손으로 넘어갔다. 회사령을 공포하여 민족자본의 성장을 막았고, 광업령과 어업령을 잇달아 발표하여 전 산업에 대한 통제를 강화했다. 아울러 일제는 자원을 수탈하고 대륙 진출을 원활히 하기 위해 철도, 도로, 항만 등을 건설했다.

이렇게 일제의 폭압과 수탈이 극악해졌지만, 독립을 향한 민족의 열망을 잠재우지는 못했다. 국내에서는 수많은 항일

결사가 조직되었고, 국외에서는 독립운동 기지를 세우고 무장투쟁을 이어 갔다.

일제의 무단통치에 짓눌려온 민중의 고통과 독립의 열망은 1919년에 이르러 국내외에서 조직적, 폭발적으로 분출했다. 기본적으로는 일제의 강압과 경제적 착취 속에서 고취된 민중의 항일의식이 바탕을 이뤘고, 월슨의 민족자결주의와 러시아 사회주의 혁명 등의 대외적 여건도 영향을 미쳤다. 1919년 2월 들어서 일본 도쿄와 만주 지린에서 독립선언문이 발표됐다. 도쿄에서는 유학생들이 중심이 되어 조선독립청년단 명의로 이른바 「2·8독립선언서」가 발표됐다.

만주 지린성에서는 김규식, 김좌진, 이동녕, 이동휘, 박은식, 신채호 등 해외에서 활동 중인 유력한 독립지도자 39명의 명의로 육탄혈전을 통한 독립쟁취를 촉구하는 「대한독립선언서」가 선포됐다.

국내에서는 3월 1일을 기해 거족적인 독립운동이 치밀하게 준비됐다. 종교인들이 중심이 된 민족대표 33인 명의의 기미독립선언문을 통해 '조선이 독립국임과 조선인이 자주민임'이 만천하게 당당하게 선포되었다. 이를 기화로 전국 방방곡곡에서 만세시위가 벌어졌다. 독립의 열망은 들불처럼 번져 나갔고, 불과 두 달 만에 전국에서 200만 명이 참여했다. 만주·연해주·미국 등 해외에서도 만세 시위가 일어났다. 3·1운동은 일제의 야만적 탄압으로 좌절되고 말았지만, 실로 거족적인 독립운동이었다. 3·1운동은 민족해방운동을 한 차원 높이는 분기점이 됐다.

무엇보다 전 민족의 독립 의지가 확인됨으로써 독립운동은 한층 탄력을 받았다. 독립운동을 더 조직적으로 전개하기 위한 노력이 경주됐고, 국민 국가 건설을 위한 정부수립 운동이 벌어졌다. 그 결실로서 1919년 4월 우리나라 최초의 민주공화제 정부인 상해임시정부가 탄생했다.

3·1운동을 계기로 만주 등지에서의 무장독립투쟁은 좀더 조직적으로

전개됐다. 1920년대에 들어서는 만주와 연해주에 30여 개의 독립군 부대가 활동했고, 홍범도의 봉오동 전투와 김좌진의 청산리대첩 등등 혁혁한 전과를 올렸다.

또한 3·1운동을 전후해 사회주의사상이 민족해방운동의 한 이념으로 널리 전파되면서 노동자 농민의 민중운동이 조직적으로 전개되기 시작했다. 1925년에는 조선공산당이 창당되어 사회주의운동을 활성화시키는 전기가 되었다.

한편 강압적 지배만으로는 한민족의 독립 열망을 누를 수 없다는 것을 알게 된 일제는 3·1운동 후 이른바 문화통치를 실시했다. 문화통치를 표방했지만, 헌병 경찰제를 보통 경찰제로 바꾸는 등 형식적인 변화 이외에 식민통치의 내용이 바뀐 것은 전혀 없었다. 일부 지식인들을 친일파로 만들어 민족을 이간시키고 민중을 더욱 교묘히 억압하는 기만적 통치 방식이었을 뿐이다.

갈수록 극악해지는 일제의 수탈과 탄압에 맞서 민족의 독립운동도 좀더 가열차고 다양하게 전개됐다. 국내에서는 일제의 감시와 탄압 속에서도 민족계몽운동과 민족교육운동이 꾸준히 펼쳐졌다. 독립운동을 위해서는 무엇보다 민족교육운동이 중요하다고 설파한 도산 안창호는 흥사단을 조직했고 이상재는 민족계몽을 위한 청년 운동을 전개했다. 6·10만세운동(1926)과 광주학생운동(1929) 같은 조직적인 항일운동도 전개됐다. 6·10만세운동의 교훈을 바탕으로 1927년에는 민족주의 세력과 사회주의 세력이 힘을 합쳐 최초의 민족연합전선인 신간회가 결성되기도 했다.

식민 수탈 체제의 직접 피해자인 민중들의 저항도 점점 조직화되고 대규모화되었다. 농민들의 소작쟁의, 노동자들의 노동운동은 처음에는 생존권 차원이었으나 점차 정치투쟁 양상을 띠면서 항일운동으로 발전해 갔다. 일제강점기 가운데 가장 규모가 큰 노동운동인 원산총파업(1929) 투쟁에는 3천여 명의 노동자가 참여했다.

1929년 경제공황이 닥치자 일제는 '대동아공영'을 내세워 대륙 침략을 본격화했다. 한반도를 대륙 침략의 병참기지로 삼으면서 식민지 수탈은 더욱 강화됐다. 중일전쟁과 태평양전쟁을 잇달아 도발한 일제는 인적, 물적 자원의 수탈에 광분했다. 쌀의 공출제와 배급제를 실시해 헐값으로 쌀을 빼앗아 갔고, 놋그릇까지 공출해 무기를 만드는 데 사용했다.

해외에서의 항일투쟁은 더욱 조직화되고 가열됐다. 상해임시정부를 중심으로 외교론과 준비론, 무장투쟁론 등 노선투쟁도 치열하게 벌어졌다. 이런 와중인 1923년 신채호가 작성해 의열단 명의로 발표된 「조선혁명선언」은 외교론과 준비론을 통렬히 비판하고 민중의 무장혁명을 강력하게 주창하고 있다. 1932년 상하이 홍커우(虹口) 공원에서는 윤봉길 의사가 일본군의 상하이사변 승리 자축장에 폭탄을 던져 일본군 사령관 등을 폭사시켰다.

1930년대에 접어들면서 만주와 연해주 독립군들의 항일무장투쟁도 보다 활발해졌다. 일부 독립군 부대는 국경을 넘어 국내 진격을 시도하기도 했다. 중일전쟁이 터지자 각처에 산재해 있는 독립군 조직이 활발하게 통합되었다. 임시정부는 1940년 전면적인 광복전쟁을 펼치기 위해 충칭(重慶)에서 한국 광복군을 창설했다. 임시정부는 광복군 창설에 즈음해 「한국 광복군 선언문」을 발표하고 본격적인 독립전쟁 준비에 들어갔다. 한국 광복군은 일본의 진주만 기습으로 태평양전쟁이 발발하자 즉각 대일 선전포고를 했고, 연합군과 함께 미얀마 전선에 참전했다. 사회주의 세력은 세력은 옌안(延安)에서 조선독립동맹을 결성하고 산하에 조선의용군을 조직하여 마지막 항전을 벌였다.

일제는 아예 민족말살정책으로 전환했다. 성씨를 일본식으로 바꾸는 창씨개명을 강요하고, 각급 학교에 신사참배를 하도록 명하는 등 황국신민화 정책을 책동했다. 우리말과 글의 사용을 금지하고 우리 역사를 배울 수 없게 했다. 미국의 반격이 본격화되면서 전쟁에서 밀리자 일제의 수탈은 더욱 극악해졌다. 도시와 농촌 가릴 것 없이 일할 수 있는 사람들을 마구잡이로 끌어가 일본의 군수공장이나 광산, 전쟁터에 배치했다. 이런 징용도 모자라 나중에는 청년들을 군대로 끌고 갔다. 여자들은 '정신대'라 하여 군수공장으로 내몰고, 이들 중 일부는 일본군의 위안부로 삼는 야만적 범죄를 저질렀다.

일제의 패망이 임박하면서 국내에서도 독립운동의 조직을 재건하려는 움직임이 나타났다. 여운형은 1944년 전향하지 않은 민족주의자와 사회주의자들을 규합해 '조선건국동맹'을 조직하고 독립에 대비한 준비 활동을 시작했다.

1945년 8·15해방은 직접적으로는 연합국에 의한 일본의 패망에서 비롯된 것이지만, 40년 동안 줄기차게 이어진 우리 민족의 항일투쟁이 적지 않은 기여를 했다.

한편 일제의 야만적인 민족말살정책에 맞서 민족문화 수호운동도 줄기차게 펼쳐졌다. 3·1운동 이후 김윤경·이윤재·최현배 등의 국어학자들은 조선어연구회를 조직해 한글 연구와 보급에 심혈을 기울였다. 조선어연구회가 개편되어 창립된 조선어학회는 1930년대 한글 맞춤법 통일안과 표준어를 제정하고 우리말 큰사전 편찬 작업을 벌였다. 일제는 우리말 보급에 앞장서온 조선어학회를 해산시키기 위해 조선어학회 사건을 조작, 다수의 한글학자들을 검거했다. 일제의 한국사 왜곡에 대항하여 우리 역사를 지키기 위한 작업도 전개됐다. 신채호, 박은식, 정인보 등의 사학자를 중심으로 민족문화의 우수성과 주체성을 세우는 연구가 활발히 이뤄졌다.

문화와 예술의 영역에서도 다양한 모색과 성취가 이뤄졌다. 근대적 문화양식이 도입 정착되었고, 사회주의 예술운동도 시도됐다. 이광수와 최남선은 근대 문학의 개척에 공헌했으나, 후일 일제의 침략전쟁을 찬양하는 친일 활동을 벌였다. 김동인, 한용운, 김소월, 이상화 등은 민족정서와 현실을 담은 작품들로 근대 문학 발전에 기여했다. 1920년대 중반에는 사회주의 계열의 신경향파 문학이 등장해 문학의 토양을 넓혔다.

일제강점기 말기에는 일제의 민족말살정책과 일부 문화인들의 친일 행위로 민족 문화의 암흑기가 도래했으나, 민족정서와 항일의식을 담은 이육사와 윤동주의 작품들이 민족문학의 맥을 이어갔다. 음악에서는 안익태, 미술에서는 이중섭의 활동이 두드러졌다. 연극에서도 토월회 등의 활동으로 근대 연극이 뿌리를 내렸고, 영화에서는 나운규가 〈아리랑〉을 발표해 영화 발전에 큰 획을 그었다.

대한독립선언서(大韓獨立宣言書)

조소앙

아 대한동족남매와 기아편구(曁我遍球) 우방 동포아. 아 대한은 완전한 자주독립과 신성한 평등복리로 아 자손여민(子孫黎民)에 세세상전(世世相傳)키 위하여, 자에 이족 전제의 학압(虐壓)을 해탈(解脫)하고 대한민주의 자립을 선포하노라.

아 대한은 무시(無始) 이래로 아 대한의 한(韓)이오. 이족(異族)의 한이 안이라 반만년 사(史)의 내치외교(內治外交)는 한왕한제(韓王韓帝)의 고유권(固有權)이오. 백만방리(百萬方里)의 고산려수(高山麗水)는 한남한녀(韓男韓女)의 공유산(共有産)이오. 기골문언(氣骨文言)이 구아(歐亞)에 발수(拔粹)한 아 민족은 능히 자국을 옹호하며 만방을 화협(和協)하여 세계에 공진(共進)할 천민(天民)이라, 한(韓) 일부의 권(權)이라도 이족에 양(讓)할 의(義)가 무(無)하고, 한(韓) 일척(一尺)의 토(土)라도 이족이 점(占)할 권이 무하며, 한(韓) 일개(一個)의 민(民)이라도 이족이 간섭할 조건이 무하니, 아 한(韓)은 완전한 한인(韓人)의 한(韓)이라.

희(噫)라 일본의 무얼(武孽)이여. 임진(壬辰) 이래로 반도에 적악(積惡)은 만세에 가엄(可掩)치 못할지며, 갑오(甲午) 이후의 대륙에 작죄(作罪)는 만국에 능용(能容)치 못할지라. 피(彼)가 기전(嗜戰)의 악습은 왈 자보(自保) 왈 자위(自衛)에 구(口)를 자(藉)하더니, 종래 반천역인(反天逆人) 보호합병을 영(逞)하고 피(彼)가 투맹(渝盟)의 패습(悖習)은 왈 영토 왈 문호 왈 기회의 명(名)을 가(假)하다가 필경 몰의무법(沒義無法)한 밀관협약(密款脅約)을 늑결(勒結)하고, 피(彼)의 요망한 정책은 감히 종교를 핍박하야 신화의 전달을 저희(沮戱)하얏고 학인(學人)을 제한하야 방알(防遏)하얏고, 인권을 박탈하며 경제를 농락하며 군경(軍警)의 무단과 이민의 암계(暗計)로 멸한식민(滅韓植民)의 간흉을 실행한지라. 적극소극(積極消極)으로 한족을 마멸(磨滅)함이 기하(幾何)뇨. 십년 무얼의 작난이 차에 극(極)함으로 천(天)이 피(彼)의 예덕(穢德)을 염(厭)하사 아에 호기를 사(賜)하실새 천을 순(順)하며 인(人)을 응(應)하야 대한독립을 선포하는 동시에 피의 합병하던 죄악을 선포(宣布) 징변(懲辨)하노니,

1. 일본의 합방동기는 피 소위 범(汎)일본의 주의를 아주(亞洲)에 사행(肆行)함이니, 차는 동양의 적이오.

2. 일본의 합방수단은 사기강박과 불법무도와 무력폭행이 극야(極備)하얏스니 차는 국제법규의 악마이며,

3. 일본의 합방결과는 군경의 만권(蠻權)과 경제의 압박으로 종족을

마멸하며, 종교를 강박하며 교육을 제한하야 세계문화를 저장(沮障)하얏스니 차는 인류의 적이라.

소이(所以)로 천의인도(天意人道)와 정의법리(正義法理)에 조(照)하야 만국입증(萬國立證)으로 합방무효를 선파(宣播)하며 피의 죄악을 징응(懲膺)하며 아의 권리를 회복하노라.

희(噫)라 일본의 무얼이여. 소징대계(小懲大戒)가 이(爾)의 복(福)이니 도(島)는 도로 복(復)하고, 반도는 반도로 복하고, 대륙은 대륙으로 복할지어다. 각기 원상(原狀)을 회복함은 아주의 행(幸)인 동시에 이도 행이어니와, 완미불오(頑迷不悟)하면 전부화근(全部禍根)이 이에 재하니, 복구자신(復舊自新)의 권리를 반복(反復) 효유(曉諭)하노라.

시간(試看)하라 민서(民庶)의 마적이든 전제와 강권은 여염(餘焰)이 이진(已盡)하고 인류에 부여한 평등과 평화는 백일(白日)이 당공(當空)하야 공의(公義)의 심판과 자유의 보편은 실로 광겁(曠劫)의 액(厄)을 일세(一洗)코져하는 천의(天意)의 실현함이요, 약국잔족(弱國殘族)을 구제하는 대지의 복음이라.

대(大)하도다 시(時)의 의(義)여. 차시를 조우한 오인이 무도한 강권속박(强權束縛)을 해탈하고 광명한 평화독립을 회복함은 천의(天意)를 대양(對揚)하며 인심을 순응코져함이며 지구에 입족(立足)한 권리로 세계를 개조하야 대동건설을 협찬하는 소이일새 자에 이천만대중의 적충(赤衷)을 대표하야 감히 황황일신(皇皇一神)께 소고(昭告)하오며 세계 만방에 탄고(誕誥)하오니 우리 독립은 천인합응(天人合應)의 순수한 동기로 민족자보(民族自保)의 정당한 권리를 행사함이오. 결코 안전이해

(眼前利害)에 우연한 충동이 안이며 은원(恩怨)에 유(囿)한 감정으로 비문명인 보복수단에 자족함이 안이라 실로 항구일관(恒久一貫)한 국민의 지성 격발하야 피(彼) 이류(異類)로 감오자신(感悟自新)케 함이며 우리 결실은 야비한 정궤(政軌)를 초월하여 진정한 도의를 실현함이라.

자(咨)흡다, 아 대중아, 공의로 독립한 자는 공의로 진행할지라, 일체방편(一切方便)으로 군국전제를 산제(剷除)하야 민족평등을 전구(全球)에 보시(普施)할지니, 차는 아 독립의 제일의(第一意)오. 무력겸병(武力兼併)을 근절하야 평균천하(平均天下)의 공도(公道)로 진행할지니, 차는 아 독립의 본령이오. 밀약사전(密約私戰)을 엄금하고 대동평화를 선전(宣傳)할지니, 차는 아 복국(復國)의 사명이오. 동권동부(同權同富)로 일체동포(一切同胞)에 시(施)하야 남녀빈부를 제(齊)하며 등현등수(等賢等壽)로 지우노유(知愚老幼)에게 균(均)하야 사해인류(四海人類)를 도(度)할지니, 차는 아 독립의 기치(旗幟)오. 진(進)하야 국제불의(國際不義)를 감독하고 우주의 진선미를 체현(體現)할지니, 차는 아 한민족이 응시부활(應時復活)하는 구경의(究竟義)니라.

자 아 동심동덕(同心同德)인 이천만 형제자매아. 아 단군대황조께서 상제(上帝)에 좌우하사 우리의 기운(機運)을 명(命)하시며 세계와 시대가 우리의 복리를 조(助)하는도다. 정의는 무적의 검이니 차로써 역천(逆天)의 마(魔)와 도국(盜國)의 적을 일수도결(一手屠決)하라. 차로써 사천 년 조종의 광휘(光輝)를 현양(顯揚)할지며, 차로써 이천만 적자(赤子)의 운명을 개척할지니. 기(起)하라 독립군아, 제(齊)하라 독립군아. 천지로 망(網)한 일사(一死)는 인의 가도(可逃)치 못할바인 즉, 견시(犬豕)

에 등(等)한 일생을 수(誰)가 구도(苟圖)하리오. 살신성인하면 이천만 동포와 동심동체로 부활하리니 일신을 하석(何惜)이며, 경가복국(傾家復國)하면 삼천리 옥토가 자가의 소유이니 일가(一家)를 희생하라.

자 아 동심동덕인 이천만 형제자매아, 국민본령(國民本領)을 자각한 독립임을 기억할지며, 동양평화를 보장하고 인류평등을 실시키 위한 자립인 줄을 명심할지며, 황천(皇天)의 명령을 기봉(祇奉)하야 일절 사망(邪網)에서 해탈하는 건국인 줄을 확신하야 육탄혈전(肉彈血戰)으로 독립을 완성할지어다.

건국기원 4252년 2월 일

김교헌(金敎獻) 김규식(金奎植) 김동삼(金東三) 김약연(金躍淵) 김좌진(金佐鎭) 김학만(金學滿) 여준(呂準) 유동열(柳東說) 이광(李光) 이대위(李大爲) 이동녕(李東寧) 이동휘(李東輝) 이범윤(李範允) 이봉우(李奉雨) 이상룡(李相龍) 이세영(李世永) 이승만(李承晩) 이시영(李始榮) 이종탁(李鍾倬) 이탁(李沰) 문창범(文昌範) 박성태(朴性泰) 박용만(朴容萬) 박은식(朴殷植) 박찬익(朴贊翼) 손일민(孫一民) 신정(申檉) 신채호(申采浩) 안정근(安定根) 안창호(安昌浩) 임방(任邦) 윤세복(尹世復) 조용은(趙鏞殷) 조욱(曺煜) 정재관(鄭在寬) 최병학(崔炳學) 한흥(韓興) 허혁(許爀) 황상규(黃尙奎)

대한독립선언서 번역문

우리 대한 동족 남매와 세계 우방 동포여!

우리 대한은 완전한 자주독립과 신성한 평등복리로 우리 자손 여민에 대대로 전하게 하기 위하여, 여기 다른 민족 전제의 학대와 억압을 해탈하고 대한 민주의 자립을 선포하노라.

우리 대한은 예로부터 우리 대한의 한이요, 이민족의 한이 아니라, 반만년 사의 내치외교는 대한의 왕과 황제의 고유 권한이오. 백만방리의 고산려수는 대한남녀의 공유 재산이오. 기골문언이 구아에 뛰어난 우리 민족은 능히 자국을 옹호하며 만방을 화합하여 세계에 공진할 천민이라, 우리대한의 일부 권한이라도 다른 민족에게 양보할 의무가 없고, 우리 강토라도 다른 민족이 점유할 권한이 없으며, 한 사람의 한인이라도 이민족이 간섭할 조건이 없으니, 우리 한은 완전한 한인의 한이라.

슬프도다 일본의 무력과 재앙이여. 임진년 이래로 반도에 쌓아 온

악은 만세에 감추지 못할지며, 갑오년 이후 대륙에서 지은 죄는 만국에 용납치 못할지라. 저들이 전쟁을 즐기는 악습은 자보니 자위니 구실을 만들더니, 마침내 하늘에 반하고 인성을 거스르는 보호 합병을 강제하고, 저들이 맹세를 어기는 패습은 영토니 문호니 기회니 하는 구실을 거짓 삼다가 필경 몰의무법한 밀관협약을 강제로 맺고, 그들의 요망한 정책은 감히 종교를 핍박하고 문화를 말살하였고, 교육을 제한하여 과학의 유통을 막았고, 인권을 박탈하며 경제를 농락하며 군경의 무단과 이민의 암계로 한족을 멸하고 일인을 증식하려는 간흉을 실행한지라.

적극소극으로 우리의 한족을 마멸시킴이 얼마인가.

십년 무력과 재앙의 작란이 여기서 극에 이르므로 하늘이 저들의 더러운 덕을 꺼리시어 우리에게 좋은 기회를 내리실새, 우리들은 하늘에 순종하고 인성에 응하여 대한독립을 선포하는 동시에 저들의 합병하던 죄악을 선포하고 징계하노니,

1. 일본의 합방 동기는 저들의 소위 범일본주의를 아시아에서 실행함이니, 이는 동양의 적이요,

2. 일본의 합방 수단은 사기강박과 불법무도와 무력폭행이 극악하였으니, 이는 국제법규의 악마이며,

3. 일본의 합병 결과는 군경의 야만적 힘과 경제의 압박으로 종족을 마멸하며, 종교를 강박하며, 교육을 제한하여 세계 문화를 저지하고

막았으니 이는 인류의 적이라.

그러므로 하늘의 뜻과 사람의 도리와 정의법리에 비추어 만국의 입증으로 합방 무효를 선포하며, 저들의 죄악을 응징하며 우리의 권리를 회복하노라.

슬프도다 일본의 무력과 재앙이여! 작게 징계하고 크게 타이름이 너희의 복이니 섬은 섬으로 돌아가고, 반도는 반도로 돌아오고, 대륙은 대륙으로 돌아갈지어다.

각기 원상을 회복함은 아시아의 행복인 동시에 너희도 행복이어니와, 만일 미련하게도 깨닫지 못하면 화근은 전부 너희에게 있으니, 복구자신의 이익을 반복하여 알아듣게 타이르노라.

보라! 인민의 마적이었던 전제와 강권은 잔재가 이미 다하였고, 인류에 부여된 평등과 평화는 명명백백하여, 정의의 심판과 자유의 보편성은 실로 광겁의 액을 씻고저 하는 하늘의 뜻을 실현함이요, 약소국과 민족을 구제하는 대지의 복음이라.

장하도다 시대의 정의여. 이때를 만난 우리는 무도한 강권속박을 해탈하고 광명한 평화독립을 회복함은, 하늘의 뜻을 높이 날리며 인심을 순응시키고자 함이며, 지구에 발을 붙인 권리로써 세계를 개조하여 대동건설을 협찬하는 까닭이다. 이에 이천만 대중의 충성을 대표하여, 감히 황황일신께 분명히 알리고 세계 만방에 탄원하오니, 우리 독립은 하늘과 사람이 모두 조응하는 순수한 동기로 민족자보의 정당한 권리를 행사함이오. 결코 눈앞의 이해에 빠진 우연한 충동이 아니며, 은혜와 원한에 관한 감정으로 비문명적인 보복수단에 자족한 바가 아니라. 실로 항구일관한 국민의 지성이 격발하여 저 이족으로 하여금 깨닫고 새롭게 함이며, 우리의 결실은 야비한 정궤를 초월하여 진정한 도의를 실현함이라.

아 우리 대중이여, 공의로 독립한 자는 공의로써 진행할지라, 일체의 방편으로 군국전제를 삭제하여 민족 평등을 온 세계에 베풀지니 이는 우리 독립의 제일의 뜻이오. 무력 겸병을 근절하여 평등한 천하의 공도로 진행할지니 이는 우리 독립의 본령이오. 밀약사전을 엄금하고 대동평화를 선전할지니 이는 우리 복국의 사명이오. 동등한 권리와 부를 모든 동포에게 베풀며 남녀빈부를 고르게 다스리며, 식자와 무식자, 노소를 불문하고 균등하게 하여 사해인류를 포용할 것이니 이는 우리 건국의 기치오. 나아가 국제불의를 감독하고 우주의 진선미를 체현할 것이니 이는 우리 대한민족의 시대에 응하고 부활하는 궁극의 의의니라.

아 우리 마음이 같고 도덕이 같은 이천만 형제자매여! 우리 단군대황조께서 상제에 좌우하시어 우리의 기운을 명하시며, 세계와 시대가 우리의 복리를 돕는다. 정의는 무적의 칼이니 이로써 하늘에 거스르는 악마와 나라를 도적질하는 적을 한 손으로 무찌르라. 이로써 사천년 조정의 광휘를 빛낼 것이며, 이로써 이천만 백성의 운명을 개척할지니. 궐기하라 독립군! 제하라 독립군!

천지로 망한 죽음은 사람이 면할 수 없는 바인즉, 개돼지와도 같은 일생을 누가 원하는 바이리오. 살신성인하면 이천만 동포와 동체로 부활하리니 일신을 어찌 아낄 것이며, 집안이 기울어도 나라가 회복되면 삼천리 옥토가 자가의 소유이니 일가를 희생하라!

아 우리 마음이 같고 도덕이 같은 이천만 형제자매여! 국민본령을 자각한 독립임을 기억할 것이며, 동양평화를 보장하고 인류평등을 실시하기 위한 자립인 점을 명심할 것이며, 황천의 명령을 받들어 일절 사망에서 해탈하는 건국인 것을 확신하여, 육탄혈전으로 독립을 완성할지어다.

북풍한설이 몰아치던 1919년 1월 27일 밤 만주 지린성에 있는 독립지사 여준의 집에 만주 지역에서 항일투쟁을 해온 인사들이 속속 모여들었다. 김좌진, 박찬익, 황상규, 정원택, 정운해, 조소앙 등은 이날 비밀리에 준비해 온 '대한독립의군부'를 조직, 발족했다.

1914년 제1차 세계대전이 발발하자 일본은 러시아와 중국 정부를 이용해 지린과 노령, 북간도, 서간도 지역의 독립단체들을 해산시켰다. 일시적으로나마 항일 투쟁 조직의 공백 상태가 초래된 것이다. 이를 타개하기 위한 다양한 노력들이 경주됐고, 그 일환의 하나로 탄생한 것이 대한독립의군부다.

대한독립의군부는 결성 다음날인 1월 28일 지린성의 비밀 장소에서 긴급회의를 소집하고 당면 활동계획을 설정했다. 상하이와 서·북간도, 노령에 대표를 파견해 대동단결을 도모하는 한편 무장투쟁을 위한 마필과 무기 구입, 자금모집을 위한 국내 밀사 파견 등을 결의했다. 그리고 「독립선언서」를 작성해 각지에 배포하기로 했다. 「독립선언서」의 작성은 당대의 대문장가인 조소앙이 기초했다.

조소앙은 즉시 지린성 밖 이름 없는 절집으로 옮겨가 「독립선언서」 기초 작업에 들어갔다. 이미 1917년 7월 신규식과 함께 향후 독립운동의 방향을 제시하고자 '대동단결선언'을 작성한 바 있는 조소앙이었기에 「독립선언서」 작성 작업은 한층 절절하고 숭고한 의미로 다가왔다.

한 자, 한 자에 피와 혼을 불어 넣어 「독립선언서」를 써 내려갔다.

「선언서」의 첫머리에서는 대한민주의 자립과 주권과 영토는 양도 불능한 것임을 엄중히 선포했다. 이어 일제에 의한 합병의 죄악을 낱낱이 고발하고 한일합방의 무효를 천명했다. 그리고 나서 저 유명한 구절 "도는 도로 복하고 반도는 반도로 복하고 대륙은 대륙으로 복할지어다(섬은 섬으로 돌아가고, 반도는 반도로 돌아가고, 대륙은 대륙으로 돌아가라)"는 구절을 적어 넣었다. 각자 원상을 회복해야만 동양의 평화는 물론 일본에게도 행(幸)이 될 것임을 역설한 것이다.

다음 단락에서는 「선언서」가 작성될 즈음에 형성된 국제정세, 즉 윌슨의 민족자결주의와 약소민족의 독립 기운 등을 의식하여 인도주의에 의한 세계 개조의 시대가 도래했음을 밝혔다. 아울러 "일체 방편으로 군국전제를 산제하야 민족평등을 전구에 보시할지니" 등 앞으로의 행동강령 다섯 가지를 적시했다.

이렇게 「독립선언서」의 대강이 완성될 무렵, 국내에서 독립운동을 하던 동생 조용주가 절집으로 찾아왔다. 조소앙은 국내 정세에 대한 보다 생생한 정보를 접할 수 있었다. 그는 「독립선언서」에 좀더 강력한 항일투쟁의 결의를 담기로 마음먹었다. 「독립선언서」의 마지막 단락이 앞서의 문맥에 비해 훨씬 더 호흡이 빠르고, 선동적이며 단호한 논조로 이뤄진 배경이다.

「독립선언서」는 마지막 단락에서 "기하라 독립군아, 제하라 독립군아"라며 강렬한 언술로 독립군의 궐기를 촉구하고 있다. 그리고 "이천만 형제자매아, 국민본령을 자각한 독립임을 기억할지며…… 육탄혈전으로 독립

을 완성할지어다"라고 끝을 맺고 있다. '육탄혈전'으로 독립을 쟁취하자
는 이 절체절명의 비장한 투쟁론은 「대한독립선언서」의 가장 두드러진 특
징이다. 「기미독립선언문」 등 같은 무렵에 발표된 대부분의 독립선언서들
이 일본과 제국주의 세력에 대해 비폭력적이라는 소극적 저항에 머물고,
국제외교적 처리에 의한 독립을 갈구하고 있다는 점에서 「대한독립선언
서」의 무력투쟁 노선은 각별한 의미를 지닌다.

　「독립선언서」를 완성한 조소앙은 이를 대한독립의군부에 제출했다. 대
한독립의군부에서는 독립의군부의 지도부는 물론 지린, 상하이, 북간도,
서간도, 미주, 노령 등의 유력한 독립운동 지도자 39명의 이름으로 1919
년 2월 「대한독립선언서」를 발표했다. 「선언서」 서명자에는 김규식, 김동
삼, 김좌진, 이동녕, 이동휘, 이승만, 이시영, 박은식, 신채호, 안창호 등 국

파리평화회의 임시정부 대표단과 사무원. 조소앙(뒷줄 왼쪽에서 세 번째) · 이관용 · 황기환 등이 참가해 유럽의 각
신문에 한국의 독립운동을 알리고, 각국 대표단에 「독립공고서」를 발송했다. (1919)

외에 흩어져 있는 독립운동 지도자들이 대거 포함되어 있다. 「기미독립선언문」이 각 종교의 지도자를 중심으로 한 민족대표 33인의 국내 인사들이 주축이 되었다면, 「대한독립선언서」는 전 세계에 흩어져 있는 동포사회의 지도급 인사들을 아우름으로써 정치적 중량감을 주었다.

대한독립의군부는 2월 10일 「선언서」 4,000부를 석판으로 인쇄해 밀사들을 통해 서간도와 북간도, 노령, 베이징, 상하이, 유럽과 미국은 물론 국내와 일본에 일제히 발송했다.

「대한독립선언서」는 비슷한 시기에 선포된 일본 독립운동 대표들의 「2 · 8독립선언서」, 국내에서 선포된 「기미독립선언문」과 함께 1919년 벽두 전 세계에 한민족의 통일된 독립 의지를 만천하에 알린 3대 독립선언서로 평가된다. 다른 선언서들이 동양평화론을 약속한 일본의 신의 회복을 촉구하면서 비폭력을 지향하고, 국제사회에 호소해 독립을 이루려는 비현실적 방안을 천명한 데 반해 「대한독립선언서」는 독립전쟁을 주창하고 있다는 점에서 명확히 차별화된다. 1894년 청일전쟁부터 일본을 조선의 침략자로 단호히 규정하고, '혈전(血戰)주의'를 독립투쟁의 노선으로 제시하고 있다. 만주 독립군의 정신을 극명히 담아낸 혈전주의는 무장투쟁노선을 민족해방운동의 방법으로 구체화했다는 점에서 의의가 크다.

또한 「대한독립선언서」에는 조소앙이 주장한 삼균주의(三均主義)의 사상적 태동도 느껴진다. 토지는 국민의 소유이고, 인민은 천부의 권리를 갖고 있고, 세계 평화를 추구하고, 침략주의를 배격한다는 정신이 선언서의 한 뼈대를 이루고 있기 때문이다. 개인과 개인, 민족과 민족, 국가와 국가 간의 균등화라는 정신을 근간으로 한 삼균주의는 조소앙이 정립한 이론이다. 삼균주의는 민족해방운동 과정에서 민족주의세력이 수립한 민족국가 건설론의 주요한 토대를 형성했다. 그래서 삼균주의는 상해임시정부의 건국 강령의 기본정신을 이루었고, 이후 대한민국 제헌 헌법의 골격을 이뤘다는 평가를 받았다.

「대한독립선언서」를 기초한 조소앙은 민족주의 계열을 대표하는 독립운동가 중 한 명이다. 1913년 베이징을 거쳐 상하이로 망명한 조소앙은 신규식, 박은식 등과 박달학원을 만들어 청년을 훈련시키면서 본격적으로 독립운동에 투신했다. 1929년 한국독립당을 창당하고, 이때 당 강령에 정치균등 · 경제균등 · 교육균등을 체계화했다. 상해임시정부 수립에도 적극 참여해 국무위원 겸 외무부장을 지냈다. 해방 후에는 김구가 이끄는 한국독립당 부위원장을 역임했다. 1948년에는 단독정부 수립에 반대해 김구 등과 함께 남북협상에 나섰다. 1950년 국회의원에 출마해 당선되었으나 한국전쟁 때 납북됐다.

한편 「대한독립선언서」는 1919년이 아닌 1918년 무오년에 선포되었다고 하여 한동안 「무오독립선언서」로 불려 왔다. 하지만 학계의 연구가 진척되고, 관련자들의 증언이 나오면서 「선언서」의 발표 시기가 1919년 2월이라는 것이 정설로 받아들여졌다. 때문에 「무오독립선언서」보다는 원본에 쓰인 그대로 「대한독립선언서」로 부르게 되었다.

기미독립선언문

최남선 · 한용운

오등(吾等)은 자(玆)에 아(我) 조선(朝鮮)의 독립국(獨立國)임과 조선인(朝鮮人)의 자주민(自主民)임을 선언(宣言)하노라. 차(此)로써 세계만방(世界萬邦)에 고(告)하야 인류평등(人類平等)의 대의(大義)를 극명(克明)하며, 차(此)로써 자손만대(子孫萬代)에 고(誥)하야 민족자존(民族自存)의 정권(政權)을 영유(永有)케 하노라.

반만년(半萬年) 역사(歷史)의 권위(權威)를 장(仗)하야 차(此)를 선언(宣言)함이며, 이천만(二千萬) 민중(民衆)의 성충(誠忠)을 합(合)하야 차(此)를 포명(佈明)함이며, 민족(民族)의 항구여일(恒久如一)한 자유발전(自由發展)을 위(爲)하야 차(此)를 주장(主張)함이며, 인류적(人類的) 양심(良心)의 발로(發露)에 기인(基因)한 세계개조(世界改造)의 대기운(大機運)에 순응병진(順應并進)하기 위(爲)하야 차(此)를 제기(提起)함이니, 시(是)ㅣ 천(天)의 명명(明命)이며, 시대(時代)의 대세(大勢)ㅣ며, 전인류(全人類) 공존(共存) 동생권(同生權)의 정당(正當)한 발동(發動)이라, 천하하물(天下何物)이던지 차(此)를 저지억제(沮止抑制)치 못할지니라.

구시대(舊時代)의 유물(遺物)인 침략주의(侵略主義), 강권주의(强權主義)의 희생(犧牲)을 작(作)하야 유사이래(有史以來) 누천년(累千年)에 처음으로 이민족(異民族) 겸제(箝制)의 통고(痛苦)를 상(嘗)한 지 금(今)에 십년(十年)을 과(過)한지라. 아(我) 생존권(生存權)의 박상(剝喪)됨이 무릇 기하(幾何)ㅣ며, 심령상(心靈上) 발전(發展)의 장애(障碍)됨이 무릇 기하(幾何)ㅣ며, 민족적(民族的) 존영(尊榮)의 훼손(毀損)됨이 무릇 기하(幾何)ㅣ며, 신예(新銳)와 독창(獨創)으로써 세계문화(世界文化)의 대조류(大潮流)에 기여보비(寄與補裨)할 기연(奇緣)을 유실(遺失)함이 무릇 기하(幾何)ㅣ뇨.

희(噫)라, 구래(舊來)의 억울(抑鬱)을 선창(宣暢)하려 하면, 시하(時下)의 고통(苦痛)을 파탈(擺脫)하려 하면 장래(將來)의 협위(脅威)를 삼제(芟除)하려 하면, 민족적(民族的) 양심(良心)과 국가적(國家的) 염의(廉義)의 압축소잔(壓縮銷殘)을 흥분신장(興奮伸張)하려 하면, 각개(各個) 인격(人格)의 정당(正當)한 발달(發達)을 수(遂)하려 하면, 가련(可憐)한 자제(子弟)에게 고치적(苦恥的) 재산(財産)을 유여(遺與)치 안이하려 하면, 자자손손(子子孫孫)의 영구완전(永久完全)한 경복(慶福)을 도영(導迎)하려 하면, 최대급무(最大急務)가 민족적(民族的) 독립(獨立)을 확실(確實)케 함이니, 이천만(二千萬) 각개(各個)가 인(人)마다 방촌(方寸)의 인(刃)을 회(懷)하고, 인류통성(人類通性)과 시대양심(時代良心)이 정의(正義)의 군(軍)과 인도(人道)의 간과(干戈)로써 호원(護援)하는 금일(今日), 오인(吾人)은 진(進)하야 취(取)하매 하강(何强)을 좌(挫)치 못하랴. 퇴(退)하야 작(作)하매 하지(何志)를 전(展)치 못하랴.

병자수호조규(丙子修好條規) 이래(以來) 시시종종(時時種種)의 금석맹

약(金石盟約)을 식(食)하얏다 하야 일본(日本)의 무신(無信)을 죄(罪)하려 안이하노라. 학자(學者)는 강단(講壇)에서, 정치가(政治家)는 실제(實際)에서, 아(我) 조종세업(祖宗世業)을 식민지시(植民地視)하고, 아(我) 문화민족(文化民族)을 토매인우(土昧人遇)하야, 한갓 정복자(征服者)의 쾌(快)를 탐(貪)할 뿐이오, 아(我)의 구원(久遠)한 사회기초(社會基礎)와 탁락(卓犖)한 민족심리(民族心理)를 무시(無視)한다 하야 일본(日本)의 소의(少義)함을 책(責)하려 안이 하노라. 자기(自己)를 책려(策勵)하기에 급(急)한 오인(吾人)은 타(他)의 원우(怨尤)를 가(暇)치 못하노라. 현재(現在)를 주무(綢繆)하기에 급(急)한 오인(吾人)은 숙석(宿昔)의 징변(懲辯)을 가(暇)치 못하노라.

금일(今日) 오인(吾人)의 소임(所任)은 다만 자기(自己)의 건설(建設)이 유(有)할 뿐이오, 결(決)코 타(他)의 파괴(破壞)에 재(在)치 안이하도다. 엄숙(嚴肅)한 양심(良心)의 명령(命令)으로써 자가(自家)의 신운명(新運命)을 개척(開拓)함이오, 결(決)코 구원(舊怨)과 일시적(一時的) 감정(感情)으로써 타(他)를 질축배척(嫉逐排斥)함이 안이로다. 구사상(舊思想), 구세력(舊勢力)에 기미(羈縻)된 일본(日本) 위정가(爲政家)의 공명적(功名的) 희생(犧牲)이 된 부자연(不自然), 우(又) 불합리(不合理)한 착오상태(錯誤狀態)를 개선광정(改善匡正)하야, 자연(自然), 우(又) 합리(合理)한 정경대원(政經大原)으로 귀환(歸還)케 함이로다.

당초(當初)에 민족적(民族的) 요구(要求)로서 출(出)치 안이한 양국병합(兩國倂合)의 결과(結果)가, 필경(畢竟) 고식적(姑息的) 위압(威壓)과 차별적(差別的) 불평(不平)과 통계숫자상(統計數字上) 허식(虛飾)의 하(下)에서 이해상반(利害相反)한 양(兩) 민족간(民族間)에 영원(永遠)히 화동(和

同)할 수 없는 원구(怨溝)를 거익심조(去益深造)하는 금래실적(今來實積)을 관(觀)하라. 용명과감(勇明果敢)으로써 구오(舊誤)를 확정(廓正)하고, 진정(眞正)한 이해(理解)와 동정(同情)에 기본(基本)한 우호적(友好的) 신국면(新局面)을 타개(打開)함이 피차간(彼此間) 원화소복(遠禍召福)하는 첩경(捷徑)임을 명지(明知)할 것 안인가.

또 이천만(二千萬) 함분축원(含憤蓄怨)의 민(民)을 위력(威力)으로써 구속(拘束)함은 다만 동양(東洋)의 영구(永久)한 평화(平和)를 보장(保障)하는 소이(所以)가 안일 뿐 안이라, 차(此)로 인(因)하야 동양안위(東洋安危)의 주축(主軸)인 사억만(四億萬) 지나인(支那人)의 일본(日本)에 대(對)한 위구(危懼)와 시의(猜疑)를 갈스록 농후(濃厚)케 하야, 그 결과(結果)로 동양(東洋) 전국(全局)이 공도동망(共倒同亡)의 비운(悲運)을 초치(招致)할 것이 명(明)하니, 금일(今日) 오인(吾人)의 조선독립(朝鮮獨立)은 조선인(朝鮮人)으로 하여금 사로(邪路)로서 출(出)하야 동양(東洋) 지지자(支持者)인 중책(重責)을 전(全)케 하는 것이며, 지나(支那)로 하여금 몽매(夢寐)에도 면(免)하지 못하는 불안(不安), 공포(恐怖)로서 탈출(脫出)케 하는 것이며, 또 동양평화(東洋平和)로 중요(重要)한 일부(一部)를 삼는 세계평화(世界平和), 인류행복(人類幸福)에 필요(必要)한 계단(階段)이 되게 하는 것이라. 이 엇지 구구(區區)한 감정상(感情上) 문제(問題) ㅣ리오.

아아, 신천지(新天地)가 안전(眼前)에 전개(展開)되도다. 위력(威力)의 시대(時代)가 거(去)하고 도의(道義)의 시대(時代)가 내(來)하도다. 과거(過去) 전세기(全世紀)에 연마장양(鍊磨長養)된 인도적(人道的) 정신(精神)이 바야흐로 신문명(新文明)의 서광(曙光)을 인류(人類)의 역사(歷史)에 투사(投射)하기 시(始)하도다. 신춘(新春)이 세계(世界)에 내(來)하야 만물(萬物)의 회소(回蘇)를 최촉(催促)하는도다. 동빙한설(凍氷寒雪)에 호흡(呼吸)을 폐칩(閉蟄)한 것이 피일시(彼一時)의 세(勢) ㅣ라 하면 화풍난양(和風暖陽)에 기맥(氣脈)을 진서(振舒)함은 차일시(此一時)의 세(勢) ㅣ니, 천지(天地)의 복운(復運)에 제(際)하고 세계(世界)의 변조(變潮)를 승(乘)한 오인(吾人) 아모 주저(躊躇)할 것 업스며, 아모 기탄(忌憚)할 것 업도다. 아(我)의 고유(固有)한 자유권(自由權)을 호전(護全)하야 생왕(生旺)의 낙(樂)을 포향(飽享)할 것이며, 아(我)의 자족(自足)한 독창력(獨創力)을 발휘(發揮)하야 춘만(春滿)한 대계(大界)에 민족적(民族的) 정화(精華)를 결뉴(結紐)할지로다.

오등(吾等)이 자(玆)에 분기(奮起)하도다. 양심(良心)이 아(我)와 동존(同存)하며 진리(眞理)가 아(我)와 병진(并進)하는도다. 남녀노소(男女老少) 업시 음울(陰鬱)한 고소(古巢)로서 활발(活潑)히 기래(起來)하야 만휘군상(萬彙群象)으로 더부러 흔쾌(欣快)한 복활(復活)을 성수(成遂)하게 되도다. 천백세(千百世) 조령(祖靈)이 오등(吾等)을 음우(陰佑)하며 전세계(全世界) 기운(氣運)이 오등(吾等)을 외호(外護)하나니, 착수(着手)가 곳 성공(成功)이라. 다만, 전두(前頭)의 광명(光明)으로 맥진(驀進)할 따름인뎌.

공약3장(公約三章)

一. 금일(今日) 오인(吾人)의 차거(此擧)는 정의(正義), 인도(人道), 생존(生存), 존영(尊榮)을 위(爲)하는 민족적(民族的) 요구(要求) ㅣ니, 오즉 자유적(自由的) 정신(精神)을 발휘(發揮)할 것이오, 결(決)코 배타적(排他的) 감정(感情)으로 일주(逸走)하지 말라.

一. 최후(最後)의 일인(一人)까지, 최후(最後)의 일각(一刻)까지 민족(民族)의 정당(正當)한 의사(意思)를 쾌(快)히 발표(發表)하라.

一. 일체(一切)의 행동(行動)은 가장 질서(秩序)를 존중(尊重)하야, 오인(吾人)의 주장(主張)과 태도(態度)로 하여금 어대까지던지 광명정대(光明正大)하게 하라.

기미독립선언문 번역문

우리 조선은 이에 우리 조선이 독립한 나라임과 조선 사람이 자주적인 민족임을 선언하노라. 이로써 세계 모든 나라에 알려 인류가 평등하다는 큰 뜻을 똑똑히 밝히며, 이로써 자손만대에 일러, 민족의 독자적 생존의 정당한 권리를 영원히 누리도록 하노라.

반만년 역사의 권위를 의지하여 이를 선언함이며, 이천만 민중의 충성을 모아 이를 두루 펴 밝히며, 겨레의 한결같은 자유 발전을 위하여 이를 주장함이며, 인류가 가진 양심의 발로에 뿌리박은 세계 개조의 큰 움직임에 순응해 나가기 위하여 이를 내세움이니, 이는 하늘의 분명한 명령이며 시대의 큰 추세이며, 온 인류가 더불어 같이 살아갈 권리의 정당한 발동이기에, 하늘 아래 그 무엇도 이를 막고 억누르지 못할 것이니라.

낡은 시대의 유물인 침략주의, 강권주의에 희생되어, 역사 있는 지 몇 천 년 만에 처음으로 다른 민족에게 억눌려 고통을 겪은 지 이제 십 년이 지났는지라, 우리 생존권을 빼앗겨 잃은 것이 무릇 얼마이며, 겨레의 존엄과 영예가 손상된 일이 무릇 얼마이며, 새롭고 날카로운 기백과 독창력으로써 세계 문화의 큰 물결에 이바지할 기회를 잃은 것이 무릇 얼마인가!

오호, 예로부터의 억울함을 떨쳐 펴려면, 지금의 괴로움을 벗어나려면, 앞으로의 위협을 없이 하려면, 겨레의 양심과 나라의 체모가 도리어 짓눌려 시든 것을 키우려면, 사람마다 제 인격을 올바르게 가꾸어 나가려면, 가엾은 아들딸들에게 괴롭고 부끄러운 유산을 물려주지 아니하려면, 자자손손이 완전한 경사와 행복을 길이 누리도록 이끌어 주려면, 가장 크고 급한 일이 겨레의 독립을 확실하게 하는 것이니, 이천만 각자가 사람마다 마음의 칼날을 품고, 인류의 공통된 성품과 시대의 양심이 정의의 군대와 인도의 무기로써 지켜 도와주는 오늘날, 우리는 나아가 얻고자 하매 어떤 힘인들 꺾지 못하랴? 물러가서 일을 꾀함에 무슨 뜻인들 펴지 못하랴.

병자수호조약 이후 때때로, 굳게 맺은 갖가지 약속을 저버렸다 하여 일본의 신의 없음을 죄주려 하지 아니 하노라. 학자는 강단에서 정치가는 실제에서, 우리 옛 왕조 대대로 물려 온 터전을 식민지로 보고, 우리 문화 민족을 마치 미개한 사람들처럼 대우하여, 한갓 정복자의 쾌감을 탐할 뿐이요, 우리의 오랜 사회 기초와 뛰어난 겨레의 마음가짐을 무시한다 하여, 일본의 의리 적음을 꾸짖으려 하지 아니하노라. 우리 스스로를 채찍질하기에 바쁜 우리는 남을 원망할 겨를을 갖지 못하노라. 현재를 준비하기에 바쁜 우리는 묵은 옛일을 응징하고 가릴 겨를도 없노라.

오늘 우리의 할 일은 다만 자기 건설이 있을 뿐이요, 결코 남을 파괴하는 데 있는 것이 아니로다. 엄숙한 양심의 명령으로써 자기의 새 운명을 개척함이요, 결코 묵은 원한과 한때의 감정으로써 남을 시기하고 배척하는 것이 아니로다. 낡은 사상과 낡은 세력에 얽매여 있는 일본 정치가들의 공명심에 희생된, 부자연스럽고 불합리한, 그릇된 상태를 고쳐서 바로잡아, 자연스럽고 합리적인 바른 길, 큰 으뜸으로 돌아오게 함이로다.

당초에 민족의 요구로서 나온 것이 아닌 두 나라의 병합의 결과가 마침내 한때의 위압과 민족 차별의 불평등과 거짓으로 꾸민 통계 숫자에 의하여, 서로 이해가 다른 두 민족 사이에 영원히 화합할 수 없는 원한의 구덩이를 더욱 깊게 만드는 지금까지의 실적을 보라! 용감하고 밝고 과감한 결단으로 지난날의 잘못을 바로잡고, 참된 이해와 한 뜻에 바탕한 우호적인 새 판국을 열어 나가는 것이 피차간에 화를 멀리하고 복을 불러들이는 가까운 길임을 밝히 알아야 할 것이 아닌가.

또 울분과 원한이 쌓인 이천만 국민을 위력으로써 구속하는 것은 다만 동양의 영구한 평화를 보장하는 길이 아닐 뿐 아니라, 이로 말미암아 동양의 안전과 위태를 좌우하는 굴대인 4억 중국 사람들의, 일본에 대한 두려움과 새암을 갈수록 짙게 하여, 그 결과로 동양의 온 판국이 함께 쓰러져 망하는 비참한 운명을 불러올 것이 분명하니, 오늘날 우리 조선 독립은 조선 사람으로 하여금 정당한 삶의 번영을 이루게 하는 동시에, 일본으로 하여금 그릇된 길에서 벗어나 동양을 지지하는 자의 무거운 책임을 다하게 하는 것이며, 중국으로 하여금 꿈에도 면하지 못하는 불안과 공포로부터 벗어나게 하는 것이며, 또 동양 평화로 그 중요한 일부를 삼는 세계 평화와 인류 행복에 필요한 계단이 되게 하는 것이라. 이 어찌 구구한 감정상의 문제리요.

아아! 새 천지가 눈앞에 펼쳐지도다. 힘의 시대가 가고 도의의 시대가 오도다. 지난 온 세기에 갈고 닦아 키우고 기른 인도의 정신이 바야흐로 새 문명의 밝아오는 빛을 인류의 역사에 쏘아 비추기 시작하도다. 새 봄이 온누리에 찾아들어 만물의 소생을 재촉하는도다. 얼어붙은 얼음과 찬 눈에 숨도 제대로 쉬지 못하는 것이 저 한때의 형세라 하면, 화창한 봄바람과 따뜻한 햇볕에 원기와 혈맥을 떨쳐 펴는 것은 이 한때의 형세이니, 하늘과 땅에 새 기운이 되돌아오는 때를 맞고, 세계 변화의 물결을 탄 우리는 아무 머뭇거릴 것 없으며, 아무 거리낄 것 없도다. 우리의 본디부터 지녀온 자유권을 지켜 풍성한 삶의 즐거움을 실컷 누릴 것이며, 우리의 풍부한 독창력을 발휘하여 봄기운 가득한 온 누리에 민족의 정화를 맺게 할 것이로다.

우리가 이에 떨쳐 일어나도다. 양심이 우리와 함께 있으며, 진리가 우리와 더불어 나아가는도다. 남녀노소 없이 음침한 옛집에서 힘차게 뛰쳐나와 삼라만상과 더불어 즐거운 부활을 이루어내게 되도다. 천만 세 조상들의 넋이 은밀히 우리를 지키며, 전 세계의 움직임이 우리를 밖에서 보호하나니, 시작이 곧 성공이라, 다만 저 앞의 빛으로 힘차게 나아갈 따름이로다.

공약3장

하나. 오늘 우리들의 이 거사는 정의 인도 생존 번영을 위하는 겨레의 요구이니, 오직 자유의 정신을 발휘할 것이요, 결코 배타적 감정으로 치닫지 말라.

　하나. 마지막 한 사람에 이르기까지, 마지막 한 순간에 다다를 때까지, 민족의 정당한 의사를 시원스럽게 발표하라.

　하나. 모든 행동은 가장 질서를 존중하여, 우리들의 주장과 태도를 어디까지나 떳떳하고 정당하게 하라.

1919년 3월 1일 새벽, 서울의 큰 거리에는 독립선언운동 참여를 독려하는 격문들이 나붙었다. 아침에 일터와 학교로 나가던 사람들이 동대문과 남대문 거리에 붙은 벽보를 보러 모여들었다.

　‘희(噫)라 아(我) 동포여 군수(君讐)를 쾌설(快雪)하고 국권을 회복할 기회가 왔다. 동성상응(同聲相應)하여 써 대사(大事)를 공제(共濟)함을 요한다.’

　같은 무렵 학생들에 의해 서울의 곳곳에 독립운동의 정확한 취지와 소식을 알리는 〈조선독립신문〉(3·1운동에 맞춰 천도교 측 주도로 발간되어 27호까지 발행된 신문) 제1호와 「독립선언서」가 배포됐다.

　‘오등(吾等)은 자(玆)에 아(我) 조선(朝鮮)의 독립국(獨立國)임과 조선인(朝鮮人)의 자주민(自主民)임을 선언(宣言)하노라.’

　「독립선언서」를 읽은 민중들은 술렁였다. 마침 서울에는 고종 황제의 국장을 보러 지방에서 많은 사람들이 올라와 있었다.

　“탑골공원으로 갑시다.”

　독립국과 자주민, 일제에 나라를 빼앗긴 지 9년 만에 독립국임을 선언하는 날이었다! 탑골공원으로 가는 거리 곳곳에는 감격과 흥분이 흘러넘쳤다. 탑골공원 주변은 1만여 명의 사람들로 꽉 들어차 입추의 여지가 없었다. 오후 2시 정각, 탑골공원의 팔각정 단상에 태극기가 내걸렸다. 일제에 국권을 찬탈당한 후 처음으로 서울 중심가에 내걸린 태극기를 본 군중들의 감격과 흥분은 절정에 달했다.

하지만 정해진 시간이 되었는데도 민족대표들은 나타나지 않았다. 대신 현장에 모여 있던 청년학생 지도부 중 한 청년(경신학교 졸업생 정재용)이 팔각정 단상 위로 올라갔다. 그리고 「독립선언서」를 힘차게 읽어내려갔다.

"최후의 일인까지, 최후의 일각까지 민족의 정당한 의사를 쾌히 발표하라."

'공약3장'을 끝으로 「독립선언서」 낭독이 끝나자, 여기저기서 끝없이 대한독립만세의 외침이 터져 나왔다. 일제의 억압과 찬탈에 신음하던 민중의 분노가 폭발한 순간이다. 만세의 외침은 곧 거대한 노도가 되었다.

독립선언식을 마친 참석자들은 학생들을 선두로 해서 거리 행진에 나섰다. 거리 곳곳에 대기하던 시민과 상경한 지방민들이 합류하면서 행진의 대열은 급속히 불어났다. 학생, 농민, 상민, 노동자 등 남녀노소를 불문하고 모두들 거리로 뛰쳐나와 '대한독립 만세'를 목청껏 외치며 서울 곳곳을 누볐다. 종로, 덕수궁 대한문 앞과 서울에서 가장 넓은 육조 앞(지금의 세종로) 거리도 만세 시위 군중으로 뒤덮였다. 실로 망국 9년 만에 해방의 서울을 만끽하는 순간이었다.

한편 민족대표들은 인사동에 있는 태화관에 모여 있었다. 당초에는 탑골공원에서 독립을 선언하기로 했으나, 학생과 민중이 많이 모여 들면 일본 경찰과 충돌할 위험이 있다는 주장이 제기돼 장소를 태화관으로 바꾼 터였다. 태화관에는 33명의 민족대표 중 29명이 모였다. 오후 2시에 시작된 독립선언식은 「독립선언서」 낭독과 한용운의 선창으로 만세 삼창을 부르는 것으로 간략히 거행됐다. 미리 태화관 주인으로 하여금 일본 경찰에 독립선언식을 거행하는 것을 통고하게 하였으므로 곧 경찰이 들이닥쳤다. 민족대표들은 스스로 체포되어 갔다. 결의한 대로 이른바 '자원피착(自願被捉)'된 것이다.

사실 3·1운동 준비는 1919년 새해가 밝으면서 급속히 진행됐다. 오래 전부터 천도교를 중심으로 진행되어온 독립운동 계획은 기독교, 불교계와 연대가 이뤄지고 여기에 학생 세력이 행동대로 참여해 급속히 조직화되었다. 2월 하순에는 세 종교 대표들로 중앙지도부, 즉 민족대표 33인의 진용이 갖춰졌다.

천도교측에서는 손병희·권동진·오세창·최린 등 15명, 기독교측에서는 이승훈·박희도·이갑성·오화영 등 16명, 불교측에서는 한용운과 백용성 등 2명이 민족대표로서 서명했다. 그런데 3·1운동 이후 최린, 박희도, 정춘수 등 민족대표 상당수와 독립선언문 작성자인 최남선 등이 변절해 친일파로 전락한 것은 독립운동사에 우울한 그림자이다. 반면 한용운, 김창준, 양한묵 등은 일본의 끊임없는 회유과 협박에도 굴하지 않고 목숨이 다할 때까지 독립운동에 헌신해 민족대표로서 자긍과 기개를 보여줬다.

「독립선언서」 본문은 당대의 문장가인 최남선이 자청해 작성했고, 일종의 행동강령 격인 공약3장은 한용운이 추가한 것이다. 「독립선언서」는 2월 27일 천도교가 경영하는 보성사 인쇄소에서 밤샘 작업 끝에 21,000부가 인쇄됐다. 다음날 아침부터 학생 조직들에 의해 비밀리에 서울에 집중적으로 배포됐고, 일부는 지방 주요 도시로 전달됐다.

「독립선언서」는 독립의 당위와 민족의 강고한 결의를 장중한 문체에 실어 천명하고 있다. 비록 국한문혼용체에다가 문어체와 의고체 위주여서 당시 일반 민중이 이해하는 데는 어려움이 있었겠지만, 장려하면서도 웅변적 어투 속에 강렬한 의개가 뿜어나는 이 글은 우리 역사의 대표적 명문

만세운동 소식을 전해 들은 미주 지역 동포들이 미국 필라델피아에서 '한인자유대회'를 개최해 시위 행진을 했다. (1919)

가운데 하나로 손꼽힌다.

　그러나 내용적으로는 몇 가지 한계가 지적되고 있다. 우선 독립국가 건설에 대한 강령이 없고 독립운동의 방향과 목표에 대한 구체적 제시가 부족하다. 또한 토지 문제 등 당시 민중들의 삶과 밀접한 관련이 있는 요구들은 언급되지 않았다. 비록 '비폭력'의 원칙에 충실하기 위한 것이었다고는 하지만 일본에 대한 타협적 자세를 보이고 있는 것도 한계점이다. 아울러 독립운동 중 전개되어야 할 행동강령도 공약3장뿐 구체적인 것이 없어 이후 전국적으로 확산된 만세운동을 이끌어가고 승화시키기에는 힘이 부족했던 것이다.

　1919년 3월 1일, 탑골공원에서 지펴 올린 만세운동은 순식간에 서울 전역, 전국으로 퍼져나갔다. 서울에서는 4월 초까지 매일 만세시위가 벌어졌다. 학생들은 동맹 휴학, 상인들은 동맹 철시, 노동자들은 집단 파업으로 운동에 적극 참여했다. 3월 1일 당일 평양, 의주, 원산 등지에서 동시에 만세시위가 벌어진 것을 시발로 남과 북, 동과 서를 가릴 것 없이 만세운동은 전국 방방곡곡으로 급속히 확산됐다. 만주·미주·중국·일본 등 해외에서도 국내의 3·1운동에 호응한 만세운동이 전개됐다.

일본 경찰의 발표는 3월 1일 이후 3개월 동안 전국에서 벌어진 만세시위 횟수가 1,542회, 참가 인원은 202만여 명에 달했다고 한다. 일본 경찰의 가혹한 탄압에 의한 사망자수는 7,509명, 부상자는 15,961명, 체포된 사람은 46,948명에 이르렀다. 이 같은 통계는 3·1운동이 민족대표들이 모두 체포되어, 뚜렷한 지도부도 없는 상태인데도 신분과 계층, 남녀노소를 불문하고 전 국민이 주체적으로 참여한 시민혁명적 운동이었음을 여실히 보여준다.

3·1운동은 일제의 야수적 탄압에 의해 실패로 끝났지만, 실로 항일자주독립운동의 중대한 분수령을 이룬다. 근대적 민중의 정치의식이 형성되는 전환점이 되었고, 독립투쟁도 질적 비약이 이뤄지는 계기가 되었다.

무엇보다 3·1운동을 통해 봉건적 군주제가 아닌 근대적 국민국가 건설의 열망이 확인됐다. 이는 1919년 4월 11일 상해임시정부 수립을 통해 구체적 결실을 맺게 되었다. 3·1운동으로 분출된 민중의 자주독립국가 수립 의지에 힘입어 1910년 대한제국 멸망 이후 10년 만에 자주적 정부가 세워진 것이다. 특히 상해임시정부는 공화제를 채택함으로써 반세기 동안 치열하게 전개되어온 반봉건 투쟁과 근대국가 건설의 대의를 구현했다.

해방 후 제헌 헌법을 필두로 오늘날의 헌법도 전문에서 3·1정신의 계승을 천명하고 대한민국이 상해임시정부에 법통을 두고 있음을 천명함으로써 3·1운동이 민족사에서 갖는 의의를 되새기고 있다.

3 · 1운동은 또한 해외 무장독립투쟁을 좀더 조직적이고 강도 높게 추진하는 동력이 됐다. 일제의 무자비한 탄압으로 만세운동이 좌절되자 무력을 통해 독립을 쟁취해야 한다는 움직임이 만주를 중심으로 거세게 일어났다. 북로군정서와 대한독립의군부 등 독립군 조직이 속속 결성되었다. 이러한 조직화를 토대로 3 · 1운동 이듬해인 1920년 봉오동, 청산리 등에서 일본군을 대파하는 빛나는 승리를 일구어냈다.

국내에서는 제고된 민중의식을 바탕으로 소작쟁의와 노동쟁의 등 근대적 민중운동이 본격화되는 전기가 되었다.

한편 3 · 1운동은 아시아와 중동 지역의 반제국주의 민족운동에도 지대한 영향을 미쳤다. 중국의 5 · 4운동과 인도의 무저항배영(排英)운동인 제1차 사티아그라하 운동, 이집트의 반영(反英)자주운동, 터키의 민족운동 등에 직접적 영향을 끼친 것으로 평가되고 있다.

1919

조선독립에 대한 감상의 개요

한용운

1. 개론

자유는 만물의 생명이요 평화는 인생의 행복이다. 그러므로 자유가 없는 사람은 시체와 같고 평화가 없는 것은 가장 고통스러운 것이다. 압박을 당하는 것의 주위는 무덤과 같이 되는 것이며, 쟁탈을 일삼는 것의 환경과 생애는 지옥이 되는 것이니, 우주의 가장 이상적인 행복의 기본은 자유와 평화인 것이다. 그러므로 자유를 얻기 위해서는 생명을 가볍게 여기고 평화를 지키기 위해서는 희생을 달게 받는 것이다. 이것은 인생의 권리인 동시에 또한 의무이기도 하다. 그러나 자유의 원칙은 남의 자유를 침해하지 않는 것으로 한계를 삼는 것이므로 침략적 자유는 평화를 없애는 야만적 자유가 되는 것이며, 평화의 정신은 평등에 있으므로 평등은 자유와 서로 비슷하다고 할 수 있다. 그러므로 위압적인 평화는 굴욕일 뿐이니, 참된 자유는 반드시 평화를 지키고, 참된 평화는 반드시 자유를 동반하는 것이어야 한다.

자유와 평화는 전 인류가 요구하고 있는 것이다. 그러나 인류의 지식은 점차 진보하는 것이므로 몽매한 데서부터 문명으로, 쟁탈에서부터 평화에 이름은 역사적 사실로 증명할 수 있다. 인류 진화의 범위는 개인주의적으로부터 가족주의, 가족주의적으로부터 부락주의, 부락주의적인 것으로부터 국가주의, 국가주의적인 것에서 세계주의, 세계주의적인 것에서 우주주의로 진보하는 것인데, 부락주의 이전은 몽매한 시대에 떨어져 버린 티끌에 속하는 것이라 고개를 돌려보는 감회만 도와주는 외에 논술할 필요조차 없는 것이다. 다행인지 불행인지 18세기 이후의 국가주의는 실로 전 세계를 풍미하여 그 들끓어 오르는 꼭대기에서 제국주의와 그 실행의 수단인 군국주의를 산출하기에 이르러 이른바 우승열패(優勝劣敗)·약육강식의 학설은 불변의 진리로 인식되기에 이르렀다. 따라서 국가 또는 민족 사이에 살육·정벌·강탈을 일삼는 전쟁은 자못 그칠 날이 없어서 몇 천 년의 역사를 지닌 나라를 폐허로 만들며, 몇 십, 몇 백만의 생명을 희생시키는 사건이 지구를 둘러보건대 없는 곳이 없다. 전 세계를 대표할 만한 군국주의 국가로는 서양에는 독일이 있고, 동양에는 일본이 있는 것이다.

그러나 강대국 곧 침략군은 군함과 대포만 많으면 자기 나라의 야심과 더러운 욕심을 채우기 위하여 도의를 짓밟고 정의를 멸시하는 쟁탈을 행하면서도, 그 이유를 설명할 때에는 세계 또는 일부 지역의 평화를 위한다거나, 쟁탈의 목적물 즉 침략을 당한 자의 행복을 위한다거나 하는 등의 자기기만적인 엉뚱한 소리를 지껄이면서 엄숙한 정의의 천사국으로 자처한다. 예를 들면 일본이 폭력으로 조선을 합병하고 이천만 민족을 노예로 취급하면서도, 조선을 합병함은 동양 평화를 위함이며, 조선 민족의 안녕과 행복을 위하는 것이라고 하는 것이 그것이다.

슬프다. 약자는 옛날부터의 약자가 없는 것이고 강자도 언제까지나의 강자가 없는 것이다. 갑자기 닥치는 심한 추위로 큰 운수가 그 바퀴를 돌릴 때에는 복수의 성격을 띤 전쟁은 반드시 침략적 전쟁의 자취를 따라서 일어날 것이며, 침략은 반드시 전쟁을 유발하는 일이다. 따라서 어찌 평화를 위한 침략이 있겠으며, 또한 어찌 자기 나라의 수천 년 역사가 타국의 침략의 총칼 아래 끊기고, 몇 백, 몇 천만의 민족이 외국인의 학대 하에 노예가 되고 소와 말이 되면서 이를 행복으로 여길 자가 있겠는가. 어느 민족을 막론하고 문명 정도의 차이는 있을지언정 혈기가 없는 민족은 없는 법이다. 혈기를 가진 민족이 어찌 영구히 남의 노예가 됨을 달갑게 여겨 독립 자존을 꾀하지 않겠는가. 그러므로 군국주의 곧 침략주의는 인류의 행복을 희생시키는 가장 흉악한 마술일 뿐이니, 어찌 이와 같은 군국주의가 이 세상에서 무궁한 운명을 유지할 수 있겠는가. 이론보다 사실, 곧 총칼이 어찌 만능이며, 힘을 어떻게 승리라 하겠는가. 정의가 있고 인도(人道)가 있지 않은가. 침략만을 일삼는 극악무도한 군국주의는 독일로써 최종으로 막을 내리지 않았는가. 처참하기 이를 데 없이 귀신이 곡하고 하늘이 슬퍼한 구라파대전은 대략 일천만의 사상자를 내고, 몇 억의 돈을 허비한 뒤 정의와 인도를 표방하는 기치 아래 강화조약을 성립하게 되었던 것이다.

그러나 군국주의의 종말은 실로 그 빛깔이 크고 찬란함에 있어 유감이 없었다. 전 세계를 유린하려는 큰 욕망을 채우기 위하여 고심초사 삼십 년 동안의 준비로 수백만의 청년을 수백 마일의 싸움터에 세우고, 장갑차와 비행기와 군함을 몰아 좌충우돌 동쪽을 찌르고 서쪽을

쳐 싸움을 시작한 지 삼 개월 안에 파리를 함락시키겠다고 스스로 외치던 카이제르의 부르짖음은 한때 장대하고 뛰어남을 다하였었다. 그러나 그것은 결국은 군국주의의 결별을 뜻하는 종곡(終曲)일 뿐이었다. 이상(理想)과 호언장담뿐이 아니라 작전 계획도 실로 탁월하여 휴전을 논의하기 시작하던 날까지 연합국 측의 군대의 발자취는 독일 국경을 한 발짝도 넘어가지 못하였으니, 비행기는 하늘에서, 잠수함은 바다에서, 대포는 육지에서 각각 그 위력을 다하여 실전의 마당에서 현란한 빛을 발하였던 것이다. 그러나 그것도 군국주의적 낙조의 반사일 뿐이었다. 아아, 일억만 인민의 위에 군림하고, 세계를 손아귀에 넣겠다는 큰 뜻을 스스로 다짐하면서, 세계에 대해 선전을 포고하고, 백전백승의 기개를 품고 귀신인지 사람인지 구별할 수도 없는 속에서 종횡으로 날뛰던 독일 황제가 하루아침에 자기 생명의 신처럼 여기던 총칼을 버리고 처량하게도 저 멀리 네덜란드 한구석에서 남은 목숨만을 겨우 지탱하게 되었으니, 이 무슨 갑작스런 변화인가. 이는 곧 카이제르의 실패일 뿐 아니라 군국주의의 실패로서 일세의 통쾌한 일로 느껴지는 동시에 그 개인을 위해서는 한 가닥 동정을 금할 수 없는 바이다.

그런데 연합국 측도 독일의 군국주의를 타파한다고 큰소리쳤으나 그 수단과 방법은 역시 군국주의의 유물인 군함과 대포 등의 살인 도구였으니, 이는 오랑캐로써 오랑캐를 친다는 점에서는 무엇이 다르겠는가. 독일의 실패가 연합국의 전승이 아닌즉, 많은 강대국과 약소국이 합심한 병력으로 오 년 동안의 지구전으로도 독일을 제압하여 이기지 못한 것은 이는 또한 연합국 측의 준(準)군국주의의 실패가 아닌가. 그러면 연합국 측이 대포가 강한 것이 아니었고, 독일의 총칼이 약한 것이 아니었다면, 전쟁이 끝나게 된 것은 무슨 까닭인가. 그것은 정의·인도의 승리요 군국주의의 실패 때문인 것이다.

그렇다면 정의와 인도 곧 평화의 신이 연합국의 손을 빌려 독일의 군국주의를 타파했다는 것인가. 아니다. 정의와 인도 곧 평화의 신이 독일 인민의 손을 빌려 세계의 군국주의를 타파한 것이니, 곧 전쟁 중에 일어난 독일혁명이 그것이다. 독일혁명은 사회당의 손으로 이룩된 것인 만큼 그 유래가 오래고 또한 러시아혁명의 자극을 받은 바 있지만, 그러나 총괄적으로 말하면 전쟁의 괴로움을 느끼고 군국주의의 잘못을 뼈아프게 체험한 까닭으로 뜻을 합쳐서 전쟁을 스스로 파기하고 거세게 불결치던 군국주의의 총칼을 분질러 버려 군국주의로 하여금 자살하도록 만들어 공화 혁명의 성공을 획득하고 평화적인 새 운명을 개척한 것이다. 연합국은 이 틈을 타 어부지리를 얻은 것일 뿐이다. 따라서 이번 전쟁의 결과에 대해서는 연합국의 승리일 뿐 아니라 독일의 승리라고도 할 수 있다.

어째서 그러한가. 만약 이번 전쟁에 독일이 최후의 결전을 시도했다면 그 승부는 예측할 수 없었을 것이며, 가령 독일이 한때 승리를 거둔다 하더라도 반드시 연합국의 복수 전쟁이 한 번 일어나고 두 번 일어나 독일이 망하지 않으면 군대를 해산하지 않았을 것이다. 그러므로 독일이 패전한 것이 아니고 승리했다고도 할 수 있는 경우에, 단연 굴욕적인 휴전조약을 승낙하고 강화를 청한 것은 기회를 살피어 승리를 거둔 것으로서, 이번 강화 회담에서도 어느 정도의 굴욕적 조약에는 무조건 승인하리라 추측할 수 있을 것이다(3월 1일 이후의 바깥소식은 알 수 없음). 따라서 지금 상태로 보아서는 독일의 실패라 할 것이지만, 긴 안목으로 보면 독일의 승리라 할 것이다.

아아, 전례가 없는 미증유의 구라파전쟁과 기이하고 불가사의한 독일의 혁명은 19세기 이전의 군국주의 곧 침략주의의 전별회(餞別會)가 되는 동시에 20세기 이후의 정의·인도적 평화주의의 개막이 되는 것이다. 카이제르의 실패가 군국주의적 국가의 머리 위에 철퇴를 가하고 윌슨의 강화회담 기초 조건이 각 나라의 묵은 등걸에 봄바람을 전해주었다. 침략국의 압박 아래 신음하던 민족은 하늘을 날 기상과 강물을 가를 형세로 독립 자결을 위해 분투하게 되었으니 폴란드의 독립선언이 그것이며, 체코의 독립이 그것이며, 아일랜드의 독립선언이 그것이며, 인도의 독립운동이 그것이며, 필리핀의 독립경영이 그것이며, 또한 조선의 독립선언이 그것이다(3월 1일까지의 상태). 각 민족의 독립 자결은 자존성의 본능이며, 세계의 대세이며, 하늘이 찬동하는 바로서 전 인류의 앞날에 올 행복의 근원이다. 누가 이것을 억제하고 누가 이것을 막을 것인가.

2. 조선독립선언의 동기

일본이 조선을 합병한 후 자존성이 강한 조선인은 사방에서 일어나는 어느 한 가지 사실도 독립과 연관시켜 생각하지 않는 일이 없었다. 그러나 최근의 동기로 말하면 대략 세 가지로 나눌 수 있을 것이다.

(1) 조선 민족의 실력

일본은 조선의 민의를 무시하고 암약(闇弱)한 주권자를 속이고 몇몇 소인배의 당국자를 우롱하여 합병이란 흉포한 짓을 강행한 뒤로부터, 조선 민족은 부끄러움을 안고 수치를 참는 동시에 또한 분노를 터뜨리며 뜻을 길러 정신을 쇄신하고 기운을 함양하는 한편, 어제의 잘못을 고쳐 새로운 길을 찾아 왔다. 그리하여 일본이 꺼리거나 싫어함에도 불구하고 외국에 유학한 사람도 실로 수만 명에 이르렀다. 우리에게 독립 정부가 있어 각 방면으로 장려하고 원조한다면 모든 문명이 유감 없이 나날이 진보할 것이다. 국가는 반드시 모든 물질상의 문명이 하나하나 완전히 구비된 후에라야 비로소 독립되는 것은 아니다. 독립할 만한 자존의 기운과 정신적 준비만 있으면 충분한 것이니, 문명의 형식을 물질에서만 발휘함은 칼을 들어 대나무를 쪼개는 것과 같으니 그 무엇이 어려운 일이 있겠는가. 일본인은 언제나 조선의 물질문명이 부족한 것으로 말을 돌리나, 조선인을 어리석게 하고 야비케 하려는 학정과 열등 교육을 폐지하지 않으면 문명이 실현될 날이 없을 것인데, 이것이 어찌 조선인의 소질이 부족한 때문이겠는가. 조선인은 당당한 독립국민의 역사와 전통이 있을 뿐만 아니라 현대 문명에 함께 나아갈 만한 실력이 있는 것이다.

(2) 세계 대세의 변천

20세기 초부터 전 인류의 사상계는 조금씩 새로움을 향하는 빛을 띠기 시작하고 있다. 전쟁의 참화를 싫어하고 평화로운 행복을 바라고 각국이 군비를 제한하거나 폐지하자는 말도 있다. 만국이 연합하여 최고재판소를 설치하고 절대적인 재판권을 주어 국제 문제를 해결하며 전쟁을 미연에 방지하자는 설도 있다. 그밖에 세계 연방설과 세계

공화국설 등 실로 갖가지 평화안을 제창하고 있으니, 이는 모두 세계 평화를 촉진하는 움직임이다. 소위 제국주의적 정치가의 눈으로 본다면 이것은 일소에 부칠 일일 것이나, 사실의 실현은 시간문제일 뿐이다. 최근 세계의 사상계에 가슴 아픈 실제적 교훈을 준 것이 구라파전쟁과 러시아혁명과 독일혁명이 그것이다. 세계 대세에 대해서는 앞에서 말한 바가 있으므로 중복을 피하거니와 한마디로 말하면 현재로부터 미래의 대세는 침략주의의 멸망, 자존적 평화주의의 승리가 될 것이다.

(3) 민족자결 조건

미국 대통령 윌슨 씨는 독일과 강화하는 기초 조건, 곧 14개 조건을 제출하는 가운데 국제연맹과 민족자결을 제창하였다. 이에 대해 영국 · 프랑스 · 일본과 기타 여러 나라가 내용적으로 이미 국제연맹에 찬동하였으므로, 국제연맹의 본령 곧 평화의 근본적인 해결책인 민족자결에 대해서도 물론 찬성할 것이다. 이와 같이 각국이 찬동의 뜻을 표한 이상 국제연맹과 민족자결은 윌슨 한 사람의 사사로운 말이 아니라 세계의 공언이며, 희망의 조건이 아니라 이미 성립된 조건이 되었다. 또한 연합국 측에서 폴란드의 독립을 찬성하고, 체코의 독립을 위해서 거액의 군비와 적지 않은 희생을 무릅써가며 영하 30도를 오르내리는 추위에도 불구하고 군대를 시베리아에 보내되, 미국과 일본의 행동이 두드러진 것은 민족자결을 사실상 원조한 것이다. 이것이 모두 민족자결주의 완성의 표상이니 어찌 기뻐하지 않겠는가.

3. 조선독립선언의 이유

아아, 나라를 잃은 지 10년이 지나고 지금 독립을 선언한 민족이 독립 선언의 이유를 설명하여야 되니 실로 침통함과 부끄러움을 금치 못하겠다. 이제 독립의 이유를 네 가지로 나누어 보겠다.

(1) 민족 자존성

길짐승은 날짐승과 무리를 이루지는 못하고 날짐승은 곤충과 함께 무리를 이루지 못한다. 같은 길짐승이라도 기린과 여우, 삵은 그 거처가 다르고, 같은 날짐승이라도 큰기러기와 제비, 참새는 그 뜻이 상당히 다르고, 같은 곤충이라도 용과 뱀은 지렁이와 그 즐기는 바가 각각인 것이다. 또한 같은 종류 중에서도 벌과 개미는 자기 무리가 아니면 한사코 배척할 뿐만 아니라 한곳에 동거하지 않는다. 이것은 감정이 있는 동물의 자존성에서 나온 행동으로 이는 반드시 이해득실을 헤아려서 남의 침략을 배척할 뿐만 아니라, 다른 무리가 자기 무리에 대하여 복과 이익을 준다 해도 역시 이를 배척하는 것이다. 이것은 배타성이 주체가 되어 그런 것이 아니라 저희들끼리 사랑하여 자존을 누리기 때문이다. 자존의 범위 안에 들어오는 남의 간섭을 방어하는 것을 의미하며, 자존의 범위를 넘어서까지 남을 배척함을 뜻하는 것이 아니다. 따라서 자존의 범위를 넘어 남을 배척하는 것은 배척이 아니라 침략이다.

인류도 이와 같이 민족 자존성이 있기 때문에 유색인종과 무색인종 간에 각기 자존성이 있고, 같은 종족 중에서도 각 민족의 자존성이 있어 도저히 동화하지 못하는 것이다. 예컨대 중국은 한 나라를 형성하였으나 민족적 경쟁은 실로 극렬하였던 것이다. 최근의 사실만 보더라도 청나라의 멸망은 겉으로 보기에는 정치적 혁명 때문인 것 같으나, 실은 한민족과 만주족의 쟁탈인 것이며, 티베트족이나 몽고족도 각각 자존을 꿈꾸며 기회만 있으면 소요를 일으키고 있다. 그 밖에도 영국의 아일랜드나 인도에 대한 동화 정책, 러시아의 폴란드에 대한 동화 정책, 그 밖의 각국의 영토에 대한 동화 정책은 어느 하나도 수포로 돌아가지 않은 것이 없다. 따라서 한 민족이 다른 민족의 간섭을 받지 않으려 하는 것은 인류가 공통으로 가진 본성으로서 이 같은 본성은 남이 꺾을 수 없는 것이며, 또한 스스로 자기 민족의 자존성을 억제하려 하여도 할 수 없는 것이다. 이 자존성은 항상 탄력성을 가져 팽창의 한도, 즉 독립 자존의 완전한 상태에 이르지 않으면 멈추지 않는 것이니, 일본은 조선의 독립을 침해할 수 없을 것이다.

(2) 조국 사상

남쪽 나라의 새는 남녘의 나뭇가지를 생각하고, 북쪽의 호마는 북풍이 그리워 우는 것이니, 이것은 그 본바탕을 잊지 않기 때문이다. 동물도 이러하거든 하물며 만물의 영장인 사람이 어찌 그 근본을 잊을 수 있겠는가. 근본을 잊지 못함은 인위적인 것이 아니라 천성인 동시에 또한 만물의 미덕이기도 하다. 그러므로 인류는 그 근본을 잊지 못할 뿐 아니라 잊고자 해도 잊을 수 없는 것이다. 반만년의 역사를 가진 나라가 다만 군함과 대포의 수가 적다는 이유 때문에 남에게 유린을 당하여 역사가 단절되기에 이르렀으니, 누가 이를 참으며 누가 이를 잊겠는가. 나라를 잃은 뒤 때때로 근심스런 구름, 쏟아지는 빗발 속에서도 조상의 울부짖음을 보고, 한밤중이나 맑은 새벽에 천지신명의 꾸짖음을 듣거니와, 이를 참을 수 있다면 다른 무엇을 참지 못할 것인가. 일본은 조선의 독립을 침해할 수 없을 것이다.

(3) 자유주의(자존주의와 매우 다름)

인생의 목적을 철학적으로 해석하려면 여러 가지 설이 분분하여 일정한 정의를 내리기 어렵다. 그러나 인간 생활의 목적은 참된 자유에 있는 것으로서, 자유가 없는 생활에 무슨 취미가 있겠으며 무슨 즐거움이 있겠는가. 자유를 얻기 위해서는 어떤 대가도 아까워할 것이 없으니 곧 생명을 바치라고 해도 사양하지 않을 것이다. 일본은 조선을 합병한 후 압박에 압박을 더하고 일동일정(一動一靜)·일어일묵(一語一默)에도 압박을 가하여 자유의 모습은 털끝만큼도 없게 되었다. 혈기가 없는 무생물이 아닌 이상에야 어찌 이것을 참고 견디겠는가. 한 사람이 자유를 빼앗겨도 하늘과 땅의 화기(和氣)를 손상시키는 것인데, 어찌 이천만 명의 자유를 말살함이 이와 같이 심하단 말인가. 일본은 조선의 독립을 침해할 수 없을 것이다.

(4) 세계에 대한 의무

민족자결은 세계 평화의 근본적인 해결책이다. 민족자결주의가 성립되지 못하면, 아무리 국제연맹을 조직하여 평화를 보장한다 하더라도 마침내 수포로 돌아가고 말 것이다. 왜냐하면 민족자결이 이룩되지 않으면 언제라도 싸움이 잇따라 일어나 전쟁이 계속될 것이기 때문이다. 조선 민족이 어떻게 이러한 세계적 책임을 면할 수 있겠는가. 그러므로 조선 민족의 독립 자결은 세계 평화를 위한 것이요, 또한 동양 평화에 대해서도 실로 중요한 열쇠가 되는 것이다. 일본이 조선을 합병한 것은 조선 자체에 대한 이익, 곧 조선 민족을 쫓아내고 일본 민족을 이식코자 하는 것뿐만 아니라, 만주와 몽고를 손아귀에 넣고, 한 걸음 더 나아가서는 중국 대륙까지도 삼키려고 꿈꾸는 것이니, 이와 같은 일본의 야심은 누구나 다 알 수 있는 것이다. 중국을 경영하려면 조선을 버리고는 다른 방법을 찾을 길이 없기 때문에 침략 정책상 조선을 유일한 생명선으로 삼는 것이니, 조선의 독립은 곧 동양의 평화가 되는 것이다. 일본은 조선의 독립을 침해할 수 없을 것이다.

4. 조선총독 정책에 대하여

일본이 조선을 합병한 뒤 조선에 대한 시정 방침은 '무력 압박'이라는 넉 자로 대표할 수 있을 것이다. 전후 총독 곧 데라우치와 하세가와로 말하면 정치적 학식이 없는 한낱 군인에 지나지 않아 조선의 총독 정치는 한마디로 말해 헌병 정치였다. 바꾸어 말하면 군력 정치요 총포 정치인지라, 군인의 특징을 발휘하여 군도 정치를 행함에는 자못 유감이 없었다고 할 수 있다. 그러므로 조선인은 헌병이 쓴 모자의 그림자만 보고서도 독사나 맹호를 본 것처럼 기피하였으며, 무슨 일이건 총독 정치에 접할 때마다 자연히 오천 년 역사의 조국을 회상하며 이천만 민족의 자유를 묵묵히 기원하면서 남이 보지 않는 곳에서 피눈물을 흘렸던 것이다. 이것이 곧 합병 후 십 년 동안에 걸친 이천만 조선 민족의 생활이었다. 아아, 일본인이 진실로 인간의 양심이 있다면 이와 같은 일을 행하고도 꿈자리가 편안할 것인가.

또한 종교와 교육은 인류의 모든 생활에 걸쳐서 특별히 중요한 일이므로 어느 나라에서도 종교의 자유를 인정하지 않는 나라가 없는데, 조선에서는 이른바 종교령을 발표하여 신앙의 자유를 구속하고, 교육만 하더라도 정신 교육이 없음은 물론 과학 교과서도 넓은 의미로 보면 일본어 책에 지나지 않는다. 그밖의 모든 일에 대한 가혹한 정치는 낱낱이 열거할 겨를이 없을 뿐 아니라 또 그럴 가치조차 없는 것이다.

그러나 조선인은 이와 같은 가혹한 정치 아래 노예가 되고 소와 말이 되면서도 십 년 동안 조그마한 반대 운동도 일으키지 않고 그저 받아들여 마지못해 따랐던 것인데, 이것은 갖가지로 압력을 가하여 반대 운동이 불가능했기 때문이기도 하겠지만, 한편으론 조선인이 총독 정치를 중요시하여 반대 운동을 일으키려는 생각이 없었기 때문이다. 왜냐하면 총독 정치 이상으로 합병이란 근본 문제가 있었던 때문이다. 다시 말하면 언제라도 합병을 깨뜨리고 독립 자존을 지키려는 것이 이천만 민족의 머릿속에 항상 머물러 있으면서 없어지지 않는 정신을 가졌기 때문에, 총독 정치가 아무리 악독하고 극렬하여도 거기에 보복의 원한을 가할 필요가 없었고, 아무리 완전한 정치를 한다 하여도 또한 감사의 뜻을 표시할 필요가 없었는데, 이것은 총독 정치를 지엽적인 문제로 인정하고 있었기 때문이다.

5. 조선독립의 자신

이번의 조선독립은 국가를 창설함이 아니라, 고유의 독립국이 한때의 치욕을 겪고 나서 국가를 회복하는 독립인 것이다. 그러므로 국가의 요소 곧 국토·국민·주권이 조선 자체에 대해서는 만사가 구비되고도 남음이 있으니 다시 말할 필요도 없다. 그리고 각국의 승인에 대해서는 원래부터 조선과 각국의 국제적 교류는 친선을 지키고 서로 좋은 감정을 유지하고 있을 뿐만 아니라, 또한 개론에서 진술한 바와 같이 정의·평화·민족자결의 새 시대이므로 조선 독립을 그들이 즐겨 좋을 뿐 아니라 원조까지 할 것이다. 다만 문제는 일본의 승인 여부에 달렸을 뿐이다. 그러나 일본도 승인을 망설이지 않을 줄로 생각한다.

　대개 인류의 사상은 시대에 따라 변천되는 것으로서, 사상의 변천에 따라 사실의 변천이 있음은 물론이다. 또한 사람은 실리만을 위하는 것이 아니라 명예도 존중하는 것이다. 침략주의 곧 공리주의 시대에 있어서는 타국을 침략하는 것이 물론 실리를 위하는 것이었지만, 평화 곧 도덕주의 시대에 있어서는 민족자결을 찬동하여 작고 약한 나라를 원조하는 것이 국위를 발휘하는 명예가 되는 동시에 또한 하늘이 주는 행복의 실리를 받는 것이다. 따라서 일본이 여전히 침략주의를 계속하여 조선의 독립을 부인하면, 이는 동양 또는 세계 평화를 교란하는 것이니, 아마도 미일 또는 중일 전쟁을 비롯하여 세계적 연합 전쟁을 다시 일으키게 될지도 모른다. 그렇게 되면 일본에 가담할 자는 혹시 영국뿐일 듯싶다(영일 동맹 관계뿐 아니라 영국 식민지 문제로). 그러나 그것도 확실치는 않다. 그렇다면 어찌 실패하지 않을 수 있겠는가? 따라서 제2의 독일이 되는 것에 지나지 않는데, 일본의 무력이 독일에 비하면 누가 세고 누가 약할 것인가. 일본인도 자기들이 약하다는 걸 수긍할 것이다. 그러면 현재의 대세에 역행할 수 없다는 것은 명백하지 아니한가. 또한 일본이 조선 민족을 몰아내고 일본 민족을 이식하려고 꿈꾸고 있는 식민 정책도 절대로 불가능하고, 중국에 대한 경영도 중국의 반대 운동뿐 아니라 각국에서도 긍정할 까닭이 전혀 없으니, 식민 정책으로나 조선을 중국 경영의 발판으로 이용하려는 정책은 모두 수포로 돌아갈 것이다. 따라서 무엇이 아깝다고 조선 독립의 승인을 옳다고 하지 않는단 말인가. 일본은 넓고 큰 아량으로 조선 독립을 맨 먼저 승인하고 일본인이 구두선처럼 외는 중일 친선을 진정으로 발휘하면, 동양 평화의 맹주국은 일본을 놔두고 누가 있겠는가. 그러하면 20세기 초두에 세계적으로 백 년, 천 년 미래의 평화스런 행복을 위하여 복음을 전하는 천사 국이 서반구에는 미국이 있고 동반구에는 일본이 있을 것이니 이 얼마나 영예이겠는가. 동양인의 낯을 더욱 빛냄이 과연 어떠하겠는가.

또한 일본이 조선의 독립을 맨 먼저 승인하면, 조선인은 일본에 대해 가졌던 합병의 묵은 원한을 잊고 깊은 감사의 뜻을 표할 뿐만 아니라, 조선의 문명이 일본에 미치지 못함이 사실인즉, 독립한 후에 문명을 수입하려면 일본을 놔두고 어디서 찾겠는가. 왜냐하면 서양 문명을 직수입하는 것도 절대로 불가능한 일은 아니나, 길이 멀고 내왕이 불편하여 언어·문자나 경제상 곤란한 일이 많기 때문이다. 일본으로 말하면 부산 해협과 불과 십여 시간의 뱃길이요, 조선인 가운데 일본 말과 글을 알고 있는 사람이 많으므로 문명을 일본으로부터 수입하는 것은 지극히 쉬운 일이라 하겠다. 그렇다면 조선과 일본의 친선은 실로 아교나 칠(漆)같이 긴밀해질 것이다. 이는 동양 평화를 위해 얼마나 좋은 복이 되겠는가. 일본인은 결코 세계 대세에 반하여 스스로 손해를 초래할 침략주의를 계속하는 어리석은 행동을 저지르지 않고 동양

평화의 기회를 잡기 위해 우선 조선의 독립을 맨 먼저 승인하리라 믿는다.

가령 이번에 일본이 조선 독립을 부인하고 현상 유지가 된다 하여도 인심은 물과 같아서 막으면 막을수록 터지는 것이니, 조선의 독립은 산 위에서 굴러 내리는 둥근 돌과 같이 목적지에 이르지 않으면 그 기세가 멈추지 않을 것이니, 조선의 독립은 시간의 문제일 따름이다. 가령 조선 독립이 십 년 후에 된다면, 그 동안 일본이 조선에서 얻는 소득이 얼마나 될 것인가. 물질상의 이익 곧 재화의 이익으로 말하더라도 수지상 많은 여축(餘蓄)을 남겨 일본 국고에 기여함이 쉽지 않을 것이다. 그렇다면 조선에 있는 일본인 관리나 기타 월급 생활을 하는 자의 봉급 정도일 것이니, 그 노력과 자본을 상계하면 순이익은 실로 적은 액수일 뿐이다. 또한 식민한 일본인은 귀국치 않으면 국적을 옮겨 조선인으로 되는 수밖에 다른 방법이 없을 것이다. 그렇다면 십 년 동안에 걸친 적은 액수와 소득을 탐내어 세계 평화의 기운을 손상시키고 이천만 민족에게 고통을 줌이 어찌 국가의 불행이 아니겠는가.

아아, 일본인은 기억하라. 청일전쟁 후의 마관조약과 노일전쟁 후의 포츠머스 조약 가운데서 조선 독립의 보장을 주장한 것은 무슨 의협이며, 그 두 조약의 먹물 흔적이 마르기도 전에 곧 절개를 바꾸고 지조를 꺾어 간사한 꾀와 폭력으로 조선의 독립을 유린함은 그 무슨 배신인가. 지난 일은 그렇다 치고 앞일을 위하여 충고할 뿐이다. 지금의 평화의 일념이 족히 세계의 좋은 징조를 만들려 하고 있으니, 일본은 힘써야 할 것이다.

정해렴 역

최린의 진술이 끝나기가 무섭게 한용운은 벌떡 자리에서 일어나 큰 소리로 말했다. 한용운은 "이보시오, 고우(古友, 최린의 호)! 우리가 우리나라 찾자는 일에 일본이 정치 잘하고 못하고가 무슨 소용이란 말이오!"라며 최린을 크게 꾸짖었다.

　1920년 3월 22일 경성고등법원 특별형사부 재판정은 아침부터 몰려든 방청객들로 발 디딜 틈이 없었다. 3·1운동을 주도한 혐의로 체포된 민족 지도자 33인에 대한 재판이 진행중이었던 것이다. 한용운에 앞서 재판장의 인정신문을 받은 최린이 일본 메이지대학에서 공부한 엘리트답게 논리 정연하게 10년간에 걸친 일제의 무단정치를 조목조목 비판하자 한용운은 가만히 듣고 있지 않았다. 최린의 논리는 만약 일본이 정치를 잘했더라면 오늘날 독립운동 따위는 하지 않았을 것이라는 말과 무엇이 다르겠는가. 일본의 침략 자체가 문제이지, 침략 이후의 잘잘못을 가리는 것이 무슨 의미가 있단 말인가.

　한용운의 서릿발 같은 기개와 흔들림 없는 자세는 옥중 생활 내내 지켜온 것이었다. 3·1운동 이후 독립지사들이 심한 고문을 당한데다 국가 내란죄로 사형될지 모른다는 소문에 마음이 흔들리는 것을 본 한용운은 그들에게 똥통을 둘러엎으며 "나라 잃고 죽은 것이 서럽거든 당장에 취소하라"고 불호령을 내렸다. 한용운은 또 '변호사를 선임하지 말자, 사식(私食)을 받지 말자, 보석을 요구하지 말자' 등을 '옥중투쟁 3대원칙'으로 정하고 스스로 이를 실천했다. 내 나라를 내가 찾는데 누구에게 변호를 부탁할 것이며, 호의호식하려고 독립운동을 하지 않은 이상 밖에서 넣어주는 사식을 먹을 수 있겠느냐는 게 그의 생각이었다.

이윽고 한용운의 차례가 왔다. 한용운이 그동안 인정신문 때마다 철저히 이를 묵살하고 아예 입을 닫았다는 사실을 알고 있는 재판장 와타나베 판사는 "피고인은 왜 말이 없느냐"고 다그쳤다. 이에 한용운은 "조선인이 조선 민족을 위해 스스로 독립운동을 하는 것이 백 번 마땅한 노릇인데 일본인이 어찌 재판을 하려 하느냐"며 오히려 호통을 쳤다. 이에 재판장은 멋쩍은 표정을 지으며 "「독립선언서」 공약3장(독립선언서 가운데 공약3장은 한용운이 작성했음)에 '최후의 일인까지 최후의 일각까지'라는 표현이 있는데 이것은 폭동을 의미하는 것이 아니냐"고 캐물었다. 한용운은 "조선 사람은 단 한 사람이 남더라도 독립운동을 하자는 뜻이다"라고 당당하게 대답했다. 법정 안이 잠시 술렁거렸다. 방청객들은 고개를 크게 끄덕이며 한용운의 거침없는 언설에 동조했다.

다시 재판장이 "피고인은 앞으로도 조선 독립운동을 할 것인가"라고 물었다. 한용운은 "육신이 다하면 영혼이라도 남아 독립운동을 하겠다"고 대답했다. 그는 이어 "나는 할 말이 많다. 서면으로 할 테니 종이와 붓을 달라"고 요구했다. 감옥으로 되돌아간 한용운은 「조선독립이유서」 또는 「조선독립의 서」라고도 불리는 저 유명한 「조선독립에 대한 감상의 개요」란 긴 글을 단숨에 써내려가기 시작했다. 이 글은 개론, 조선독립선언의 동기, 조선독립선언의 이유, 조선총독 정책에 대하여, 조선독립의 자신 등 모두 5개 장으로 구성돼 있다. 1장에 해당하는 '개론'에서 한용운은 "자유는 만물의 생명이요 평화는 인생의 행복이다. 그러므로 자유가 없는 사람은 시체와 같고 평화가 없는 것은 가장 고통스러운 것이다"고 밝혀 무엇보다 자유의 중요성을 강조했다. 이것은 "신이여 자유를 주소서. 그렇지 않으면 차라리 죽음을 주소서"라는 미국 제퍼슨 대통령의 언급과 일맥상통한다. 그러나 '신에게 의지하는' 제퍼슨식 자유가 인간의 자유라고 하기에는 한계와 문제점을 안고 있었던 반면 한용운의 자유는 '인간의 자주적 · 주체적 자유'를 의미했다.

2장인 '조선독립선언의 동기'에서는 "조선인은 당당한 독립국민의 역사와 전통이 있을 뿐만 아니라 현대 문명에 함께 나아갈 만한 실력"이 있음을 거듭 힘주어 말하고 있다. 또 세계연방설과 세계공화국설 등 세계 평화를 촉진하는 움직임이 일어나고 있으니 평화의 실현은 시간 문제라는 점도 강조했다. 그리고 국제연맹을 통해 민족자결주의에 찬성한 일본이 한국의 독립을 방해한다는 것은 모순이자 위선임을 폭로하고 있다.

3장 '조선독립선언의 이유'에서 한용운은 약소국에 대한 강대국의 침략적 동화정책은 결코 성공할 수 없다고 단언했다. 또 만물의 영장인 사람이 자신이 태어나고 자란 조국과 그 조국의 독립은 결코 포기할 수 없는 것이라고 단언했다. 이와 함께 조선의 독립은 동양 평화와 세계 평화에도 이바지하는 것이라는 점도 지적하고 있다. 4장인 '조선총독 정책에 대하여'에서는 데라우치나 하세가와 등 학식과 정치적 경륜을 제대로 갖추지 못한 군인 출신 총독들의 시정은 군력(軍力) · 철포(鐵砲) 정치라고 비판하면서 인간의 보편적 자유인 신앙의 자유마저 구속하는 것에 대해서도 비난했다. 마지막 5장 '조선독립의 자신'에서 한용운은 "일본이 여전히 침략주의를 계속하여 조선의 독립을 부인하면…… 미일 또는 중일 전쟁을 비롯하여 세계적 연합 전쟁을 다시 일으키게 될" 것이라고 경고했다. 한용운의

「獨立은 民族의 自尊心」

「독립은 남을 배척함이 아니라
 고엄겨한 한용운의 독립의 건」

韓龍雲

한용운의 법정 심문에 관한 기사 (1910)

예언대로 일본은 대륙 침략을 위해서 중국과 전쟁을 벌인 뒤 미국과 태평양전쟁까지 치르다가 패망하고 말았다. 20년, 30년 뒤의 일을 정확히 내다본 선견지명이었다.

「조선독립의 감상에 대한 개요」는 50여 종의 독립선언서 가운데서도 특별한 의미를 갖는다. 세계 정세에 정통했던 한용운의 정확한 상황인식이 엿보이는 이 선언문은 논리가 명쾌할 뿐만 아니라 조선독립의 근거를 좀더 현실적으로 제시하고 있다. 이 때문에 뒷날 청록파 시인 가운데 한사람인 조지훈은 "최남선의 독립선언서에 비해 시문(時文)으로서 한 걸음 더 나아간 것이요, 조리가 명백하고 기세가 웅건할 뿐 아니라 정치적 예언까지 적중시킨 명문"이라고 높이 평가했다.

저항시를 쓰는 시인이자, 헌신적인 불교개혁가인 한용운은 일제에 항거하는 일에 철저하게 비타협적인 노선을 시종일관 견지했다. 한용운은 특히 한때 독립운동 대열에서 기웃대다가 일제에 투항하거나 변절한 인사들을 지극히 경멸했다.

1921년 12월 한용운이 3·1운동으로 옥고를 치르고 출옥했을 때 많은 사람들이 마중을 나왔다. 그 가운데는 독립선언을 거부했거나, 일제의 탄압이 무서워 몸을 숨겼던 이들도 있었다. 한용운은 그들이 내미는 손을 뿌리치고 한동안 그들의 얼굴을 뚫어지게 쳐다보았다. 그러더니 침을 뱉으면서 "그대들은 남을 마중할 줄은 알면서 어찌 남에게 마중받을 줄은 모르는가"라고 큰 소리로 꾸짖었다. 3·1독립선언서를 기초했던 최남선이 조선총독부 역사 왜곡기관인 조선사편수회의 편찬위원을 맡는 등 본격적인 친일행각에 들어갔다는 소식을 들은 한용운은 최남선의 집 앞에 가서 "최남선이 죽었다"고 곡을 한 뒤에 돌아왔다.

원래 「조선독립에 대한 감상의 개요」는 일본인 검사의 심문에 대한 답변으로 작성된 것이었으나, 한용운의 옥바라지를 하던 제자 김상호가 비밀리에 바깥으로 유출시켰다. 이후 1919년 11월 4일 상해임시정부에서 발행하던 〈독립신문〉 25호의 부록에 전문이 실려 세상에 널리 알려졌다. 그리고 이 글은 임시정부의 기초를 다지는 데 큰 힘이 됐다.

1879년 충남 홍성에서 태어난 만해 한용운은 어려서 서당에서 한학을 배웠다. 그는 동학운동에 참여했다가 실패하자 1905년 백담사에서 승려가 됐다. 국권을 빼앗기게 되자 한동안 만주, 시베리아 등지를 방랑하던 그는 1913년 귀국해 대승불교의 반야사상에 입각해 무능부패한 기성 불교의 개혁과 불교의 현실참여를 주장했다. 이러한 사상을 담은 저서가 바로 『조선불교유신론』이다.

시인으로도 유명한 한용운은 불교적인 '님'을 자연으로 형상화했으며 고도의 은유법을 구사하여 일제에 저항하는 민족정신과 불교를 통한 중생 제도를 노래했다. 시집 『님의 침묵』이 바로 그것이다. 언제나 해방의 그날을 꿈꾸었던 그는 해방이 되기 불과 1년 전인 1944년에 아쉽게도 세상을 떠났다.

일본 인사들은 깊이 생각하라

여운형

내가 이번에 여기 온 목적은 일본 당국자와 기외(其外) 식자들을 만나 조선독립운동의 진의를 말하고 일본 당국의 의견을 구하려고 하는 것입니다. 다행히 지금 각원(閣員)들과 식자 제군들과의 간격없는 의견을 교환하게 된 것은 유쾌하고 감사합니다.

나는 독립운동이 내 평생의 사업입니다. 구주(歐洲) 전란이 일어났을 때 나와 우리 한국이 한 독립국가로 대전에 참가치 못하고 동양의 한 모퉁이에 쭈그려 앉아서 우두커니 방관만 하고 있는 것이 심히 유감스러웠습니다. 그러나 우리 한족의 장래가 신세계 역사의 한 페이지를 차지할 시기가 반드시 오리라고 자신합니다.

그러므로 나는 표연히 고국을 떠나 상해에서 나그네로 있었습니다. 작년 11월에 대전이 끝나고 상해의 각 사원에는 평화의 종소리가 울리었습니다. 우리는 신의 사명이 머리 위에 내린 듯하였습니다. 그리하여 활동을 시작하였습니다. 먼저 동지 김규식을 파리에 보내고 3월 1일에는 내지(內地)에서 독립운동이 돌발하여 독립만세를 절규하였습니다. 곧 대한 민족이 전부 각성하였습니다. 주린 자는 먹을 것을 찾고 목마른 자는 마실 것을 찾는 것은 자기의 생존을 위한 자연의 원리입니다. 이것을 막을 자가 있겠습니까! 일본인이 생존권이 있다면 우리 한족만이 홀로 생존권이 없을 것입니까!

일본인이 생존권이 있다는 것은 한국인이 긍정하는 바이요, 한인이 민족적 자각으로 자유와 평등을 요구하는 것은 신이 허락하는 바입니다. 일본 정부는 이것을 방해할 무슨 권리가 있습니까! 이 세계는 약소 민족 해방, 부인(婦人)해방, 노동자 해방 등 세계 개조를 부르짖고 있습니다. 어느 집에서 새벽에 닭이 울면 이웃집 닭이 따라 우는 것은 닭 한 마리 한 마리가 다른 닭이 운다고 우는 것이 아니라 때가 와서 우는 것입니다. 때가 와서 생존권이 양심적으로 발작된 것이 한국의 독립운동이요, 결코 민족자결주의에 도취한 것이 아닙니다. 신은 오직 평화와 행복을 우리에게 주려 하십니다. 과거의 약탈 살육을 중지하고 세계를 개조하는 것이 신의 뜻입니다. 세계를 개척하고 개조로 달려나가, 평화적 천지를 만드는 것이 우리의 사명입니다.

우리의 선조는 칼과 총으로 서로 죽였으나, 이후로 우리는 서로 붙들고 돕지 않으면 안 됩니다. 신은 세계의 장벽을 허락하지 않습니다. 차제 일본이 자유를 부르짖는 한인에게 순전히 자기 이익만을 가지고 한국 합병의 필요를 말했습니다.

첫째, 일본은 자기 방위를 위하여 한국을 합병하지 않을 수 없다고 합니다. 그러나 러시아가 차제 무너진 이상 그 이유가 성립되지 않습니다. 한국이 독립한 후라야 동양이 참으로 단결할 수 있습니다. 실상은 그것이 일본의 이익이 될 것입니다.

둘째, 일본은 "한국이 독립을 유지할 실력이 없다"고 합니다. 우리는 과연 병력이 없습니다. 그러나 차제 한족은 깨었습니다. 열화 같은 애국심이 차제 폭발하였습니다. 붉은 피와 생명으로 조국의 독립에 이바지하려는 것을 무시할 수 있겠습니까! 일본이 한국의 독립을 승인하면 한국은 다시 적이 없습니다. 서쪽 이웃인 중화민국은 확실히 한국과 친선할 것입니다. 일본이 솔선하여 한국의 독립을 승인하는 날이면 한국은 마땅히 일본과 친선할 것입니다. 우리의 건설 국가는 인민이 주인되어 인민을 다스리는 국가일 것입니다. 이 민주공화국은 대한 민족의 절대적 요구요, 세계 대세의 요구입니다.

평화란 것은 형식적 단결로는 성공하지 못합니다. 차제 일본이 아무리 첩첩이구(喋喋利口)로 일지(日支)친선을 말하지만 무슨 유익이 있습니까! 오직 정신적 단결이 필요한 것입니다. 우리 동양인이 이런 경과에 서로 반목하는 것이 복된 일입니까!

한국 독립 문제가 해결되면 중국 문제는 용이하게 해결될 것입니다. 일찍이 한국 독립을 위하여 일청전쟁과 일로전쟁을 한 일본이 그때의 성명을 무시하고 스스로 약속을 까먹었으니, 이것이 한일 두 민족의 원한의 원인이 되지 않을 수 있겠습니까.

한국 독립은 일본과 분리하는 듯하나, 원한을 버리고 동일한 보조를 취하여 함께 나가는 것이 진정한 합일이요, 동양 평화를 확보하는 것이며, 세계 평화를 유지하는 제일의 기초입니다.

우리는 꼭 전쟁을 하여야 평화를 얻을 수 있습니까? 싸우지 않고는 인류가 누릴 자유와 평화를 못 얻을 것입니까? 일본 인사들은 깊이 생각해야 할 것입니다.

기미년 3·1운동이 일어난 지 약 9개월 만인 1919년 11월 27일 일본 도쿄 제국호텔은 아침 일찍 모여든 각국의 신문기자와 일본 정계인사 등 5백여 명으로 시끌벅적했다. 대한민국 상해임시정부 정무위원 여운형의 연설을 듣기 위해서였다. 식민지 조선의 '불법지하단체'인 상해임시정부의 간부를 위해 식민지 종주국인 일본이 자신의 심장부인 도쿄, 그 중에서도 최고급 호텔에 '멍석을 깔아준' 셈이었다.

이윽고 여운형이 통역을 맡은 장덕수와 함께 연단에 나타났다. 신문기자들의 카메라 플래시가 펑펑 소리를 내며 연달아 터지기 시작하면서 분위기는 점차 고조됐다.

"뭐야, 아직도 새파랗게 젊은 친구잖아!"

"그래도 풍채는 당당한데 그래."

여운형의 신상에 대해 아직 잘 알지 못했던 참석자들의 상당수는 두 가지 사실에 크게 놀랐다. 우선 그가 아직 34세의 청년이라는 것이 첫 번째였고, 그럼에도 불구하고 풍채와 용모가 비범하여 수많은 사람들을 단번에 사로잡았다는 것이 그 두 번째였다. 전체적으로는 "그래, 식민지 젊은이가 연설을 잘하면 얼마나 잘하겠느냐. 어디 한번 들어보자"는 분위기가 대세였다. 그러나 불을 뿜는 듯한 여운형의 연설이 장덕수의 뛰어난 통역을 통해 우렁차게 울려 퍼지자 장내의 열기는 달아올랐고 점차 열광의 도가니로 빠져들었다. 참석자들은 그의 말 한마디 한마디에 외마디 감탄사를 내뱉었다. 박수를 치면서 발을 구르는 사람들의 모습도 눈에 띄었다.

"잘한다, 정말 잘한다!"

"여운형, 최고다!"

혼신의 힘을 다해 조선독립의 당위성을 피력한 그의 연설이 끝나자 우레와 같은 박수갈채가 한동안 계속됐다. 감동을 이기지 못해 "여운형 만세!"를 외치는 사람들도 있었다. 잡지 《태양》의 사장은 여운형에게 다가와 "조선독립에 대한 이론이 참으로 명쾌했소. 잡지에 신고 싶으니 글로 써 주시오"라고 부탁했다.

여운형의 제국호텔 연설은 조선인들이 독립운동을 하는 것이 단순히 일본을 물리치자는 협소한 차원이 아니라 신이 부여한 엄숙하고도 당당한 권리이며, 생존을 위한 인간과 자연계의 원리라는 점을 강조한 것이었다. 여운형은 모든 조선 민족이 일어나서 3·1운동을 펼친 것과 상해임시정부가 김규식을 파리 강화회의에 파견한 것 등 일련의 사건들이 배고픈 사람이 먹을 것을 찾고 목마른 사람이 마실 것을 찾는 것과 마찬가지로 생명체가 자신의 생존을 위해 해야 하고, 또 할 수 있는 너무나 당연한 활동이라고 역설했다. 일본인의 생존권을 우리가 인정하는 것처럼 우리 조선인의 생존권을 당신들 일본도 인정하라는 요구였다.

여운형은 특유의 '구어체 비유법'을 통해 조선의 독립운동이 구미 각국의 사조에 부화뇌동하는 일시적인 움직임이 아니라 때가 와서 생존권이 양심적으로 발현된 주체적인 판단과 결정에 따른 것이라는 점도 힘주어 말했다. 즉 새벽에 닭이 우는 것은 이웃집 닭이 운다고 따라서 우는 것이 아니라 닭이 울어야 하는 새벽이라는 시간이 왔기 때문이라고 명쾌하게 정리한 것이다. 조선인들의 독립운동이 약소민족 해방과 여성 해방, 노동자 해방 등 세계 개조와 변혁을 위한 보편적인 인간 해방운동에 뿌리를 두고 있다는 사실도 이날 연설에서 강조하려 했던 내용이다.

일본이 내세운 '독립 실력론'에 대해서도 여운형은 매서운 비판의 칼날을 들이댔다. 즉 일본 당신들은 "한국은 독립을 유지할 실력이 없다"고 하는데 물론 우리는 당신들만큼의 군사력은 갖추지 못했지만 3·1운동과 상해임시정부 수립 등을 통해 우리 조선민족의 애국심이 폭발하지 않았느냐, 나라와 민족을 위해 붉은 피를 흘리고 자기 한 목숨을 아낌없이 바치는 기상과 열정이 바로 실력 아니겠느냐, 그런 것들을 당신들이 과연 무시할 수 있느냐고 당당하게 외쳤다.

조선민족이 세우려는 독립국가는 인민이 주인이 되어 인민을 다스리는 민주공화국이라는 대목도 음미할 만하다. 이것은 여운형이 철저한 민주주의자인 자신의 면모를 드러냄과 동시에 이것이 민족적 요구이자 세계의 거대한 흐름이라는 사실을 일본인들에게 강조해서 위해서였다.

여운형의 제국호텔 연설이 몰고 온 '후폭풍'은 실로 엄청났다. 원래 여운형의 도쿄 방문 및 일본 요인들과의 면담, 기자회견 등은 '조선인 교화사업'을 추진중이던 일본 기독교 단체 일본조합교회와 조선총독부 등이 '온건한 독립운동가'였던 그를 도쿄로 불러 회유한 뒤 이를 널리 선전하려는 계책에서 주선한 것이었다.

여운형의 일본 방문 소식이 알려지자 상해임시정부 내부에서도 찬반으로 갈려 논란이 일었다. 반대론자들은 "여운형의 도쿄 방문은 나라를 팔아먹으려는 것"이라고 비난했다. 그러자 여운형을 아끼고 지지했던 도산 안창호는 "팔아먹을 나라가 있어야 팔아먹을 것 아니냐. 오히려 우리의 존재를 알릴 좋은 기회다"라고 역설해 방일 논란에 마침표를 찍었다.

여운형이 도쿄에 도착하자 장관급 이상의 쟁쟁한 일본정계 거물들이 그를 회유하기 위해 집요한 설득공작을 폈다. 그러나 적진 한가운데서도 주눅이 들기는커녕 당당하고 논리정연한 언변을 구사하는 그에게 일본 요인들조차 탄복을 거듭했다. 도쿄 제국대학 법학박사 출신의 이론가였던 척식국 장관 고가는 여운형과의 담판 끝에 설득을 포기한 뒤 성대한 파티를 열어주면서 "나도 조선에 태어났으면 당신처럼 행동했을 것이다"라고 말했다.

다나카 육군장관은 "조선이 3백만 일본군대와 싸울 용의가 있다면 모르되 그렇지 않으면 조용히 일본의 통치에 복종하라"며 노골적인 협박을 가했다. 이에 여운형은 "몇 년 전 타이타닉이라는 거대한 배가 바닷물 위에 나온 빙산을 작다고 업수이 여기다가 침몰했다. 우리의 독립운동은 바로 그 빙산의 일각이고 당신들의 군사력은 타이타닉이다"라고 맞받아쳐 다나카의 입을 다물게 했다.

도쿄 제국호텔 연설에서 생면부지의 일본인들까지도 대번에 빨아들여 자신의 '팬'으로 만들었던 여운형은 이미 국내에서 하늘을 찌를 듯한 높은 인기를 누리고 있었다. 당시 여운형은 청년들이 결혼할 때 주례로 모시고 싶은 인물로 첫 손가락에 꼽혔다. 여운형은 젊은이들의 요청이 있을 때마다 흔쾌히 주례를 수락했다. 그는 주례와 강연강좌 등을 통해 청년계층과의 접촉 범위를 더욱 넓혔다. 이들 가운데 상당수가 여운형의 인품과 경륜에 탄복한 나머지 여운형의 독립투쟁 노선을 지지하게 된 것은 당연한 일이다. 여운형의 주례에 얽힌 이야기는 당시 월간 잡지 《삼천리》에서 소개할 정도였다.

"결혼 행진곡! 이 풍금 소리가 들리는 곳곳에 여운형 씨의 시원시원한 얼굴이 보이지 않는 때가 없다 하리만치 씨는 결혼식 주례를 많이 하기로 유명한데, 대체 이 분이 한 해 잡고 몇 차례나 재자가인에게 원앙의 꿈을 맺어주게 하는가. 작년에 53쌍, 금년에 57쌍(11월 24일 현재)이라 실로 한 달 잡고 두 번 의례히 주례를 하신다. 아마 올해에는 70쌍도 넘을 것 같다. 이 모양대로 늘어가서는 명년은 몇 백 쌍을 넘을 듯 성재라 주례인저."《삼천리》(1936년 1월)

여운형에 대한 회유공작이 실패로 돌아가자 일본 정부는 당초 예정했던 총리대신 회견과 천황 알현 계획을 중단했다. 그러나 그의 행적은 일본과 중국 언론 등에 대대적으로 보도됐다. 도쿄 제국대학 요시노 교수는 "여운형의 주장 가운데는 침범하기 어려운 정의의 섬광이 엿보인다"라고 극찬

제6차 임시의정원 폐원식 기념 촬영. 앞줄 왼쪽에서 네 번째가 안창호, 두 번째 줄 가장 오른쪽이 김구, 네 번째 줄 왼쪽 첫 번째가 여운형 (1919)

했다. 반면 이듬해 초 열린 일본 국회에서는 일본 정계를 발칵 뒤집어 놓은 '여운형 사건'으로 연일 시끄러웠다.

수십 명의 의원들은 "끝까지 조선독립을 고집하는 여운형이란 자를 무엇 때문에 끌어들였으며, 왜 체포 투옥하지 않았느냐"고 벌떼처럼 일어나 정부를 공격했고 하라 총리대신을 비롯한 7명의 각료들이 국회에 불려나와 진땀을 흘려야 했다. 식민지의 젊은 독립투사가 종주국의 심장부에서 그 나라 조야를 뒤흔들었던 사건은 역사상 유례를 찾기 어려운 일이다. 여운형의 비서를 지냈던 시인 이기형은 "그가 자신의 풍채, 용모, 학식, 인격, 담력, 웅변만으로 해낼 수 있었던 우리 독립투쟁사에서 으뜸가는 '항쟁예술'"이라고 표현했다.

'청년의 친구'인 여운형은 실제로 청년들에게 다정다감했다. 2006년 타계한 강원룡 목사가 해방 이듬해인 1946년 어느 토론 모임에서 여운형을 만났을 때의 일이다. 당시 29세 청년이었던 강원룡은 "여러 어른들과 대선배들께 버릇없이 드리는 말씀을 너그럽게 들어주시기 바랍니다"고 겸손하게 서두를 뗀 뒤 발언을 계속했다. 강원룡이 자리에 앉자 여운형이 다가왔다. 여운형은 빙그레 웃으며 "자네, 참 좋은 말을 했는데 젊은이답지 않게 '버릇없이' '너그럽게 양해하시고' 이런 말을 하는가. 앞으로는 그러지 말고 당당하게 소신을 말하게"라고 격려했다.

여운형은 또 자신이 한 말을 반드시 행동으로 실천하는 '언행일치'의 정치인이기도 했다. 일본에게 지고 있던 국채 2,000만 원을 갚기 위해 국채보상운동이 전국적으로 일어났을 때였다. 여운형은 '단연국채보상기성회'를 조직한 뒤 전국 각지를 돌며 담배를 끊고 그 절약한 돈으로 나라의 빚을 갚자는 취지의 연설을 했다. 그의 탁월한 연설을 들으려는 인파로 가는 곳마다 성황이었고, 청중들은 금연을 맹세했다. 여운형 자신도 그때 담배를 끊은 뒤 평생 두 번 다시 입에 대지 않았다.

조선혁명선언

신채호

1. 강도 일본이 우리의 국호를 없이하며, 우리의 정권을 빼앗으며, 우리의 생존적 필요조건을 다 박탈하였다. 경제의 생명인 산림·천택(川澤)·철도·광산·어장 내지 소공업 원료까지 다 빼앗아 일체의 생산 기능을 칼로 베이며 도끼로 끊고, 토지세·가옥세·인구세·가축세·백일세(百一稅)·지방세·주초세(酒草稅)·비료세·종자세·영업세·청결세·소득세…… 기타 각종 잡세가 날로 증가하여 혈액은 있는 대로 다 빨아가고, 어지간한 상업가들은 일본의 제조품을 조선인에게 매개하는 중간인이 되어 차차 자본집중의 원칙하에서 멸망할 뿐이오, 대다수 인민과 일반 농민들은 피땀을 흘리어 토지를 갈아, 그 일년 내내 소득으로 자기 한 몸과 처자의 호구거리도 남기지 못하고, 우리를 잡아먹으려는 일본 강도에게 갖다 바치어 그 살을 찌워주는 영원한 소·말이 될 뿐이오, 끝내는 그 소·말의 생활도 못하게 일본 이민의 수입이 해마다 높고 빠른 비율로 증가하여 '딸깍발이' 등쌀에, 우리 민족은 발 디딜 땅이 없어 산으로 물로 서간도로 북간도로 시베

리아의 황야로 몰리어가 굶주린 귀신으로부터 떠돌아다니는 귀신이 될 뿐이며,

강도 일본이 헌병정치·경찰정치를 힘써 행하여 우리 민족이 한 발짝의 행동도 마음대로 못하고, 언론·출판·결사·집회의 일체 자유가 없어, 고통과 울분과 원한이 있으면 벙어리의 가슴이나 만질 뿐이오, 행복과 자유의 세계에는 눈 뜬 소경이 되고, 자녀가 나면, '일어를 국어라, 일문을 국문이라'하는 노예양성소–학교로 보내고, 조선사람으로 혹 조선사를 읽게 된다 하면 '단군을 속여 스사노오노미코토(素盞鳴尊)의 형제'라 하여 '삼한시대 한강 이남을 일본이 다스리는 땅'이라 한 일본놈들의 적은 대로 읽게 되며, 신문이나 잡지를 본다 하면 강도정치를 찬미하는 반(半) 일본화한 노예적 문자뿐이며, 똑똑한 자제가 난다 하면 환경의 압박에서 세상을 비관하고 절망하는 타락자가 되거나 그렇지 않으면 '음모사건'의 명칭 하에 감옥에 구류되어, 주리를 틀고 목에 칼을 씌우고, 단근질·채찍질·전기질, 바늘로 손톱 밑과 발톱 밑을 쑤시는, 팔다리를 달아매는, 콧구멍에 물 붓는, 생식기에 심지를 박는 모든 악형, 곧 야만 전제국의 형률(刑律), 사전에도 없는 갖은 악형을 다 당하고 죽거나, 요행히 살아 감옥문에서 나온대야 평생 불구의 폐인이 될 뿐이라. 그렇지 않을지라도 발명 창작의 본능은 생활의 곤란에서 단절하며, 진취 활발의 기상은 처한 형편의 압박에서 소멸되어 '찍도 쩍도' 못하게 각 방면의 속박·채찍질·구박·압제를 받아, 바다에 둘러싸인 삼천리가 하나의 큰 감옥이 되어, 우리 민족은 아주 인류의 자각을 잃을 뿐 아니라, 곧 자동적 본능까지 잃어 노예부터 기계가 되어 강도 수중의 사용품이 되고 말 뿐이며, 강도 일본

이 우리의 생명을 지푸라기로 보아, 을사 이후 13도의 의병 나던 각 지방에서 일본군대가 행한 폭행도 이루 다 적을 수 없거니와, 즉 최근 3·1운동 이후 수원·선천 등의 국내 각지부터 북간도·서간도·노령 연해주 각처까지 도처에 주민을 도륙한다, 촌락을 불지른다, 재산을 약탈한다, 부녀를 능욕한다, 목을 끊는다, 산 채로 묻는다, 불에 사른다, 혹 몸을 두 동가리 세 동가리로 내어 죽인다, 아동을 잔혹하게 다룬다, 부녀의 생식기를 파괴한다 하여, 할 수 있는 데까지 참혹한 수단을 써서 공포와 전율로 우리 민족을 압박하여 인간의 '산송장'을 만들려 하는도다.

이상의 사실에 따라 우리는 일본 강도정치 곧 이족(異族)통치가 우리 조선민족생존의 적임을 선언하는 동시에, 우리는 혁명수단으로 우리 생존의 적인 강도 일본을 죽여 없앰이 곧 우리의 정당한 수단임을 선언하노라.

2. 내정독립이나 참정권이나 자치를 운동하는 자―누구이냐?

너희들이 '동양평화' '한국독립조선' 등을 담보한 맹약이 먹도 마르지 아니하여 삼천리 강토를 집어먹던 역사를 잊었느냐? '조선인민 생명재산 자유보호' '조선인민 행복증진' 등을 신명(申明)한 선언이 땅에 떨어지지 아니하여 이천만의 생명이 지옥에 빠지던 실제를 못 보느냐? 3·1운동 이후에 강도 일본이 또 우리의 독립운동을 완화시키려고 송병준·민원식 등 한두 매국노를 시키어 이따위 미친 주장을 부름이니, 이에 부화뇌동하는 자―맹인이 아니면 어찌 간사한 무리가 아니냐?

설혹 강도 일본이 과연 관대한 도량이 있어 이들의 요구를 허락한다 하자. 소위 내정독립을 찾고 각종 이권을 찾지 못하면 조선민족은 온통 굶주린 귀신이 될 뿐이 아니냐? 참정권을 획득한다 하자. 자국의 무산계급의 혈액까지 착취하는 자본주의 강도국의 식민지 인민이 되어 몇몇 노예 대의사(代議士)의 선출로 어찌 굶어죽는 화를 면하겠느냐? 자치를 얻는다 하자. 그 어떤 자치임을 막론하고 일본이 그 강도적 침략주의의 간판인 '제국'이란 명칭이 존재한 이상에는, 여기에 딸려 있는 조선인민이 어찌 구구한 자치의 헛된 이름으로써 민족적 생존을 유지하겠느냐?

설혹 강도 일본이 갑자기 부처·보살이 되어 하루아침에 총독부를 철폐하고 각종 이권을 다 우리에게 돌려주며, 내정과 외교를 다 우리의 자유에 맡기고 일본의 군대와 경찰을 일시에 철수하며, 일본의 이주민을 일시에 소환하고 다만 이름뿐인 종주권만 가진다 할지라도 우리가 만일 과거의 기억이 모두 없어지지 아니하였다 하면 일본을 종주국으로 받든다 함이 '치욕'이란 명사를 아는 인류로는 못할지니라.

일본 강도 정치 하에서 문화운동을 부르는 자―누구이냐?

문화는 산업과 문물의 발달한 총적(總積)을 가리키는 명사니 경제약탈의 제도하에서 생존권이 박탈된 민족은 그 종족의 보전도 의문이거든, 하물며 문화발전의 가망이 있으랴? 쇠망한 인도족·유태족도 문화가 있다 하지만, 하나는 금전의 힘으로 그 조상의 종교적 유업을 계속함이며, 하나는 그 토지의 넓음과 인구의 많음으로 오랜 옛날 자유롭게 발달한 남은 혜택을 지킴이니, 어디 모기와 등에 같이, 승냥이와 이리 같이 사람의 피를 빨다가 골수까지 깨무는 강도 일본의 입에 물린 조선 같은 데서 문화를 발전 혹 지킨 전례가 있더냐? 검열·압수 모든 압박 중에 몇몇 신문·잡지를 가지고 '문화운동'의 목탁으로 스스로 떠들며, 강도의 비위에 거스르지 아니할 만한 언론이나 주창하여 이것을 문화발전의 과정으로 본다 하면, 그 문화발전이 도리어 조선의 불행인가 하노라.

이상의 이유에 따라 우리는 우리의 생존의 적인 강도 일본과 타협하려는 자(내정독립·자치·참정권 등을 주장하는 자)나 강도정치 하에서 기생하려는 주의를 가진 자(문화운동자)나 다 우리의 적임을 선언하노라.

3. 강도 일본의 구축(驅逐)을 주장하는 가운데 또 다음과 같은 논자들이 있으니, 첫째는 외교론이니, 이조 오백년 문약(文弱)정치가 '외교'로써 나라를 지키는 으뜸 계책으로 삼아 그 말세에 더욱 심하여, 갑신 이래 유신당·수구당의 성쇠가 거의 외국의 원조 유무에서 판결되며, 위정자의 정책은 오직 이 나라를 끌어들여 저 나라를 제압함에 불과하였고, 그 믿고 의지하는 습성이 일반 정치사회에 전염되어 즉 갑오·갑진 양 전쟁에 일본이 수십 만의 생명과 수억 만의 재산을 희생하여 청·러 양국을 물리치고, 조선에 대하여 강도적 침략주의를 관철하려 하는데 우리 조선의 '조국을 사랑한다. 민족을 건지려 한다' 하는 이들은 한 자루의 칼과 한 방의 총알을 어리석고 탐욕스러우며 포악한 관리나 나라의 원수에 던지지 못하고, 청원서나 여러 나라 공관에 던지며 탄원서나 일본정부에 보내어 국세의 외롭고 약함을 슬피 호소하여 국가존망·민족사활의 대문제를 외국인 심지어 적국인의 처분으로 결정하기만 기다리었도다. 그래서 '을사조약' '경술합

병'—곧 '조선'이란 이름이 생긴 뒤 몇 천 년 만의 처음 당하던 치욕에 조선민족의 분노적 표시가 겨우 하얼빈의 총, 종로의 칼, 산림유생의 의병이 되고 말았도다.

아! 과거 수십 년 역사야말로 용기 있는 자로 보면 침 뱉고 욕할 역사가 될 뿐이며, 어진 자로 보면 상심할 역사가 될 뿐이다. 그리고도 나라가 망한 이후 해외로 나아가는 아무개 지사들의 사상이 무엇보다도 먼저 '외교'가 그 제1장 제1조가 되며, 국내 인민의 독립운동을 선동하는 방법도 '미래의 미일전쟁·러일전쟁 등 기회'가 거의 천편일률의 문장이었고, 최근 3·1운동에 일반 인사의 '평화회의 국제연맹'에 대한 과신의 선전이 도리어 이천만 민중의 용기 있게 분발하여 전진하는 의기를 쳐 없애는 매개가 될 뿐이었도다.

둘째는 준비론이니, 을사조약 당시에 여러 나라 공관에 빗발 돋듯하던 종이쪽지로 넘어가는 국권을 붙잡지 못하며, 정미년의 헤이그 밀사도 독립회복의 복음을 안고 오지 못하매, 이에 차차 외교에 대하여 의문이 되고 전쟁 아니면 안 되겠다는 판단이 생기었다. 그러나 군인도 없고 무기도 없이 무엇으로써 전쟁하겠느냐? 산림유생들은 춘추대의(春秋大義)에 성패를 생각하지 않고 의병을 모집하여 높은 관을 쓰고 도포를 입은 채로 지휘의 대장이 되며, 사냥 포수의 화승총을 몰아가지고 조일전쟁의 전투선에 나섰지만 신문 쪼가리나 본 이들—곧 시세를 짐작한다는 이들은 그러할 용기가 아니 난다. 이에 '오늘 이 시간에 곧 일본과 전쟁한다는 것은 망발이다. 총도 장만하고 돈도 장만하고 대포도 장만하고 장관이나 졸병감까지라도 다 장만한 뒤에야 일본과 전쟁한다' 함이니, 이것이 이른바 준비론 곧 독립전쟁을 준비하자 함이다. 외세의 침입이 더할수록 우리의 부족한 것이 자꾸 느껴지고, 그 준비론의 범위가 전쟁 이외까지 확장되어 교육도 진흥해야겠다, 상공업도 발전해야겠다, 기타 무엇 무엇 일체가 모두 준비론의 부분이 되었다. 경술 이후 각 지사들이 혹 서·북간도의 삼림을 더듬으며, 혹 시베리아의 찬바람에 배부르며, 혹 남·북경으로 돌아다니며, 혹 미주나 하와이로 돌아가며, 혹 경향(京鄕)에 출몰하여 십여 년 내와 각지에서 목이 터질 만치 준비! 준비를 불렀지만, 그 소득이 몇 개 불완전한 학교와 실력 없는 모임뿐이었었다. 그러나 그들의 성의 부족이 아니라 실은 그 주장의 착오이다. 강도 일본이 정치·경제 양 방면으로 구박을 주어 경제가 날로 곤란하게 생산기관이 전부 박탈되어 입고 먹을 방법도 단절되는 때에 무엇으로? 어떻게? 실업을 발전하며, 교육을 확장하며, 더구나 어디서? 얼마나? 군인을 양성하며, 양성한들 일본 전투력의 백 분의 일에 비교되게라도 할 수 있느냐? 실로 한바탕의 잠꼬대가 될 뿐이로다.

이상의 이유에 의하여 우리는 '외교' '준비' 등의 미몽을 버리고 민중 직접혁명의 수단을 취함을 선언하노라.

4. 조선민족의 생존을 유지하자면 강도 일본을 구축할지며, 강도 일본을 구축하자면 오직 혁명으로써 할 뿐이니, 혁명이 아니고는 강도 일본을 구축할 방법이 없는 바이다.

그러나 우리가 혁명에 종사하려면 어느 방면부터 착수하겠느뇨?

구시대의 혁명으로 말하면, 인민은 국가의 노예가 되고 그 이상에 인민을 지배하는 상전 곧 특수세력이 있어 그 소위 혁명이란 것은 특수세력의 명칭을 변경함에 불과하였다. 다시 말하자면 곧 '을'의 특수세력으로 '갑'의 특수세력을 변경함에 불과하였다. 그러므로 인민은 혁명에 대하여 다만 갑·을 양세력 곧 신·구 양 상전 중 누가 더 어질고 누가 더 포악하며 누가 더 선하고 누가 더 악한가를 보아 그 향배를 정할 뿐이요, 직접 관계가 없었다. 그리하여 '임금의 목을 베어 백성을 위로한다'가 혁명의 유일한 근본취지가 되고 '한 도시락의 밥과 한 종지의 장으로써 임금의 군대를 맞아들인다'가 혁명사의 유일한 미담이 되었거니와, 오늘날 혁명으로 말하면 민중이 곧 민중 자기를 위하여 하는 혁명인 고로 '민중혁명'이라 '직접혁명'이라 칭함이며, 민중 직접의 혁명인 고로 그 비등·팽창의 뜨거운 정도가 숫자상 강약 비교의 관념을 타파하며, 그 결과의 성패가 매양 전쟁학상의 정해진 궤도에서 벗어나 돈 없는 군대 없는 민중으로 백만의 군대와 억만의 부력(富力)을 가진 제왕도 타도하며 외국의 도적도 구축하나니, 그러므로 우리 혁명의 첫 걸음은 민중각오의 요구니라.

민중은 어떻게 각오하느뇨?

민중은 신인(神人)이나 성인이나 어떤 영웅호걸이 있어 '민중을 각오'하도록 지도하는 데서 각오하는 것이 아니요, '민중아, 각오하자' '민중이여, 각오하여라' 그런 열렬한 부르짖음의 소리에서 각오하는 것도 아니오.

오직 민중이 민중을 위하여 일체 불평·부자연·불합리한 민중향상의 장애부터 먼저 타파함이 곧 '민중을 각오케' 하는 유일방법이니, 다시 말하자면 곧 먼저 깨달은 민중이 민중의 전체를 위하여 혁명적 선구가 됨이 민중각오의 첫째 길이니라.

일반 민중이 굶주림·추위·피곤·고통, 처의 울부짖음, 어린애의 울음, 납세의 독촉, 사채(私債)의 재촉, 행동의 부자유, 모든 압박에 졸리어, 살려니 살 수 없고 죽으려 하여도 죽을 바를 모르는 판에, 만일 그 압박의 주인 되는 강도정치의 시설자인 강도들을 때려누이고, 강도의 일체시설을 파괴하고, 복음이 사해에 전하며 뭇 민중이 동정의 눈물을 뿌리어, 이에 사람마다 '굶어죽음' 이외에 오히려 혁명이란 한 길이 남아 있음을 깨달아, 용기 있는 자는 그 의분에 못 이기어 약한 자는 그 고통에 못 견디어, 모두 이 길로 모여들어 계속적으로 진행하며 보편적으로 전염하여 거국일치의 대혁명이 되면 간사·교활·잔혹·포악한 강도 일본이 마침내 구축되는 날이라. 그러므로 우리의 민중을 깨우쳐 강도의 통치를 타도하고 우리 민족의 새로운 생명을 개척하자면 양병 십만이 한 번 던진 폭탄만 못하며 억천 장 신문·잡지가 한 차례 폭동만 못할지니라.

민중의 폭력적 혁명이 발생치 아니하면 그만이거니와, 이미 발생한 이상에는 마치 낭떠러지에서 굴리는 돌과 같아서 목적지에 도달하지 아니하면 정지하지 않는 것이라, 우리 지나온 경과로 말하면 갑신정변의 특수세력이 특수세력과 싸우던 궁중의 한때 활극이 될 뿐이며, 경술 전후의 의병들은 충군애국의 대의로 분격하여 일어난 독서계급의 사상이며, 안중근·이재명 등 열사의 폭력적 행동은 열렬하였지만 그 뒷면에 민중적 역량의 기초가 없었으며, 3·1운동의 만세소리에 민중적 일치의 의기가 언뜻 보였지만 또한 폭력적 중심을 가지지 못하였도다. '민중·폭력' 둘 가운데 하나만 빠지면 비록 천지를 뒤흔드는 장렬한 거동이라도 또한 번개같이 수그러지는도다.

조선 안에 강도 일본이 제조한 혁명 원인이 산같이 쌓이었다. 언제든지 민중의 폭력적 혁명이 개시되어 '독립을 못하면 살지 않으리라' '일본을 구축하지 못하면 물러서지 않으리라'는 구호를 가지고 계속 전진하면 목적을 관철하고야 말지니, 이는 경찰의 칼이나 군대의 총이나 간사 교활한 정치가의 수단으로도 막지 못하리라.

혁명의 기록은 자연히 처절하고 장엄한 기록이 되리라. 그러나 물러서면 그 뒤에는 어두운 함정이요, 나아가면 그 앞에는 빛나는 활기이니, 우리 조선민족은 그 처절하고 장엄한 기록을 기리면서 나아갈 뿐이니라.

이제 폭력─암살·파괴·폭동의 목적물을 대략 열거하건대

1) 조선총독 및 각 관공리

2) 일본천황 및 각 관공리

3) 정찰꾼·매국노

4) 적의 일체 시설물

이외에 각 지방의 신사나 부호가 비록 현저히 혁명운동을 방해한 죄가 없을지라도 만일 언어 혹 행동으로 우리의 운동을 완화하고 중상하는 자는 우리의 폭력으로써 마주할지니라. 일본인 이주민은 일본 강도정치의 기계가 되어 조선민족의 생존을 위협하는 선봉이 되어 있은즉 또한 우리의 폭력으로 구축할지니라.

5. 혁명의 길을 파괴부터 개척할지니라. 그러나 파괴만 하려고 파괴하는 것이 아니라 건설하려고 파괴하는 것이니, 만일 건설할 줄을 모르면 파괴할 줄도 모를지며, 파괴할 줄을 모르면 건설할 줄도 모를지

니라. 건설과 파괴가 다만 형식상에서 보아 구별될 뿐이요 정신상에서는 파괴가 곧 건설이니, 이를테면 우리가 일본세력을 파괴하려는 것이,

첫째는 이족 통치를 파괴하자 함이다. 왜? '조선'이란 그 위에 '일본'이란 이족 그것이 전제(專制)하여 있으니, 이족 전제의 밑에 있는 조선은 고유적 조선이 아니니, 고유적 조선을 발견하기 위하여 이족 통치를 파괴함이니라.

둘째는 특권계급을 파괴하자 함이다. 왜? '조선민중'이란 그 위에 총독이니 무엇이니 하는 강도단의 특권계급이 압박하여 있으니, 특권계급의 압박 밑에 있는 조선민중은 자유적 조선민중이 아니니, 자유적 조선민중을 발견하기 위하여 특권계급을 타파함이니라.

셋째는 경제 약탈제도를 파괴하자 함이다. 왜? 약탈제도 밑에 있는 경제는 민중 자기가 생활하기 위하여 조직한 경제가 아니요, 곧 민중을 잡아먹으려는 강도의 살을 찌우기 위하여 조직한 경제니 민중생활을 발전하기 위하여 경제 약탈제도를 파괴함이라.

넷째는 사회적 불평등을 파괴하자 함이다. 왜? 약자 위에 강자가 있고 천한 자 위에 귀한 자가 있어 모든 불평들을 가진 사회는 서로 약탈, 서로 박탈, 서로 질투, 서로 원수로 보는 사회가 되어, 처음에는 소수의 행복을 위하여 다수의 민중을 해치다가 마지막에는 또 소수끼리 서로 해치어 민중 전체의 행복이 끝내 숫자상의 공(空)이 되고 말 뿐이니, 민중 전체의 행복을 증진하기 위하여 사회적 불평등을 파괴함이니라.

다섯째는 노예적 문화사상을 파괴하자 함이다. 왜? 전해 내려오는

문화사상의 종교·윤리·문학·미술·풍속·습관 그 무엇이 강자가 제조하여 강자를 옹호하는 것이 아니더냐? 강자의 오락에 공급하던 도구가 아니더냐? 일반민중을 노예화하던 마취제가 아니더냐? 소수 계급은 강자가 되고 다수민중은 도리어 약자가 되어 불의의 압제를 반항치 못함은 전혀 노예적 문화사상의 속박을 받은 까닭이니, 만일 민중적 문화를 제창하여 그 속박의 철쇄를 끊지 아니하면, 일반민중은 권리사상이 박약하며 자유향상의 흥미가 결핍하여 노예의 운명 속에서 윤회할 뿐이다. 그러므로 민중문화를 제창하기 위하여 노예적 문화사상을 파괴함이니라.

다시 말하자면 '고유적 조선의' '자유적 조선민중의' '민중적 경제의' '민중적 사회의' '민중적 문화의' 조선을 건설하기 위하여 '이족 통치의' '약탈제도의' '사회적 불평등의' '노예적 문화사상의' 현상을 타파함이니라. 그런즉 파괴적 정신이 곧 건설적 주장이라. 나아가면 파괴의 '칼'이 되고 들어오면 건설의 '깃발'이 될지니, 파괴할 기백은 없고 건설할 어리석은 생각만 있다 하면 오백 년을 경과하여도 혁명의 꿈도 꾸어보지 못할지니라. 이제 파괴와 건설이 하나요 둘이 아닌 줄 알진대, 민중적 파괴 앞에는 반드시 민중적 건설이 있는 줄 알진대, 현재 조선민중은 오직 민중적 폭력으로 신조선 건설의 장애인 강도 일본세력을 파괴할 것뿐인 줄을 알진대, 조선민중이 한 편이 되고 일본 강도가 한 편이 되어, 네가 망하지 아니하면 내가 망하게 된 '외나무다리 위'에 선 줄을 알진대, 우리 이천만 민중은 일치하여 폭력 파괴의 길로 나아갈지니라.

민중은 우리 혁명의 대본영이다.

폭력은 우리 혁명의 유일한 무기이다.

우리는 민중 속에 가서 민중과 손을 잡고

끊임없는 폭력 – 암살 · 파괴 · 폭동 – 으로써

강도 일본의 통치를 타도하고,

우리 생활에 불합리한 일체 제도를 개조하여

인류로써 인류를 압박치 못하며,

사회로써 사회를 박탈치 못하는 이상적 조선을 건설할지니라.

기미년 3·1운동은 물거품으로 되돌아가고 4년 전 그때의 함성은 어느덧 옛날이야기가 됐다. 1923년 1월 초 중국 상하이의 초라한 주거지에서 단재 신채호는 붓과 종이를 앞에 놓고 새삼 깊은 감회에 빠져들고 있었다. 그는 의열단의 행동강령과 투쟁목표 등을 밝히기 위한 「조선혁명선언」을 쓰려던 참이었다. 의열단은 3·1운동 9개월 뒤인 1919년 11월 만주 지린성에서 결성된 무장 항일단체다. 신채호는 나라가 일본에 강제로 합병됐던 1910년 독립운동을 하기 위해 압록강을 건너 만주로 들어갈 때 자신이 읊었던 시 구절을 떠올렸다.

　　한(韓)나라 생각

　　나는 네 사랑 너는 내 사랑

　　두 사람 사이 칼로 썩 베면

　　고우나 고운 핏덩이가

　　줄 줄 줄 흘러 내려오리니

　　한 주먹 덥썩 그 피를 쥐어

한나라 땅에 골고루 뿌리리
떨어지는 곳마다 꽃이 피어서 봄맞이 하리

그랬다. 신채호 자신이 가장 사랑하는 연인이자, 형제이자, 동지는 바로 일제의 악랄한 식민통치에 신음하는 조선땅이었고, 그 얼어붙은 땅 위에서 신음하는 조선 민중들이었다. 오로지 핏덩이와 같은 끈끈한 연대가 둘 사이를 단단히 얽어매고 있었고, 그 중간을 칼로 자르면 핏물이 삼천리 강산을 적실 것이었다. 생각이 여기에 미친 신채호는 5개 부문 6,400자가 넘는 긴 선언문을 단숨에 써내려 가기 시작했다.

모두 5개 장으로 구성된 선언문의 1장에서는 일본의 강도정치, 곧 이족(異族)의 통치가 조선민족 생존의 적이라는 사실을 공표하고 있다. 이와 함께 강도 일본을 혁명으로 살벌(殺伐)하는 것이 정당하다는 것도 강조하고 있다.

2장은 자치론, 내정독립론, 참정권론, 문화운동론 등 이름만 조금씩 다를 뿐 본질적으로는 일본 제국주의와 정면투쟁하지 말고 적당히 타협하자는 각종 타협주의 노선에 대해 선전포고를 하고 있다. 즉 "강도 일본과 타협하려는 자나 강도정치 하에서 기생하려는 주의를 가진 자나 다 우리의 적"이라고 선언한 것이다.

3장은 대일 타협주의 노선 가운데 특히 이승만의 '외교론' 등을 강력하게 비판하고 있다. 즉 포악한 관리나 나라의 원수에게 총 한 방 못 쏘고 칼 한 번 못 휘두르면서 청원서나 탄원서를 외국 공관이나 정부에 보내는 것은 이천만 민중의 분발과 의기를 쳐 없애는 짓이라고 격렬하게 비난했다. 이승만은 상해임시정부의 초대 수반이 되는 등 독립운동가로 명성을 얻었지만 실제로 그가 전개한 '독립운동'은 일제 36년 내내 미국에 거주하면서 미국 의원들을 상대로 조선독립과 임시정부 승인을 요청하는 편지쓰기가 전부였다. 목숨을 걸고 일제와 총격전을 벌인 의열단 같은 무장항일단체들이 푹신한 의자에 앉아 펜대나 굴린 이승만을 인정할 수 없었던 것은 너무나 당연한 일이다.

또 이승만은 권력욕이 대단해서 어느 조직이든지 자신이 우두머리가 되지 않으면 참지 못했다. 그는 미국에 건너가자마자 안창호가 이끌던 기존의 한인 단체로부터 주도권을 뺏기 위해 격렬한 싸움을 벌였다. 이승만이 주도한 '이전투구'에 대해 미국인들은 "조선이 일본의 식민지가 된 이유를 알 만하다"며 조롱을 퍼부었다.

4장에서는 인민을 지배하는 상전, 즉 특수세력의 타도를 위해서는 '민중'과 '폭력'의 결합, 즉 '폭력적 중심'의 구축이 시급하다는 진단을 내놓는다. 또한 암살·폭력·파괴의 대상을 밝히고 있는데 조선총독 및 각 관공리, 일본천황 및 관공리, 정찰꾼·매국노, 적의 일체 시설물 등이 그것이다.

결론에 해당하는 5장에서는 '고유적 조선의' '자유적 조선민중의' '민중적 경제의' '민중적 사회의' '민중적 문화의' 조선을 건설하기 위해서 "우리 이천만 민중은 일치하여 폭력 파괴의 길로 나아갈 지니라"고 외치고 있다. 특히 맨 마지막의 "민중은 우리 혁명의 대본영이다" "폭력은 우리 혁명의 유일한 무기이다" 등의 8개항은 비장함과 엄숙함, 치열함의 극치를 보여준다.

신채호의 「조선혁명선언」은 흔히 최남선의 「기미독립선언문」과 더불어 식민지 시대의 양대 선언문으로 꼽히지만 그 내용과 형식이 본질적으로 다르다. 최남선의 독립선언은 일본 정부에 조선의 독립을 '건의'하기 위한 논의로부터 출발했다. 나중에 형식이 건의서가 아닌 선언문으로 바뀌기는 했지만 최남선 등 '민족대표 33인'은 대중들의 폭동이 우려된다는 이유로 태화관이라는 식당에 모여 아무도 안 듣는 만세를 외친 뒤 미리 연

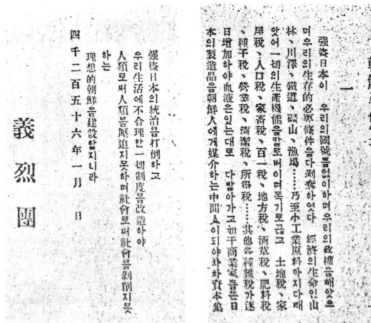

「조선혁명선언」 초판 원문 일부 (1923)

락해둔 일본 경찰이 들이닥치자 순순히 잡혀갔다. 애초부터 엘리트주의·투항주의를 선택했던 최남선 등은 나중에 일제 앞잡이가 됨으로써 결국 자신이 작성한 선언문조차 배신하는 행태를 보인다.

1919년 3·1운동 뒤 해외로 활동 근거지를 옮긴 독립운동가들은 일제의 무력에 대항하기 위해 더 조직적이고 강력한 무장 독립단체가 필요하다고 논의했다. 의열단은 바로 이런 각성과 필요에 따라 결성됐다. 1919년 11월 9일 밤 만주 지린성에서는 김원봉·윤세주·이성우·곽경·강세우 등 13명의 열혈 투사들이 모여 민족주의 노선을 지향하는 비밀항일결사를 조직했다.

의열단은 우선 구축왜노(驅逐倭奴), 광복조국, 타파계급, 평균지권(平均地

權)을 기본강령으로 삼았다. '의열단(義烈團)'이란 명칭은 10개 공약 가운데 첫 번째인 "정의(正義)의 사(事)를 맹렬(猛烈)히 실행한다"의 '정의'와 '맹렬'에서 각각 한 자씩 떼어서 만든 것이다. 여기서 말하는 '정의'는 '조선의 독립'과 '세계의 평등'이며 '맹렬'은 '암살·파괴·폭동' 등 폭력 투쟁을 의미한다.

대표에 해당되는 '의백(義伯)'은 김원봉이 맡았으며 단원들은 폭력노선에 찬성하던 민족주의자, 사회주의자, 무정부주의자 등으로 이념적 성향이 다양하게 섞여 있었다. 의열단은 자신들의 폭력노선에 대해 독립운동 진영 안에서도 외교론자, 준비론자 등 온건 타협주의 노선 추종자들의 비판이 거세지자 그 정당성을 확보하기 위해 전투적 민족주의자인 신채호에게 선언문 작성을 요청했다.

신채호는 의열단의 폭탄 제조과정을 직접 돌아본 뒤 흔쾌히 요청을 수락하고 「조선혁명선언」 또는 「의열단선언」으로 불리는 불세출의 명문장을 썼다. 선언문 집필 당시 신채호는 전투적 민족주의자에서 무정부주의자로 바뀌어가고 있었는데 선언문 곳곳에서 그의 사상적 변화를 어렵지 않게 읽을 수 있다.

의열단은 이후 일제 요인 암살이나 시설 파괴 등의 임무를 수행할 때 폭탄, 권총과 함께 반드시 휴대하는 필수품으로 선언문을 지참했고 거사 뒤에는 선언문을 자랑스럽게 뿌렸다. 또 각종 집회에서도 선언문을 살포하여 의열단을 널리 알리고 세력을 확장하는 계기로 이용했다. 일제 당국은 총탄과 폭탄보다 더 위력을 가진 이 선언문에 전율과 공포를 느꼈다.

의열단이 던진 폭탄에 크게 파괴되거나 피해를 입은 일제의 기관은 하나 둘이 아니다. 조선 민중에 대한 압제의 최고사령부라 할 수 있는 조선총독부는 물론 종로경찰서, 부산경찰서, 밀양경찰서 등이 의열단의 폭탄 세례를 받았다. 또 경제적 수탈의 선봉장인 동양척식회사와 식산은행도

의열단의 공격목표가 됐다. 의열단은 도쿄 황궁 앞의 니주바시(二重橋)에도 폭탄을 던져 일본인들의 간담을 서늘케 했다. 김달하, 김용만을 비롯한 수많은 친일 민족반역자들은 의열단의 폭탄과 총탄에 목숨을 잃음으로써 자신들의 죗값을 치렀다.

의열단원들은 자신의 행적을 단 한 줄도 남기지 않았으며, 같은 단원들끼리도 임무에 필요한 말 이상은 결코 하지 않았다. 서로 무언가를 알 수 있는 상황이 와도 절대 묻지도, 대답하지도 않았다. 이 같은 강철같은 규율과 불타는 애국애족 정신으로 인해 의열단원들은 해방이 될 때까지 단 한 명의 배신자도 나오지 않았다.

의열단의 행적 가운데 또 하나 눈여겨봐야 할 대목은 나라를 강탈한 일본의 고위층이나 그 대표적인 기관, 일본에 협력한 친일 민족반역자만을 골라서 처단했다는 사실이다. 일본이 원수의 나라라고는 해도 평범한 일본인들은 전혀 해치지 않았다. 의열단이 단순한 국제테러단체들과 근본적으로 다른 점은 바로 이것이다.

그러나 의열단 출신들은 해방 이후 남한과 북한 어느 곳에서도 제대로 평가를 받지 못했다. 그들은 역사의 뒤안길로 쓸쓸히 사라져버렸다. 극우 반공을 내건 남한의 이승만정권은 대부분 좌파계열이었던 의열단의 행적을 애초부터 철저하게 무시하고 은폐했다. 또한 북한의 김일성 정권도 김원봉 등을 숙청했다.

의열단의 산파 역할을 한 신채호는 1880년 11월 7일 충남 대덕에서 유생의 아들로 태어나 6세 때부터 한학을 배웠으며 12세 무렵 사서삼경을 독파하여 신동 소리를 들었다. 19세 때 성균관에 입학한 그는 진보적 유학의 경향을 받아들이면서 전통적 유교의 한계를 깨닫고 점차 민족주의적인 세계관을 갖게 되었다.

26세 때인 1905년 성균관 박사가 됐으나 관직에 나아갈 뜻을 버리고

〈황성신문〉에 논설기자로 입사하여 애국계몽운동 이론가로서 문명을 떨치기 시작했다. 이듬해 〈대한매일신보〉 논설진에 참여한 뒤 애국적 계몽논설과 사론을 집필하고 『독사신론(讀史新論)』, 『이순신전』, 『최도통전』 등의 역사물을 연재했다.

1910년 망명길에 오른 신채호는 블라디보스토크, 상하이, 베이징 등지에서 활발하게 독립운동을 전개했다. 한때 상해임시정부에 관여했으나 '타협적 외교론자'인 이승만이 대통령으로 선출되자 임시정부와 영원히 결별한 뒤 전면적 무장투쟁노선을 걸었다.

이후 무정부주의 독립운동에 관심을 갖고 중국의 무정부주의 단체들과 연대해 항일투쟁을 전개했다. 신채호는 1928년 무정부주의 동방연맹 베이징회의의 결의에 따라 대만에서 채권을 위조하는 등 독립운동 자금을 직접 염출하는 행동에 나섰다가 일본 경찰에 체포됐다. 10년형을 선고 받은 그는 복역 8년 만인 1936년 뤼순 감옥에서 순국했다.

신채호의 비타협적 면모를 알려주는 대표적인 일화가 바로 그의 독특한 세수법이다. 그는 늘 고개를 빳빳이 든 채로 세수하는 바람에 저고리 소매와 바짓가랑이는 물론 마룻바닥까지 물투성이가 되는데도 이 방법을 고치려 들지 않았다. 누가 핀잔을 주려하면 "그러면 어떤가"라고 오히려 반박했다.

동포에게 고하는 글

안창호

1. 비관적인가 낙관적인가

묻노니 여러분은 우리 전도 희망에 대하여 비관을 품으셨습니까, 낙관을 품으셨습니까. 여러분이 만일 비관을 품으셨으면 무엇 때문이며 또한 낙관을 품으셨으면 무엇 때문입니까. 시세와 경우를 표준함입니까. 나는 생각하기를 성공과 실패가 먼저 목적 여하에 있다고 합니다.

우리가 세운 목적이 그른 것이면 언제든지 실패할 것이요, 우리가 세운 목적이 옳은 것이면 언제든지 성공할 것입니다. 그런즉 우리가 세운 목적이 옳은 줄로 확실히 믿으면 조금도 비관은 없을 것이요 낙관할 것입니다. 이 세상의 역사를 의지하여 살피면 그른 목적을 세운 자가 일시일시 잠시적 성공은 있으나 결국은 실패하고야 말고, 이와 반대로 옳은 목적을 세운 자가 일시일시로 잠시적 실패는 있으나 결국은 성공하고야 맙니다.

그러나 옳은 목적을 세운 사람이 실패하였다면 그 실패한 큰 원인은 자기가 세운 목적을 향하고 나가다가 어떠한 장애와 곤란이 생길 때에 그 목적에 대한 낙관이 없고 비관을 가진 것에 있는 것이외다. 목적에 대한 비관이라 함은 곧 그 세운 목적이 무너졌다 함이외다. 자기가 세운 목적에 대하여 일시일시로 어떠한 실패와 장애가 오더라도 조금도 그 목적의 성공을 의심치 않고 낙관적으로 끝까지 붙들고 나아가는 자는 확실히 성공합니다. 이것을 인류의 역사를 바로 보는 자는 누구든지 다 알 만한 것이외다.

그런데 이에 대하여 여러분께 고할 말씀은 옳은 일을 성공하려면 간단없는 옳은 일을 하여야 하고 옳은 일을 하려면 옳은 사람이 되어야 할 것을 깊이 생각하자 함이외다. 돌아보건대 우리가 왜 이 지경에 처하였는가. 우리가 마땅히 행할 옳은 일을 행치 아니한 결과로 원치 않는 이 지경에 처하였습니다.

지금이라도 우리가 옳은 목적을 세웠거니 하고 그 목적을 이룸에 합당한 옳은 일을 지성으로 지어나가지 않으면 그 목적을 세웠다 하는 것이 실지가 아니요 허위로 세운 것이기 때문에 실패할 것입니다.

옳은 일을 지성으로 지어나가는 사람은 곧 옳은 사람이어야 합니다. 그러므로 내가 나를 스스로 경계하고 여러분 형제자매에게 간절히 원하는 바는 옛날과 같이 옳은 일을 지을 만한 옳은 사람의 자격을 가지기에 먼저 노력할 것입니다. 지금 우리가 우리의 희망점을 향하고 나아가도 당시의 시세와 경우가 매우 곤란하다고 할 만합니다마는 밝히 살펴보면 우리 앞에 있는 시세와 경우는 그리 곤란한 것도 아니외다. 그러나 나는 이 시세와 경우를 큰 문제로 삼지 않고 다만 우리 무리가 일제 분발하여 의로운 자의 자격으로 의로운 목적을 굳게 세우고 의로운 일을 꾸준히 지어나가면 성공이 있을 줄 확실히 믿기 때문에, 비관은 없고 낙관뿐입니다.

우리 동포 중에 열 사람, 스무 사람이라도 진정한 의로운 자의 정신으로 목적을 향하여 나아가면 장래 천 사람, 만 사람이 같은 정신으로 같이 나아질 것을 믿습니다.

2. 우리 민족사회에 대하여 불평시하는가 측은시하는가

묻노니 여러분은 우리 사회 현상에 대하여 불평시합니까 측은시합니까. 이것이 한번 물어 볼 만하고 생각할 만한 문제입니다.

내가 살피기까지는 우리 사람들은 각각 우리 사회에 대하여 불평시하는 태도가 날로 높아갑니다. 이것이 우리의 큰 위험이라고 생각합니다. 지금 조선 사회 현상은 불평해 볼 만한 것이 많은 것이 사실입니다. 우리 사람 중에 중학 이상 정도 되는 급에 있는 이들은 불평시하는 말이 더욱 많습니다. 지식 정도가 높아가므로 관찰력이 밝아져서 오늘 우리 사회의 더러운 것과 악한 것과 부족한 것의 여러 가지를 전보다 더 밝히 보므로 불평시하는 마음이 많기 쉽습니다. 그런데 이것은 매우 위험합니다. 불평시하는 그 결과가 자기 민중을 무시하고 배척하게 됩니다. 그 민중이 각각 그 민중을 배척하면 멸족의 화를 벗을 수 없습니다. 그러므로 매우 위험하다고 함이외다.

그런즉 우리는 사회에 대하여 불평시하는 생각이 동하는 순간에 측은시하는 방향으로 돌려야 되겠습니다. 어떻게 못나고 어떻게 악하고 어떻게 실패한 자를 보더라도 그것을 측은시하게 되면 건질 마음이 생기고 도와 줄 마음이 생기어 민중을 위하여 희생적으로 노력할 열정이 더욱 생깁니다. 어느 민족이든지 그 민중이 각각 그 민중을 붙들어 주고 도와주고 건져 줄 생각이 진정으로 발하면 그 민중은 건져지고야 맙니다.

여러분이시여! 우리가 우리 민족은 불평시할 만한 민족인데 우리가 억지로 측은시하고 함인가, 아닙니다.

자기의 민족이 아무리 못나고 약하고 불미하게 보이더라도 사람의 천연한 정으로 측은시하여질 것은 물론이어니와, 그밖에 우리는 우리 민족의 경우를 위하여 또한 측은시할 만하외다. 지금의 우리 민족이 도덕적으로 지식으로 여러 가지 처사하는 것이 부족하다 하여 무시하는 이가 있으나 우리의 민족은 근본적으로 무시할 민족이 아닙니다.(이상 〈동아일보〉 1925년 1월 24일자)

우리 민족으로 말하면 아름다운 기질로 아름다운 산천에 생장하여 아름다운 역사의 교화로 살아온 민족이므로 근본이 우수한 민족입니다. 그런데 오늘 이와 같이 일시 불행한 경우에 처하여진 것은 다만 구미의 문화를 남보다 늦게 수입한 까닭입니다. 일본으로 말하면 구미와 교통하는 '아시아' 첫 어귀에 처하였으므로 구미와 먼저 교통이 되어 우리보다 신문화를 일찍 받게 되었고, 중국으로 말하면 '아시아' 가운데 큰 폭원(幅圓)을 점령하였으므로 구미 각국이 중국과 교통하기를 먼저 주력한 까닭에 또한 신문화를 먼저 받게 되었으나, 오직 우리는 그러한 경우에 처하지 아니하였고 동아의 신문화가 처음으로 오는 당시의 정권을 잡았던 자들이 몽매 중에 있었으므로 신문화가 들어옴이 늦어졌습니다. 만일 우리 민족이 일본이나 중국의 구미 문화가 들어올 그 때에 같이 그 신문화를 받았더라면 우리 민족이 일본 민족이나 중국 민족보다 훨씬 나았을 것입니다. 일본 민족은 해도적(海島的) 성질이 있고 중국 민족은 대륙적 기질이 있는데 우리 민족은 가장 발전하기에 합당한 반도적 성질을 가진 민족입니다.

근본 우수한 지위에 처한 우리 민족으로서 이와 같이 불행한 경우에 처하여 남들이 열등의 민족으로 오해함을 당함에 대하여 스스로 분하고 서로 측은히 여길 수밖에 없습니다. 그런즉 우리의 천연의 정을 (중간 미상) 마음과 또는 우리의 경우를 생각하고 불평시하는 마음을 측은시하는 방향으로 돌이켜 상호부조의 정신이 진발(進發)하면 우리 민족의 건져짐이 이에서 시작된다고 합니다.

그러므로 더욱이 우리 청년 남녀에게 대하여 우리 민중을 향하여 노한 눈을 뜨고 저주하는 혀를 놀리지 않고 5년 전에 흐르던 뜨거운 눈물이 계속하여 흐르게 하기를 바랍니다.

3. 주인인가 여인(旅人)인가

묻노니 여러분이시여, 오늘 대한 사회에 주인되는 이가 얼마나 됩니까. 대한 사람은 물론 다 대한 사회의 주인인데 주인이 얼마나 되는가하고 묻는 것이 한 이상스러운 말씀과 같습니다. 그러나 대한인이 된자는 누구든지 명의상 주인은 다 될 것이되 실상 주인다운 주인은 얼마나 되는지 알 수 없습니다. 어느 집이든지 주인이 없으면 그 집이 무너지거나 그렇지 않으면 다른 사람이 그 집을 점령하고, 어느 민족 사회든지 그 사회에 주인이 없으면 그 사회는 망하고 그 민족이 누릴 권리를 딴 사람이 취하게 됩니다. 그러므로 우리는 우리 민족의 장래를 위하여 생각할 때에 먼저 우리 민족 사회에 주인이 있는가 없는가, 있다 하면 얼마나 되는가 하는 것을 생각지 아니할 수 없고 살피지 않을 수 없습니다. 나로부터 여러분은 각각 우리의 목적이 이 민족 사회에 참주인인가 아닌가를 물어 볼 필요가 있습니다.

주인이 아니면 여객인데 주인과 여객을 무엇으로 구별할까. 그 민족 사회에 대하여 스스로 책임심이 있는 자는 주인이요 책임심이 없는 자는 여객입니다. 우리가 한때에 우리 민족 사회를 위하여 뜨거운 눈물을 뿌리는 때도 있고 분한 말을 토하는 때도 있고 슬픈 눈물과 분한 말뿐 아니라 우리 민족을 위하여 몸을 위태한 곳에 던진 때도 있다 할지라도 이렇다고 주인인 줄로 자처하면 오해입니다. 지나가는 여객도 남의 집에 참변이 있는 것을 볼 때에 눈물을 흘리거나 분언을 토하거나 그 집의 위급한 것을 구제하기 위하여 투신하는 수고 있습니다. 그러나 그는 주인이 아니요 객인 때문에 한때 그리고 말뿐 그 집에 대한 영원한 책임심은 없습니다. 내가 알고자 하고 또 요구하는 주인은 우리 민족사회에 대하여 영원한 책임심을 진정으로 가진 주인입니다.

(중략)

그 집안일이 잘되어 나가거나 못되어 나가거나 그 집의 일을 버리지 못하고 그 집 식구가 못났거나 잘났거나 그 식구를 버리지 못하고 자기 자신의 지식과 자본의 능력이 짧거나 길거나 자기의 있는 능력대로 그 집의 형편을 의지하여 그 집이 유지하고 발전할 만한 계획과 방침을 세우고 자기 몸이 죽는 시각까지 그 집을 맡아가지고 노력하는 자가 참주인입니다. 주인된 자는 자기 집안일이 어려운 경우에 빠질수록 그 집에 대한 염려가 더욱 깊어져서 그 어려운 경우에서 건져

내 방침을 세우고야 맙니다. 이와 같이 자기 민족사회가 어떠한 위난과 비운에 처하였든지 자기의 동족이 어떻게 못나고 잘못하든지 자기민족을 위하여 하던 일을 몇 번 실패하든지, 그 민족사회의 일을 분초에라도 버리지 아니하고, 또는 자기 자신의 능력이 족하든지 부족하든지 다만 자기의 지성으로 자기 민족사회의 처지와 경우를 의지하여 그 민족을 건지어 낼 구체적 방법과 계획을 세우고 그 방침과 계획대로 자기의 몸이 죽는 데까지 노력하는 자가 그 민족사회의 책임을 중히 알고 일하는 주인이외다.

내가 옛날 고국에 있을 때에 한때 비분강개한 마음으로 사회를 위하여 일한다는 자선사업적 일꾼은 많이 보았으나, 영원한 책임을 지고 주인 노릇하는 일꾼은 드물게 보았으며 또 일종의 처세술로 체면을 차리는 행세거리 일꾼은 있었으나 자기의 민족사회의 일이 자기의 일인 줄 알고 실제로 일하는 일꾼은 귀하였습니다. 내가 생각하기는 지금 와서는 그 때보다 주인 노릇하는 일꾼이 생긴 줄 압니다. 그러나 아직도 그 수효가 많지 못한 듯합니다. 한 집 일이나 한 사회 일의 성쇠흥망이 좋은 방침과 계획을 세우고 못 세우는 데 있고 실제 사업을 잘 진행하고 못하는 데 있습니다.

그러나 이것도 주인이 있는 뒤에야 문제지 만일 한 집이나 한 사회에 책임을 가진 주인이 없다고 하면 방침이나 사업이나 아무것도 없을 것입니다. 그런즉 어떤 민족사회의 근본 문제는 주인이 있고 없는 데 있습니다. 여러분은 스스로 살피어 내가 과연 주인이요 나 밖에도 다른 주인이 또한 많다고 하면 다행이거니와 만일 주인이 없거나 있더라도 수효가 적을 줄로 보시면 다른 일을 하기 전에 내가 스스로 주인의 자격을 찾고 또한 많은 사람으로 하여금 주인의 자격을 갖게 하는 그 일부터 하여야 되겠습니다.

우리가 과거에는 어찌하였든지 이 시간 이 경우에 임하여서는 주인 노릇할 정도 일어날 만하고 자각도 생길 만하다고 믿습니다.

▌3·1운동이 일제의 가혹한 탄압으로 좌절되고, 이후 활발히 전개된 국내외의 독립운동도 대립과 분열을 거듭하면서 앞이 보이지 않았다. 1925년 1월 23일. 〈동아일보〉를 받아본 사람들은 「동포에게 고하는 글」이라는 제목에 눈이 꽂혔다. 사실은 글의 내용을 읽기에 앞서 글을 쓴 필자의 이름에서 눈길을 떼지 못했다. 글쓴이는 다름 아닌 도산 안창호.

안창호가 누구인가? 열아홉 살이던 1898년 7월, 평양 쾌재정에서 개최된 독립협회 관서지부 만민공동회에서 평양성을 진동시켰던 웅변가가 아닌가. 도산보다 연상인 남강 이승훈이 교육운동과 독립운동에 투신하게 된 계기가 1907년 평양 모란봉 밑 명륜당에서 행한 도산의 연설을 듣고부터라고 술회할 정도 아니던가. 일본인들조차 "안창호의 연설은 세치 혀로 백만 대군의 힘을 낸다"고 경계했을 정도였다.

3·1 운동의 독립 열기에 힘입어 국내외에서는 3개의 정부가 수립됐다. 만주 노령의 지사들이 중심이 되어 만든 대한국민회의, 상하이에 세워진 임시정부, 국내에서 비밀리에 조직된 한성임시정부가 그것이다. 이 세 정부에서 발표한 대통령(총재 혹은 국무총리)과 각료 명단에는 이승만, 손병희,

이동휘, 이동녕, 김규식, 신익희, 이시영, 박용만 등 국내외의 독립운동 지지자들이 망라됐다. 하지만 세 정부 모두에서 각료로 추천된 인물은 안창호가 유일했다. 그만큼 안창호가 여러 독립운동 세력으로부터 대표성을 인정받고 있었다는 방증이다.

도산 안창호(1878~1939)

안창호의 글을 신문에서 읽는 '동포'들은 반갑고도 설레었다. "옳은 목적을 세운 자가 일시일시로 잠시적 실패는 있으나 결국은 성공하고야 맙니다." "자기가 세운 목적에 대하여 일시일시로 어떠한 실패와 장애가 오더라도 조금도 그 목적의 성공을 의심치 않고 낙관적으로 끝까지 붙들고 나아가는 자는 확실히 성공합니다." 3·1운동의 좌절 후 팽배해진 비관론을 경계하면서, 실력을 양성하고 부단히 싸워가면 독립의 목적을 달성할 수 있다는 낙관적 대의를 설파하고 있었다.

「동포에게 고하는 글」은 단발로 끝나지 않았다. 애초부터 연재를 전제하고 준비된 글이었다. 24일자, 25일자에 연이어 게재됐고 26일자에도 실릴 예정이었으나 일제의 강압에 의해 전문 삭제됐다. 삭제된 논설을 포함해 후속 글은 이듬해인 1926년 흥사단에서 발행한 잡지 《동광》에 실림으로써 빛을 보게 됐다.

미국에서 국민회를 결성하고 흥사단을 발족하는 등 교육과 청년 인재를 양성하는 등 독립운동을 펼치던 도산은 3·1운동 후 활발한 정부수립운동이 벌어지고 그의 동참을 촉구하는 요청이 거세지자 상하이로 건너갔다. 초반 분열과 갈등의 늪에서 헤매던 상해임시정부가 나름의 면모를 갖춘 데는 내무총장을 맡은 도산의 노력이 컸다. 재원도 도산이 미주에 설립한 국민회의 모금에 크게 의지했다. 하지만 임시정부의 통합 대오는 오래 가지 못했다. 이승만과 이동휘의 대립으로 이내 흐트러졌다. 도산은 다시 국내외의 독립운동 지도자를 망라한 통합체인 국민대표회를 개최했다. 그러나 이 또한 고질적인 파벌과 이념 싸움 때문에 무위로 돌아갔다.

상하이에서의 5년 활동이 좌절된 1924년, 도산은 비밀리에 연락해 춘원 이광수를 베이징으로 불렀다. 1919년 2월 8일 도쿄의 독립선언식에 참석

상해임시정부 시절의 안창호 일기장. 당시 노동총판으로 일했던 것이 기록되어 있다. (1920~1921)

한 뒤 상하이로 피신하고 있던 춘원은 이후 도산을 그림자처럼 따랐다. 춘원에게 도산은 정신적 지주 그 자체였다. 중국에서의 활동 시절 도산의 언행은 거의가 춘원의 손을 거쳐 세상에 발표됐다.

도산은 베이징의 한 여관에 장기투숙하며 춘원에게 장문의 글을 구술했다. 일제의 강압 지배가 계속되면서 좌절감에 허덕이던 동포들에게 용기와 희망을 북돋워주기 위해 오래전부터 구상해온 글이었다. 이것이 바로 갑자년에 썼다고 해서 일명 「갑자논설」로 불리기도 하는 「동포에게 고하는 글」이다. 당시 춘원이 〈동아일보〉에 재직하고 있었기에 이듬해인 1925년 정월 〈동아일보〉에 게재되었다.

「동포에게 고하는 글」은 도산의 독립운동에 임하는 사상과 입장이 집약되어 있다. 첫 번째 글은 민족의 앞날을 낙관하며 옳은 목적을 세워 전진하면 목적을 달성할 수 있음을 당부하고 있다. 두 번째 글은 현재의 상황을 불평하지 말고 상호부조의 정신으로 불행에 빠진 민족을 건져야 함을 호소하고 있다. 세 번째 글 '주인인가 여인(旅人)인가'는 민족사회에 대한 영원한 책임감을 지닌 진정한 주인이 되어 민족을 구원할 구체적 계획과 방법을 개진하며 죽는 순간까지 힘써 노력할 것을 당부하고 있다.

「갑자논설」은 민족의 독립, 인격혁명, 시대 개혁으로 집약되는 도산 사상을 오롯이 담아낸 명문으로 평가된다. 특히 성실과 정직을 최고의 덕목으로 여기며 독립운동 과정에서 그것을 온몸으로 실천해 보인 도산의 면모가 고스란히 드러나 있다.

도산은 1932년 윤봉길 의사의 의거 직후 상하이에서 체포돼 국내로 압송됐다. 4년 실형을 선고받고 수감된 도산에게 당시 일본 검사가 "앞으로도 독립운동을 할 작정인가"라고 물었다. 도산의 대답은 단호했다.

"나는 밥을 먹어도 대한의 독립을 위해, 잠을 자도 대한의 독립을 위해 해왔다. 이것은 목숨이 없어질 때까지 변함없을 것이다."

1935년 몸이 쇠약해질 대로 쇠약해져 가출옥한 도산은 전국을 순회하며 마지막 꿈이던 독립운동사업의 근거지를 만드는 이상촌 건립에 골몰했다. 그러나 1937년 6월 다시 경찰에 검거돼 서울로 압송됐다. 그해 12월 병보석으로 재판소가 지정한 경성제국대학병원에 입원한 도산은 이듬해인 1938년 3월 10일 61세 나이로 운명했다. 40년에 걸쳐 오로지 조국과 민족을 위해 헌신한 애국의 생애였다.

도산의 사상은 일제의 혹독한 탄압의 상황에서도 무장투쟁보다는 민족개조와 실력양성, 비폭력 인본주의에 방점이 찍혀 있었다는 한계가 지적되기도 한다. 하지만 성실과 정직을 온몸으로 실천하며 전 생애를 오로지 조국과 겨레를 위해 투신함으로써 민족의 사표가 됐고, 그 정신은 현재까지도 기려지고 있다.

"우리는 힘이 없어서 나라가 망했으니 흥하게 하려면 힘을 길러야 한다. 그러면 힘이란 무엇인가. 나라의 힘이란 부력과 병력이다. 그러나 건전한 인격과 신성한 단결이 없이는 부력도 국력도 생길 수 없다"

도산이 직접 밝힌 흥사단 운동의 이유이다.

독립운동과 건국사업에 헌신할 지도자 양성을 목적으로 시작한 흥사단 운동은 도산의 사후에도 반세기 넘게 한국 근현대사에 굵은 족적을 남겼다. 청년운동과 민주시민교육 등을 통해, 특히 교육계를 필두로 기라성 같은 지도자를 배출해 건국과 근대화 과정에 커다란 공헌을 했다. 흥사단 운동의 이같은 '현재성'은 도산의 이념과 사상이 시대를 넘어 여전히 살아 있다는 징표이다.

1926
청년이여

이상재

이 세계는 청년의 무대라, 청년은 이 세계를 부담하여야 하겠고, 세계는 청년을 고대하는지라 현금 세계의 광풍노조(狂風怒潮)가 시시각각으로 유변유화(愈變愈化)하여 각일이 태고(太古)요, 금일이 신면(新面)인즉 명일은 하양(何樣) 상태가 되는지 막측(莫測)할지라. 노년은 혈기가 쇠퇴하고 사상이 이고(泥古)하여 신지식·신정신으로 일신, 또 일신하는 신세계를 지배키 불능함은 노년 자기에게 시문(試問)하더라도 이의(異義)가 확유(確有)할는지 보언(保言)키 난하다.

　장년으로 논하면 지식과 정신이 불구(不舊)하고 기혈(氣血)과 사상이 상당치 아님은 아니다. 혹은 기십 년 전 유물인 군국주의가 심장리(心腸裏)에 협흡(浹洽) 단결하여 무력만능이라는 강포독특한 인도상 대죄악에 침륜(沈淪)하거나 불연(不然)하면 현대 신행(新行)하는 인류 평등과 계급 철파하는 정의하에 기치를 수립하고 전속력으로 용왕급주(勇往急走)하다가 과격한 주의로 전진하여 종전 전래하던 구의식·구습관은 일체 부패물이라 하여, 심지어 상천이 부비(賦卑)하신 양심상 고유한 도덕 윤리까지 등한시하고 극단에 침입하여 왕(枉)을 교(矯)하다가 직(直)에 과하는 폐(弊)가 불무(不無)하도다.

공자는 동양 대성인으로 지즉지행즉행(止則止行則行)하는 성지시자(聖之時者)이신즉 시(時)를 응(應)하여 행지(行止)함이 어찌 당연치 아니리오마는 신(新)의 장(長)을 취하는 시에 구(舊)의 단(短)을 사(捨)함은 가하거니와 그러하여 그 장까지 전기(全棄)하는 것은 지자(智者)의 소행이 아니라 하노라.

하물며 도덕과 윤리는 인류의 고유한 본연적인즉 비(譬)컨대 초목의 맹시맹엽시엽(萌時萌葉時葉)하고 화시화실시실(花時花實時實)은 그 시를 수(隨)하여 변천이 될지언정 그 근저는 상리(相離)치 아니할 것이요, 세서(歲序)의 온시온량시량(溫時溫凉時凉)하고 한시한열시열(寒時寒熱時熱)하여 불역의 응변은 있을지언정 태양의 본은 자재(自在)하나니라.

인류의 도덕과 윤리는 초목근저(草木根柢)요, 세서의 태양이라 아무리 시대의 주의는 변천된다 할지라도 그 고유한 본연적이야 어찌 변환이 있으리오. 특히 현시대에 현세계를 부담하고 현세계가 기대하는 자는 노년도 아니요, 장년도 아니라, 즉 우리 청년이니 청년은 혈기가 점차 활발함을 따라 지식도 점차 장성하여 수양하는 시대인즉 그 수양하는 데에 첫째, 사리의 본말(本末)을 분변(分辨)하고 방향의 나침을 일정하여 도덕의 기초를 확립하고, 윤리의 궤도를 진행하여 신풍조를 순응하고 신정신을 발휘한즉 하허(何許)주의이든지 하양(何樣)사상이든지 소향에 적이 없으리니 이는 세계 청년에게 희망함보다 우선 조선청년에게 시(始)하여 선봉이 되기를 절망하노라.

혹자는 우인(愚人)의 이 논(論)을 부패한 노후물의 부패한 구사상이라 기소(譏笑)할지나 직사(直思)할지어다 청년이여.

나의 경애하는 청년이여. 우리 사회를 위하여, 민족을 위하여, 세계를 위하여, 장래의 희망이 중대한즉 중대한 희망을 부담하는 청년에게 어찌 경애치 아니하리오. 경애하는 곳에는 반드시 나의 충곡(衷曲)을 진(盡)하며 성의를 경(傾)하여 일언이라도 공우(貢愚)치 아니치 못하겠도다.

현세계는 물질적이요, 고학적이라 하겠으며 또는 무슨 주의니 무슨 주의니 하여 신풍신조가 사위(四圍)로 내습하는 금일에 처하여 청년의 사상계가 풍(風)을 수(隨)하며 낭(浪)을 추(趨)하여 저현한 현상에만 이취하고 인류 생존상의 근본적인 도덕과 윤리를 등한시할까 하는 기우가 불무하여 본지 전호에 대강 말하였거니와, 혹자는 말하되 일변시경(日變時更)되는 신시대에 진진한 구학문의 부패한 도덕 윤리라는 낙오한 췌론(贅論)은 신진 청년의 영예(英銳)한 활기를 저상(沮喪)케 한다 하여 기평(譏評)함도 있고, 혹자는 말하되 도덕 윤리는 우리 조선 민족의 반만년 역사적으로 고유한 양지양능(良知良能)인즉 금일에 새삼스럽게 중언부언할 필요가 없다 하여 조소함도 있으니 양설의 기평과 조서를 무리라 하여 반박하자는 것이 아니라, 만일 현대의 과학이나 물질이나 무슨 주의든지 일체 거절하고 도덕과 윤리만 전무(專務)하라 하면 전자의 기평이 당연하거니와 현대의 생활하는 우리 인(人)과 어찌 현대의 풍조를 응치 아니하며 현대의 대운동을 원치 아니하리오.

망망대해에 거함이 해람(解纜)할 때 광풍노도가 흔천권지하여 일월은 회명(晦冥)하고 방면은 막변(莫辨)이라 장경접최(檣傾楫催)하여 안위(安危)가 호리(豪釐)인 이때에 현명한 함장은 반드시, 정신을 두수(枓擻)

하여 타(舵)를 보호하며 정(碇)을 정리하는 데 가장 나침을 주의하여야 할지니 대개 나침은 타정(舵碇)도 아니요, 장접(檣楫)도 아니라 함구(艦具)에 무관한 듯하나 나침을 일오(一誤)한즉 전로(前路)를 미실(迷失)하여 표탕전복(漂蕩顚覆)의 환(患)이 입지하리니 우리 인류가 이러한 고해 중에 생활함이 풍도(風濤)에 함행함과 흡사한즉 도덕과 윤리는 즉 우리의 전로 방향을 지시하는 나침인즉 이를 어찌 주의치 아니하리오.

후자의 조소로 논하건대 우리 민족성은 원래 도덕·윤리 중에서 생장교양(生長敎養)함으로 타(他)를 침략하거나, 타를 살해하자는 독악심이 없으매 특강(特强), 포학자에 교시(較視)하면 자연히 잔약한 현상을 노출하여 금일 경우에 함락됨이 사실인즉 후진 청년은 이에 감(鑑)하여 우리의 잔약쇠패가 도덕·윤리로 비롯함이 아닌가 오해하여 현(絃)을 개(改)하고 철(轍)을 역(易)하는 데에 금(琴)과 거(車)의 본체를 망각하기 용이한즉 금과 거의 본체가 없고서야 어찌 현으로만 탄(彈)하며 철로만 행하리오. 도덕 윤리는 즉 우리 인류에게 상천(上天)이 부여하신 본연적이라 하노라. 설혹 우리 청년이 여기에 오해가 없다 할지라도 구인(九仞)의 산을 작(作)하는 데 일궤(一簣)의 더함이 하방(何妨)할까.

최후에 일언으로 권코자 하노니 나의 경애하는 청년이여, 동서양 역사를 잠심완독(潛心玩讀)할지어다. 역사로 논할지라도 과거 기천 년 역사만 읽을 뿐 아니라 미래 기천 년 역사를 익가완미(益加玩味)할지어다. 과거 역사만 읽으면 과거의 흥망과 과거의 성쇠와 과거의 인물 우열이 요연재목(瞭然在目)하여 담론 간 진진미미(津津楳楳)한 취미가 불무하거니와 우리 생활상 실지 효력이 어떻게 있을까. 미래 역사는 장래의 흥망과 장래의 성쇠와 장래의 인물 우열이 역력소소(歷歷昭昭)히 우리의 장래 사이(事而)를 예선(豫先) 지도하여 실지 준비에 전심 용력(用力)케 하나니 그 효과가 어찌 과거사에 비할까. (중략)

청년이여 현금시대는 무슨 시대인가. 혁명시대다. 현금세계는 무슨 세계인가. 혁명세계다. 그러하면 혁명이라 함이 과거의 혁명이 되었단 말인가. 아니다, 장래의 혁명을 하겠다는 의의이니 장래의 혁명을 하려면 그 책임이 청년에게 있지 아니한가.

혁(革)이라 함은 변혁함을 위(謂)함이요, 명(命)이라 함은 운명을 가리킴이다. 역(易)에 왈 혁명은 천(天)에 순하고, 인(人)에 응한다 하였으니, 세계의 운명은 시대를 수(隨)하여 천의(天意)와 인심으로 자연적 변혁되는 것이다. 현시대·현세계를 환고(環顧)하건대 전란이 부지(不止)하여 강포(强暴)가 일심(日甚)하고 침략을 자행하여 탐욕이 극단이요, 외타 교오(驕傲)와 오예(汚穢)와 사위(邪僞)와 참독(慘毒)의 비인도적 제반 죄악이 천지에 관영(貫盈)하여 약차불기(若此不已)하면 인류는 금수(禽獸)로 화하다가 필경은 인류 멸망하는 데 이르지 아니치 못할지니 상천(上天)의 인류를 권우(眷佑)하시는 인애로 어찌 긍휼하심이 없으리오.

일시 운명을 변혁함이 천의(天意)와 인정상 부득불연할지라 구일(舊日)의 강포를 혁하여 유선(柔善)에, 탐욕을 혁하여 염결(廉潔)에, 교오를 혁하여 겸양에, 사위(詐僞)를 혁하여 성실에, 참독(慘毒)을 혁하여 인애에 취할지니, 그런 고로 근일에 이르러 국가는 정치를 변혁코자, 사회는 제도를 변혁코자 각기 방법을 연구하나 군비를 축소하는 일변에 해·육군을 확장하며 무기를 제재하는 한편, 독가스와 폭발탄을 제조하는 등 입으로는 혁명이니 혁신이니 하면서 실행으로는 구악을 증적(增積)하고 좌수(左手)로는 평화이니 융화이니 하는 선전문을 배포하면서, 우수로는 독포이검(毒砲利劍)하에 선혈(鮮血)이 임리(淋漓)하여 상천(上天)의 우민(憂悶)만 이(貽)하고 진노하심을 자초함이니 어찌 진름비참(震凜悲慘)치 아니하리오. 선(善)을 선하고 악(惡)을 악하여 구염(舊染)의 오(汚)를 혁거(革去)하고 신선한 문명에 취함을 인인(人人)의 양심상 고유한 함정이언마는 실지에 입(入)하여는 진정한 개혁을 보지 못함은 그 혁신의 진실한 방법을 미해(未解)함이라 하노라.

그 혁신의 진실 방법은 어디에 있는가. 외면에 있지 아니하고 각기 인(人)의 내심에 있느지라. 고성인(古聖人)이 왈 "소인은 혁면(革面)하고 대인은 혁심(革心)하라"하니, 혁면은 풍전유초(風前柔草)와 같이 풍이 자동(自東)하면 초가 서로, 풍이 자남(自南)하면 초가 북으로 전도언미(顚倒偃靡)하며 수시변역(隨時變易)함이요, 혁심은 경중척진(鏡中滌塵)과 같이 조이세거(朝而洗祛)하며 모이세거(暮而洗祛)하고 금일 정소(淨掃)하며 명일 정소하여 청형명철(靑瀅明徹)하여 추연(醜姸)이 막도(莫逃)하려니 천하만사가 총히 오심(吾心)으로 비롯되지 아니할 이 없은즉 혁명을 절규하는 현시대·현세계의 면만 혁치 말고 심(心)을 혁함이 혁명 전에 제일 급선봉일까 하노라.

청년이여, 세계적 혁명의 기운에 순응하여 이를 실행코자 할진대 각 개인이 자기의 혁심을 선행하여야 완전한 성공에 취한다 함은 전에 약술하였거니와 현금 사상계의 복잡이 일심일일(日甚日日)하여, 왈 민족주의이니 왈 사회주의이니 하여 각자 주의가 각자 결단하여 이는 저(彼)를 공박하며 저는 이를 배척하여 심지어 동일 민족으로도 주의가 부동(不同)한즉 이족(異族)과 구적(仇敵)으로 인주(忍做)하는 편견이 왕왕 유지(有之)하여 이제야 세인의 주목하는 자료가 되는도다.

시사(試思)하라. 민족이라 함은 자기 동족만 위함이요, 사회라 함은 세계 타족을 범칭함이니 각기 민족이 아니면 어찌 사회가 조직되며 사회를 무시하면 어찌 민족이 독존할까. 민족을 자애하는 양심이 충일한 뒤에라야 가히 사회에 보급할 것이요, 사회까지 박애하는 진성(眞誠)이 있은즉 민족은 자연적 상애할지어늘 만일 자기 민족만 주장하고 타민족은 불고(不顧)하여 시강억압(恃强抑壓)하든지 쟁투약탈하든지 하면 이는 상천(上天)이 일시동인(一視同仁)하는 홍은(洪恩)을 무시하여 진리에 득죄(得罪)함이요, 또는 사회만 주장하고 자기 민족은 불휼(不恤)하여 노인(路人)의 질병을 구호한다 자칭하고 자족의 사망을 불문하거나 원린(遠隣)의 경복(傾覆)을 왕부(往扶)키 위하여 자가의 화앙(火殃)을 불구(不救)하면 이는 불경기친(不敬其親)하고 이경타인(而敬他人)하는 고성(古聖)의 계훈을 후(朽)하여 인도상 윤서(倫序)에 위반함이니 이를 어찌 합리적이라 하리오.

대저 민주주의이든지 사회주의이든지 인류 생활상 불가무(不可無)할 것이지마는 진정한 민족주의라 할진대 이를 추(推)하여 사회에 보급할지요, 진정한 사회주의라 할진대 이를 민족에 선시(先始)하여야 할지니 민족주의는 곧 사회주의의 근원이요, 사회주의는 즉 민족주의의 지류다. 민족사회가 상호 연락하여 애(愛)의 일자(一字)로 시시종종(始始終終)하면 세계의 평화 서광을 지일목도(指日目觀)할지니, 청년이여 근일 복잡한 사상계에 앞길을 개척코자 할진대 무슨 주의이든지 편집한 국견(局見)을 탈각하고 상술한 바 상천의 일시 동인하는 진리에 득죄치 말며 고성의 불경기친하고 이경타인(而敬他人)하는 인도상 윤서에 위반치 말아서 진정한 인애로 우리 민족부터 세계사회까지 구원하는 대사업을 희망하노라.

우리 인생이 아름다운 인생이 되자면 어찌 하여야 할까. 인생이란 3자로 구조되었나니 왈 유형한 것과 왈 무형한 것과 왈 유형·무형 간에 있는 것이 이것이라. 이 3자의 하나라도 결하면 완전한 인생이 되지 못할지로다.

그러나 오인(吾人)은 항상 유형한 것만 중지귀지하고 무형한 것은 경지홀지하나니 유형한 것은 곧 육체다. 이목(耳目)의 유쾌와 구비(口鼻)의 기욕(嗜慾)과 수족(手足)의 활동으로 물질상에만 봉사(奉事)하여 그 자유에 일임하여 이를 숭(崇)하며 이를 상(尙)하다가 진정한 인생의 생활을 못하고 백 년 미만의 일생을 오료하는 자 종종유지(種種有之)하며 유형·무형 간에 있는 것은 곧 명칭이니, 명칭이라 하는 것은 각 개인의 신분을 대표하여 그 가치를 정평하는 것이라, 만일 이것만 전상(專尙)한즉 허영심을 배발(排撥)하여 인도상 실리는 불구(不究)하고 당시의 명예만 탐하여 심하면 요명(要名)도 하며, 조명(釣名)도 하며, 도명(盜名)하나니 고인이 왈 "탐명(貪名)하는 인(人)은 명(名)에 사(死)하고 탐이(貪餌)하는 어(魚)는 이(餌)에 사(死)한다" 하였도다.

형식상으로 보면 유형한 육체만 전숭(專崇)함보다 초고(稍高)한 듯하나 고금 역사상으로 참고하면 방명자(芳名者)의 백세(百世)에 유전하는 비례로 백세에 추명(醜名)이 불민(不泯)하리니 그 화가 어찌 가외(可畏)치 아니할까. 무형한 것은 곧 정신이니 시(視)하여도 견(見)치 못하고 청(聽)하여도 문(聞)치 못하고 수(手)로 모색코자 하여도 파착(把捉)치 못하고 구(口)로 설명코자 하여도 모형(模型)치 못하나 이것이 아니면 유형한 육체도 고목과 완석(頑石)에 불과할지요, 이게 아니면 유형·무형 간에 기재(寄在)한 명칭이란 것도 허공 중에 자멸할지니 그러한즉 이 무형한 것이 3자 중에 제1위 주권을 점령함이 아닌가. 그렇다면 유형한 육체와 유형·무형 간에 기재(寄在)한 명칭을 포기함이 가할까. 결코 아니다. 육체란 정신의 사용하는 기기(機器)요, 명칭이란 정신의 표창하는 유적인즉 육체도 귀중치 아님이 아니요, 명칭도 진애(珍愛)치 아님이 아니나 중할 바를 경히 하고 경할 바를 중히 하면 그 말류(末流)의 화가 어떠할까.

대저 3자의 소유생(所由生)한 원인을 소구(遡究)할진대 육체는 사람의 기혈로 구성하여 토지의 발육으로 장양(長養)한 것이요, 명칭은 전(專)히 인의(人意)로 비롯하여 제조한 것이며 정신은 상천(上天)이 진리와 정기로 인류에게 부여한 것인즉 인(人)에 속함은 유한하고 천(天)에 속함은 무한하여 유한한 것이 유궁한 것을 저적치 못함은 자연적이요, 당연적이어늘 현금 세계를 환고하건대 개인이든지 방국이든지 육체로 비롯된 이기적 정욕만 발휘하여 타를 강압하며 타를 침략하며 타를 살육하는 등 잔인 포학함이 무소부지하고 또는 명칭에 매수되어 문명이니 부강이니 사기적, 가장적(假粧的)으로 허영만 도탐(徒貪)하여 상천이 주신 진리와 정의를 불고할 뿐 아니라 저적도 하며 구시(仇視)도 하나니 현세계는 전부가 정신병자라 하여도 과언이 아닌가 하노라.

청년이여, 육체가 아무리 곤고타 할지라도 인내하며 명예가 아무리 파손되었다 할지라도 저상(沮喪)치 말고 우리에게 상천이 주신 도덕적 정신만 건전히 수양 융진하면 육체의 곤고도 명예의 파손도 자연히 유왕필복(有往必復)하는 그날이 있을지니 그러한 뒤에야 우리는 3자로 구조된 인생다운 인생이 될지니라.

우리 인생이 인생다운 진정한 인물 노릇을 하려면 먼저 각자의 아(我)를 물실(勿失)하여야 하겠고, 이를 구하려면 아가 무엇인지 무엇이 아인지 깨달아야 하겠도다. 아라 함은 유형한 육체를 가리킴인가? 아니다. 육체는 아의 소유되는 부속물이니 이목도 아가 아니라, 아의 시청에 제공하는 아의 이목이요, 수족도 아가 아니라 아의 활동에 사용하는 아의 수족이며 기타 백체(百體)가 개연(皆然)한지라 만일 아의 이목을 아인 줄로 오인하여, 이목만 존중하여 그 소욕(所欲)대로 따르면 필경은 진정한 아를 유실하는 화를 난면할지요, 또 혹 아의 수족을 아인 줄로 오인하여 수족만 신임하다가 그 소행에 순응하면 필경은 진정한 아를 무저갱(無底坑)에 빠지게 할지니 그러면 진정한 아를 어떻게 구할까.

인생의 생명 되는 정신이 시야(是也)니, 정신이라 함은 공성(孔聖)의 소훈양성(所訓良性)이요, 기독의 소론영혼(所論靈魂)이라. 정신이라야 능히 호흡의 생명과 시청의 이목과 활동의 수족을 사용하나니 이목이 아무리 청명하고 수족이 아무리 민활할지라도 정신이 없은즉 이목(耳目) 수족(手足)은 사토후목(死土朽木)과 동귀(同歸)하여 주인이 없는 공옥(空屋)과 같으리로다.

정신의 진아를 인득(認得)한 뒤에는 이를 구할지니 구하기를 어찌할꼬, 정신의 진아를 무형리(無形裏)에 상천이 부여하사 사지백해(四肢百骸)를 관령(管領)하며 천지간 만사만물을 재제하는 권위를 가졌은즉 상천의 진리를 주측 숭봉(崇奉)하여 정의와 도덕을 무행(務行)할지며 어떻게 하여야 이를 능히 물실(勿失)할까. 경성(警省)하며 두수(斗數)하여 일사를 임하든지 일물을 대하든지 아가 존호(存乎)아 부(否)호아 하여 시시고념(時時顧念)할지라. 만일 개인으로서 정신의 진아를 상실한즉 자기 생명·육체가 훼상(毁傷)함도 망망연(惘惘然) 불치(不恥)하며 일국으로서 정신의 진아를 상실한즉 자국의 권리·토지를 파멸함도 염념연(恬恬然) 무회(無悔)하는도다.

소위 지식가는 지식을 진아로 인(認)하여 인류계에 이용후생(利用厚生)하는 유형한 비익(裨益)이 파다하거니와 이의 비례로 자기의 지식만 저현(著顯)키 위하여 인류계를 잔멸파망(殘滅破亡)하는 극단까지 도달함도 근일 세계의 현상으로 가증할지요, 소위 금전가는 금전을 진아로 인하여 오인의 공동 생활상 사용하는 의·식·주에 불가결한 보조품이어니와 여기에만 전력 헌신하여 이게 없으면 아가 없고 이게 많으면 아가 존(尊)하다 하여 탐욕과 비린(鄙吝)으로 진정한 천량(天良)을 파괴하며 무형 중 해독이 타에 보급하다가 필경 자기까지 자멸자망함도 역사가 증명하는 바이라 하노라.

이상 소론은 고의로 기자(譏刺)와 비방코자 함이 아니라 우리 인생의 진정한 아를 깨닫고, 구하고, 물실하여야 인생다운 인생이 될까 하노라.

우리 인류계에 최중요·최고상한 품격을 성취코자 할진대 지식이 제일이니 지식은 만능의 힘이 있어서 천(天)이 무엇인지 지(地)가 무엇인지 물질의 물질됨과 인류의 인류됨과 선·악, 시·비와 장·단, 곡·직과 본(本)·말(末), 표·리와 대·소, 다·소 등을 능히 요해하나니 학술도 이로 비롯지 아님이 없으며, 도덕도 이것으로 비롯되지 않음이 없어 고왕금래의 성현영웅과 명인달사가 지식이 아니고 능히 성립된 자가 있는가. 시고(是故)로 공자께서 삼달덕(三達德)을 논하는 데 지(智)를 선언(先言)하고 인용(仁勇)을 그 다음으로 하였으며 소라문(所羅門)이 왈 상제(上帝)를 경외함이 지혜의 본이라 하였도다. 그러나 지식도 2종이 있으니 1은 천(天)에 속하고 1은 지(地)에 속하도다.

지에 속한 자는 그 지식이 유형한 물질에 구속되어 천부(天賦)하신 정신까지 이에 사역케 하여 탐색하는 힘과 연찬(研鑽)하는 공이 점차로 비천한 데 빠지며 이를 사지(私智)라 하며 가지(假智)라 할지니 사지·가지는 상천의 조화와 권능을 망각하고 자기의 정욕과 사리만 시상(是尙)하여 인여인(人與人)에도 여시(如是)하고 국여국(國與國)에도 여시하여 상천이 인류계에 풍사(豊賜)하신 이용후생(利用厚生)의 물질을 자기의 사유로 오인하여 탐학(貪虐)과 사기(詐欺)가 일가시증(日加時增)한즉 이 세계의 결국은 장래 어떠한 참경에 머무를까.

천에 속한 자는 그 지식이 무형한 천리(天理)에 매진하여 천부하신 양능(良能)으로 지질상 만물을 총할(總轄)하여 탐색하는 힘과 연찬하는 공이 점차 고원한 데 이르르매 이를 공지(公智)라 하며 진지(眞智)라 할지니 공지·진지는 자기의 정욕과 사리는 망각하고 상천의 조화와 권능을 순응하여 인여인(人與人)에도 여시하고 국여국(國與國)에서 여시하여 천지 간에 충충만만한 물질은 상천이 인류계에 이용후생하도록 보시균비(普施均卑)하심을 확인하여 상호간 자비·인애가 일진시취(日進時就)한즉 결국은 이 세계의 장래에 어떠한 낙원에 오를까.

대저 상천이 우리 인류에게 지식을 부여하심은 그 오지(奧旨)가 어디에 있는가. 공지를 위하심인가, 사지를 위하심인가, 진지(眞智)를 위하심인가, 가지(假智)를 위하심인가, 인류를 참경의 화에 빠지게 하심인가, 인류를 낙원의 복을 향케 하심인가. 현세계를 환고(環顧)할지어다. 해군·육군이 인민에게 행복을 주는 것인가, 대일장창(大釼長槍)이 인민에게 활로를 개도(開道)하는 것인가. 폭탄·대포가 인민의 생명을 연장케 하는 것인가. 기독이 왈 민여민(民與民)이 상쟁하고, 국여국(國與國)이 상공(相攻)하면 내일이 장지(將至)하리니 종말까지 인내하는 자라야 구원을 얻으리라 하였으니 금일은 하일(何日)이라 할까. 천(天)에 속한 지(智)는 구원을 인식하고 지(地)에 속한 지(智)는 현상만 국관(局觀)하나니 범아(凡我) 청년은 어디에 속한 지식을 취하는가.

천지 간에 원리와 정의는 진(眞)과 실(實)이니 우리 인생은 천지의 원리정의(原理正義)로 구성된 자인고로 인생의 원리정의도 진과 실에 불외(不外)할지라. 진이라야 완전 불변할 것이요, 실이라야 영구 불멸하리니 옥(玉)의 진은 열화(熱火)로 연(鍊)하든지 완석(頑石)으로 공(攻)하든지 본질을 부실(不失)하고 목(木)의 실은 폭풍으로 낙하든지 숙상(肅霜)으로 박(剝)하든지 생기(生氣)는 계속할지니 인생에 속한 도덕이나 학술이나 재예(才藝)나 무엇이든지 그 진과 그 실에 비롯된 뒤에야 아무리 열화·완석 같은 환난과 폭풍·숙상 같은 곤박(困迫)이 중중첩첩할지라도 옥의 진과 목의 실과 같이 완전 영구하여 불변 불멸하리로다.

그러나 진과 실을 박멸하려는 막대한 강적이 있으니 즉 위(爲)와 허(虛)라. 위와 허가 상호 연락하여 진을 무(誣)하며 실을 멸하는데 그 교묘한 기능과 사흉(詐譎)한 권변(權變)으로 전세계를 기만파롱(欺瞞簸弄)

하여 심지어 그 실(實)한 도덕·학술·재예까지 침침연(駸駸然) 공예(工藝) 중에 일휴(一眭)하매 현상을 환시(環視)하면 순연(純然)한 위·허의 세계라 하리로다. 가인가의(假仁假義)의 정치와 허무적멸(虛無寂滅)의 종교가 일세(一世)를 굴복하다가 필경 전복의 화를 불면케 함은 고금 동서양 역사가 증명하는 바이다.

대개 인류계의 양심상 진실로 천하만사에 무소 불능하겠거늘 진실의 권위를 일실(一失)하매 위허의 능력이 대세를 장악하여 폐해(弊害)가 백출하니 천근(淺近)한 일례를 들건대 형식적으로 인여인과 국여국 간에 서약이니 조약이니 하는 번쇄(煩瑣)한 문구가 층생첩출(層生疊出)하는도다. 진실만 하면 서약·조약을 언용(焉用)하리오. 서약과 조약의 말류가 소송과 전쟁을 야기하여 금일의 비경에 빠지지 아니하였는가.

현금에 세계를 비관하여 혹자는 개조와 평화를 주창하나 그 주창하는 목적지에 능히 도달할 여부는 의문이라 하노니, 주창자의 그 본의가 과연 진실에서 비롯됐는가. 그 행동이 과연 진실로 나아가는가 혹은 병력을 빙사(憑恃)하거나 혹은 재력을 의뢰하거나 각 유소협(有所挾)한즉 소협이 있고서야 위·허가 저리(這裡)에 포함치 아니한 자가 희유(稀有)하나니 일호(一毫)의 세(細)라도 위·허가 맹동(萌動)하고는 만사에 성취하지 못함은 순여지장(瞬如指掌)하리로다.

오호라, 우리의 진실한 청년이여. 진실이란 천지간 인도상 원리 정의임을 확신불의(確信不疑)하는가? 고수부실(固守不失)하는가? 용왕직행(勇往直行)하는가? 자기를 수양하는 시(時)와 타인을 상대하는 제(際)와 무슨 사업을 경영하든지 무슨 계획을 진행하든지 위·허는 일인(一

刃)으로 단절하고 진실만 시무한즉 아무리 환난과 곤박이 일지(日至)할 지라도 결국은 성공치 못함이 없으리니 진실의 본원(本源)은 아의 양심상 부여하신 상제(上帝)의 진리라 하노라. 상제께서 천하의 중대 죄악을 모두 용사(容赦)하셨으되 특히 위선자에게는 화가 있으리라 하셨나니라.

■ 월남 이상재는 73세 되던 해인 1922년 4월 기독교청년회(YMCA) 대표단을 이끌고 중국 베이징에서 열린 제1차 세계기독교청년연맹(WSCF) 대회에 참석했다. 이상재는 이 대회에서 일제로부터 탄압받는 국내 기독교운동의 상황을 폭로하고, 조선기독교청년회와 일본기독교청년회의 분리를 결의하도록 만들었다. 일제 식민 지배 아래 놓여 있는 조선기독교청년회가 단독으로 세계연맹에 가입할 길을 튼 것이다.

귀국을 준비하고 있을 즈음, 임시정부 의정원 원장 손정도와 일부 요인들이 이상재를 찾아왔다. 이들은 "귀국하지 말고 임시정부 수반이 되어 달라"며 이상재를 붙들었다. 당시 임시정부는 이념 갈등과 분파 투쟁으로 심각한 내분 상황에 처해 있었다. 제각각의 분파들을 통합할 리더십이 절실히 필요한 때였다. 그래서 마침 베이징에 머물고 있는 월남 이상재를 임시정부 수반으로 추대하려고 했다. 그만큼 이상재는 국내외, 좌우파를 가리지 않고 두루 존경을 받는 원로였다.

그러나 이상재는 임시정부 수반을 맡아달라는 이들의 요청을 간곡히 거절했다. "나까지 조국을 빠져나가면 국내에 있는 동포들과 청년들이 너무 불쌍하지 않느냐"면서 "밖에서 싸울 사람은 밖에서 싸우고 안에서 싸울 사람은 안에서 싸워야지 다 빠져나가면 되는가"라고 말했다. 대부분의 지도자들이 해외로 망명하고, 국내의 지도자들 가운데 상당수가 훼절하거나 침묵하는 상황에서 자신만은 국내에서 민중과 함께 고난을 겪겠다는 다짐이었다. 임시정부 수반을 맡아달라고 찾아간 사람들은 더 이상 할 말을 잃었다.

귀국한 이상재는 일흔을 넘긴 고령의 나이임에도 불구하고 더욱 왕성한 활동을 벌였다. 1920년대 국내에서 벌어진 거의 대부분의 민족운동에는 이상재가 그 중심에 있었다. 물산장려운동, 절제운동, 소년척후대(보이스카우트) 운동, 민립대학 설립 운동 등을 진두지휘했다.

이상재가 특히 심혈을 기울인 것은 평생 구국운동의 핵심으로 여겼던 청년운동이었다. 기본 터전은 YMCA였다. 57세에 간사로 취임해 청년운동을 시작한 이상재는 1920년부터 YMCA전국연합회 회장을 맡아 각종 강연회, 토론회, 일요강좌, 농촌운동 등 폭넓은 민족운동을 의욕적으로 펼쳤다. 일찍이 독립협회의 만민공동회 사회자로 해학에 넘치는 말솜씨를 유감없이 선보여 유명해진 이상재는 당시 민중들에게 가장 인기 있는 연사였다. 그는 각종 강연회·토론회·강좌의 단골 초대 인사였다.

이상재는 늘 청년들과 함께했다. 노년에도 노상 청년들과 어울리는 것을 지켜보던 한 친구가 "젊은 사람들하고 너무 허물없이 굴면 버릇이 없어지지 않겠나?"고 힐난투로 묻자 이상재는 이렇게 대답했다. "아니, 여보게, 내가 청년이 되어야지, 그럼 청년더러 노인이 되라고 하겠나? 내가 청년이 되어야지 청년들더러 노인이 되라고 하면 청년이 청년 구실을 할 수 있겠는가?" '영원한 청년' 이상재의 면모를 여실히 보여주는 일화다.

마음은 '만년 청년'이었으나, 나이는 어쩔 수가 없었다. 희수(喜壽)를 맞이한 1926년, 이상재는 죽음이 멀지 않았음을 느꼈다.

'청년이 희망이다.' 이상재는 마지막으로 조선의 청년들에게 용기를 북돋돋아 주고 싶었다. 실망하지 말고 끝까지 싸우면 성공치 못할 것이 없다는 평범하지만 소중한 진리를 전하고 싶었다. 그는 무엇보다 민족의 장래가 청년에게 달려 있다는 것을 목숨이 다하기 전에 조선 청년들에게 당부하고 싶었다.

이상재는 서울 재동의 셋집(평생을 청빈하게 살아 타계 당시 남은 것은 이 셋집 하나였다)에서 마지막으로 붓을 들었다. 조선 청년들에게 전하고 싶은 말은 너무나 많았다. 이상재는 장문의 논설 「청년이여」를 작성한다. 「청년이여」는 1926년 2월부터 그가 세상을 떠나기 한 달 전인 1927년 2월까지 《청년》지에 연재됐다.

「청년이여」는 '영원한 청년' 이상재의 청년관이 집약되어 있는 글이다. 이상재는 「청년이여」를 시작하면서 가장 먼저 "이 세계는 청년의 무대라, 청년은 이 세계를 부담하여야 하겠고, 세계는 청년을 고대하는지라"고 외쳤다. 세계는 청년을 고대하고 있으니 청년은 이 고대에 답할 책임이 있다는 것이다. 그리고 나서 이상재는 "나의 경애하는 청년이여, 우리 사회를 위하여, 민족을 위하여, 세계를 위하여, 장래의 희망이 중대한즉 중대한 희망을 부담하는 청년에게 어찌 경애치 아니하리오"라고 조선의 청년에 대한 무한한 경애를 표했다.

「청년이여」는 이어 청년의 사명과 자각, 분발을 설파한 다음 현시대에서 청년의 역할이 무엇인지를 말한다. "청년이여 현금시대는 무슨 시대인가. 혁명시대다. 현금세계는 무슨 세계인가. 혁명세계다"라고 규정하고 나서 "그러하면 혁명이라 함이 과거의 혁명이 되었단 말인가. 아니다. 장래의 혁명을 하겠다는 의의이니 장래의 혁명을 하려면 그 책임이 청년에게 있지 아니한가"라고 청년에게 묻고 있다.

특히 이상재는 이 단락에서 외래사상에만 도취되어 민족을 배척하는 것

과 외래사상이라고 무조건
배척하는 것을 동시에 경계
했다. 사회주의자들이 세계
성을 우선한 나머지 민족의
가치를 무시하는 것과 무작
정 사회주의를 백안시·위험
시하는 기성 세대의 사조도
동시에 비판한 것이다. 기독
교 신앙에 바탕을 둔 이상재
의 민족운동이 특정한 주의,
이념의 틀에 묶이지 않았음
을 보여주는 대목이다.

「청년이여」가 현세계의 문
제를 해결하는 방안으로 제
시한 것은 '외면이 아닌 각

민족통일전선을 위해 결성된 '신간회'의 〈조선일보〉
기사. 이상재는 〈조선일보〉 사장이자 '신간회'의 초대
회장이었다. (1927)

개인의 내심'이다. 그래서 개인이 자기 혁신을 선행하여야 한다는 점을 역
설하면서 지식과 진실의 힘을 강조하고 있다.

한편 이상재의 민족운동은 기독교 신앙을 바탕으로 한 비폭력·무저항
운동, 실력양성과 자아혁신이라는 '준비론'적 틀에 안주했다는 비판이 지
적되기도 한다. 하지만 독립협회 조직, 만민공동회 운동을 거쳐 국권이 찬
탈당한 뒤에 펼친 다양한 사회운동과 민족교육 등 구국운동에 칠십 평생을
바친 삶이 쉬 폄훼될 수는 없다. 많은 독립운동가들이 해외로 망명해 국외
에서 독립운동을 펼칠 때도 끝까지 국내에 남아 민중과 동고동락하며 광범
위한 분야에서 민족운동을 펼친 그는 누가 뭐래도 '조선의 성자'였다.

실제 타계하기 한 달 반 전인 1927년 2월 15일 병석에 누워 일어나기조

차 힘든 상황에서도 이상재는 신간회 창립회장으로 추대됐다. 민족주의 진영과 사회주의 진영이 민족의 단일전선을 결성하여 공동의 적 일본과 투쟁할 목적으로 조직된 것이 신간회이다. 신간회 회장직을 병석의 이상재가 맡았다는 것은 당시로서는 양대 진영으로부터 동시에 존경받는 지도자가 그뿐이었다는 뜻이다. 민족주의와 사회주의 진영이 민족단일당 신간회를 결성하기로 의견을 모으고 조직에 들어갈 때부터 이미 회장을 이상재로 정하고 교섭을 시작했다고 전한다.

마지막 「청년이여」 연재가 실린 1927년 2월 이상재의 건강은 급속히 악화됐다. 그해 3월 29일 이상재는 서울 재동의 셋집에서 78세의 나이로 세상을 떠났다. 그의 장례는 역사상 첫 사회장으로 치러졌다. 243개의 사회단체가 장례를 주도했고, 10만여 명의 민중들이 운구 행렬을 따랐다. 좌우의 이념이나 종교의 차이를 떠나 온 민족이 슬퍼한 사회장이었다. 이상재는 당시 언론, 지식인들의 애도대로 '민중의 원로' '조선의 거인'으로 우뚝 서 있었다.

한국 광복군 총사령부 성립 전례 개회사

김구

내빈 여러분, 동지 여러분! 오늘은 우리들이 거행하는 '한국 광복군 총 사령부' 성립 전례의 날입니다. 이 한 시각이 천금의 가치를 가진 이 시점에 즈음하여 우방 각계 동지들이 귀중한 시간을 내어 와서 만장의 영광을 주시니 우리들은 만분의 영광으로 여겨 감격하는 바입니다.

우리 대한민국 임시정부는 국가를 광복하여 주권적 독립과 민족의 생존적 자유를 되찾기 위하여 왜적과 더불어 고전하여 온 지 30여 년 이 되었습니다. 우리들은 이 천신만고 중에 있으면서도 때로는 정규 적으로 광복군을 동원하여 과대 규모의 전투를 계속하고, 때로는 부 분적으로 광복군을 동원하여 장기적 유격전을 계속하여 상당한 성과 를 거두었습니다.

우리 한·중 양 민족은 역사적으로 관계가 심히 밀접하고 절친한 사이입니다. 살고, 죽고, 존하고, 망하는 것이 한 개의 운명에 매여 있 으므로 일반 현명한 인사는 우리 한국 혁명에 대하여 시종 과열한 찬 조를 하고 있으며, 또한 우리 한국 혁명동지들도 중국혁명에 참가한 사람이 적지 않습니다.

이러함에도 불구하고 항상 국제상의 불합리한 각종 조건에 견제되어 구체적 합작 정신과 효과를 나타내지 못하고 있으므로 유감스럽게 생각하였습니다. 목하 우리 우방 중국은 바로 왜적의 대침략 야심에 봉착하여 자신의 생존과 세계의 평화를 위하여 신성한 항전을 전개하고 있습니다. 전 세계상 어느 민족이나 인류의 반동 분자를 제(除)하고는 중국의 승리를 찬조하지 않는 사람이 없습니다.

뿐만 아니라 더욱 이번 항전은 우리 한국 독립과 특별한 관계가 있습니다. 그러므로 우리들이 전 민족적 무장 역량을 자진 동원하여 중국 전우와 더불어 공동 전투를 펴서 중국과 한국의 원수를 보복하기를 서로 믿고 있습니다.

이러한 역량은 겨우 우리 한국을 광복하고 생존을 도모하는 데 불과하겠지만, 중국의 항전에 있어서도 한 가닥 찬조 역군쯤은 될 수 있는 것입니다.

오늘 우리들이 중국의 전시 수도인 중경에서 '한국 광복군 총사령부' 성립 전례를 거행함에 있어서 그 의의가 퍽 심장함을 깨닫게 됩니다.

이로부터 중국 경내(境內)에 있어서 정식으로 광복군을 동원하여 우방 중국의 항일 대군과 어깨를 나란히 하여 적을 무찔러야 합니다. 또한 이로부터 험한 산과 깊은 물에도 뛰어 들어갈 뿐만 아니라 창(槍)을 베고 밤을 새우는 삼한(三韓) 건아와 화북 일대에 산재한 우리 백의대군(白衣大軍)과 또 국내외 삼천만 혁명 대중들이 소문을 듣고 일어나 왜적의 철제(鐵蹄)를 단호히 쳐부수고, 성스럽고 깨끗한 천직을 다할 것입니다.

우리들은 우방 중국의 최고 통수의 인격과 위대한 책략에 대하여 원래 지극히 존경하고 흠모합니다. 또 지난날 특히 우리 한국 광복군이 중국 경내에 있어서 정식으로 편성하고 훈련하여 우리들로 하여금 중국의 항전 시기에 연합군의 일부 업무를 다하게 하고, 아울러 우리들로 하여금 위대한 목적에 도달시키게 해 주시니, 우리들이 비상한 감격을 느끼게 하였습니다. 또다시 우리들은 자나 깨나 '한·중 연합군의 사명'을 쉴 새 없이 여행(勵行)하여 하루빨리 우리의 위대한 사업을 이룩하는 것이 우리의 유일한 직책입니다.

오늘 우리들이 거행하는 이 전례가 한갓 허례허식에 그치는 것이 아니라 중대한 의의가 이 가운데 포함되어 있다는 것을 잘 알아야 합니다. 이러한 관계로 본 주석은 이 기회를 빌려 그 의의가 신중함을 설명해 드립니다.

상해임시정부가 대한민국 건국을 선포한 지 21년째인 1940년 9월 17일 중국 충칭(重慶). 대한민국 임시정부가 상하이 활동을 접고 본거지를 옮겨온 이곳 시내의 호텔 가릉빈관(嘉陵賓館)에는 아침 일찍부터 중국 국민당과 중국 공산당의 고위 인사, 한국 측 독립운동가, 몇몇 외국 사절 등이 속속 모여들고 있었다.

　　호텔 행사장 앞에는 '韓國光復軍 總司令部 成立典禮(한국 광복군 총사령부 성립전례)'와 'Inaugural Ceremony of the Headquarters of Korea Independence Army'라는 플래카드가 걸려 있었다. 또 태극기와 청천백일기가 교차로 세워져 있어 한국과 중국의 굳건한 항일 연합전선을 상징하고 있었다. 대한민국 임시정부 산하 광복군 창설 기념식이 열리기 직전이었다. 광복군은 망국의 설움을 안고 이국 땅 멀리서 세운 임시정부의 군대였다. 나라를 잃은 민족의 군대이자 망명정부의 정규군이었다.

　　참석자들 가운데 중국 국민당과 중국 공산당 간부들의 면면은 쟁쟁했다. 국민당에서는 최고지도자인 장제스의 측근인 쑨커, 우티에청 등의 모습이 보였고, 공산당에서는 명실상부한 2인자인 저우언라이가 참석했다.

이들이 식장에 모습을 나타내자 임시정부 법무참사이자 의정원 의원인 엄항섭이 깍듯이 예를 갖추며 자리로 안내했다. 항저우 저장대학에서 공부한 엄항섭의 유창한 중국어에 국민당과 공산당 인사들은 반갑게 응대하며 친밀감을 표했다. 엄항섭은 중국어뿐만 아니라 대학시절 영어와 프랑스어도 전공했던 만큼 영어권 프랑스어권 외국 사절들에게도 능숙한 솜씨로 안내를 했다.

대한민국 임시정부에서는 주석이자 최고통수인 김구를 비롯해 광복군 총사령관 이청천, 참모장 이범석, 총무처장 최용덕, 참모처장 지형세, 부관처장 황학수, 훈련처장 송호 등이 참석했다. 식이 시작될 무렵인 아침 7시가 되자 행사장에 들어선 참석자는 200명이 넘었다. 이날 행사 일정을 아침 일찍 잡은 것은 혹시 있을지도 모르는 일본군의 공습을 피하기 위해서였다.

마침내 식이 시작되자 이날의 주인공이라 할 수 있는 김구가 연단에 나섰다. 십대 소년시절 동학혁명에 뛰어든 이래 어느덧 65세가 된 지금까지 평생을 조국과 민족의 자주 독립을 위해 온몸을 불사른 노 혁명투사의 눈에 이슬이 맺혔다. 김구의 음성은 가늘게 떨리고 있었다.

일본의 관헌을 직접 때려죽인 일도 있고, 윤봉길·이봉창 의사의 의거를 지휘하면서 일제의 간담을 서늘케 한 적도 있었다. 이 같은 일련의 행동들은 잠시나마 조선 민족에게 통쾌함을 선사했지만 그뿐이었다. 임시정부는 더 조직적이고 본격적인 투쟁을 지속적으로 수행할 수 있는 항일 무장 조직이 반드시 필요했다.

러시아를 넘어뜨리고 중국 지배까지 넘보는 강대한 일본의 수백만 군대에 비하면 광복군의 시작은 초라하고 초라한 것이지만 언젠가는 강도 일본을 무찌를 수 있지 않겠는가. 생각이 여기에 미치자 김구의 음성은 어느새 높아지기 시작했다. 특히 "살고, 죽고, 존하고, 망하는 것이 한 개의 운명에 매여" 있다는 대목에 이르자 그의 목소리는 불을 뿜는 듯했다. 연단

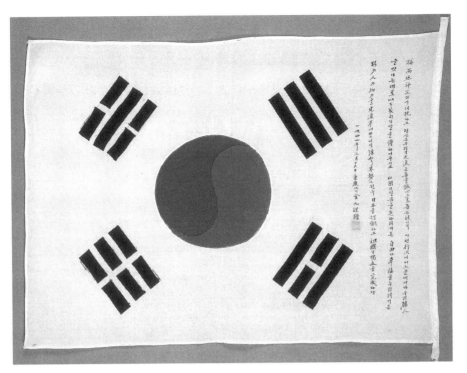

김구가 서명해 안창호의 부인 이혜련 여사에게 보낸 태극기. '망국의 설움을 면하려거든, 자유와 행복을 누리려거든, 정력·인력·물력을 광복군에게 바쳐 강노말세(强弩末勢)인 원수 일본을 타도하고 조국의 광복을 완성하자'는 말을 어디에서나 한국인을 만나는 대로 전해줄 것을 당부하고 있다. (1941)

아래서 김구의 연설을 듣고 있던 임시정부 및 광복군 인사들도 감격에 겨운 듯 지그시 눈을 감았다.

김구의 이날 기념사 요지는 우선 광복군이라는 대한민국 임시정부의 군대와 중국의 군대, 즉 한·중 연합군은 세계의 평화와 인류의 공존을 지키기 위한 군대라는 것이다. 이는 "우리 우방 중국은 왜적의 대침략 야심에 봉착하여 신성한 항전을 전개하고 있습니다. 전 세계상 어느 민족이나 인류의 반동분자를 제하고는 중국의 승리를 찬조하지 않는 사람이 없습니다"는 대목에 잘 드러나 있다.

김구는 또 이날 기념사의 상당 부분을 중국군 및 중국군 지도자에 대한 존경을 표하는 데 할애했다. "우방 중국 최고통수의 인격과 위대한 책략에 대하여 지극히 존경하고 흠모합니다"거나 "우리들로 하여금 중국의 항전 시기에 연합군의 일부 업무를 다하게 하고, 아울러 위대한 목적에 도달시키게 해 주시니 우리들이 비상한 감격을 느끼게 하였습니다" 등으로 언급하고 있다.

원래 광복군 창설 계획은 1919년 임시정부가 상하이에서 출범한 이후 공포한 군사조직법에 명시돼 있었으나 현실적 어려움으로 계속 미뤄졌다. 군대를 직접 조직하는 것이 당분간 어렵다고 판단한 임시정부는 1931년 뤄양 군관학교와 난징 군관학교 등 중국군 사관학교에 우리나라 청년들을 입교시키는 등 군사인재의 양성에 힘썼다. 중일전쟁이 터지자 임시정부는 군무부에 군사위원회를 설치하는 등 광복군 창설을 추진했으나 국민당 정부의 퇴각으로 무산되고 말았다.

1940년 중국 국민당 정부와 함께 충칭으로 옮겨온 임시정부는 5월부터 광복군 창설을 위해 장제스 주석과 교섭을 추진했다. 당시 중국 군사위원회에는 이미 김원봉의 조선의용대를 지원하고 있었던 까닭에 주저했으나 결국 8월 광복군 총사령부 설치안을 승인해주었다. 가릉빈관에서의 성립 전례 기념식도 이에 따라 마련된 것이다.

성립 전례 기념식 이틀 전인 9월 15일 김구가 발표한 광복군 선언문에서는 광복군과 중국군의 관계가 더 명확하게 드러난다. 즉 "광복군은 1919년 임시정부 군사조직법에 의거하여 중국총통 장제스의 특별허락을 받아 조직되었으며, 중화민국과 합작하여 한·중 두 나라의 독립을 회복하고 공동의 적인 일본 제국주의자들을 타도하기 위해 연합군의 일원으로 항전을 계속한다"고 명시되어 있다.

선언문과 성립 전례 개회사에서도 드러나 있듯이 광복군의 활동은 자주성에 한계가 있었다. 광복군은 국군 양성 및 훈련을 통해 궁극적으로 국내 진격작전을 추진하여 조국의 자주독립을 쟁취하는 데 목적을 두었지만 중국 국민당 정부의 원조와 승인이 반드시 필요했다. 처음부터 구조적인 제약과 한계를 안고 출발했던 것이다.

이날 광복군 총사령부가 출범했지만 손과 발이 돼야 할 병력이 갖춰진 것은 아니었다. 중국 국민당 정부는 광복군 총사령부만 승인해 놓고 광복군 전체 활동을 승인하는 것에는 여전히 미온적이었다. 광복군은 손발은 없이 머리만 갖춰진 기형적인 형태였다.

중국 측은 총사령부 성립 이후에도 승인을 보류하다가 '한국 광복군 9개 행동준승(韓國光復軍九個行動準繩)'이란 것을 만들었다. 즉 광복군은 중국군 참모총장의 명령과 지휘를 받아야 하며 임시정부는 단지 명의상의 통수권을 갖는다, 광복군이 한국내에 진격해 들어가더라도 중국군의 명령과 지휘를 받아야 한다 등 9개 항이었다. 한마디로 한국 광복군에 대한 '전시작전통제권'을 중국군이 갖는다는 얘기였다. 임시정부는 이러한 '행동준승'을 준수한다는 조건 아래 군대를 양성하고 훈련을 실시하였으나 창설 1년 만에 확보한 병력은 고작 300명가량에 불과했다.

'행동준승'은 실지로 광복군에게는 굴레와 같은 것이었다. 광복군 총사령부는 중국군에 예속되어 인사·경리·훈련·공작 등 일체의 업무에 대해 중국의 사전 허락을 받아야 했다. 광복군은 중국군의 보조역할을 하는 고용군대에 불과했다.

광복군이 중국군에 예속돼 있어 자주적인 역량을 발휘하지 못한다는 의견이 임시정부 안에서도 심각하게 제기되었다. 임시정부는 '행동준승' 폐기 문제를 집중 논의했다. 임시정부의 끈질긴 요구에 따라 중국은 새로운 군사협정 체결에 동의했으나 그때는 이미 일제가 무조건 항복하기 불과 4개월 전이었다. 사실상 무의미한 협정이었다.

이러한 한계에도 불구하고 광복군의 꿈은 웅대했다. 김구의 개회사 가운데 "창을 베고 밤을 새우는 삼한 건아와 화북 일대에 산재한 우리 백의대군과 또 국내외 삼천만 혁명 대중들이 소문을 듣고 일어나 왜적의 철제를 단호히 쳐부수고……"라는 대목은 의미심장하다.

당시 중국 각지에는 60만 명에 이르는 교포들이 살고 있었다. 그 가운데서 적어도 20만 명을 광복군으로 소집한다는 게 처음의 구상이었다. 또 만주의 2백만 명과 국내 동포의 일부까지 소집한다면 30만 명의 병력을 확보할 수 있을 것으로 전망했던 것이다.

특히 중국의 화북·산동·호북·산서 등지에도 수십 개의 한국 무장독립단체가 유격대로 활약하고 있었으며, 장백산 일대에도 3천 명의 독립군이 중국 유격대와 합작하고 있었다. 이 모든 힘을 광복군의 깃발 아래로 뭉치게 한다면 그 위력은 그야말로 엄청날 것이었다. 그러나 통일적인 항일민족전선을 형성하는 데는 중국 공산당 휘하의 무정 등 공산주의자들의 존재가 가장 큰 장애 요인이었다. 결국 임시정부의 구상은 구상으로 끝나 버리고 말았다.

결국 광복군은 실질적인 전투는 제대로 해보지도 못한 채 제한된 여건 속에서 대일본 선전·정보수집·포로 심문 등의 활동만 했다. 1945년 3월 16일 광복군 제6징모분처 주임 김학규는 미국 전략사무국 최고책임자인 센놀트와 한·미 공동작전을 위한 6개항에 합의했다. 일본군 학병으로 끌려갔다가 탈출한 뒤 광복군에 편입된 학생들에게 전략사무국이 특수 공작 훈련을 실시한 다음 국내에 투입한다는 것이 핵심이었다. 이들은 4월부터 중국의 시안 등지에서 훈련에 들어갔으나 훈련도중인 8월 일제의 항복으로 뜻을 이루지 못했다. 광복군은 귀국 후 해방정국에서도 뚜렷한 역할을 하지 못했으며, 대한민국 국군 창군 과정에서도 만주 군관학교와 일본 육군사관학교 출신들에 밀려 중심에 서지 못했다. 김홍일·최덕신·김신·안춘행·송호성 등 일부 광복군 출신들이 한국전쟁 이후까지 국군 내에서 일정한 역할을 수행했을 뿐이다.

해방, 분단, 그리고 전쟁

해방, 분단, 그리고 전쟁

1945년 8월 15일, 우리 민족은 일제 식민지배에서 벗어나 해방을 맞이했다. 국내외에서 치열하고 끈질기게 전개된 독립투쟁이 결실을 맺은 것이지만, 한편으로는 연합군의 승리 덕분에 찾아온 불완전한 해방이었다.

해방과 동시에 우리 민족은 독립국가 건설의 과제를 맞았다. 가장 먼저 건국 작업에 착수한 것이 1944년 국내에서 비밀리에 조직된 조선건국동맹이다. 여운형이 중심이 된 조선건국동맹은 해방이 되자마자 건국준비위원회(건준)를 결성하고 건국 작업에 들어갔다. 불과 열흘 남짓 만에 남북 전역에 145개의 지부를 설치해 자체적으로 치안 활동을 벌였다. 갑작스런 권력의 공백 상태에서 맞이한 해방 공간에서 큰 혼란이나 유혈 충돌이 없었던 것은 건준의 존재와 활동 때문이었다.

그러나 우리 민족이 주체가 된 건국 작업은 순탄하게 나아가지 못했다. 일본군의 무장해제를 이유로 미군과 소련군은 38도선을 경계로 남과 북에 각각 진주했다.

소련군은 해방된 지 불과 닷새 만에 평양에 입성해 38선 이북을 완전히 장악했다. 하지 중장이 이끄는 미군은 1945년 9월 8일 인천에 상륙한 뒤 다음날 군정 실시를 포고했다. 해방과 함께 미국과 소련의 한반도 분할 통치가 시작되었다.

이로써 우리 민족에게는 자주 독립국가를 세워야 하는 과제에 덧붙여 분단극복이라는 이중의 과제가 주어졌다.

미국과 소련이라는 외세가 38선을 마주 보고 한반도를 분점하고 있는 상황에서 자주적 통일국가 수립을 위해서는 무엇보다 좌와 우를 망라한 민족의 대단결이 시급했다. 하지만 민족지도자들과 여러 세력들은 일제강점기부터 계속된 이견과 갈등을 쉽사리 걷어내지 못했다. 미국과 소련이 남과 북에서 각각 우익과 좌익 세력을 지원하면서 그 대립은 더욱 심화됐다. 미국은 군정을 실시하면서 점차 친미적인 우익 정부수립을 후원했다. 북한에 주둔한 소련군은 민족주의 계열 인사를 숙청하고, 공산주의 정권 수립을 위한 기반 구축을 지원했다.

좌우, 남북의 대립은 1945년 12월 모스크바 3상회의 결정이 발표되면서 격화일로로 치달아 결국 '돌아올 수 없는 강'을 건너게 된다.

한국을 독립국가로 재건하기 위해 임시 한국정부를 세우며 강대국이 관리하는 5년간의 신탁통치를 실시한다는 3상회의 결정이 발표되자 정치세력은 좌우로 나뉘어 격렬히 대립했다. 신탁통치 문제는 남과 북 양측에서 세력의 급속한 재편을 가져왔다.

남한에서는 반탁운동을 주도한 한민당과 이승만 등 우익세력이 주도권을 잡았다. 반면 북한에서는 신탁통치에 강력하게 반대한 조만식 중심의 민족주의 세력이 몰락하고 모스크바 3상회의 결정을 지지한 공산주의 세력이 주도권을 확보했다.

모스크바 3상회의 결정을 진척시키기 위한 미·소 공동위원회가 열렸지만 좌우의 극한 대립 속에서 결렬됐다. 1947년 제2차 미·소 공동위원회도 실패로 끝나고 한국문제는 유엔(UN)으로 이관되었다. 분단은 점차 현실로 굳어지기 시작했다. 분단을 우려한 인사들을 중심으로 좌우 합작 운동이 모색되고, 김구와 김규식을 중심으로 남북협상이 추진되었으나 사태를 되돌리기에는 역부족이었다.

유엔의 결의로 1948년 5월 10일 남한에서만 총선거가 실시됐다. 남로당을 중심으로 한 좌익은 단독선거 거부 투쟁에 돌입, 민족 내부의 대립이 첨예화됐다. 단독선거를 둘러싼 좌우의 갈등이 빚어낸 최악의 비극이 제주 4·3사건이다. 남한만의 단독정부 수립에 반대하는 좌익의 봉기, 제주도를 초토화시킨 군경과 토벌대의 무차별 진압 작전으로 인해 당시 제주도 인구의 10%에 달하는 3만 명이 희생되는 참극이 빚어졌다.

5·10선거로 제헌의회가 구성되고 민주공화국 체제의 헌법이 제정됐다. 제헌국회는 이승만을 초대 대통령으로 선출했고, 1948년 8월 15일 대한민국의 수립을 국내외에 선포했다.

북한에서도 1948년 8월 최고인민회의 대의원 선거를 실시했다. 최고인민위원회는 같은 해 9월 헌법을 채택하고, 김일성을 수상으로 선출해 조선민주주의인민공화국을 출범시켰다.

해방 후 독립국가 건설이라는 거족적 염원에도 불구하고 외세 개입과 좌우 대립으로 말미암아 남과 북에 별개의 정부가 수립된 것이다. 남과 북에 각기 다른 이데올로기의 정부가 세워지면서 민족 내부의 대립은 더욱 격화되었다.

북한 정권은 '혁명을 완성하기 위한 전쟁'이라는 명분으로 1950년 6월 25일 38도선 전역에 걸쳐 남침을 강행했다. 이후 미국을 중심으로 한 유엔군과 중공군이 개입함으로써 국제전 양상으로 비화되어 3년 동안 지속된 한국전쟁은 한민족에게 씻을 수 없는 상처를 남겼다.

한국전쟁으로 인한 인명피해는 당시 남북한 인구의 20%에 달하는 500여 만 명에 달했다. 전 국토가 초토화되어 남북한 모두 사회간접자본과 산업시설이 폐허로 변했다.

무엇보다 한국전쟁은 남북간에 증오와 적대감을 팽배시켰다. 남과 북은 각각 정치, 경제, 사회, 문화적으로 완전히 이질적인 나라가 됐다. 한국전쟁으로 고착된 분단의 상황은 반세기 넘게 남북한 양 체제 모두를 왜곡시키고, 남북한 민중의 삶을 질곡 속으로 몰아넣었다.

1948년 출범한 제1공화국 이승만 정권에게 주어진 시급한 과제는 일제 식민통치의 유산을 청산하고, 경제기반을 마련하는 등 새로운 국가의 틀을 세우는 것이었다. 친일파 청산과 토지개혁이 그 핵심 과제였다.

민족적 과제인 일제의 잔재를 청산하기 위한 '반민족행위처벌법'이 1948년 9월에 제정됐다. 이에 따라 국회 내에 반민족행위특별조사위원회(반민특위)가 구성되어 주요 친일행위자들을 체포해 조사했으나, 친일파들의 조직적 방해와 반공을 우선시한 이승만 정권의 소극적 자세 때문에 말미암아 청산 과제는 제대로 이뤄지지 못했다.

또 하나의 시급한 과제였던 토지개혁은 1950년 3월 농지개혁법을 제정해 농지개혁을 실시하는 등 자본주의적 토지제도를 마련하는 것으로 구체화되었다.

한편 8·15해방은 새로운 사회와 문화가 창출되는 계기가 되었다. 미군정이 들어서면서 식민지 교육체제가 해체되고 미국식 교육이 도입되었다. 6·3·3·4학제를 근간으로 한 교육제도가 마련됐고, 초·중·고·대학의 설립이 대대적으로 이뤄져 한글세대가 대거 등장하는 기반이 됐다.

해방 공간의 문화·예술 분야에서는 좌우의 분열과 대립이 극심했다. 문학계에서는 우파 청년문학가협회와 좌파 문학가동맹 사이에 치열한 문학논쟁과 대립이 벌어졌다. 우파인 청년문학가협회에서는 김동리, 김광

섭, 서정주, 박두진, 박목월, 조지훈 등이 활동했다. 좌파인 문학가동맹에서는 임화, 김남천, 이태준, 이용악 등이 활약했다. 『해방전후』(이태준), 『무녀도』(김동리) 등의 소설 작품집과 『병든 서울』(오장환), 『청록집』(박두진·박목월·조지훈), 『귀촉도』(서정주) 등의 시집이 발간됐다.

미술, 연극, 무용 등의 분야에서도 좌우 이념 대립이 치열해 각기 다른 단체들을 설립해 활동했다. 희곡 분야에서는 유치진, 무용 분야에서는 최승희 등의 활약이 두드러졌다.

해방과 함께 유행가 대신 대중가요라는 새로운 용어가 등장했다. 대중가요는 일본 가요의 압도적 영향에서 벗어나 미국의 재즈와 팝의 영향을 받으면서 한층 다양해졌다. 대중가요들은 고향, 나그네, 타국, 설움 등의 정서를 주조로 해서 주로 고단한 대중의 삶을 반영했다. 〈신라의 달밤〉 〈비 내리는 고모령〉(현인), 〈귀국선〉(이인권), 〈가거라 38선〉(남인수) 등이 대중의 인기를 끌었던 대표적인 가요들이다.

1945
조선 민족 해방의 날은 왔습니다

여운형

조선 민족 해방의 날은 왔습니다! 어제 15일 아침 여덟 시 엔도 조선 총독부 정무총감의 초청을 받아 "지나간 날 조선 일본 두 민족이 합한 것이 조선 민중에게 합당하였는가 아닌가는 말할 것도 없고, 다만 서로 헤어질 오늘을 당하여 마음 좋게 헤어지자. 오해로써 피를 흘린다든지 불상사를 일으키지 않도록 민중을 잘 지도하여 주기를 바란다"는 요청을 받았습니다. 나는 이에 대하여 다섯 가지 요구를 제출하였는데, 즉석에서 무조건 응락을 하였습니다. 즉,

1. 전 조선 각지에 구속되어 있는 정치범과 경제범을 즉시 석방하라.

2. 집단 생활지인 경성의 식량이 제일 문제이니 8, 9, 10월 3개월간 식량을 확보 명도(明渡)하라.

3. 치안 유지와 건설 사업에 있어서 아무 구속과 간섭을 하지 말라.

4. 조선 안에 있어서 민족 해방의 모든 추진력이 되는 학생의 훈련과 청년의 조직에 간섭을 말라.

5. 전 조선에 있는 사업장의 노동자들을 우리들의 건설 사업에 협력

시키며 아무런 괴로움을 주지 말라.

이것으로 우리 민족 해방의 첫걸음을 내디디게 되었으니, 우리가 지난날의 아프고 쓰리던 것을 이 자리에서 모두 잊어버립시다. 그리하여 이 땅을 참으로 합리적인 이상적 낙원으로 건설하여야 합니다. 이때는 개인의 영웅주의는 단연코 없애고 끝까지 집단적으로 일사불란의 단결로 나아갑시다.

멀지 않아 연합국 군대가 입성하게 될 것이며, 그들이 들어오면 우리 민족의 모양을 그대로 보게 될 터이니, 우리의 태도를 조금도 부끄럽지 않게 하여야 합니다. 세계 각국은 우리들을 주목할 것입니다. 그리고 백기를 든 일본의 심흉을 잘 살핍시다. 물론 우리는 통쾌한 마음을 금할 수가 없습니다. 그러나 그들에 대하여 우리의 아량을 보입시다. 세계 신문화 건설에 백두산 밑에서 자라난 우리 민족의 힘을 바칩시다. 이미 대학생 · 전문학생 · 중학생의 경비원이 배치되었습니다. 이제 곧 여러 먼 곳으로부터 훌륭한 지도자들이 들어오게 될 터이니, 그들이 올 때까지 우리들의 힘은 적으나마 서로 협력하지 않으면 안 될 것입니다.

일제로부터 해방된 이튿날인 1945년 8월 16일. 서울 종로구 계동에 있는 휘문중학교(지금의 현대그룹 사옥 자리)에는 아침부터 많은 사람들이 모여들었다. 대부분이 학생들과 청년들이었지만 나이 지긋한 이들도 없지 않았다.

　이윽고 정오가 넘어서자 운동장에 운집한 군중은 약 5,000명에 이르러 발 디딜 틈이 없었다. 한여름 무더위에 숨이 턱턱 막힐 정도였지만 사람들의 표정은 교정의 초목처럼 싱싱하기만 했다. 해방의 기쁨과 새 나라 건설에 대한 기대가 그들을 한껏 달뜨게 했다. 사람들은 학교와 이웃한 몽양 여운형의 집을 향해 누가 먼저랄 것도 없이 큰 소리로 외치기 시작했다.

　"몽양 선생님, 어서 나오십시오!"

　"어서 한 말씀 해주십시오!"

　군중들은 여운형에게 해방된 조국에서 우리 민족이 무엇을, 어떻게 해야 할 것인가에 대해 알려달라고 요청했다. 그들의 함성은 곧바로 여운형에게 전달됐다. 이날 여운형은 조선건국준비위원회(건준) 일로 눈코 뜰 새 없이 바빴지만 자신의 연설을 목마르게 기다리는 민중들의 요구를 뿌리칠 수 없었다.

특유의 카이저수염에 쏘는 듯한 형형한 눈빛, 당당한 풍채의 여운형이 운동장에 나타나자 우레와 같은 박수가 터져나왔다. 그는 격정에 겨운 목소리로 말문을 열었다.

"조선민족 해방의 날은 왔습니다!"

불을 뿜듯, 폭포수를 쏟아내듯 열변이 이어졌다. 군중들은 여운형의 사자후에 감전된 듯 감격과 환희에 젖어 쉬지 않고 환호성을 질러댔다. 사전 준비 없이 즉석에서 행한 연설이었지만 가슴 깊숙한 조국애와 태산 같은 신념에서 우러나오는 그의 말 한마디 한마디는 군중들의 넋을 사로잡았다. 조선 최고의 웅변가, 가장 뛰어난 대중연설가라는 여운형의 명성은 결코 헛된 것이 아니었다.

이날 연설은 정치인 여운형에게는 매우 중대한 의미를 갖는다. 우선 해방된 바로 다음날 수많은 사람들이 자발적으로 여운형의 연설을 청해 들었다는 것은 일반 대중들이 그의 정치적 영향력을 인정하고 신뢰한다는 의미였다. 또한 군중 앞에서 자신이 주도하고 있는 건준의 정치적 위상과 실체, 건준이 행사하고자 하는 권력의 정당성을 다른 정치세력에 앞서 가장 먼저 공표함으로써 정치적 주도권을 쥐게 된 것이다. 여운형의 휘문중 연설은 해방 이후 최초의 대중집회 연설이자 해방공간을 통틀어 중대한 정치·사회적 의미를 갖게 되는 기념비적 연설로 남았다.

여운형은 이날 연설에서 하루 전날인 8월 15일 아침 조선총독부 엔도 정무총감이 자신에게 조선과 일본 두 민족 간에 피를 흘리는 불상사가 없도록 민중들을 잘 지도해달라고 요청했다는 사실을 공개했다. 그것은 패망한 일제가 조선반도를 통치할 정치적 실체로서 여운형과 건준을 인정했다는 의미였다.

또 여운형이 엔도에게 요구한 5개항은 조선인 정치범 석방, 식량의 확

보, 치안유지 및 건설사업에서의 일제 간섭 배제 등 건국 과정에서 필수적인 사항들을 명쾌하게 집약한 것이다.

여운형은 또 패망한 일본에 대해 '통쾌한 마음'을 갖되 지난날의 아프고 쓰라린 기억을 잊어버리고 개인적 차원에서의 보복 행위를 지양하는 등 '아량'을 보이자고 강조했다. 민주주의자, 세계 평화주의자로서의 면모가 드러난 대목이다.

"대학생 · 전문학생 · 중학생 경비대원이 배치"됐다는 말도 주목할 만하다. 즉 새 나라를 이끌 주도세력으로서 자신의 건준이 이미 사실상의 통치행위를 하고 있는 만큼, 믿고 따라와 달라는 일종의 대국민 선언을 한 셈이다.

여운형의 휘문중 연설은 즉석에서 이뤄진 데다 당시 거의 모든 일간신문이 폐간 상태였기 때문에 전문은 전해지지 않는다. 여운형의 측근이었던 이만규 등이 나중에 기억을 되살려 정리한 일부가 전해지고 있을 뿐이다.

당시 연설은 20분 정도 계속되다가 도중에 소련군이 서울에 입성했다는 소문이 알려져 군중들이 웅성거리자 여운형이 서둘러 중단했다고 한다.

조선총독부가 당시 조선의 지도자 가운데 민족적 대표성과 정치적 영향력을 동시에 갖춘 인물로서 여운형을 지목한 것은 그때가 처음은 아니었다. 이미 8월 초 일본의 태평양전쟁 패배가 확실해지자 조선총독 아베 노부유키는 한국에 있는 일본인들의 생명과 재산을 보호해줄 협상대상자로 여운형을 찾은 뒤 협조를 요청했다.

이에 여운형은 8월 10일 조선건국동맹을 조직했고, 해방 당일인 8월 15일에는 건준을 발족시켰다. 위원장 여운형, 부위원장 안재홍·허헌, 총무부장 최근우, 재무부장 이규갑, 조직부장 정백, 선전부장 조동호 등의 진용이었다.

여운형이 건국동맹과 건준이라는 전국단위의 정치조직을 꾸릴 수 있었던 것은 일제의 패망을 오래전에 내다보고 앞서 준비해왔던 정치적 통찰력이 있었기에 가능했다.

1910년 일제의 강제 합병 이후 중국으로 망명한 여운형은 상해임시정부 외무차장을 지내면서 1919년 파리강화회의에 대표를 파견하는 등 주로 외교적 방법에 의한 독립운동에 몰두했다.

그러나 파리강화회의의 결과에 낙망한 여운형은 사회주의 계열에 가담해 『공산당선언』을 한국인 최초로 번역했다. 1922년 모스크바에서 열린 극동피압박민족대회에 참가해 레닌, 트로츠키 등을 만난 여운형은 이후 중국혁명운동에 가담했다. 그는 중국 공산당과 국민당 양당에서 모두 특별당원이 된다.

중국에서의 항일활동으로 일제에 검거된 여운형은 3년간의 옥살이를 마치고 국내로 들어와 1933년 〈동아일보〉 사장으로 취임한다. 그리고 베를린 올림픽 마라톤 우승자 손기정의 일장기 말살사건을 주도하게 된다.

일제 말기 여운형은 자신의 생애에서 가장 비밀스런 조직을 운영했다. 해방 2년 전인 1943년에 결성한 조선민족해방연맹이 바로 그것이다. 이는 조선반도의 각계각층을 망라했으며 해외 항일단체들과도 연계된 광범위한 반일민족통일전선이었다. 일제의 패망을 전제로 건국을 준비한 국내 유일의 조직이었다.

바로 이 같은 치밀한 준비가 해방 이후 수많은 민족지도자들 중에서도 특히 여운형이 대중동원능력을 소유한 정치인으로 단연 두각을 나타낼 수 있었던 원동력이다. 실제로 건준은 불과 출범 한 달 만인 1945년 9월 중순 남한 일대에 145개 시군에 지부를 마련함으로써 한국인들이 최초로 자신의 정치경제적 이해와 요구를 반영할 수 있는 정치적 공간으로 자리 잡았다.

여운형의 정치적 영향력과 대중적 인기는 1945년 11월 신구회라는 단체가 해방 이후 처음으로 실시한 여론조사에서 엿볼 수 있다. 이 조사는 정치 지도자들의 상당수가 아직 국내에 들어오지 않은 데다 좌우 대립이 본격화되지 않은 시점에서 이뤄진 것이어서 해방 직후 정치인들에 대한 국민들의 지지도를 알 수 있는 좋은 참고자료이다.

4개 항목에 대해 실시된 여론조사에서 여운형은 '조선을 이끌어 갈 양심적인 지도자'와 '생존 인물 중 최고의 혁명가' 등 개인부문 2개 항목에서 각각 33%와 20%를 얻어 모두 1위를 차지했다. 이승만이 각각 21%와 18%로 2개 항목 모두 2위에 올랐다. 조사를 실시한 신구회가 우파 성향의 조직이라는 점을 감안하면 그 신뢰도가 매우 높은 것이라 하겠다.

여운형은 1886년 5월 25일(음력 4월 22일) 경기도 양평군 양서면 신원리의 양반 집안에서 태어났다. 몽양(夢陽)이라는 호는 어머니가 치마폭에 태양을 받는 태몽을 꾸었다 하여 지은 것이다. 여운형은 담대한 기질과 수많은 사람들을 능히 감화하고 설득할 수 있는 천부적 언변을 타고났다. 국가에서 운영하던 통신원 부설 우무학당에 다니던 십대 소년시절부터 그는 나라의 장래와 운명에 대해 고민했다.

러일전쟁 직후 일본이 조선을 보호해주겠다며 을사늑약을 체결하자 여운형은 학당을 그만 두고 향리의 각지를 돌아다니면서 일본의 흉계를 폭로하기 시작했다. 길거리 연설을 통해 여운형의 웅변 실력은 하루가 다르게 발전했다. 청년 여운형은 길거리에서 즉석 연설을 하다가 절정에 이르면 스스로 격정에 못 이겨 눈물을 뿌렸고, 청중들 역시 감동에 젖어 목 놓아 엉엉 울었다.

어느 날 양평군수가 말을 타고 지나가다가 소년 여운형의 연설을 들었다. 친일단체인 일진회의 회원이었던 군수는 "아, 훌륭한 젊은이로다. 내 그대의 연설을 듣고 일진회를 탈퇴할 생각이 들었다"며 옷소매로 눈물을 훔치며 사라졌다는 일화도 전한다.

여운형은 아버지가 세상을 떠나자 불과 스무 살에 가주(家主)가 되었다. 그즈음 이미 조선통감부가 설치돼 조선은 일본인의 세상이었다. 그는 '나라 하나 지키지 못하는' 썩은 풍습과 미신을 타파한다며 자신의 상투를 자르고, 조상의 신주 단지를 땅속에 파묻었다. 큰일 났다고 수군거리는 남녀 노비들을 마당 한가운데 불러 모은 여운형은 "이제는 상전도 없고 종도 없다. 그대들은 종이 아니라 나의 형제요 자매이니 자유롭게 행동하라"고 선언한 뒤 곧바로 노비문서를 불태워 버렸다. 이 사실을 전해들은 일가친척과 인근의 양반들이 몰려와 패륜아라고 격렬히 비난했으나 여운형은 특유의 언변으로 논리정연하게 그들을 설득했다. 나중에는 모두 다 고개를 끄덕이며 되돌아갔다.

여운형의 대중연설과 관련한 일화는 헤아릴 수 없이 많다. 그가 청중들을 빨아들일 수 있었던 또 다른 비결은 어렵고 복잡한 정치사회적 문제에 대해서도 민중들이 쓰는 쉬운 말로 핵심을 전달하는 능력에 있었다.

휘문중에서 역사적 연설을 한 지 6개월 뒤인 12월 23일 부녀단체 결성식에 참석한 여운형은 여권 신장을 격려하는 축사를 했다. 이때 여운형은 "해방된 오늘날에도 '여성은 안방 구석에만 남아 있어라'고 하는 봉건적 찌꺼기가 남아 있다면 여성들은 여러분의 무기인 바늘을 들고 가위를 들고 식도를 들고 일어나서 싸워야 한다"며 기발한 '선전선동'을 했다.

그러나 이 불세출의 웅변가, 대중정치인, 민족주의자, 진보적 민주주의자는 끝내 자신의 꿈을 펼치지 못했다. 미국과 소련이라는 두 강대국의 압도적인 영향력으로 좌우 이데올로기의 치열한 전장이 돼버린 해방공간에서 우익진영의 흉탄에 쓰러지고 말았기 때문이다. 1947년 7월 19일 숨을 거두기 직전 그가 힘겹게 내뱉은 마지막 한마디는 "조선, 조선!"이었다.

여운형은 외세에 대해서는 자주를, 민족 내부에 대해서는 통일을, 이념적으로는 사회주의를 외쳤지만 결코 공산주의자는 아니었다. 미국식 기준으로 보면 자유주의자로 분류될 수 있는 인물이다. 그 스스로도 진보적 민족주의자로 칭했다. 그는 해방 이후 한반도의 완전한 통일과 독립을 이루려면 미·소라는 외세의 대립과 좌우익이라는 이념적 대립, 남북한이라는 지역적 분립이라는 세 가지 층위의 대립갈등 구도를 극복해야 한다고 믿었다. 그리고 그 판단에 따라 죽음의 순간까지 자신의 길을 걸었다.

여운형이 꿈꾸었던 반외세·좌우합작·남북연합의 웅대한 구상은 거꾸로 미국과 소련, 좌익과 우익 모두에게서 비난과 의심을 받았다. 결국 그는 자신이 걸었던 통합주의적·현실주의적 노선의 제단에 값진 목숨을 바치게 되었다. 그러나 여운형의 평화적 통일·독립에의 염원은 오늘날까지 우리 현대사의 이상이자 목표로 찬란하게 빛나고 있다.

현 정세와 우리의 임무

박헌영

현 정세

독일의 붕괴, 일본의 무조건 항복으로 제2차 세계대전은 마침내 끝이 나고 말았다. 국제파시즘과 군벌 독재의 압박으로부터, 인류는 구원되어 자유를 얻은 것이다.

전후 여러 가지 국제문제의 해결과 평화유지를 위한 국제기관의 창설이 필요하였다. 이것을 위하여 포츠담회담이 열렸던 것이다. 이에 국제문제는 어느 정도 바르게 해결되었고 영구는 못 될지언정 상당히 오랜 기간의 세계평화를 위한 평화유지 기관은 조직된 것이다. 이에 조선의 해방은 실현되었다. 그러나 그것은 우리 민족의 주관적 투쟁적인 힘에 의해서보다도 외부세력에 의해 실현된 것이다. 세계문제가 해결되는 마당에 따라서 조선해방은 가능하였다. 지금은 모든 국가를 개별적으로 보아서는 안 되며 개별적 국가의 문제를 전 세계의 견지에서 해결하여야 한다는 것이 세계 정치의 흐름이다. 이것은 민족주의에 대한 국제주의의 승리를 의미한다.

이것은 제2차 세계대전의 교훈이다. 파시즘과 일본과의 전쟁에서 조선은 자기의 떳떳한 역할을 하지 못하였고 식민지로서 일본을 지지하지 않으면 안 되었다. 이것은 조선의 의사는 아니었지만 조선이 일본의 제국주의 전쟁 과정에서 적지 않은 협조를 하였다는 것을 부인할 수 없다. 이제 조선 인민이 이 사실을 비판적으로 평가하여야 할 때가 왔다. 이것은 앞으로 조선이 다른 나라들 중에서 진보적인 역할을 하여야 할 전제인 것이다. 현재 세계 혁명의 발전 과정은 이렇게 조선과 같이 특수한 처지에 있는 나라에서 평화적으로 혁명이 진행되는 것이 가능하다는 것을 보여주었다. 이것은 세계 혁명의 등대, 국제프롤레타리아의 조국, 지구의 5분의 1을 차지하는 소련이 사회주의 사회를 건설하고 이러한 승리를 달성한 결과이며, 우리가 장애없는 국제적 및 군사적 영향을 가질 수 있게 된 결과이다. 세계 혁명 정세는 조선이 평화적 방법으로 민족적 자유를 얻을 수 있는 조건을 조성하였다.

그러나 조선 국내 정세는 좀 다르게 조성되고 있다. 심지어 오늘의 혁명적 환경에서도 혁명의 기본 역량이 미약하므로 이로 인하여 국제적인 지원에도 불구하고 일본 제국주의자들을 구축하기 위한 인민적 운동 혹은 봉기가 없으며, 그와 동시에 민족 해방으로 야기된 자연발생적 운동을 제어할 수 있는 세력도 없다. 혁명의 이런 미약한 상태에서 조선에 있는 일본 군대는 자기 천황의 명령에 복종하지 않고 북조선에서 붉은 군대에 계속 저항하고 있고, 지금 붉은 군대가 서울로 진입하는 것에 대비하여 전투를 전개하기 위한 책동을 하고 있다. 현재도 그들은 사람들을 총살하고 그들의 재산을 파괴하는 등 인민에 대한 무장약탈을 계속하고 있다. 그러나 우리는 그들의 약탈행위에 대하여 한마디 말도 못하는 가련한 처지에 있다.

세계정세는 상상하기 어려울 정도의 속도로 발전하고 있다. 한마디로 말하면 파시즘의 완전한 패배와 진보적 민주주의와 사회주의의 승리는 세계 혁명을 더 높은 단계로 끌어올렸다. 한편에서 소련의 비중이 커졌으며 다른 한편에서는 세계 제국주의 체제가 뒤흔들렸다. 독일과 일본 제국주의가 당한 비참한 운명은 사필귀정이다. 제2차 세계대전의 경험은 인류에게 이것을 가르치고 있다. 이로부터 전 세계 사람들은 자본주의냐 혹은 사회주의냐, 파시즘이냐 혹은 민주주의냐 하는 문제를 제기하고 있다. 즉 전후 세계에 어떤 사회를 건설하여야 할 것인가. 자체 내부에 전쟁과 착취의 원인을 내포하는 자본주의를 선택할 것인가 혹은 유일하게 자유와 평화를 보존하는 사회주의 사회를 창조하기 시작할 것인가. 유럽 인민들뿐만 아니라 우리 인민 앞에서도 어떤 사회를 건설하여야 하는가 하는 문제가 제기되었다. 혹은 진보적인(발전된) 민주주의 사회를 건설할 것인가 혹은 반민주주의 국가를 건설할 것인가. 이렇게 오늘 우리 인민이 문제를 제기하고 있다. 우리 노동자, 농민, 도시 하층 주민과 인텔리는 진보적인 민주주의 국가를 희망하고 있지만 조선 민족 부르주아지(지주, 자본가, 상인)는 친일 영향을 벗어나지 못하고 반민주주의 국가 건설을 기대하고 있다.

조선 혁명의 현 단계

오늘 조선은 부르주아 민주주의혁명 단계에 있다. 이 혁명의 가장 중요한 과업은 완전한 민족적 독립의 달성과 농업혁명의 완수이다. 즉 일본제국주의의 완전한 추방과 토지문제를 해결하는 새 정권 수립이다. 봉건과 자본주의 잔재를 청산하기 위하여서는 우선 혁명적으로 토지문제를 해결해야 한다. 대지주들의 토지를 몰수하여 토지 없는 농민들에게 분배하여야 한다. 또한 출판, 언론, 비판, 집회 및 시위의 자유에 대한 권리를 획득하는 것도 중요하다. 공산당 및 기타 혁명적 (합법적인) 단체들을 합법화하고, 정부 정책에 공산당의 참여권을 획득해야 한다. 일일 8시간 노동의 실현과 인민대중의 생활의 조속한 개조를 위해서도 투쟁해야 한다. 일본 식민주의자들에게서 토지, 산림, 지하자원, 공장 및 제조소, 운수, 우편, 은행을 몰수하고 그들을 국유화하여 국가 관리에 넘겨야 한다. 국가 재원으로 의무교육을 실현하여야 한다. 정치와 경제부문에서 여성들의 지도적 역할을 강화할 것이다. 소득의 크기에 따른 세제를 실시하며 조선의 자유와 독립을 보호하기 위해 군대를 조직해야 한다.

이런 과업들은 인민에게 근본적인 권리를 부여하는 진보적 민주주의를 반영한다. 이것들을 실현함으로써 진정한 민주주의가 성취될 것이다. 오직 이런 조건에서만 단기간에 인민생활이 개조될 수 있으며 진보적인 조선이 창조될 것이다. 노동자, 농민, 인텔리는 이 길로 가고 있다. 그들은 어쨌든 혁명적으로 전진하고 있다. 이와 반대로 조선 민족부르주아지는 어떤 희생을 치르더라도 자기의 친일적 성향을 숨기려 하고 있다. '좌파 민족주의자', '민족개량주의자', '사회개량주의자'(계급투쟁을 거부한), '사회파시스트'(반역자, 일본제국주의 주구들) 등은 민주주의 혹은 공산주의라는 가면을 쓰고 나서기 시작하였다. 우리의 과업은 이들과 비타협적 투쟁을 전개하면서 노동자, 농민, 소부르주아지 등 혁명적 대중의 선두에 서는 것이다.

조선 공산주의 운동의 현상과 그 결점

조선 혁명 운동은 국내에서나 국외에서나 널리 전개되지 못하였다. 일본 제국주의의 압제하에서, 특히 전쟁 시기에 모든 해방운동은 억압받았을 뿐만 아니라 사소한 자유사상의 표현도 금지되었다. 이 때문에 전반적으로 조선 민족운동과 특히 공산당의 활동은 지하에서 진행되었다. 비합법 조선에서 공산당은 광범한 인민적 운동을 전개할 수 없었다. 그러나 이것은 공산당이 인민과의 연계를 갖지 않았다는 것을 의미하지는 않는다. 계속되는 대규모 체포는 비합법적 운동의 가능성마저도 극도로 축소하였으나, 이러한 어려운 사정에도 불구하고 국제공산당의 노선을 집행하는 공산주의 운동이 비합법적으로 대중 속에서 진행되었다는 것은 사실이었다. 1937년에 전쟁이 개시되면서 운동의 참가자들이 합법적 및 비합법적인 모든 운동을 중지하고 일본 제국주의 진영으로 넘어가기 시작하였으며, 상황은 복잡해졌다. 그 결과 운동의 지도자들은 일본 군벌의 탄압이 두려워서 반역자로 변하였던 것이다. 자기의 사상을 쓰레기통에 집어 던지고 민족과 노동계급을 배반하고, 그들 자기 개인의 이익을 존중한다는 그 본래의 원칙을 노골적으로 발휘할 기회가 왔다고 생각하고 이 일시적 과도적 암흑 시기에 있어서 운동을 포기하고 평안한 살림살이에 힘썼던 것이다. 이것은 비합법 운동을 거부함을 의미하는 것이었다. 탄압의 시기에는 기득의 영예에 만족하던 이런 자들은 합법적 운동의 시기, 즉 1945년 8월 15일에 하부조직의 창설이나 아무런 준비도 없이 '조선 공산당'을 조직하여 당 중앙위원회를 선출하기까지 하고 유해한 전통적인 파벌 활동을 반복하며 인민운동의 최고지도자가 되려고 희망하였다. 그들은 흔들림 없이 오래전부터 지하운동을 진행하고 있는 충실한 공산주의자들의 믿음직한 그룹이 있다는 것을 알면서 이렇게 행동하였던 것이다. 이런 결과 조선 공산주의 운동은 분열되었다. 이런 파벌주의자들의 활동은 공산주의 운동과 정반대되는 것이 되었으며, 이 운동을 정치적으로 조직적으로 약화시키는 것이었다.

그러나 이러한 탁류가 황포히 흐르는 금일에 있어 한 가지 맑은 물결이 새암 같이 쏟아져 나오고 있다. 캄캄한 밤중에 밝은 등불 같이 진정한 공산주의 운동은 백색테러 시기로부터 오늘날까지 계속 빛나고 있다. 이것은 진실한 혁명운동이지만 아직은 미약하다. 과거에는 이 운동이 좁은 범위에서 진행되었으나 현재 혁명적 정세에서는 대중적 운동을 전개하고 인민을 조직하여야 한다. 독자적인 투쟁에 필요한 힘을 모으기 위해서 당은 성장하고 강화되어야 하며 경험을 쌓아야 한다. 즉 대중을 선도하는 전투적 볼셰비키당이 되어야 한다. 이를 위하여 가장 중요한 것은 인민과 연계를 맺고 무엇보다도 노동자를 중심으로 한 대중 조직들을 일으키고 대중적 투쟁을 전개하며 친일 분자들과 무자비한 투쟁을 전개하는 것이다. 공장과 기타 경제부문에 기본적 조직들을 창설하고 그들의 대표를 모아 전국적 대표회의에서 최고지도기관을 내세울 것이다. 최소한 그와 같은 준비가 필요하다.

우리의 당면 임무

정세는 혁명적으로 발전되고 있다. 조선 인민의 혁명적 열정은 강화되고 노동자와 농민의 투쟁은 대중적으로 일어나고 있으나 전국적, 통일적, 의식적 운동은 발전되지 못하고 있다. 이러한 인민대중의 자연발생적 투쟁은 옳은 정치노선을 가지지 못하였으며 전국적 혁명적 지도가 없이 지연되고 있다. 이렇게 중대하고 절박한 시기에 있어 조선공산당은 시각을 다투어 진정한 노동계급과 농민의 지도자로서 인민 앞에 나서야 한다. 그러므로 혁명적인 공산주의자들은 모든 힘을 합하여 다시금 통일된 조선공산당을 창설하여야 한다. 이것은 현재 첫째 가는 가장 중요한 과업이다. 우리는 섹트적 운동을 극복하고 조직된 군중과 미조직 노동자와 연계하고 대중을 동원하여 그들을 전취하기 위한 투쟁을 전개하여야 한다. 일반 근로대중의 일상 이익을 대표할 만한 당면의 표어와 요구조건을 일반적 정치적 요구조건과 연결하여 내걸고서 대중적 집회시위운동을 전개함으로써 대중을 동원하며, 특히 미조직 대중을 조직화하기에 노력하지 않으면 안 된다. 대개의 조선 공산주의자들은 근로대중, 특히 노동자와 농민대중에 접근하여 새로운 군중을 각성시키고 그들을 당과 당의 보조단체에로 끌어들이며, 민족개량주의의 영향으로부터 일반대중을 우리의 편으로 전취하고 토지와 완전독립을 위한 투쟁에 전인민을 동원하여야 한다.

대중운동을 전개할 것

(ㄱ) 노동자의 일상 이익을 위한 투쟁을 이끌 노동운동을 전개해야 한다.

우리는 다음의 구호를 내건다.

쌀 배급량을 늘리자.

일반 생활필수품에 대한 배급을 강화할 것.

모두에게 배급을 동일하게 할 것.

평화산업을 다시 열어 생활필수품의 생산을 확대하자.

최대 최저한도의 임금을 결정하고 남녀 임금을 균등하게 하며 노동시간을 단축하자.

공장에서는 노동자의 대우를 개선하는 모든 시설을 만들어라.

노동자의 사회보험법을 실시하자.

유년에게는 6시간 노동을 실시하라.

국가 부담에 의한 문화교육기관을 설립하자.

국수주의적 반민주주의적 교화제도를 철폐하라.

이런 구호들을 일반적 요구-완전 독립, 언론, 집회의 자유, 공산당과 노동동맹의 합법적 사업, 8시간제 실시 등-와 결부시켜야 한다. 일본제국주의 군대를 신속히 추방하고, 일본 총독정권을 조속히 해체해야 한다. 대중집회와 시위를 통해 인민운동을 전개해야 한다.

(ㄴ) 농민운동을 전개할 것

노동계급은 농민과 동맹하여 투쟁하여야 한다. 농민 대중을 전취하기 위해서는 농민의 당면 요구를 내걸고 투쟁을 시작하여야 하며 그들의 요구를 일반적 구호와 연계시켜야 한다. 농촌에 토지가 없어 고통을 겪은 농민의 생활 개혁 요구를 내걸 것.

쌀 배급에 대한 확고한 기준(1000~1200그램)을 정할 것.

누구에게나 공평한 생활필수품에 대한 배급을 확립할 것.

농민의 교화기관을 국가부담으로 실시할 것.

문맹퇴치운동을 전개할 것.

지주의 토지를 몰수하여 농민에게 분배할 것.

조선의 완전 독립.

이 구호들을 일반적 요구와 결부하여 집회 시위 방식으로 대중운동을 전개해야 한다. 일본 제국주의자들에 의해 공장에서 내쫓긴 실업자들이 일자리에 복귀해야 한다. 공장주는 독단적으로 노동자들을 해고하여서는 안 된다. 이를 위하여 모든 실업자들은 투쟁하여야 한다. 실업자운동은 전반적인 노동운동과 연계되어야 한다. 공산당은 노동청년과 농민청년을 조직하면서 공산청년운동을 전개하여야 한다. 공산청년운동 두리에 광범위한 청년대중을 결속시켜야 한다. 인민전선의 구호 밑에 소부르주아지도 운동에 견인해야 한다.

조직사업

노동자 농민의 대중 사이에서 모든 기본적 조직과 보조적 여러 단체를 조직할 것이다. 조직사업에 있어서 무엇보다도 먼저 당의 기초조직인 공장 '야체이카'를 확립할 것이 급선무이다. 이와 동시에 대중적 보조단체를 내세우고 대중을 투쟁적으로 동원할 줄 알아야 한다.

(ㄱ) 조직이 없는 공장과 도시 농촌에 있어서는 당의 기본조직을 새

로 조직하기에 힘써야 한다.

(ㄴ) 이미 존재화한 것은 이를 대중화하여 확대 강화함으로써 전투적으로 대중투쟁을 능히 독립적으로 지도할 수 있는 볼셰비키적 조직으로 전환할 것.

(ㄷ) 공장 '야체이카'가 적어도 3, 4개 이상 있는 도시에서는 '야체이카'의 대표회의에서 당 도시위원회를 창설할 수 있다. 도시 및 지방 당조직 대표들은 전국대표회의를 소집하고 여기에서 중앙위원회를 선출할 것이다.

(ㄹ) 보조적 대중단체를 조직할 것. 도시위원회, 노동조합, 공산청년동맹, 인민전선, 부인대표회, 혁명자후원회, 프롤레타리아문화동맹 등

(ㅁ) 농촌조직, 농민위원회, 농촌노동자조합, 공산청년동맹, 소년대(피오니에르), 인민전선

아울러 옳은 정치노선을 위한 투쟁을 전개할 것이다. 옳은 정치노선을 내세우고 이것을 실천하려면 모든 옳지 못한 경향과 적극적 투쟁을 전개하여야 한다. 과거의 파벌들은 다시금 파벌주의를 부식하기 시작한다. 그들은 사회개량주의자가 아니면 우경적 기회주의자이니 이러한 단체와 그 경향을 반대할 것이다. 사회개량주의자의 영향 밑에 있는 군중을 우리 편으로 전취할 것이며 우경적 기회주의자에게는 자기 비판을 전개시킬 것이다. 이와 동시에 극좌분자들과 투쟁하여야 하는 바 그들은 인민과 분리될 위험성을 조성하고 있다. 그들은 일체의 준비 없이 폭동을 일으키려고 하는 데까지 이르렀다. 이것은 옳지 못하다. 폭동을 일으키기 위하여서는 인민을 조직하며 옳은 전략을

세우고 그에 대해 인민들을 준비시켜야 한다.

우리는 우경적, 극좌적 경향을 극복청산하고 모든 힘을 기본 노선 실현에 집중할 것이다. 우리의 투쟁 원칙은 이와 같은 것이다.

프롤레타리아의 헤게모니를 위한 투쟁

조선의 노동계급은 자기의 혁명적 전위요, 그 정당인 공산당을 가져야 하며 이 당의 옳은 지도 밑에서 대중을 동원하여 전취하여야 하고 여기에서도 프롤레타리아의 영도권 확립이란 문제가 서게 된다. 이 문제는 노동계급이 조선 농민대중을 자기 편으로 전취하고 못함에 따라서 결정되는 것이다. 노동자는 농민과 협동전선을 결성하여 조선의 독립과 토지혁명과 기타 모든 민주주의혁명의 과업을 완전히 실행할 수 있는 것이니, 농민은 노동계급의 혁명적 옳은 지도를 받아야만 자기 해방이 가능한 것이다. 그러므로 '노동자 농민의 민주주의적 독재'라는 전략적 표어가 실현됨에 있어서 또한 '프롤레타리아 헤게모니의 확립'이라는 역시 중요한 문제가 먼저 해결되어야 한다. 노동계급의 영도권 문제는 농민의 전취 문제 및 민족개량주의자의 영향 밑에 있는 일반 인민대중과의 협동전선 결성 문제와 연관되어 있는 것이다.

인민정권을 위한 투쟁을 전국적으로 전개할 것

우리는 정권을 위한 투쟁을 전국적 범위로 전개하여야 하며 해방 후의 새 조선은 혁명적 민주주의 조선이 되어야 한다. 기본적 민주주의적 여러 가지 요구를 내세우고 이것을 철저히 실천할 수 있는 인민정부를 수립하여야 한다. 그러므로 반민주주의적 경향을 가진 반동단체에 대해서는 단호하게 투쟁하여야 한다. '정권을 인민대표회의로'라는 표어를 걸고 진보적 민주주의를 위한 투쟁을 할 것이다. 이에 대지주, 고리대금업자, 반동적 민족부르주아지와 싸우며, 특히 민족 및 사회개량주의자의 영향 밑에 있는 일반 인민대중을 우리 편으로 전취함에 있어서 그들의 개량주의적 본질을 구체적으로 비판하여 폭로할 것이다. 노동자는 농민대중은 물론 일반 인민대중을 자기 편으로 전취하여야 한다. '인민정부'에는 노동자 농민이 중심이 되고 또한 도시 소시민과 인텔리겐치아가 참가하여야 한다. 이 조건에서만 이런 정부는 일반 근로인민의 이익을 대표하는 기관이 된다. 이것이 점차 노동자 농민의 민주주의적 독재정권으로 발전하여서 혁명의 높은 정도로의 발전을 보장하는 전제조건을 만드는 것이다.

조선혁명 만세!

조선 인민공화국 만세!

조선공산당 만세!

만국 프롤레타리아의 조국 쎄쎄쎄르 만세!

중국혁명 만세!

세계 혁명운동의 수령 스탈린 동무 만세!

1945년 8월 20일

조선공산당 재건준비위원회

해방의 감격과 흥분이 용솟음치던 1945년 8월 15일 오후 서울 중심가의 담벼락과 전봇대에 박헌영의 출현을 촉구하는 벽보가 나붙었다. 반지(半紙)에 거친 필치로 쓰인 벽보에는 '지하의 박헌영 동무여! 어서 출현하라! 우리는 박 동지를 기다린다', '박헌영 동무는 빨리 나타나서 우리들의 지도에 당(當)하라' 등의 내용이 담겨 있었다.

일제 말기 가혹한 탄압을 피해 지하로 스며들었던 공산주의운동 조직원들이 해방과 함께 박헌영의 지도를 대망하고 나선 것은 그가 차지하는 위상을 감안할 때 당연한 행동이었다. 경성고보 재학 시절 3·1운동에 참가한 것을 계기로 사회주의운동에 뛰어든 박헌영은 세 차례나 투옥되면서 해방 때까지 27년 동안 불굴의 투쟁을 계속해온 국내 공산주의운동의 상징이었다. 게다가 그는 1928년 조선공산당이 해체된 후 코민테른이 인정한 최고지도자 중 한 사람이었다. 해방과 함께 조선공산당의 재건이 시급한 당면 과제로 대두된 상황에서 박헌영의 거취는 초미의 관심사였다.

박헌영은 은신 중이던 광주의 한 벽돌공장에서 노동자의 신분으로 8·15를 맞이했다. 당시 박헌영은 1945년 8월 9일 소련군의 대일 선전포고

소식을 접하고 일본의 항복은 시간 문제라고 판단해 조선공산당 재건 구상을 가다듬고 있던 터였다.

박헌영은 해방 이틀 후인 8월 17일 전라남도 건국준비위원회 대표단이 상경을 위해 마련한 목탄 트럭의 짐칸에 몸을 실었다. 전주에서 하루를 묵고 8월 18일 서울로 향할 즈음 막 출옥한 경성콤그룹(1939년 이관술, 정태식, 이현상, 김삼룡 등이 당 재건을 위해 조직해 박헌영을 책임자로 추대, 해방이 될 때까지 사실상 국내에서 유일하게 지속적으로 활동한 공산주의 조직)의 핵심 인물 중 한 사람인 김삼룡이 합류했다. 8월 18일 박헌영은 드디어 서울에 도착했다. 그의 손에는 광주의 벽돌공장에서 그야말로 피와 혼을 쏟아 쓴 원고가 들려 있었다.

박헌영은 즉시 경성콤그룹 멤버들과 해방 후 감옥에서 출소한 공산주의 중심 인물들을 소집했다. 박헌영이 상경하기 전에 이미 서울에서는 일제하 투쟁 때부터 대립과 갈등을 빚어온 공산주의 계열의 여러 계파들이 각기 독자적으로 당 간판을 내걸고 있었다. 그는 하루 빨리 조선공산당 재건의 중심을 세워야 했다.

박헌영이 상경한 당일인 8월 18일 저녁 서울 계동에 있는 홍증식의 집에는 박헌영과 함께 공산주의 항일투쟁을 벌이다가 일제 말기 지하로 숨어들었거나 감옥에 있다가 막 출옥한 인사들이 속속 도착했다. 이관술, 이주상, 김삼룡, 이현상 등 17~18명 정도였다. 이후 해방공간에서 조선공산당, 남조선노동당의 투쟁을 이끌게 될 인물들이다.

이들은 1925년 창당되어 1928년에 해체된 조선공산당을 재건하는 위원회를 결성하기로 의견을 모았다. 일제 말기 탄압 아래 공산주의 노선에서 이탈, 전향하거나 항일운동을 청산했던 이들을 배제하고 끝까지 반제·반식민지 투쟁을 벌여온 세력이 당 재건의 중심이 되어야 한다는 데 합의를 보았다. 즉 박헌영과 경성콤그룹이 당 재건의 중심이 되어야 한다는 의미이다. 8월 20일 박헌영이 머무르고 있던 명륜동 김해균의 집에서 조선공산당 재건준비위원회가 결성됐다. 박헌영은 광주 벽돌공장에서 작성한 바로 그 원고, 「현 정세와 우리의 임무」라는 테제를 이 자리에서 정식으로 제기했다. 독회와 토론이 이어진 뒤에 테제는 잠정적인 정치노선으로 채택됐다. 그리고 즉시 재건준비위원회 이름으로 이를 발표했다. 이것이 박헌영의 「8월 테제」이다.

「8월 테제」가 발표되자 제각각 당 조직에 나섰던 각 계보의 공산주의자들은 동요하기 시작했다. 대부분의 공산주의자들이 이미 결성했던 당 조직을 해체하고 박헌영의 재건준비위에 합세했다. 이윽고 박헌영은 9월 11일 조선공산당 재건을 선포했고, 9월 20일 조선공산당 중앙위원회는 「정치노선에 대한 결정: 현 정세와 우리의 임무」를 채택하게 된다. 이는 박헌영이 작성한 「8월 테제」를 모본으로 삼아 약간의 보충을 가한 것으로 내용의 골간은 거의 같았다. 박헌영의 「8월 테제」가 조선공산당의 정치노선과 활동지침으로 공식 채택된 것이다.

박헌영의 「8월 테제」는 이후 조선공산당이 취한 전략·전술의 지침이 되었을 뿐 아니라 각종 정책의 이론적 근거를 제공했다. 해방 공간에서 조선공산당을 비롯한 남한 좌익 변혁운동에 가장 큰 영향을 끼친 글이다.

「8월 테제」는 5개 장으로 구성되어 있다. 국내외의 정세를 분석하고 해방의 성격을 규정한 '현 정세'를 첫 장으로 해서 '조선 혁명의 현 단계' '조선 공산주의 운동의 현상과 그 결점' '우리의 당면 임무' 등의 순으로 짜여 있다.

첫 항목인 '현 정세'에서는 우선 한국의 해방이 우리 민족의 주관적 투쟁적인 힘에 의해서보다 연합국의 승리에 의해 실현된 것으로 규정한다. 그리고 당시의 국제정세가 사회주의에 유리한 방향으로 전개되고 있다고 진단했다.

해방 공간에서 조선 혁명의 성격을 기술한 '조선 혁명의 현 단계'는 「8월 테제」에서도 가장 중요한 대목이다. 박헌영은 여기서 "조선은 부르주아 민주주의 혁명 단계에 있다"고 규정했다. 그리고 그 혁명의 기본 과업을 민족적 완전 독립과 토지문제의 완전 해결 두 가지로 설정했다. 혁명의 동력으로는 노동자, 농민, 도시소시민, 인텔리겐치아를 설정하고, 민족부르주아지를 철저히 배제하고 있다. 이는 당시 해방 공간에서 주요한 세력을 형성했던 민족주의 세력을 연대나 연합의 대상에서 배제한 것으로 이후 상당한 논란을 불러왔다. 특히 민족부르주아지까지 포함한 광범위한 민족통일전선을 구축해야 한다는 북한 김일성의 정세 인식과 정면 충돌하는 것으로 향후 두 사람의 노선갈등의 고리가 됐다.

세 번째 항목인 '조선 공산주의 운동의 현상과 그 결점'에서는 조선 공산주의 혁명운동의 과거와 현재를 냉철히 진단하고 파벌 문제를 강하게 비판했다. 이어 '우리의 당면 임무'에서는 노동자투쟁, 농민운동, 청년운동, 여성운동, 문화운동, 소비자운동 등 각 분야 대중운동의 전개 방향과 함께 인민정권 수립을 위한 분야별 투쟁지침을 밝히고 있다.

때론 매우 냉철하고 논리적인 어투로, 때론 "탁류가 황포히 흐르는 금일에 있어 한 가지 맑은 물결이 새암 같이 쏟아져 나오고 있다"는 비유를 동원해 조선이 처한 정세와 과제를 정연하게 정리한 「8월 테제」는 "조선 혁명 만세! 조선인민공화국 만세! 조선공산당 만세! 만국의 프롤레타리아 조국 만세! 중국혁명 만세! 세계혁명 운동의 수령 스탈린 동무 만세!"라는 구호로 끝맺는다.

해방 정국에서 조선공산당의 정치노선으로 채택된 「8월 테제」의 구체적인 내용과 의의, 한계 등은 고도의 분석을 요한다. 이미 여러 갈래의 전문적 연구들도 이뤄져 있다.

분명한 것은 「8월 테제」가 실로 해방 공간에서 나온 가장 중요하고도 영

조선노동당의 발족으로 김일성(왼쪽)이 위원장, 박헌영(오른쪽)이 부위원장을 맡았다.

향력이 컸던 문건으로서 시대적, 역사적 의미를 지닌다는 점이다. 해방 직후 조직력에서나 대중의 지지도에서나 가장 강력했던 세력이 좌익 계열이었음을 감안하면 이들의 노선이나 활동의 향배는 해방 공간의 정치지형과 이후 한국사에 미치는 영향이 지대할 수밖에 없었다. 「8월 테제」는 바로 이들 좌익 세력의 노선과 활동을 가장 강력히 규정한 길라잡이였다.

1945년부터 1948년까지 해방 정국에서 박헌영은 남북한을 망라한 사회주의운동의 명실상부한 리더였고, 조선공산당은 가장 강력한 힘을 가진 정당이었다. 1947년 3월 21일 작성된 미군의 정보문서는 "지금 만일 총선거가 실시된다면 공산당 지도자 박헌영이 대통령에 당선될 가능성이 있다"고 전망했을 정도다.

하지만 박헌영과 조선공산당은 패배했다. 전술상의 여러 문제들도 있었지만 남한이 미국의 세력권에 편입되고, 이에 맞춰 이승만과 한민당 세력이 지배세력으로 등장하면서 결정적 패배를 겪게 된 것이다.

미군정이 공산당을 불법화하고, 그에 대한 수배령을 내리자 박헌영은 1946년 10월 6일 월북을 감행한다. 이후 남한의 조선공산당은 남로당으로 통합해 개편하고 단독정부 수립 반대를 위한 총력투쟁에 나섰으나 미군정의 탄압으로 남한에서의 기반이 무너지게 된다. 이후 한국 사회주의운동의 지도권은 김일성에게로 완전히 넘어갔다.

1948년 9월 9일 북한에 조선민주주의인민공화국 수립이 선포되고 박헌영은 부수상 겸 외상으로 선임됐다. 1950년 남과 북의 노동당이 합쳐 조선노동당을 발족시키자 김일성이 위원장이 되고 박헌영은 부위원장이 됐다. 여전히 일제하 국내 공산주의운동 세력을 대표하는 지도자로서 일정 지분을 인정받았지만, 남한에서의 마지막 남은 조직 기반마저 한국전쟁으로 와해되면서 명목상의 권력자로 전락했다. 결국 박헌영은 1953년 3월 북한 당국에 체포됐고, 미제 간첩 혐의로 1956년 7월 19일 총살당했다.

'조선의 레닌'으로 불리며 일제하 조선 사회주의운동을 이끌었던 박헌영은 남에서는 '빨갱이 수괴'로, 북에서는 '미제의 고용간첩'으로 몰려 양쪽 모두로부터 버림받게 된 것이다. 한국 현대사가 낳은 비운의 혁명가이다.

임시정부 개선 환영대회 연설

김구

친애하는 동포 여러분! 나는 오늘 성대한 환영을 받음에 무엇보다도 먼저 우리 임시정부를 대표하여 오랫동안 왜적 통치 하에서 온갖 고난을 당하여 온 국내 동포 형제에게 충심으로 친절한 위문을 드리는 바입니다.

나와 우리 임시정부 요인 일동은 이 자리에서 동포들의 이와 같은 열렬한 환영을 받을 때에 과연 형언할 수 없는 감격이 있고 흥분이 있습니다. 수십 년간 해외에서 유리전패(流離顚沛)하던 우리가 그립던 고국의 땅을 밟게 되고, 사랑하는 동포들 품 안에 안기게 된 것은 참으로 무상한 영광입니다.

여러분도 아시는 바와 같이 우리 임시정부는 3·1혁명의 전 민족적 대유혈 투쟁 중에서 출산된 유일무이한 정부였습니다. 그야말로 민족의 총의로써 조직된 정부였고, 동시에 왜적의 조선 통치에 대한 유일한 대적적(對敵的) 존재였습니다.

그러므로 우리 임시정부는 과거 27년간 3·1혁명의 성신을 계승하여 전 민족적 단결의 입장과 민주주의 원칙을 일관하여 굳게 고수하여 왔습니다. 다시 말하면, 우리 임시정부는 결코 일정당 일당파의 정부가 아니라, 전 민족 각 계급 각 당 각 파의 공동된 이해와 입장에 입각한 '민주단결의 정부'였습니다.

그러므로 우리 정부의 유일한 목적은, 오직 전 민족을 총단결하여 일본 제국주의를 타도하고 한국에 진정한 민주공화국을 건립하는 데 있습니다.

그러나 우리들의 분투한 결과는 즉시 완전한 독립을 전취하지 못하고, 소위 '상당 시기의 독립을 보장한다'는 동맹국의 한 장의 양해서를 얻어 가지고 입국하게 되었습니다. 이것은 참으로 유감 천만인 동시에 오늘 우리가 이 성대한 환영회를 받기에 너무나도 부끄러운 일입니다.

사랑하는 동포 제군! 금차 반파쇼 세계대전에서 승리한 결과로 우리 국토와 인민은 해방되었습니다. 그러나 이 해방은 무수한 동맹국 인민과 전사들의 귀중한 피와 땀의 대가로 된 것이며, 망국 이래 수십 년간 우리 독립운동자들의 계산할 수 없는 유혈 희생의 대가로 된 것임을 잊어서는 안 됩니다.

지금 우리는 국토와 인민이 해방된 이 기초 위에서 우리의 독립 주권을 창조하는 것이 무엇보다도 긴급하고 중대한 임무입니다. 우리가 이 임무를 달성하자면 오직 '3·1혁명의 민족 단결 정신'을 계속 발휘해야 할 것입니다. 남조선 북조선의 동포가 단결해야 하고, 좌파 우파가 단결해야 하고, 남녀 노소가 단결해야 합니다.

우리 민족의 개개인의 혈관 속에는 다같이 단군성조(檀君聖祖)의 성혈이 흐르고 있습니다. 극소수의 친일파 민족 반역 도배를 제한 외에 무릇 한국 동포는 마치 한사람같이 굳게 단결해야 합니다. 오직 이러한 단결이 있은 후에야 비로소 우리의 독립 주권을 창조할 수 있고, 소위 38도선이라는 부자연한 경계를 물리쳐 없앨 수 있고, 또 동맹국의 원조를 얻을 수 있고, 친일과 민족반역자를 숙청할 수 있는 것입니다.

나는 확신하여 의심치 않습니다. 유구한 문화와 역사를 가진 우수한 우리 민족은, 이 시기에 반드시 단결될 것입니다. 그러므로 나와 정부 동인들은 보다 더 많이 자신과 용기를 가지고 전 민족 각 계급 각 당파의 철(鐵)과 같은 단결을 완성하기 위하여 분투할 생각입니다.

친애하는 동포 여러분! 우리 국토를 구분 점령하고 있는 미·소 양국 군대는 우리 민족을 해방하여 준 은혜 깊은 우군입니다. 우리는 반드시 잘 그들에게 협조하여 왜적의 잔유세력을 철저히 숙청하는 동시에, 그들이 귀국하는 날까지 모든 편리와 수요를 잘 제공해야 합니다.

또 우리는 미·소·중·영·불 등 동맹국과 다같이 친밀한 관계를 세워야 할 것입니다. 더욱이 우리나라와 밀접한 관계를 지닌 중·미·소 3국과의 친밀한 합작 기초 위에서만 우리의 자주 독립을 신속히 가져올 수 있다고 나는 확신하는 바입니다. 우리 민족 내부가 철과 같이 단결할 때에 동맹 각국은 다같이 우리의 독립 주권을 승인하여 줄 것이며, 우리의 신 국가 건설을 위하여 적극 원조할 것입니다.

사랑하는 동포 형제여! 우리 국가의 즉시 완전한 독립을 찾을 때는 바로 이때입니다. 우리 동포는 '3·1대혁명의 전 민족 총궐기 정신'을 다시 한 번 발양하여서 우리의 독립 주권을 찾고 자유·평등·행복의 새 나라를 건설합시다. 이것으로 나의 답사는 그칩니다.

감격적인 민족해방을 맞은 지 4개월 뒤인 1945년 12월 19일 서울운동장에는 아침부터 각양각색의 현수막과 깃발을 든 사람들이 모여들었다. 중국에서 활약할 때 입었던 누런 군복 차림의 광복군이 가장 먼저 운동장으로 들어왔다. 광복군은 중국 상하이에서 깃발을 올린 뒤 충칭으로 옮겨 해방이 될 때까지 활동했던 대한민국 임시정부의 군대이다. 김구를 비롯한 임시정부 요인들은 꽃가마를 탄 채 환호하는 군중들에게 손을 흔들었다.

　그 뒤를 이어 약 3백여 개의 애국 독립 조직과 단체들이 자신들을 알리는 깃발을 들고 입장했고, 특정 단체에 소속되지 않은 민중들의 발길도 끊이지 않았다. 단체의 소속원이건 일반 민중들이건 누구나 다 운동장에 들어올 때마다 "대한독립 만세!"와 "임시정부 만세!"를 힘차게 외쳤다. 간혹 "김구 선생 만세!"를 외치는 모습도 눈에 띄었다.

　이날 집회는 홍명희·김석황·안재홍·송진우 등 저명한 민족지도자들이 주최한 '임시정부 개선 환영대회'였다. 25년간 중국의 망명지에서 풍찬노숙하면서도 오로지 조국과 민족의 해방만을 위해 싸워왔던 임시정부 요인들의 귀국을 환영하고 민족의 단합을 꾀하기 위해 마련된 자리였다.

좌익인 인민공화국 세력들과 친일파 출신의 극우세력인 한국민주당 측의 날카로운 대립 양상도 눈에 띄었다. 이들은 서로를 '민족반역자'라고 욕하는 삐라를 뿌리며 비방전을 펼쳤다. 그러나 워낙 대회의 취지가 '민족의 대동단결'이었으므로 이들 두 세력은 극단적인 충돌에까지 이르지는 않았다.

대회가 시작될 무렵인 낮 1시쯤 서울운동장에 모여든 인파는 무려 15만 명에 이르렀다. 넓은 운동장이 그야말로 발 디딜 틈이 없었다. 일부 사람들은 운동장 밖에서 서성거려야 했다. 군중들이 뿜어대는 열기는 한겨울의 매서운 바람까지 단숨에 훈풍으로 만들어버렸다.

먼저 송진우와 홍명희가 각각 환영사를 했다. 두 사람의 연설 첫머리가 한결같이 임시정부의 업적을 기리고 새 나라 건설을 위해 힘을 합치자는 내용이었다. 미군정청 장관 아처 러치 소장도 임시정부 요인들의 귀국을 축하하는 축사를 했다.

이윽고 이날 대회의 하이라이트라고 할 수 있는 김구의 답사가 시작됐

임시정부 개선 환영대회에서 귀엣말을 나누는 김구(오른쪽)와 이승만. (1945)

다. 임시정부 주석의 자격으로 단상에 앉아 있던 그가 이승만과 함께 일어
나자 지축을 울리는 듯한 요란한 박수가 터져나왔다. 김구의 제지에도 불
구하고 군중들의 박수와 환호성은 쉽사리 그치지 않았으며 "대한민국 만
세!" "임시정부 만세!"를 외치는 소리도 계속 이어졌다.

이날 김구가 행한 답사의 요지는 우선 자신의 임시정부가 "3·1혁명의
전 민족적 대유혈 투쟁 중에서 출산된 유일무이한 정부"라는 것이었다. 이
를테면 해방 정국에서 정치적 주도권을 다투고 있는 수많은 정파와 세력
들 가운데서 3·1혁명정신의 정통성을 계승한 것은 오로지 임시정부뿐이
라는 주장이다. 임시정부가 "민족의 총의로써 조직된 정부"였으며 "왜적
의 조선 통치에 대한 유일한 대적적 존재"라는 그 스스로의 평가가 바로
그것을 의미한다.

김구가 임시정부의 정통성을 유달리 강조한 까닭은 해방된 지 불과 4개
월밖에 지나지 않았지만 이미 국내 정치 상황은 여운형 등이 주도하는 건

대한민국 임시정부 시절 독립운동을 하며 쓴 「백범일지」. (1919~1945)

준 등 중도 또는 좌파계열이 주도권을 행사하는 양상으로 전개되고 있었기 때문이다. 따라서 김구를 비롯한 민족주의 우파 계열에서는 임시정부의 정통성을 강력히 주창할 필요가 있었다. 자신들의 임시정부가 "일정당 일당파의 정부가 아니라 전 민족 각 계급 각 당 각 파의 공동된 이해와 입장에 입각한 '민주 단결의 정부'"였다고 힘주어 말한 것은 바로 그 때문이었다.

김구가 답사에서 또 하나 강조하려 했던 것은 해방이 우리 민족 스스로 쟁취한 것이 아니라 제2차 세계대전에서 연합국이 승리한 결과라는 사실이다. 즉 김구 스스로도 "우리들의 분투한 결과는 완전한 독립을 전취하지 못하고 소위 '상당 시기의 독립을 보장한다'는 동맹국의 한 장의 양해서를 얻어 가지고 입국하게 되었습니다. 이것은 참으로 유감천만인 동시에…… 성대한 환영회를 받기에는 너무나도 부끄러운 일"이라고 실토하고 있다.

김구는 특히 "우리 국토를 구분 점령하고 있는 미·소 양국 군대는 우리 민족을 해방하여 준 은혜 깊은 우군"이라는 사실을 강조했다.

일본의 잔존 세력을 척결하는 데 동맹국 점령군의 협조가 필요하다는 점도 역설했다.

무엇보다 이날 집회에서 백범이 가장 강조하려 했던 것은 철두철미한

민족주의자답게 바로 '민족의 단결'이었다. 국토와 인민이 해방된 상황에서 독립 주권을 창조하는 것이 가장 긴급하고 중대한 임무인데 이 임무를 달성하려면 "남조선 북조선의 동포가 단결해야 하고, 좌파 우파가 단결해야 하고, 남녀노소가 단결해야 합니다"는 것이다.

민족 단결을 위해 김구는 특유의 민족지상주의적 순혈(純血)주의를 자극했다. 즉 조선 민족 한 사람 한 사람에게는 예외 없이 단군의 성스러운 피가 흐르고 있으며, 극소수의 친일 민족 반역자를 제외한 모든 동포는 이 같은 '같은 피'의 의식에 따라 굳게 단결해야 한다는 것이 그의 논지였다.

그러나 김구가 "우리 민족을 해방시켜준 은혜 깊은 우군"이라고 지칭한 미국은 임시정부를 인정하지 않았고, 활동을 용납하지 않았으며, 오히려 임시정부를 와해하는 공작을 추진했다. 미국은 '공산주의 소련에 가장 효과적으로 대응할 수 있는 세력'으로 이승만과 친일 극우세력인 한민당을 선택했던 것이다. 민족의 자주통일을 지고지선의 가치로 여기는 김구가 미국에게는 오히려 부담스럽고 거추장스러웠을 뿐이다.

2차대전 당시 반(反)파시스트 연대 관계를 맺었던 미국과 소련은 전후 세계 질서의 주도권을 잡기 위해 불꽃 튀는 경쟁을 벌였다. 그 경쟁과정을 통해 형성된 것이 냉전체제였고, 한반도는 바로 그 냉전체제의 각축장이었다. 이런 상황에서 미국과 소련의 영향력을 배제한 완전한 자주독립 국가 수립이라는 김구의 목표는 미국에게 한반도 남쪽의 지배권을 포기하라는 것으로 해석되었다.

또한 미군정은 '대한민국 임시정부 주석'인 김구의 존재에 대해서도 부담을 느꼈다. 임시정부의 대표로 상징되는 그의 정치적 권위를 일정하게 인정하지 않을 수 없다는 점과, 동시에 군정의 통치권 확보를 위해 그의 권위를 부정해야 하는 사실에 미국은 곤혹스러워 했다. 김구의 비타협적인 면모에 대해서도 미군정은 껄끄러워했다. 당시 미 정보기관이 그에게 붙인 별명이 바로 '블랙 타이거(black tiger)', 즉 '난폭한 호랑이'였다. 말하자면 '반드시 제거해야 할 대상'이라는 뜻이다.

결국 민족의 대단결과 자주 독립국가 건설이라는 그의 염원은 이뤄지지 못했다. 여기에는 복잡한 정치적 조건과 상황이 작용했지만 김구 본인의 판단 착오도 있었다. 해방 당시 국내에는 이미 여운형의 건준이 읍면리 단위까지 조직돼 있었고, 해방을 시점으로 일본 측으로부터 행정권까지 이양 받아 자치 경찰 업무를 수행 중이었다. 또한 지하에 숨어 있던 수천 개의 혁명적 농민조합과 노동조합이 우후죽순처럼 일어났으며, 민중들의 자발적인 참여가 쇄도했다.

그런데도 김구와 임시정부는 민중들이 피땀 흘려 일군 자주적 조직을 제대로 평가하지도 인식하지도 못했다. 그저 '임시정부 법통론'을 내세우며 유일한 합법정부인 임시정부를 중심으로 새로운 정부를 구성해야 한다고 주장했을 뿐이다.

이를테면 김구는 민중이 역사의 주체가 될 수 있다는 사실을 깨닫지 못했고, 민중의 역동성이라는 과학적 인식에도 이르지 못했다. 그에게 민중은 '보살피고 아껴줘야 할' 객체였을 뿐 자신과 함께 역사를 만들어나가는 주체이자 동반자라는 생각이 없었던 것이다.

사실 임시정부는 사회주의 세력이 민족해방투쟁을 주도하기 시작한 1920년대부터 세력이 약화되어 항일투쟁을 주도할 권위와 영향력이 부족한데다 국내의 지지기반이나 대중적 지도력 또한 매우 취약한 상황이었다. 현실적으로 임시정부는 건국의 중심세력이 될 수 없었다.

그런데도 김구와 임시정부 세력은 건준을 인정하지 않고 자신들이 정국의 주도권을 쥐려 했다. 국내외 민족해방운동세력의 단일한 통일전선 결성을 통해 자주적 민주정부를 더욱 강화해야 하는 절체절명의 시기에 결정적인 파열음을 낸 것이다.

이러는 사이 미국과 이승만·한민당 세력은 단독선거를 통한 분단정부 계획을 수립한 뒤 착착 실행에 옮겼다. 독립운동 세력을 철저히 배제하고, 친일 민족반역자들을 통해 관제 단체들을 대량으로 조직하는가 하면 친일 군경을 동원하여 민중들을 탄압하기 시작했다.

모스크바 3상회의 결정을 반대한 것도 김구의 치명적인 오류였다. 당시 한반도의 통일은 모스크바 3상회의 결정에 따르는 길이 가장 확실했고, 이것이 결렬될 경우 통일의 가능성이 거의 없다는 것 정도는 이미 간파했어야 했다. 그럼에도 불구하고 김구는 모스크바 3상회의 결정에 반대해 통일의 여건을 크게 악화시켜 놓았다. 당시 정치지도자들에게 요구되는 것은 이상주의적 열정보다는 냉엄한 국제정세를 읽을 수 있는 안목과 그것을 통해 대안을 만들어 내는 정치력이었다. 그러나 김구는 이 같은 요건을 제대로 갖추지 못했다.

조국 분단이 기정사실로 다가오자 김구는 그때서야 자신의 판단착오를 깨닫고 남과 북을 오가며 분단을 막기 위해 동분서주했다. 그러나 이것은 때가 너무 늦었다. 게다가 심각한 자기모순이었다. 얼마 뒤 김구는 관동군 헌병대 출신 김창룡이 사주한 안두희의 흉탄을 맞고 운명한다. 그 뒤 조국은 분단됐고, 남과 북은 서로 죽고 죽이는 전쟁을 치르게 됐다.

이러한 정세판단의 오류에도 불구하고 김구가 많은 사람들로부터 절대

김구와 아들 신 (1948)

적인 존경을 받는 것은 그의 지고지순한 애국애족 정신 때문이다. 김구는 17세의 어린 나이로 동학혁명에 참가한 이래 73세에 운명하기까지 오로지 나라와 민족을 위해 헌신했다. 신민회 사건으로 17년형을 언도받고 참혹한 고문을 받으면서도 육신이 아파서가 아니라 나라를 더 사랑하지 못한다는 사실 때문에 괴로워했다.

김구는 정의감의 화신, 그 자체였다. 일상생활에서도 '정의'로운 일이 아니면 결코 행하지 않았다. "어떤 일이 현실적이냐 비현실적이냐로 행동할 것이 아니라 정도(正道)냐 사도(邪道)냐에 따라 행동해야 한다"는 게 그의 지론이었다.

김구는 보통 사람과 다른 대담성과 용감성을 갖춘 인물이었다. 일본군 장교 쓰치다를 한 손으로 때려죽인 일이나 한인애국단을 조직하고 윤봉길 · 이봉창 의사의 의거를 조직하는 일 등등은 그의 담대하고 용맹무쌍한 성격이 그대로 드러나는 일화들이다.

또한 김구는 성실하고 열정적인 인물이었다. 어떤 일을 맡으면 그것이 큰 일이건 작은 일이건 성실하게 열심히 수행했다.

백범 김구는 자신의 마지막 순간까지 통일조국을 위해 자신을 희생시킨 민족의 영원한 스승이자 지도자이다.

1945

모든 힘을 새 민주조선 건설을 위하여

김일성

친애하는 동포 여러분!

나는 오늘 이처럼 우리를 열렬히 환영하여주는 데 대하여 여러분에게 뜨거운 감사를 드립니다.

해방된 조국에서 동포들과 이렇게 만나게 되니 참으로 기쁩니다. 우리는 조국광복의 역사적 위업을 실현하고 여러분과 만날 오늘을 위하여 오랫동안 일제침략자들과 싸워 왔습니다.

지난날 36년 동안 우리 민족을 압박하고 착취하던 간악한 일본제국주의는 패망하고 기나긴 세월 삼천리 조국땅 위에 드리웠던 검은 구름은 가셨으며 우리 민족이 그처럼 애타게 고대하던 해방의 날은 오고야 말았습니다. 일제의 야만적인 식민지통치 밑에서 신음하던 삼천만 조선민족은 식민지노예의 쇠사슬을 끊어버리고 자유와 해방을 찾았으며 암흑생활에서 벗어나 광명한 새 생활의 길에 들어서게 되었습니다. 오늘 우리의 삼천리강산은 찬연한 아침 햇발과 같이 희망에 넘쳐 빛나고 있습니다.

우리 인민은 일제의 가혹한 탄압 속에서도 혁명적 지조와 민족적 절개를 굽히지 않고 빼앗긴 나라를 찾기 위하여 국내외에서 일제침략자들을 반대하는 피어린 투쟁을 하여 왔습니다. 특히 조선의 참다운 애국자들은 조국의 광복과 인민의 자유와 행복을 위하여 직접 손에 무장을 잡고 오랫동안 일제를 반대하는 간고한 무장투쟁을 벌였습니다. 그들은 난관이 앞을 가로막을 때마다 일제놈들에게 짓밟히고 있는 조국과 인민을 생각하면서 더욱 용기를 냈으며 온갖 곤란과 시련을 용감하게 이겨내며 조국해방의 성스러운 위업을 실현하기 위하여 영웅적으로 싸워 왔습니다.

나는 일제의 모진 탄압과 박해에도 굴하지 않고 조국광복의 역사적 위업을 실현하기 위하여 열렬히 싸워 온 혁명투사들과 동포 여러분에게 심심한 경의를 표합니다.

나는 또한 이 자리를 빌어 우리 인민의 해방위업을 도와 준 소련의 영웅적 붉은 군대에 충심으로 감사를 드립니다.

친애하는 동포 여러분!

제2차 세계대전에서 소련군대의 결정적 역할에 의하여 전 세계인류의 가장 악독한 원쑤이던 파시스트들이 격멸되였으며 오늘 세계에는 새로운 정세가 조성되였습니다. 구라파와 아세아의 많은 나라 인민들은 파시즘과 제국주의의 기반에서 벗어나 새로운 민주주의의 길로 나아가고 있으며 세계 이르는 곳마다에서 피압박민족들은 자유와 민주주의와 민족적 독립을 위하여 힘차게 싸우고 있습니다. 오늘 세계반동세력은 몰락과 멸망의 길을 걷고 있으며 국제민주역량은 막을 수 없는 새로운 거대한 힘으로 장성강화되고 있습니다.

이러한 국제정세 하에서 우리 인민은 새 역사를 창조하는 길에 들어섰습니다.

조국광복의 세기적 숙망을 실현한 오늘 조선인민 앞에는 새 조선을 건설하여야 할 역사적 과업이 나서고 있습니다. 우리 민족은 이제부터 자기의 국가를 세우고 완전한 민족적 독립을 성취하기 위한 건국사업을 다그쳐 나가야 합니다.

우리는 해방된 조선에 민주주의적인 자주독립국가를 건설하여야 합니다. 민주주의적인 자주독립국가를 건설하는 것은 조선의 구체적 현실과 우리 인민의 의사에 전적으로 맞는 것입니다. 이러한 국가를 건설하여야만 우리나라를 부강하고 문명한 나라로 만들 수 있으며 우리 민족의 번영을 이룩할 수 있습니다.

우리가 민주주의적인 자주독립국가를 건설하지 않고서는 나라의 부강발전을 이룩할 수 없을 뿐 아니라 식민지노예의 운명을 면할 수 없습니다.

조선인민은 지난날의 생활체험을 통하여 식민지노예의 처지가 얼마나 비참한가 하는 것을 똑똑히 알고 있습니다.

지난날 일본제국주의자들은 조선을 강점하고 야만적인 식민지통치를 실시하면서 우리 인민을 가혹하게 탄압하고 닥치는 대로 검거투옥, 학살하였으며 우리 민족을 말살하려고 미쳐 날뛰었습니다. 조선인민은 악독한 일제놈들의 극심한 민족적 억압과 착취를 받았으며 초보적인 정치적 권리와 민주주의적 자유마저 빼앗기고 피눈물나는 식민지 노예생활을 강요당하여 왔습니다.

우리 인민은 절대로 식민지노예의 길을 다시 걸을 수 없으며 망국노의 쓰라린 생활을 되풀이할 수 없습니다.

해방된 조선의 주인은 바로 우리 조선인민입니다. 지난날 일제의 식민지통치 밑에서 갖은 천대와 멸시를 받으면서 살아 온 노동자, 농민을 비롯한 근로대중이 새 조선의 참다운 주인으로 되어야 하며 그들에 의하여 나라의 모든 문제가 해결되어나가야 합니다. 우리는 전체 인민이 정치에 참가하며 근로대중이 잘 살 수 있는 참다운 인민의 나라, 부강한 새 민주조선을 건설하여야 합니다.

그러기 위하여서는 무엇보다도 주권 문제부터 해결하여야 합니다.

새 조선에 세워야 할 정권은 인민대중의 이익을 철저히 옹호하며 나라와 민족의 부강발전을 확고히 담보할 수 있는 참다운 인민의 정권입니다. 이러한 정권은 바로 민주주의 인민공화국입니다.

우리는 하루빨리 모든 지방에 인민정권기관을 조직하고 그것을 튼튼히 꾸리며 그에 토대하여 민주주의 인민공화국을 세워야 하겠습니다. 그리하여 인민정권으로 하여금 지난날 억눌려 살아오던 우리 인민에게 참다운 정치적 권리를 보장하며 행복한 생활을 마련하여 주도록 하여야 할 것입니다.

새 민주조선을 건설하기 위하여서는 친일파, 민족반역자를 비롯한 반동분자들을 반대하는 투쟁을 힘있게 벌여야 합니다.

오늘 친일파, 민족반역자들은 새 조선 건설을 방해하려고 별의별 음모를 다 꾸미고 있습니다. 친일파, 민족반역자들의 책동을 짓부셔 버리지 않고서는 참다운 인민의 정권을 세울 수 없으며 나라의 민주화를 실현할 수 없습니다. 우리는 친일파, 민족반역자들의 일거일동을 예리하게 살펴야 하며 반동분자들의 온갖 반민주주의적 책동을 철저히 폭로 분쇄하여야 하겠습니다.

이와 함께 일제사상잔재를 반대하는 투쟁을 강화하여야 합니다. 우리는 일본제국주의자들이 부식한 낡은 사상잔재를 철저히 뿌리빼고 모두 다 높은 긍지와 자부심을 가지며 새로운 민주주의사상으로 무장하여야 하겠습니다.

민주주의 자주독립국가를 건설하는 데서 나서는 중요한 문제의 하나는 나라의 경제를 부흥발전시켜 민족경제의 토대를 튼튼히 닦는 것입니다.

일본제국주의자들은 조선에서 악독한 식민지정책을 실시하면서 우리나라의 민족경제발전을 극도로 억제하였으며 조선에 좀 건설된 공장, 기업소들마저 패망하고 쫓겨가면서 모조리 파괴하였습니다. 일제놈들은 우리의 농촌경리도 황폐화시켰습니다.

이러한 형편에서 우리는 나라의 경제를 하루빨리 부흥시키기 위하여 힘써야 합니다. 나라의 경제를 발전시켜야만 영락된 인민생활을 추켜세울 수 있고 완전한 독립을 성취할 수 있으며 조국의 융성발전을 이룩할 수 있습니다.

전체 인민은 있는 힘과 지혜와 기술을 다 바쳐 일제놈들에 의하여 파괴된 공업과 황폐화된 농촌경리를 하루빨리 복구하고 나라의 경제토대를 튼튼히 닦기 위한 투쟁을 힘 있게 벌여야 하겠습니다.

민주주의적 교육제도를 세우고 민족문화를 개화 발전시키는 것은 부강하고 문명한 나라를 건설하기 위하여 나서는 절박한 과업입니다.

지난날 일본제국주의자들은 우리 인민을 무지와 몽매 속에 몰아넣고 소나 말과 같이 부려먹기 위하여 식민지 노예교육정책을 실시하였으며 우리의 말과 글, 우리 민족의 모든 고귀한 문화유산을 짓밟고 민족의식을 없애려고 미쳐 날뛰었습니다.

우리는 일제의 반동적인 식민지 노예교육제도의 잔재를 철저히 쓸어버리고 인민적인 교육제도를 세워 근로인민의 아들딸들에게 배움의 길을 활짝 열어주어야 하며 우리의 민족문화를 되살려 민주주의적 기초 위에서 발전시키기 위하여 힘써야 하겠습니다.

동포 여러분!

오늘 조선민족 앞에 나선 건국사업은 참으로 중대하고 위대한 사업입니다. 이 역사적 위업을 성과적으로 수행하는가 못 하는가 하는 것은 전적으로 우리 인민이 어떻게 투쟁하는가에 달려 있습니다. 우리는 새 민주조선 건설을 위하여 모든 힘을 다 하여야 하겠습니다.

민주주의 자주독립국가를 건설하는 이 위대한 사업은 어느 한 당파나 개인의 힘만으로는 완수할 수 없습니다. 새 민주조선을 건설하기 위하여서는 전 민족이 굳게 단결하여야 하며 전체 인민이 힘을 합쳐야 합니다. 우리가 민족적 단결을 이룩하여야만 친일파, 민족반역자들의 온갖 책동을 철저히 물리칠 수 있으며 조성된 혼란을 빨리 수습하고 건국위업을 다그쳐 나갈 수 있습니다.

민족적 단결을 이룩하는 것은 새 민주조국 건설에서 나서는 근본문제입니다. 전 민족이 단결하지 않고서는 민주주의 새 조선 건설도 나라의 완전한 독립도 기대할 수 없습니다. 우리는 민족적 단합을 이룩하지 못하여 나라를 망쳐먹고 망국노의 비참한 처지에 빠졌던 지난날의 쓰라린 교훈을 결코 잊어서는 안될 것입니다.

지금 일본제국주의 앞잡이를 비롯한 반동분자들은 가는 곳마다에서 민족의 단결에 지장을 주는 행동을 감행하고 있습니다. 우리는 원수들의 이러한 민족분열책동을 제때에 철저히 짓부셔버려야 하며 각계각층 인민들은 새 조국 건설을 위하여 굳게 뭉쳐야 하겠습니다.

전 민족의 단결을 보장하기 위하여서는 각계각층의 광범위한 인민대중을 망라하는 민주주의민족통일전선을 형성하여야 합니다. 오늘 우리나라의 정세는 하루빨리 민주주의민족통일전선을 형성하고 모든 애국적 민주역량을 튼튼히 묶어세울 것을 절박하게 요구하고 있습니다. 우리는 나라의 완전독립과 민주주의적 발전을 염원하는 모든 애국적 민주역량을 민족통일전선에 튼튼히 묶어세워야 하겠습니다. 그리하여 전체 인민의 단합된 힘으로 건국사업을 해나가야 할 것입니다.

우리 조선민족이 민주주의 새 조선을 건설하기 위하여 힘을 합칠 때가 왔습니다. 각계각층 인민들은 누구나 다 애국적 열성을 발휘하여 새 조선 건설에 떨쳐나서야 합니다. 힘 있는 사람은 힘으로, 지식 있는 사람은 지식으로, 돈 있는 사람은 돈으로 건국사업에 적극 이바지하여야 하며 참으로 나라를 사랑하고 민족을 사랑하고 민주를 사랑하는 전 민족이 굳게 단결하여 민주주의 자주독립국가를 건설해나가야 하겠습니다.

오늘 우리 앞에는 부강한 새 조선을 건설할 수 있는 넓은 길이 펼쳐져 있습니다. 그러나 새 조선의 광명한 앞날은 저절로 오는 것이 아닙니다. 민주주의 자주독립국가를 건설하기 위하여서는 중첩되는 난관을 뚫고나가야 하며 많은 일을 하여야 합니다. 전체 인민은 어디까지나 우리 자신의 힘으로 건국하겠다는 굳은 각오를 가지고 일해나가야 하겠습니다.

우리 민족이 힘과 지혜를 합치면 못해낼 일이 없으며 점령하지 못할 요새가 없습니다. 우리 인민은 찬란한 민족문화를 가진 슬기로운 인민입니다. 일본제국주의 식민지통치에서 해방된 우리 인민은 오늘 새 민주조선을 건설하려는 열정으로 가득 차 있으며 하루빨리 완전 자주독립이 성취되기를 열망하고 있습니다. 그러므로 우리는 얼마든지 자체의 힘으로 부강한 민주주의 자주독립국가를 건설할 수 있습니다.

전체 조선인민은 휘황한 앞날에 대한 커다란 포부와 승리에 대한 확고한 신심을 가지고 새 민주조선을 건설하기 위하여 모두다 힘을 합쳐 용감하게 싸워 나아갑시다.

조선독립 만세!

조선인민의 통일단결 만세!

해방의 감격과 열기가 채 가시지 않은 1945년 10월 14일, 평양 기림리 공설운동장으로 가는 길은 그야말로 인산인해를 이뤘다. 평양시민들은 물론 인근 평남지역 주민들까지 아침 일찍부터 모여들었다. 청명하고 화창한 가을 하늘 아래에서 군중들은 기대 반, 설레임 반으로 술렁거렸다. 이날 대회의 주인공인 김일성은 축지법을 써서 두만강을 넘나든다는 전설의 항일장군이었기 때문이다.

"누구야" "누가 김일성 장군이야" 저마다 주석단에 앉아 있는 사람들을 가리키며 궁금증을 드러냈다. 하지만 누구도 김일성을 알아보지 못했다. 운동장 확성기에서 〈김일성 장군의 노래〉가 반복해서 울려 퍼지고 있었는데도…….

오전 10시에 시작하기로 한 '김일성 장군 환영 평양시민대회'는 몰려드는 인파들 때문에 11시가 넘어서야 시작됐다. 공설운동장은 물론 그 주변까지 군중들로 빽빽이 들어찼다. 30만 명이 넘는 대인파였다. 항일 빨치산 투쟁의 영웅 김일성 장군에 대한 평양시민들의 기대가 워낙 크기도 했지만 소련 군정과 공산주의 조직에 의한 치밀한 사전 준비와 선전 활동도 군

평양시민대회에 참여한 33세의 김일성 (1945)

중 동원에 기여했다. 며칠 전부터 평양시내에는 '전설적인 항일영웅 김일성 장군이 나온다'는 선전이 계속됐다.

주석단에는 북한 주둔 소련 25군 사령관 치스차코프 대장, 정치사령관 레베데프 소장, 민정사령관 로마넨코 소장 등 소련군 수뇌부와 환영대회 준비위원장 조만식이 자리 잡고 있었다. 김일성도 연단 가운데 자리하고 있었으나 아무도 그를 알아보지 못했다.

대회의 사회자는 전날 서북5도당 책임자 및 열성자 대회에서 조선공산당 북부분국 책임비서로 선출된 김용범이었다. 김용범의 소개로 먼저 레베데프가 소련 군정을 대표해 연설을 했다. 이어 해방 후 북한 민족주의 세력의 상징적 인물이었던 조만식이 연단에 올라섰다. 조만식은 조선을 해방시켜준 데 대해 소련에 감사를 표하고 민주조선 건설을 위해 모두 함께 투쟁해나갈 것을 당부했다.

그러고 나서 드디어 김일성이 소개됐다. 군중들이 그를 보기 위해 앞 다퉈 밀리는 바람에 잠시 소동이 벌어졌다. 검은 양복 차림의 김일성이 원고를 들고 마이크 앞으로 다가섰다. 김일성이 처음으로 군중 앞에 모습을 드러내는 순간이었다. 군중들이 술렁였다. 평양시민들의 예상과는 달리 직접 대면한 김일성은 너무나 젊었다. 당시 김일성은 혈기왕성한 33세 청년이었다. 사람들은 이렇게 젊은 사람이 만주와 두만강 일대에서 일경의 간담을 서늘케 한 항일투사 김일성 장군이라는 게 쉬 믿기지 않았다. 그만큼 김일성 장군은 평양시민들에게 신화적 영웅이었다. 이것을 빌미로 일각에서 '가짜 김일성론'이 유포됐다. 이후 남한에서 극단적 반공주의에 편승해 의도적으로 '가짜 김일성론'이 조장되기도 했지만, 이날 대회에 등장한 김일성은 '보천보 전투'를 지휘한 항일투사, 진짜 김일성이었다.

"친애하는 동포 여러분! 나는 오늘 이처럼 우리를 열렬히 환영해준 데 대하여 여러분에게 뜨거운 감사를 드립니다."

김일성은 감격에 겨운 어조로 연설을 시작했다. 김일성은 이어 "일제의 야만적인 식민지 통치 밑에서 신음하던 삼천만 조선민족은 식민지노예의 쇠사슬을 끊어버리고 자유와 해방을 찾았으며 암흑생활에서 벗어나 광명한 새 생활의 길에 들어서게 되었습니다"면서 "우리의 삼천리강산은 찬연한 아침 햇발과 같이 희망에 넘쳐 빛나고 있습니다"고 열의에 차 외쳤다. 우레와 같은 박수가 터져나왔다.

김일성은 당면한 가장 중요한 과제로서 '민주주의적인 자주독립국가 건설'을 내세웠다. "인민 대중의 이익을 철저히 옹호하며 나라와 민족의 부강발전을 확고히 담보할 수 있는 참다운 인민의 나라"를 세워야 한다고 제시했다.

'참다운 인민의 나라'의 수립으로 나아가기 위해서는 민족주의 계열까지 포함한 광범위한 민주세력이 참여하는 민족통일전선을 구축해야 한다고 했다. 정권수립 때까지의 북한 공산당의 핵심적 정치노선이 이때 제시된 것이다.

김일성은 "힘 있는 사람은 힘으로, 지식 있는 사람은 지식으로, 돈 있는 사람은 돈으로 건국사업에 적극 이바지하여야 하며 참으로 나라를 사랑하고 민족을 사랑하고 민주를 사랑하는 전 민족이 굳게 단결하여 민주주의의 자주독립국가를 건설해 나가야 하겠습니다"고 호소했다.

이날 대회를 통해 김일성은 좌우를 막론하고 그 어떤 지도자보다 화려하게, 극적으로 해방 공간 무대에 등장했다.

김일성의 존재는 1937년 6월 4일 보천보 전투를 통해 국내에 널리 알려졌다. 김일성이 이끄는 동북항일연군이 압록강을 넘어 함경남도 혜산진의 보천보를 점령한 보천보 전투는 〈동아일보〉를 통해 대서특필됐다. 김일성이라는 이름이 국내에 널리 알려지는 결정적 계기였다. 보천보 전투 이후에도 유격대를 이끌고 항일무장투쟁을 계속하던 김일성은 일본군의 대토벌이 극에 달한 1940년 11월경 소련군 영내로 이동했다. 비슷한 무렵 소련으로 이동한 항일유격대들은 하바로프스크 근처의 비야츠코에 집결해 망명 부대로서 '동북항일연군교도려'(일명 88특별여단)를 결성했다. 만주 각지에 흩어져서 항일투쟁을 벌이던 조선 공산주의자들이 이 부대에 집결했다. 김일성은 조선·중국·소련의 빨치산연합부대인 이 88특별여단 내 조선인 주력부대였던 제1지대의 지대장을 맡았다. 이런 배경이 바로 해방 후 김일성이 북한의 지도자로 급속히 부상할 수 있는 힘이 됐다.

김일성은 이런 항일무장투쟁 경력으로 해방 당시 이미 국내에서 상당한 대중적 명성을 얻었다. 해방 직후인 1945년 9월 11일 박헌영 지도 아래 재건된 조선공산당은 처음부터 해외 공산주의자들을 지도부에 배려하지 않았지만 유일하게 아직 귀국 여부가 확인되지 않고 있던 김일성만은 박헌영에 이어 서열 2위로 내세웠다. 그만큼 김일성의 대중적 지명도가 인정을 받았다는 뜻이다. 또한 국내 공산주의 세력 사이에서도 상징성을 부여받았다는 얘기이다.

항일무장투쟁 경력에서 나오는 명분과 대중성에 더해 북한을 실질적으로 지배한 소련의 지원과 후견에 힘입은 김일성은 단시일 안에 북한의 정치무대에서 주도권을 확보했다.

앞서 1945년 9월 19일 해방 후 첫 추석을 맞기 전날, 김일성은 항일 빨치산 동지들과 함께 소련 군함을 타고 원산항으로 은밀히 입국했다. 그리고 대중들에게는 자신의 입국 사실을 철저히 비밀에 부친 채 공산당 조직 작업에 착수했다. 그로부터 두 달이 채 안 된 10월 13일 북한 각 도의 대표 공산주의자들이 참석한 가운데 서북5도당 책임자 및 열성자 대회가 열렸다. 그 자리에서 조선공산당 북부분국 창설이 결정됐다. 북조선분국은 남한의 박헌영 지도 아래 재건된 조선공산당 중앙의 지휘를 받는 기관으로 탄생했지만, 사실상 김일성 주도의 독립적인 당으로 창당된 것이다. 이로써 김일성은 북한 공산주의 운동의 실질적 지도자로 등장했다. 이렇게 단기간에 당 조직 작업을 마친 김일성은 바로 다음날인 10월 14일 '김일성 장군 환영 평양시민대회'를 통해 극적으로 대중 앞에 데뷔한 것이다.

이날 대회에서 김일성이 행한 「모든 힘을 새 민주조선 건설을 위하여」라는 제하의 연설은 김일성이 북한 공산주의 운동의 지도적 지위에 올랐음을 선포했다. 그리고 향후 북한 권력의 중심이 될 것임을 만천하에 예고한 것이다.

1946
우리 조국을 광복하오리다

조소앙

얼마나 속을 태우며 원통한 세월을 참고 지내셨습니까. 위로할 말씀을 드릴 수 없습니다. 내가 결심하기는 나의 독립군을 앞세우고 보무당당하게 한성으로 환국하여 일본 총독의 목을 베어서 남산 위의 소나무에 걸고 30여 년 동안의 분노를 풀고자 했습니다.

여러분! 가슴이 터집니다. 그러나 그렇게 되지 못하였습니다. 나는 산천초목을 대할 면목이 없소이다. 그러나 모스코바에서, 상해에서, 남경 · 파리 · 사천 · 광동 · 광서에서 3 · 1절을 맞을 때마다 결심하기를, 명년에는 한성에서 이날을 맞이하자 하였소이다.

지금 소원성취는 하였습니다마는, 내 흙을 밟고 서게 되었습니다마는, 눈앞에 어린아이들을 보며 여러분과 이날을 맞게 되었습니다마는, 꿈인지 생시인지 모르겠소이다.

여러분 삼천만 동포여 힘껏 뜁시다. 마음대로 웃읍시다. 힘을 다하여 축수합시다. 나 조소앙은 여러분께 맹세합니다. 우리나라를 독립국으로 하오리다. 우리 동포로 하여금 자유민이 되게 하오리다.

불우한 동포는 여러분의 형제, 친구, 부형(父兄)—이들은 독립국과 자유민을 만들기 위해 악독한 왜놈의 감옥에서 단두대에 오르게 되었었습니다. 원혼과 충혼을 위하여 나는 여러분 선열의 아내와 어버이와 언니와 아우에게 위로하여 사죄합니다.

이렇게 환국할 줄 몰랐소. 그러나 다시 우리 산천초목 금수어절까지 고하고 맹세하고 싶습니다. 우리 민주 독립을 성공하리다. 아이마다 대학을 졸업하게 하오리다. 어른마다 투표하여 정치적 권리를 갖게 하오리다. 사람마다 우유 한 병씩 먹고 집 한 채씩 가지고 살게 하오리다. 우리 조국을 광복하오리다. 만일 그렇게 못하게 되면 나의 몸을 불에 태워 죽여 주시오.

대한독립 만세! 임시정부 만세!

아직도 매서운 꽃샘바람이 불어오는 1946년 3월 1일 이었다. 서울운동장에서 열린 3·1절 기념행사에 참석하는 임시정부 외무부장·임시정부 의정원 원장 출신인 조소앙의 심정은 결코 기쁠 수만은 없었다. 생각해 보면 얼마나 기다리고 기다리던 날이었던가. 오늘은 기미독립만세 소리가 삼천리 방방곡곡에 울려 퍼진 지 27년을 맞는 뜻깊은 날이 아닌가. 더구나 지난해 8월 일본 제국주의가 물러나고 민족이 해방되었으니 새 나라 건설에 대한 희망이 온 천지를 뒤덮고 있어야 하지 않은가. 바로 오늘과 같은 날을 위해 그 엄혹한 시기 머나먼 망명지에서 이루 형언할 수 없는 고생을 무릅쓰면서도 참고 또 참아왔지 않은가.

그러나 현실은 그렇지 못했다. 일제 치하 항일독립 투쟁 시기부터 불거졌던 좌·우익의 대립은 해방을 맞아 해소되기는커녕 점점 심화되고 있었다. 특히 신탁통치를 둘러싸고 찬탁과 반탁으로 갈린 양대 세력의 갈등은 날이 갈수록 더욱 골이 깊어지고 있었다.

좌·우익의 갈등을 상징적으로 증명하는 광경이 바로 이날 3·1절 기념행사였다. 좌익은 남산공원에서 '3·1기념 전국위원회'란 명칭으로 행사를 가졌고, 우익은 서울운동장에서 '기미독립선언 기념 전국대회'를 열었다.

이날 좌우익은 길거리에서도 서로 충돌해 부상을 당하는 등 불상사가 끊이지 않았다. 평양·신의주·원산 등의 북한 지역의 교회에서는 예배가 끝난 뒤 기념식을 가지려던 기독교 신자들과 공산당이 충돌하기도 했다. 전국적으로 이 같은 사건과 사고가 끝없이 이어졌다.

직접 보지 않고도 이런 사정을 누구보다 더 잘 알고 있는 조소앙의 심정은 착잡하기 그지없었다. '반쪽 집회'를 의식해서인지 기념식장의 분위기는 무겁고 비장했다.

조소앙은 그야말로 피를 토하듯 연설을 이어나갔다. 특히 우리 조국을 광복하지 못하면 나의 몸을 불에 태워 죽여 달라는 마지막 대목에서는 목이 메어 말을 잇지 못했다. "대한독립 만세!"와 "임시정부 만세!"를 부른 뒤 연단을 내려오는 그의 두 눈에는 물기가 가득했고, 대회장 여기저기서 흐느끼는 소리가 들려왔다.

조소앙이 이날 서울운동장에서 행한 짧은 연설에는 자력으로 독립을 쟁취하지 못한 회한이 배어 있다. "독립군을 앞세우고 보무당당하게 한성으로 환국하여 일본 총독의 목을 베어서 남산 위의 소나무에 걸고 30년의 분노를 풀고자 했습니다"거나 그러나 그렇게 하지 못해 "산천초목을 대할 면목이 없다"는 표현이 그것이다.

그러나 스스로의 힘으로 독립을 쟁취하지 못했다고 해서 자주독립국가의 건설이라는 절체절명의 과제마저 게을리 할 수는 없는 일이다. "삼천만 동포여 힘껏 뜁시다"고 전 민족적 각성과 분발을 촉구하거나 우리나라가 독립국이 되고, 우리 동포가 자유민이 되게 하겠다는 결의와 염원이 비장하다.

조소앙의 연설 중에서 가장 찬연한 빛은 '민주 독립' '자유민'과 같은

서울운동장에서 열린 3·1절 행사는 좌우익이 충돌해 소요가 끊이지 않았다. (1946)

거창한 정치적 민주주의에서 한 걸음 더 나아가 일반 민중의 구체적 삶의 개선이나 향상과 같은 사회경제적 민주주의를 강조하고 있다는 점이다. 즉 아이마다 대학을 졸업하게 하고, 어른마다 투표하여 정치적 권리를 갖게 하며, 사람마다 우유 한 병씩 먹고 집 한 채씩 가지고 살게 하겠다는 말은 조소앙이 바라고 꿈꾸는 새로운 나라의 모습이다.

조소앙의 이 같은 언급은 그의 평생 지론인 '삼균주의'에서 나온 것이다. 현재의 대한민국 헌법 전문은 "유구한 역사와 전통에 빛나는 우리 대한민국은 3·1운동으로 건립된 대한민국 임시정부의 법통을 계승하고……"로 시작한다. 이 임시정부를 지탱하는 경세철학이 삼균주의였는데 이를 체계화한 인물이 바로 조소앙이다.

일제강점기 독립운동 진영에는 민족혁명론, 외교자치론, 계급투쟁론 등 다양한 좌우익 사상이 존재했다. 삼균주의는 그런 각양각색의 사상과 이론 가운데 하나였지만 좌우를 아우르는 통합적 요소들을 두루 갖추고 있었다. 즉 개인과 개인, 민족과 민족, 국가와 국가 간의 완전한 균등을 실현하기 위해서는 정치 · 경제 · 교육의 균등을 실현해야 한다는 이론이다.

우선 정치의 균등은 국제적으로는 호혜평등주의를 내세우고, 국내적으로는 온갖 계급과 개인 간의 불합리한 불평등을 일체 제거하고 균등한 정치적 권리와 기회균등을 보장하자는 것이다. 경제의 균등은 "일균의 중심이며 일체의 원천"이라고 하여 세 가지 균등 가운데서도 가장 중요시했다. 경제 균등의 핵심은 두 가지로서 '토지국유화와 대생산기관의 국유화'이다. 이는 근대 중국의 아버지 쑨원(孫文)의 민족 · 민권 · 민생의 삼민주의 가운데 민생주의의 두 가지 핵심인 '평균지권과 자본절제'와 흡사하다. 경제의 균등이 오늘날까지 주목받는 이유는 토지 국유화에서 기한을 제한하긴 했으나 토지 공공 임대제의 성격을 내포하고 있으며, 자본주의도 사회주의도 아닌 '제3의 길'을 제시하고 있기 때문이다.

교육의 균등은 의무교육을 확대하고 교육에 대한 사회보장을 실시하며, 교육 기회 균등과 교육자료의 무상공급을 보장한다는 내용이다. 공교육의 붕괴와 사교육의 끝없는 팽창으로 신음하는 오늘날의 교육현실에서 볼 때 일제 식민지 시대 망명지에서 구상했다고는 믿기지 않을 정도의 탁견이다.

조소앙이 동서양과 좌우익의 사상과 이론을 종합하고 보완하여 마련한 삼균주의는 1931년 임시정부의 '대외선언'에서 그 체계가 정립됐다. 1941년 상하이에서 충칭으로 옮긴 임시정부는 삼균주의를 대한민국 건국강령에서 임시정부의 기본이념 및 정책노선으로 확정했다. 즉 "삼균주의로써 복국(復國)과 건국을 통하여 일관한 최고 공리인 정치 · 경제 · 교육의 균등과 독립 · 자주 · 균치(均治)를 동시에 실시한다"고 명시했던 것이다. 이는 임시정부 계열이 주축이 된 한국독립당의 강령이 된다.

1887년 경기도 파주에서 태어난 조소앙은 일본 메이지대학 법학부를 졸업하고 귀국한 뒤 경신학교, 양정의숙 등에서 잠시 교편을 잡았다. 1913

년 중국 상하이로 망명한 뒤에는 본격적인 독립운동에 투신했다. 1917년에는 임시정부 수립을 위한 대동단결선언문을 기초하고, 스웨덴 스톡홀름에서 열린 국제 사회당대회에서는 한국 독립 문제를 의제로 제출하여 이를 통과시켰다. 이를 계기로 한국 독립 문제가 국제기구에서 논의되기 시작했으며 세계인의 주목을 끌게 되었다.

조소앙은 1919년 2월 「대한독립선언서」를 작성해 공표했는데 그 이념과 사상은 이후 「2·8독립선언서」와 「3·1독립선언서」 등에도 그대로 계승됐다. 그는 같은 해 4월 대한민국 임시정부 수립에 참여하여 대한민국 최초의 헌법인 임시헌장을 기초했다. 임시정부에서는 국무원 비서장, 외무부장, 의정원 원장 등을 지냈다.

1948년 4월, 조소앙은 남한 단독정부 구성에 반대하여 김구·김규식 등과 함께 남북협상차 평양으로 간다. 당시 남한에서는 남한 단독정부 수립을 주장하는 이승만 계열과 남한 단독정부의 수립은 국토의 영구분단과 민족분열을 초래한다는 주장을 편 김구·김규식 계열로 국론이 양분된 상태였다. 2월 26일 유엔이 남한에서의 총선거를 결정함으로써 한국의 분단이 사실상 결정됐다. 3월 25일 북한은 평양방송과 서신을 통해 남북협상에 대한 결정 사항을 알려왔다. 평양에서 남북한의 모든 정당 사회단체가 연석회의를 열고 민주주의 독립국가 건설을 추진하자는 것이었다. 이 서한은 남한 단독선거를 반대하는 단체에게 전달됐다.

마침내 1948년 4월 19일부터 30일까지 56개 정당 사회단체가 참석한 가운데 '전조선 제정당 사회단체대표자 연석회의'가 열린다. 남한에서는 김구·김규식·조소앙·홍명희·원세훈 등이 참석했고, 북한에서는 김일성·김두봉·허헌·최용건 등이 회담장에 나왔다.

56개 정당 사회단체 대표자들은 회의에서 「삼천만 동포에게 호소하는 격문」을 채택하면서 미·소 양군의 즉각 철군을 요청하는 메시지를 양국에 전달할 것을 결의했다. 김구·김규식·김일성·김두봉 4인 사이에 이뤄진 '남북 4김회담'에서 김일성은 연백평야에 공급하다가 중단된 수리조합을 개방하고 남한으로 공급하다 중단된 전력을 지속적으로 송전하겠다는 뜻을 밝혔다.

남한대표들이 돌아와 이 사실을 국민들에게 알렸으나 며칠 뒤 전력송전이 다시 중단돼버렸다. 아무런 보람도 없이 남북협상은 성과 없이 막을 내렸다. 결국 대한민국 정부수립 과정에서 김구, 조소앙 등 통일정부수립노선을 걸었던 인사들은 모조리 배제되는 결과만 가져왔다.

1950년 5·30총선 당시 서울 성북구에서 출마한 조소앙은 전국 최다 득표로 제2대 국회에 진출했지만 한국전쟁 도중 인민군에 납북돼 1958년 운명했다. 정부는 조소앙의 공적을 기려 1989년 건국훈장 대한민국장을 추서했다. 북한에서도 '애국지사'로 추대되어 애국열사릉에 안장됐다.

조선말 큰사전

머리말

조선어학회

말은 사람의 특징이요, 겨레의 보람이요, 문화의 표상이다. 조선말은, 우리 겨레가 반만년 역사적 생활에서 문화 활동의 말미암던 길이요, 연장이요, 또 결과이다. 그 낱낱의 말은, 다 우리의 무수한 조상들이 잇고 이어 보태고 다듬어서 우리에게 물려준 거룩한 보배이다. 그러 므로 우리말은 곧 우리 겨레가 가진 정신적 및 물질적 재산의 총목록 이라 할 수 있으니, 우리는 이 말을 떠나서는 하루 한 때라도 살 수 없 는 것이다.

그러나 조선말은 조선 사람에게 너무 가깝고 너무 친한 것이기 때 문에 도리어 조선 사람에게서 가장 멀어지고 가장 설어지게 되었다. 우리들이 항상 힘써서 배우고 닦고 한 것은 다만 남의 말, 남의 글이 요, 제 말과 글은 아주 무시하고 천대해왔다. 날마다 뒤적거리는 것은 다만 한문의 자전과 운서(韻書)뿐이요, 제 나라 말의 사전은 아예 필요 조차 느끼지 아니하였다. 프랑스 사람들이 와서는 프랑스 말로써 조 선어 사전을 만들고, 미국·영국 사람들이 와서는 영어로써 조선어 사전을 만들고, 일본 사람들이 와서는 일본말로써 조선어 사전을 만들었으나, 이것은 다 자기네의 필요를 위하여 만든 것이요, 우리의 소용으로 된 것은 아니었다.

제 말의 사전을 가지지 못한 것은 문화 민족의 커다란 수치일 뿐만 아니라 민족 자체의 문화 향상을 꾀할 수 없음을 절실히 깨달아, 이 수치를 씻고자 우리 문화 향상의 밑천을 장만하고자, 우리가 우리 손으로 조선말 사전의 편찬 작업을 처음으로 계획한 것은 융희 4년(1910)부터의 일이었으니, 당시 조선광문회에서 이 일을 착수하여 수년 동안 재료 작성에 힘을 기울였던 것이다. 그러나 사정으로 인하여 아깝게도 열매를 맺지 못하였고, 십여 년 뒤에 계명구락부에서 다시 시작하였으나, 이 또한 중도에 그치고 말았다.

이 민족적 사업을 기어이 이루지 않고서는 아니될 것을 깊이 각오한 우리 사회는 이에 새로운 결의로써 기원 4261년(1928) 한글날에 조선어 사전 편찬회를 창립하였다. 처음에는 조선어학회와 조선어 사전 편찬회가 두 날개가 되어, 하나는 맞춤법 · 표준말들의 기초 공사를 맡고, 하나는 낱말을 모아 그 뜻을 밝히는 일을 힘써 오다가 그 뒤에는 형편에 따라 조선어학회가 사전 편찬회의 사업을 넘겨 맡게 되었으나, 이는 조선어학회가 특별한 재력과 계획이 있어서가 아니라, 다만 까무러져 가는 사전 편찬회의 최후를 거저 앉아 볼 수 없는 안타까운 심정과 뜨거운 정성이 있기 때문이었다.

포학한 왜정의 억압과 곤궁한 경제의 쪼들림 가운데서, 오직 구원한 민족적 정신을 가슴속에 깊이 간직하고, 원대한 의욕에 부추긴 바되어, 한 자루의 모자라진 붓으로 천만 가지 곤란과 싸워온 지 열다섯

해 만에 만족하지 못한 원고를 인쇄에 붙이었더니, 애닯도다, 험한 길은 갈수록 태산이라, 기어이 우리말과 글을 뿌리째 뽑아버리려는 포학무도한 왜정은 그해 , 곧 기원 4275년(1942) 시월에 편찬회와 어학회에 관계된 사람 삼십여 명을 검거하매, 사전 원고와 함께 홍원과 함흥으로 굴러다니며 감옥살이를 겪은 지 꼭 세 돌이나 되었었다.

그간에 동지 두 분은 원통히도 옥중의 고혼으로 사라지고, 마지막의 공판을 받은 사람은 열두 사람이요, 끝까지 옥에서 벗어나지 못한 다섯 사람은 그 실낱같은 목숨이 바람앞의 등불같이 바드러워, 오늘 꺼질까 내일 사라질까 하던 차에, 반갑다 조국 해방을 외치는 자유의 종소리가 굳게 닫힌 옥문을 깨뜨리어, 까물거리던 쇠잔한 목숨과 함께 흩어졌던 원고가 도로 살아남을 얻었으니, 이 어찌 한갓 조선어학회 동지들만의 기쁨이랴?

서울에 돌아오자 곧 감옥에서 헤어졌던 동지들이 다시 모여, 한편으로는 강습회를 차려 한글을 가르치며, 한편으로는 꺾이었던 붓자루를 다시 가다듬어 잡고, 흐트러진 원고를 그러모아 깁고 보태어 가면서 다듬질하기 두 해 만에 이제 겨우 그 첫 권을 박아, 오백한 돌인 한글날을 잡아 천하에 펴내게 된 것이다. 그 내용에 있어서는 다시 기움질을 받아야 할 곳이 많으매, 그 질적 완성은 먼 뒷날을 기다릴 밖에 없지마는, 우선 이만한 것으로 하나는 써(이로써) 조국 광복, 문화 부흥에 분주한 우리 사회의 기대에 대답하며, 또 하나는 써 문화 민족의 체면을 세우는 첫걸음을 삼고자 한다.

돌아보건대 스무 해 전에 사전 편찬을 시작한 것은 조상의 끼친 문화재를 모아 보존하여, 저 일본의 포학한 동화 정책에 소멸됨을 면하게 하여, 써 자손만대에 전하고자 하던 일에 악운이 갈수록 짓궂어 그 소극적 기도조차 위태한 지경에 빠지기 몇 번이었던가? 이제 그 아홉 죽음에서 한 삶을 얻고 보니, 때는 엄동설한이 지나간 봄철이요, 침침 칠야(沈沈漆夜)가 밝아진 아침이라, 광명이 사방에 가득하고, 생명이 천지에 약동한다. 인제는 이 책이 다만 앞사람의 유산을 찾는 도움이 됨에 그치지 아니하고, 나아가서는 민족 문화를 창조하는 활동의 이로운 연장이 되며, 또 그 창조된 문화재를 거두어 들여, 앞으로 자꾸 충실해가는 보배로운 곳집이 되기를 바라마지 아니한다.

끝으로 이 사업 진행의 자세한 경과는 따로 밝히기로 하고, 여기에서는 다만 이 사업을 찬조하며 후원하여 주신 여러분들께 삼가 감사의 인사를 드리는 바이다.

기원 4280년(1947) 한글날

감격적인 해방을 맞은 지 24일째. 1945년 9월 8일 오후였다. 경성역(지금의 서울역) 구내의 조선통운 창고를 둘러보던 경성역장은 수취인이 '고등법원' 앞으로 된 상자를 발견했다. 당시 창고에는 일본이 패망한 뒤 갈 곳을 잃은 화물더미가 산처럼 쌓여 있었다.

역장은 직감적으로 문득 스치는 것이 있었다. 그가 황급히 상자를 열자 수만 장의 원고가 쏟아졌다. 모퉁이가 떨어져 나갔거나 닳아 없어지기도 했지만 그것이 무엇인지는 분명히 알 수 있었다. '큰사전'이라는 제목과 함께 'ㅎ~핸드백' 등 각각의 표지를 단 원고 안에는 우리말을 풀이해 써 놓고 고치고 지운 흔적들이 역력했다. 1929년부터 본격적으로 시작된 조선어 사전 편찬 사업의 결실인 원고지 26,500장 분량의 조선어 사전 원고였다. 역장은 무릎을 치면서 큰 소리로 외쳤다. "이게 바로 그 사람들이 찾던거야!"

20일 전 경성역을 찾아와 자신들을 조선어학회 소속 한글학자라고 밝힌 사람들이 있었다. 그들은 "제발 우리 원고를 찾아달라"고 호소했다.

일제는 1942년 조선어 사전 편찬 사업을 저지하기 위해 이른바 '조선어

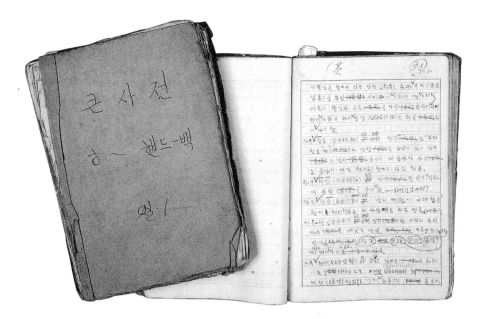

학회 사건'을 일으켰다. 그 당시 조선어 사전 원고는 일본 경찰에 압수당했다. 한글학자들은 경성고등법원에 상고를 신청했지만 기각됐다. 그 원고가 경성역 창고에 방치된 채 먼지를 뒤집어쓰고 있다가 드디어 주인을 찾게 된 것이다.

역장은 곧바로 한글학자들에게 연락했다. 한걸음에 달려온 이들은 원고를 품에 안고 감격의 눈물을 쏟았다. 목숨과도 같은 원고를 빼앗긴 지 3년여 만에 되찾은 학자들의 기쁨은 이루 형용할 수 없었다. 원고를 뺨에 부비며 울고 웃기도 하며, "하느님 감사합니다"를 연발했다. 역장에게는 "큰일을 하셨습니다"며 거듭 고마움을 표시했고, "별로 한 일도 없습니다"라고 겸손해하는 역장 역시 흐뭇한 표정을 감추지 않았다. 하마터면 이 세상에 태어나지 못할 수도 있었던 『조선말 큰사전』은 이런 우여곡절 끝에 간행됐다.

해방 후 원고를 되찾는 일은 조선어학회의 사활이 걸린 문제였다. 만약 원고를 찾지 못한다면 1929년부터 13년 동안 온갖 고생을 다해가면서 기울였던 사전 편찬 사업은 물거품으로 돌아갈 것이었다.

그러나 원고를 되찾긴 했지만 곧바로 사전을 펴낼 수는 없었다. 일제 치하에서 조선총독부의 검열을 받는 과정에서 민족의식을 고취시킬 수 있는 낱말들을 대폭 빼냈고, 일본식 어휘들을 그대로 남겨두었던 까닭이다. 이를 고치지 않은 채 해방된 나라의 민족어 사전을 펴낼 수는 없는 노릇이다. 한국인의, 한국인에 의한, 한국인을 위한 사전을 펴내기 위해 학자들은 작업을 새로이 한다는 각오로 기존의 원고를 대폭 수정한 후 보완하기로 했다.

수정 작업이 시작된 지 2년 만인 1947년 드디어 우리말 큰사전의 첫 권이 세상에 선을 뵈게 되었다. 조선어 사전 만들기 작업이 시작된 지 장장 37년 만이었다. 참으로 감격적이고 역사적인 순간이 아닐 수 없었다. 사전 첫 권 발간 경비는 조선총독부의 조선인 관리들이 일본에 바치기로 하고 모아 두었던 '국방헌금' 82만 원을 기부 받아 충당했다. 일제의 앞잡이 노릇을 하던 조선인 관리들이 '상전'인 일본에 갖다 바치려고 모았던 돈이 해방된 조국의 우리말 사전 편찬에 쓰인 것이다.

주시경 등이 주축이 된 광문회는 1910년 처음으로 조선어 사전 편찬 작업에 착수했다. 1914년 주시경이 사망하자 김두봉이 이어받았지만 다시 조선어학회가 광문회의 작업을 이어받아 추진하게 됐다. 1929년 조선어 사전 편찬회가 결성되어 사전 편찬 사업이 본격적인 궤도에 오르는가 했는데, 1943년 조선어학회 사건으로 중단되었던 것이다.

『조선말 큰사전』의 머리말에는 이 같은 기쁨과 감격, 우리말을 더욱 아름답게 갈고 닦겠다는 편찬자들의 결의가 잘 나타나 있다. "조선말은 조선 사람에게 너무나 가깝고 니무 친한 깃이기 때문에…… 무시하고 천대해왔다"는 부끄러움과 민족적 자성이 의미심장하다. 공기나 물처럼 그것이 없으면 잠시도 목숨을 유지할 수 없지만 너무나 쉽게 구할 수 있는 까닭에 그 중요성을 잊고 지내는 것과 같이 우리 민족의 우리말 대접도 그러했다는 것이다.

조선어학회 사건으로 체포돼 모진 고문을 받아 옥중에서 사망한 "동지 두 분"에 대한 애도와 끝까지 복역하면서 고생한 조선어학회 회원들에 대한 존경의 마음도 잘 나타나 있다.

1942년 4월 사건 당시 일제는 조선어학회의 뿌리를 뽑기 위해 별도로 '함흥학생사건'이란 것을 조작했다. 일본 경찰은 함흥 영생여자고등보통학교 학생 박영옥이 기차 안에서 친구들과 태극기를 그리며 "우리나라 국기"라고 속삭이는 현장을 잡았다. 일본 경찰은 박영옥을 취조하던 중 조선어학회 사전 편찬 작업을 맡고 있는 정태진이 박영옥과 관련돼 있음을 알게 된다. 일본 경찰은 정태진에게 가혹한 고문을 가해 "조선어학회가 독립운동을 하고 있다"는 거짓 자백을 받아냈다.

이에 따라 경찰은 최현배 · 이극로 · 한징 · 이윤재 · 이희승 · 정인승 · 김윤경 등 조선어학회 핵심인물 11명을 검거했다. 이듬해인 4월까지 모두 33명을 체포해 고문을 가했다. 33인 모두는 치안유지법상 내란죄로 기소됐으며 이 과정에서 이윤재와 한징이 고문 후유증으로 옥중에서 사망했다. 이극로 · 최현배 · 이희승 · 정인승 · 정태진 다섯 사람은 해방이 될 때까지 감옥에 갇혀 있었다.

머리말은 『조선말 큰사전』의 첫 권을 펴내는 일이 민족 문화 부흥의 첫 걸음일 뿐이며 그것의 완성을 위해 더욱 분투하겠다는 힘찬 결의도 내비치고 있다. 그리고 끝으로 일본의 포악한 동화정책이라는 악운과 위기를 뚫고 마침내 사전을 펴냄으로써 민족 문화 창조 활동의 이기(利器)가 될 수 있음을 확신하고 있다. "이제 그 아홉 죽음에서 한 삶을 얻고 보니, 때는 엄동설한이 지나간 봄철이요, 침침칠야가 밝아진 아침이라, 광명이 사방

한글 보급 운동 책자 및 교재들 (1920~1930년대)

이 가득하고 생명이 천지에 약동한다"는 가슴 벅찬 수사가 이를 나타내고 있다.

한글학회의 전신인 조선어학회의 모태는 1908년 김정진·주시경이 '국어연구학회'를 결성하면서 형성됐다. 1911년 학회 이름을 '배달말글몯음'으로 바꿨고, 1913년에는 다시 '한글모'로 변경했다. 일제강점기의 초기 한국어 연구에 가장 두드러진 업적을 남긴 이는 주시경이다. 그는 『국어문법』, 『말의 소리』 등 기념비적인 저작을 남겼으며, 그가 길러낸 제자들이 조선어학회를 이끌어간 중추가 됐다.

주시경의 사망으로 한동안 침체됐던 한글 운동은 1921년 임경재·장지영·이규방·신명균 등이 '조선어연구회'라는 이름을 내걸면서 재개됐다. 1931년 '조선어학회'로 학회 명칭이 바뀌었으며, 해방 4년 뒤인 1949년부터 지금과 같은 '한글학회'로 명명됐다.

조선어학회는 처음부터 국어학 연구만을 목적으로 하지 않았다. 우리글인 한글을 통해 민족사상을 고취하려는 남다른 목적도 있었다. 1926년에는 훈민정음 반포 480주년을 맞아 11월 4일을 '가갸날'이라고 정하고 첫 기념식을 가졌는데 이것이 바로 한글날의 기원이다.

맞춤법에 대한 통일된 규칙과 원칙을 제정한 것도 조선어학회였다. 1930년 12월에 맞춤법 통일안 제정위원을 선출한 다음 1933년 10월 '한글 맞춤법 통일안'을 공표하여 국어 정서법을 확정했다. 또 조선어학회는 표준말 정립과 외래어 표기법을 정비하기도 했다.

우리말과 우리글을 보존하고 발전시키기 위한 학회의 노력은 해방 이후에도 면면히 이어졌다. 1953년에는 정부의 '한글 간소화안'에 대해 치열한 반대투쟁도 펼쳤다. 결국 정부는 그 방침을 철회했다. 이후로도 한글학회는 끊임없이 한글 전용운동을 펼쳐 한자를 같이 쓰자는 국한문 혼용론자들과 맞섰다.

1990년 이후로는 날이 갈수록 멀어지는 남북한 언어의 간격을 좁히기 위해 북한언어 연구에도 힘을 쏟고 있다.

대한민국 초대 대통령 취임사
정부수립 기념사

이승만

대한민국 초대 대통령 취임사

여러 번 죽었던 이 몸이 하느님 은혜와 동포들의 애호로 지금까지 살아 있다가 오늘에 이와 같이 영광스러운 추대를 받는 나로서는 일변 감격한 마음과 일변 감당키 어려운 책임을 지고 두려운 생각을 금하기 어렵습니다.

기쁨이 극하면 웃음이 변하여 눈물이 된다는 것을 글에서 보고 말로 들었던 것입니다. 요즘 나에게 치하하러 오는 남녀동포가 모두 눈물을 씻으며 고개를 돌립니다. 각처에서 축전 오는 것을 보면 모두 눈물을 금하기 어렵습니다.

나는 본래 나의 감상으로 남에게 촉감될 말을 하지 않기로 매양 힘쓰는 사람입니다. 그러나 목석간장이 아닌 만치 나도 뼈에 사무치는 눈물을 금하기 어렵습니다. 이것은 다름 아니라 40년 전에 잃었던 나라를 다시 찾은 것이요, 죽었던 민족이 다시 사는 것이 오늘에야 표명되는 까닭입니다.

오늘 대통령으로서 선서하는 이 자리에 하느님과 동포 앞에서 나의 직책을 다하기로 한층 더 결심하며 맹서합니다. 따라서 여러 동포들도 오늘 한층 더 분발해서 각각 자기의 몸을 잊어버리고 민족 전체의 행복을 위하여 대한민국의 시민으로서 영광스럽고 신성한 직책을 다하도록 마음으로 맹서하기를 바랍니다.

여러분이 나에게 맡기는 직책은 누구나 한 사람의 힘으로 성공할 수 없는 것입니다. 이 중대한 책임을 내가 감히 부담할 때에 내 기능이나 지혜를 믿고 나서는 것이 결코 아니며 오직 전국 애국남녀의 합심 합력으로써만 수행할 수 있을 것으로 믿는 바입니다.

이번 우리 총선거의 대성공을 모든 우방들이 축하하기에 이른 것은 우리 애국남녀가 단단한 애국성심으로 각각의 책임을 다한 때문입니다. 그 결과로 국회 성립 또한 완전무결한 민주제도로 조직되어 2, 3 정당이 그 안에 대표가 되고 무소속과 좌익 색채로 지목받는 대의원이 또한 여럿이 있게 된 것입니다.

기왕의 경험으로 추측하면 이 많은 국회의원 중에서 사상 충돌로 분쟁분열을 염려한 사람들이 없지 않았던 것입니다. 그러나 중대한 문제에 대하여 극렬한 쟁론이 있다가도 필경 표결될 때에는 다 공정한 자유의견을 표시하여 순리적으로 진행하게 되므로 헌법과 정부조직법을 다 민의대로 종다수로 통과된 후에는 아무 이의 없이 다 일심으로 복종하게 되므로 이 중대한 일을 조속한 한도 내에 원만히 해결하여 오늘 이 자리에 이르게 된 것이니 국회의원 일동과 전문위원 여러분의 애국성심을 우리가 다 감복하지 않을 수 없는 것입니다.

나는 국회의장의 책임을 이에 사면하고 국회에서 다시 의장을 선거할 것인데 만일 국회의원 중에서 정부 부처장으로 임명될 분이 있게 되면 그 후임자는 각기 소관 투표구역에서 재선 보결하게 될 것이니 원만히 보결된 후에 의장을 선거하게 될 듯하며 그동안은 부의장 두 분이 사무를 대임할 것입니다. 따라서 이 부의장 두 분이 그동안 의장을 보좌해서 각 방면으로 도와 협조 진행케 하신 것을 또한 감사히 생각합니다.

국무총리와 국무위원 조직에 대해서 그동안 여러 가지로 낭설이 유포되었으나 이는 다 추측적 언론에 불과하며 며칠 안으로 결정 공포될 때에는 여론상 추측과 크게 다를 것이니 부언낭설에 현혹되지 않기를 바랍니다.

우리가 정부를 조직하는 데 제일 중대히 주의할 바는 두 가지입니다. 첫째는 일할 수 있는 기관을 만드는 것입니다. 둘째는 이 기관이 견고히 서서 흔들리지 않아야 할 것입니다. 그러므로 그 사람의 사회적 명망이나 정당단체의 세력이나 간에 오직 국회에서 정하는 법률을 민의대로 준행해 나갈 기능 있는 사람끼리 모이는 기관이 되어야 할 것이니 우리는 그런 분들을 물색하는 중입니다. 어떤 분은 인격이 너무 커서 작은 자리에 채울 수 없는 이도 있고 혹은 작아서 큰 자리에 채울 수 없는 이도 있으나 참으로 큰 사람은 큰 자리에도 채울 수 있고 작은 자리에도 채울 수 있을 뿐 아니라 작은 자리 차지하기를 부끄러워하지 않습니다. 이렇게 참 큰 인물들이 있어 무슨 책임을 맡기든지 대소와 고하를 구별치 않고 적은 데서 성공해서 차차 큰 자리에 오르기를 도모하는 분들이 많아야 우리의 목적이 속히 도달될 것입니다.

이런 인격들이 함께 책임을 분담하고 일해 나가면 우리 정부 일이 좋은 시계 속처럼 잘 돌아가는 중에서 이재를 많이 나타낼 것이요, 세계의 신망과 동정이 날로 증진될 것입니다. 그런 즉 우리가 수립하는 정부는 어떤 부분적이나 어떤 지역을 한하지 않고 전 민족의 뜻대로 전국을 대표하는 정부가 될 것입니다.

기왕에도 말한 바이지만 민주정부는 백성이 주장하지 않으면 그 정권이 필경 정객과 파당의 손에 떨어져서 전국이 위험한 데 빠지는 법이니 일반국민은 다 각각 제 직책을 행해서 먼저 우리 정부를 사랑하며 보호해야 될 것입니다. 내 집을 내가 사랑하고 보호하지 않으면 필경은 남이 주인노릇을 하게 됩니다. 과거 40년 경험을 잊지 말아야 할 것입니다. 의로운 자를 보호하고 불의한 자를 물리쳐서 의가 서고 사가 물러가야 할 것입니다. 전에는 임금이 소인을 가까이 하고 현인을 멀리하면 나라가 위태하다 하였으나 지금은 백성이 주장이므로 민중이 의로운 사람과 불의한 사람을 명백히 구별해야 할 것입니다.

승인 문제에 대하여는 그 권리가 우리에게 있는 것이 아니므로 우리가 판단할 수는 없으나 우리의 순서가 이대로 계속된다면 모든 우방의 호의로 속히 승인을 얻을 줄로 믿는 바입니다.

그러나 우리가 주시하는 바는 승인을 얻는 데 있지 않고 먼저 국위를 공고히 세우는 데 있나니 모든 우방이 기대하는 바를 저버리지 아니하고 우리가 잘만 해 나가면 우리의 요청을 기다리지 않고 자발적으로 후원할 것이니 이것도 또한 우리가 일 잘하기에 달린 것입니다.

9월에 파리에서 개회하는 유엔 총회에 파견할 우리 대표단은 특별히 긴급한 책임을 가지니 만치 가장 외교상 적합한 인물을 택하여 파견할 터인데 아직 공포는 아니하였으나 몇몇 고명한 인격으로 대략 내정되고 있으니 정부 조직 후에 조만간 완정(完定) 공포될 것입니다.

우리의 대표로 레이크 석세스에 가서 많은 성적을 내고 있는 임영신 여사에 대해서는 우리가 다 고맙게 생각하는 바입니다. 여기서 우리가 재정후원도 못하고 통신상으로 밀접히 후원도 못하는 중에 중대한 책임을 그만치 진취시킨 것을 우리는 다 영구히 기념하게 될 것입니다.

이북 동포 중 공산주의자들에게 권고하노니 우리 조국을 남의 나라에 부속하자는 불충한 사상을 가지고 공산당을 빙자하여 국권을 파괴하려는 자들은 우리 전 민족이 원수로 대우하지 않을 수 없나니 남의 선동을 받아 제 나라를 결단내고 남의 도움을 받으려는 반역의 행동을 버리고 남북의 정신통일로 우리 강토를 회복해서 조상의 위업을 완전히 보호하여 우리끼리 합하여 공산이나 무엇이나 민의를 따라 행하는 것이 좋을 것입니다.

기왕에도 누누이 말한 바와 같이 우리는 공산당을 반대하는 것이 아니라 공산당의 매국주의를 반대하는 것이므로 이북의 공산주의자들은 이것을 절실히 깨닫고 일제히 회심해서 우리와 같이 같은 보조를 취하여 하루 바삐 평화적으로 남북을 통일해서 정치와 경제상 모든 복리를 다 같이 누리게 하기를 바라며 부탁합니다.

대외적으로 말하면 우리는 세계 모든 나라와 다 친린해서 평화를 증진하여 외교 통상에 균평한 이익을 같이 누리기를 절대 도모할 것입니다. 만일 교제상 친소에 구별이 있다면 이 구별은 우리가 시작하는 것이 아니고 타동적으로 되는 것입니다.

다시 말하자면 어느 나라든지 우리에게 친선히 한 나라는 우리가 친선히 대우할 것이요, 친선치 않게 우리를 대우하는 나라는 우리가 친선히 대우할 수 없을 것입니다. 과거 40년간 우리가 국제상 상당한 대우를 받지 못한 것은 세계 모든 나라가 우리와 접촉할 기회가 없었던 까닭입니다.

일본인들의 선전만을 듣고 우리를 판단해 왔었지만 지금부터는 우리 우방들의 도움으로 우리가 우리 자리를 찾게 되었은즉 우리가 우리말을 할 수 있고 우리 일도 할 수 있나니 세계 모든 나라들은 남의 말을 들어 우리를 판단하지 말고 우리가 하는 일을 보아서 우리의 가치를 우리의 습관대로만 정해 주는 것을 우리가 요청하는 바입니다. 우리 정부와 민중은 외국의 선전을 중요히 여겨서 자유와 평화를 사랑하는 각국 남녀로 하여금 우리의 실정을 알려 주어서 피차에 양해를 얻어야 정의가 상통하여 교제가 친밀할 것이니 이것이 우리의 권리만 구함이 아니요, 세계 평화를 보증하는 방법입니다.

새 나라를 건설하는 데는 새로운 헌법과 새로운 정부가 다 필요하지만 새 백성이 아니고서는 결코 될 수 없는 것입니다. 부패한 백성으로 신성한 국가를 이루지 못하나니, 이런 민족이 날로 새로운 정신과 새로운 행동으로 구습을 버리고 새 길을 찾아서 날로 분발 개진하여야 지나간 40년 동안 잃어버린 세월을 다시 회복해서 세계 문명국에 경쟁할 것이니, 나의 사랑하는 삼천만 남녀는 이날부터 더욱 분투용진해서 날로 새로운 백성을 이룸으로써 새로운 국가를 만년반석 위에 세우기로 결심합시다.

정부수립 기념사

8월 15일, 오늘에 거행하는 이 식은 우리의 해방을 기념하는 동시에 우리 민국이 새로 탄생한 것을 겸하여 경축하는 것입니다. 이날에 동양의 한 고대국인 대한민국 정부가 회복되어서 40여 년을 두고 바라며 꿈꾸며 투쟁하여온 결실이 실현되는 것입니다.

이 건국 기초에 요소될 만한 몇 조건을 간략히 말하려 하니

민주의 실천

민주주의를 전적으로 믿어야 될 것입니다. 우리 국민 중에 혹은 독재제도가 아니면 이 어려운 시기에 나갈 길이 없는 줄로 생각하며 또 혹은 공산분자의 파괴적 운동에 중대한 문제를 해결할 만한 지혜와 능력이 없다는 관계로 독재권이 아니면 방법이 없다고 생각하는 이도 있으니 이것은 우리가 다 큰 유감으로 생각하는 것입니다.

역사의 거울이 우리에게 비추어 보이는 이때에 우리가 민주주의를 채용하기로 30년 전부터 결정하고 실행하여 온 것을 또 간단없이 실천해야 될 것입니다.

민권과 자유

민권과 개인 자유를 보호할 것입니다. 민주정체의 요소는 개인의 근본적 자유를 보호하는 것입니다. 국민이나 정부는 항상 주의해서 개인의 언론과 집회와 종교와 사상 등 자유를 극력 보호해야 될 것입니다. 우리가 40여 년 동안을 왜적의 손에 모든 학대를 받아서 다만 말과 행동뿐 아니라 생각까지도 자유롭지 못하게 되었던 것입니다. 그러나 우리

는 개인 자유활동과 자유판단권을 위해서 쉬지 않고 싸웠던 것입니다.

자유의 인식

자유의 뜻을 바로 알고 존숭히하며 한도 내에서 행해야 할 것입니다. 어떤 나라에든지 자유를 사랑하는 지식계급의 진보적 사상을 가진 청년들이 정부에서 계단을 밟아 진행하는 일을 비평하는 폐단이 종종 있습니다. 그러나 사상의 자유는 민주국가의 기본적 요소이므로 자유권을 사용해 남과 대치되는 의사를 발표하는 사람들을 포용해야 할 것입니다.

자유와 반동

국민은 민권의 자유를 보호할 담보를 가졌으나 이 정부에는 불복하거나 전복하려는 권리는 허락한 일이 없나니 어떤 불충분자가 있다면 공산분자 여부를 막론하고 혹은 개인으로나 도당으로나 정부를 전복하려는 사실이 증명되는 때에는 결코 용서가 없을 것이니 극히 주의해야 할 것입니다.

근로자 우대

정부에서 가장 전력하려는 바는 도시에서나 농촌에서나 근로하며 고생하는 동포들의 생활 정도를 개량하는 데 있는 것입니다. 노동을 우대하여 법률 앞에서는 다 동등으로 보호할 것입니다. 이것이 곧 이 정부의 결심이므로 전에는 자기들의 형편을 개량할 수 없던 농민과 노동자들에게 특별히 주지하려 하는 것입니다.

통상과 공업

이 정부가 결심하는 바는 국제 통상과 공업발전을 우리나라의 필요에 따라 발전시키는 것입니다. 우리가 우리 민족의 생활정도를 상당히 향상시키려면 모든 공업에 발전을 실시하여 우리 농장과 공장 소출을 외국에 수출하고 우리가 우리에게 없는 물건은 수입해야 될 것입니다. 그런즉, 공장과 상업과 노동은 서로 떠날 수 없이 함께 병행불패해야만 될 것입니다. 경영주들은 노동자들을 이용만 하지 못할 것이요, 노동자는 자본가를 해롭게 못할 것입니다.

경제적 원조

우리가 가장 필요를 느끼는 것은 경제적 원조입니다. 기왕에는 외국의 원조를 받는 것이, 받는 나라에 위험스러운 것은 각오하지 않을 수 없었던 것입니다. 그러나 지금 와서는 이 세계 대세가 변해서 각 나라간에 대소강국을 막론하고 서로 의지해야 살게 되는 것과 전쟁과 평화에 화복안위를 같이 당하는 이치를 다 깨닫게 되므로 어떤 작은 나라의 자유와 건전이 모든 큰 나라들에 동일히 관계하게 되는 것입니다.

그러므로 그 우방들이 우리에게 많은 도움을 주는 것이요, 또 계속해서 도움을 줄 것인데 결코 사욕이나 제국주의적 야망이 없고 오직 세계평화와 친선을 증진할 목적으로 되는 것이니 다른 의심이 조금도 없을 것입니다.

통일의 방략

우리 전국이 기뻐하는 이 날에 우리가 북편을 돌아보고 원감한 생각을 금하기 어렵습니다. 거의 일천만 우리 동포가 우리와 민국건설에 같이 진행하기를 남북이 다 원하였으나 유엔 대표국을 소련군이 막아 못하게 된 것이니 우리는 장차 소련 사람들에게 정당한 조치를 요구할 것이요, 다음에는 세계대중의 양심에 호소하리니 아무리 강한 나라라도 약한 이웃의 영토를 무참히 점령케 하기를 허락케 한다면 종차는 세계의 평화를 유지할 나라가 없을 것입니다. 기왕에 말한 바이지만 소련이 우리에 접근한 이웃이므로 우리는 그 큰 나라로 더불어 평화와 친선을 유지하려는 터입니다. 그 나라가 자유로이 사는 것을 우리가 원하는 만치 우리가 자유로 사는 것을 그 나라도 또한 원할 것입니다. 언제든지 우리에게 이 원하는 바를 그 나라도 원한다면 우리 민국은 세계 모든 자유국과 친선히 지내는 것과 같이 소련과도 친선한 우의를 다시 교환키 위해 노력할 것입니다.

결론

가장 중대한 바는 일반국민의 충성과 책임심과 굳센 결심입니다. 이것을 신뢰하는 우리로는 모든 어려운 일에 주저하지 않고 이 문제를 해결하며 장애를 극복하여 이 정부가 대한민국의 처음으로 서서 끝까지 변함없이 민주주의의 모범적 정부임을 세계에 표명되도록 매진할 것을 우리는 이에 선언합니다.

대한민국 30년 8월 15일
대한민국 대통령 이승만

▌대한민국 초대 대통령 취임사

가랑비가 오락가락하던 1948년 7월 24일, 중앙청(지금의 광화문) 앞 광장은 입추의 여지없이 각계각층의 인사들로 가득 찼다. 광장으로 이어지는 세종로 양편에도 군중들이 빼곡했다. 광장 왼편에는 태극기가, 오른편에는 미국 성조기가 드높이 내걸렸다. 단상 주변은 야자수와 오색 찬란한 꽃으로 장식되었다. 귀빈석에는 국회의원 전원을 비롯해 과도정부 부처장, 각 정당 사회단체 대표, 유엔 조선위원단 위원, 미군정 하지 중장 등이 자리했다.

연단 중앙의 자리만 비어 있었다. 인산인해를 이룬 군중들은 그 자리의 주인공이 어서 나타나기를 고대했다. 주인공은 대한민국 초대 대통령 이승만. 이날은 대한민국 초대 대통령과 부통령 이시영의 취임식 날이었다.

앞서 5월 10일 남한만의 단독 총선에 의해 구성된 제헌의회는 대통령제 헌법을 채택하고, 7월 20일 대통령 선거를 실시했다. 이승만은 198명의 의원으로부터 180표의 압도적 지지를 얻어 초대 대통령에 당선됐다.

이윽고 오전 10시, 이 대통령은 당시 국회의사당으로 쓰이던 중앙청 정

중앙청에서 거행된 대통령 취임식 (1948)

문을 나서 식장에 도착했다. 옥색 모시 두루마기 차림의 이승만 대통령이 연단에 오르자 군중들의 환호와 박수가 이어졌다.

취임식은 국회 사무총장 전규홍의 사회로 시작됐다. 군악대의 주악에 이어 애국가 봉창, 국기에 대한 경례, 순국선열에 대한 묵념 순으로 앞 행사가 진행됐다. 애국가 봉창, 국기에 대한 경례, 순국선열에 대한 묵념은 이때부터 대한민국의 공식 행사의 의전 규범이 된다.

이어 신익희 국회부의장이 "우리는 지금 중앙청 이 광장에서 삼천만 민중 앞에서 삼가 이승만 대통령, 이시영 부통령의 취임 선서식을 거행합니다"고 개회를 선언했다.

10시 30분, 이승만 대통령은 오른손을 들어 "나 이승만은 국헌을 준수하며 국민의 복리를 증진하며 국가를 보위하여 대통령의 직무를 성실히 수행할 것을 국민 앞에 엄숙히 선서한다"고 선서한 다음 서명했다. 선서가 끝나자 광장은 다시 군중들의 박수로 가득 찼다.

이어 이승만은 대한민국 초대 대통령 취임사를 시작했다.

"여러 번 죽었던 이 몸이 하나님 은혜와 동포들의 애호로 지금까지 살아 있다가 오늘에 이와 같이 영광스러운 추대를 받는 나로서는 일변 감격한 마음과 일변 감당키 어려운 책임을 지고 두려운 생각을 금하기 어렵습니다."

이승만의 목소리에는 실로 만감이 교차하는 감회가 절로 우러났다. 50년 전 독립협회 간부들과 함께 투옥돼 사형선고를 받았던 70세의 노(老) 독립운동가 이승만의 소회는 남다를 수밖에 없었다. 33년의 해외 망명생활, 그리고 해방 후 좌익 계열과의 치열한 정치투쟁을 거쳐 드디어 고대하던 대한민국의 초대 대통령에 취임하게 된 것이다.

이승만은 이어 "하나님과 동포 앞에서 나의 직책을 다하기로 한층 더 결심하여 맹세합니다"고 다짐한 뒤 큰 틀에서 국가운영의 기조를 밝혔다.

먼저 당면 과제인 정부 조직과 관련해 "전 민족의 뜻대로 전국을 대표하는 정부가 될 것"이라는 원칙적 방향을 제시했다. 이어 세계 각국의 대한민국 정부 승인에 대해 낙관적 전망을 피력하고, 공산주의에 반대한다는 소신을 천명했다. 외교상의 선린 우호와 평화의 대의도 밝혔다.

그리고 나서 이승만은 "새 나라를 건설하는 데는 새로운 헌법과 새로운 정부가 다 필요하지만 새 백성이 아니고서는 결코 될 수 없는 것"이라면서 "분투용진해서 날로 새로운 백성을 이룸으로써 새로운 국가를 만년반석 위에 세우기로 결심합시다"고 취임사를 마무리했다.

이승만의 이날 취임사는 일제에 의해 나라가 패망된 지 38년, 해방된 지 3년 만에 대한민국을 대표하는 지도자가 국민에게 고하는 첫 연설이라는 역사적 의의를 갖는다.

정부수립 기념사

해방된 지 만 3년 만에 드디어 대한민국 정부수립을 선포하는 날. 1948년 8월 15일 서울 시내는 이른 아침부터 흥분과 설렘으로 술렁거렸다. 남대문과 동대문 등의 문루에는 '대한민국 만세'를 아로 새긴 오색의 현판이 내걸렸다. 중앙청 앞 광장에서 세종로, 남대문에 이르는 길은 새벽부터 몰려든 시민들로 입추의 여지가 없었고, 전차 운행조차 일시 중단됐다. 중앙청 앞 광장 행사를 실황 방송하기 위해 거리 곳곳에 설치된 스피커에서는 '대한민국 정부수립 기념가'가 계속 울려 퍼졌다.

"삼천만 무궁화 새로이 피라/반만년 이어온 단군의 피로/겨레들 모두 다 손을 잡으라/민족과 인류의 영원을 위해/우리는 받들자 대한민국을/다 같이 받들자 우리의 조국"

일제로부터 해방은 됐으나 미국과 소련의 분점으로 국토가 양단돼 미뤄졌던 독립국가가 수립되는 것은 비록 남한만의 단독정부라는 한계가 있긴 하지만, 실로 그 역사적 의의는 컸다. 이날로써 미군정은 종지부를 찍고, 대한민국이라는 독립국가가 수립됐다. 비록 좌익세력들이 뿌린 단독정부 수립 반대 삐라들이 시내 곳곳에 흩어져 있었지만, 대부분의 시민들에게는 감회가 새로울 수밖에 없는 날이었다. 중앙청 광장에서부터 세종로와 태평로를 가득 메운 군중들의 열기가 그것을 대변했다. 더욱이 이날 행사에는 맥아더 연합사령관이 처음으로 한국을 방문해 참석하기로 예고되어 있었다. 맥아더 사령관은 일본을 패망시키고 조선을 해방시킨 영웅적 존재였다. 자연히 시민들의 관심이 클 수밖에 없었다.

개회 시각인 오전 11시 무렵, 이승만 대통령과 맥아더 사령관이 군중들의 환호를 받으며 식장에 도착했다. 3 · 1운동 민족대표 33인 중 한 사람인 오세창의 개회사가 끝나자 이 대통령이 기념사를 낭독했다.

이승만은 "이날에 동양의 한 고대국인 대한민국 정부가 회복되어서 40

여 년을 두고 바라며 꿈꾸며 투쟁하여온 결실이 실현되는 것입니다"고 이 날 행사의 의의를 말하면서 연설을 시작했다.

이어서 '건국기초에 요소될 만한 몇 조건'을 제시했다. 민주주의 실천, 인권과 자유 보호, 언론의 자유, 근로자와 농민의 생활 향상, 국제 통상과 공업 발전, 우방의 경제적 원조 기대와 한미우호, 국제 평화와 친선, 국민의 책임 등이 그것이다.

이렇게 건국의 기본을 제시하고 난 다음 이 대통령은 "모든 어려운 일에 주저하지 않고 이 문제를 해결하며 장애를 극복하여 이 정부가 대한민국의 처음으로 서서 끝까지 변함없이 민주주의의 모범적 정부임을 세계에 표명되도록 매진할 것을 우리는 이에 선언합니다"는 다짐으로 기념사를 마무리했다. 그리고 나서 힘주어 '대한민국 30년 8월 15일, 대한민국 대통령 이승만'이라고 말했다. '대한민국 30년'은 상해임시정부의 정체성과 정체(政體)를 계승한 정부임을 내세운 것이다.

이 대통령 기념사의 핵심 요체는 대한민국이 지향할 자유민주주의와 시장경제의 요강을 밝히고, 한미동맹의 노선을 천명한 것이다.

곧이어 맥아더 사령관이 "본관은 40년간에 걸쳐 왜국의 압제 속에 해방을 위해 싸운 것을 감탄합니다. 이제 정부가 서고 완전한 독립이 되어 무한한 마음으로 축하하며 그 위대한 민족성을 길이 빛내기 바란다"는 요지의 축사를 했다.

그리고 오세창의 선창으로 만세삼창을 하고 정부수립 기념행사는 그 대단원의 막을 내렸다.

미군정은 이날로 업무를 종료하고 물러났다. 미국과 중국은 이날로 대한민국 정부를 승인했다. 대한민국 독립정부가 수립되고, 내외에 공포된 것이다. 그러나 일제에 나라를 빼앗긴 지 38년 만에 민족국가가 수립됐다는 역사적인 의의에도 불구하고, 이날의 정부수립은 한반도를 아우르는 통일정부가 아니라 남한만의 단독정부라는 태생적 한계를 지녔다. 좌익 세력은 물론 김구 등의 한국독립당도 남한만의 5·10선거에 반대해 불참하면서 정부수립에 참여하지 않았다. 처음부터 미완의 틀을 갖고 수립된 셈이다.

한편 남한에 이어 북한도 1948년 9월 9일 '조선민주주의인민공화국'을 출범시켰다. 이로써 한반도에는 남과 북에 각각 다른 체제의 정부가 수립됐다. 통일된 자주독립국가의 수립이라는 민족적 열망은 꺾였다. 이후 김구 등이 통일정부 수립을 위해 막바지 노력을 기울였으나, 냉전체제 속으로 편입되면서 남북은 '돌아올 수 없는 강'을 건넜다. 결국 분단 정부의 수립 결과는 2년 뒤 한민족에게 씻을 수 없는 상흔을 남기게 될 한국전쟁으로 귀결된다.

대한민국 초대 대통령 이승만은 한말 독립협회에 가입 활동하면서 구국운동에 투신했다. 1898년 정부 전복을 꾀했다는 혐의로 독립협회 간부들과 함께 투옥되었다. 탈옥을 시도하다 붙잡혀 사형선고까지 받았으나 감형돼 7년을 복역하고 석방됐다. 이승만은 1914년 미국으로 망명, 미국 정부 및 국제연맹 등에 독립을 호소하는 활동을 펼쳤다. 1919년 3·1운동 후 국내에서 조직된 한성임시정부와 상해임시정부에서 각각 최고책임자인 집정관 총재와 국무총리에 추대될 정도로 그는 민족지도자로서 상징성을 인정받았다. 그러나 이승만의 권위주의적 리더십과 외교 위주의 독립노선은 곳곳에서 갈등과 분열을 야기했다. 급기야 1921년에는 상해임시정부 의정원이 그에 대한 불신임을 결의하게도 했다.

이승만은 민족주의 세력을 배경으로 사회주의 세력의 호감을 적절히 활용하면서 해방 정국을 이끌어가다가 신탁통치 국면에서 남한 정국의 주도권을 확보했다. 미군정의 확실한 후원 속에서 사회주의 세력과 전면투쟁에 나서는 한편 단독정부 수립론을 주창, 관철시키는 노회한 정치적 수완으로 초대 대통령의 자리에 올랐다.

이승만 대통령의 공적에 대해서는 극단의 평가가 엇갈리고 있다. 무엇보다 강대국의 대립과 전쟁의 소용돌이 속에서 국가의 존립을 지켜낸 지도력은 폄하될 수 없다. '세계를 경악시킨 대사건'으로 불리는 반공 포로석방(1953)을 비롯해 평화선 선포(1952) 등은 강대국에 일방으로 휘둘리지 않으면서도 국익을 취하는 이승만의 외교력을 상징적으로 보여주고 있다. 하지만 '외교에는 귀신, 내치에는 등신'이라는 말이 압축하듯, 이승만의 끝없는 정권욕과 독재성으로 인해 내치(內治)는 시간이 갈수록 수렁 속으로 빠져들었다. 한국전쟁의 와중에 부산파동을 일으켜 장기집권 기반을 닦은 이승만 정권은 이후 사사오입 개헌 등을 통해 영구집권을 기도하는 등 급속히 독재와 부패의 나락으로 접어들었고, 결국 4월 혁명에 의해 축출된다.

하야를 선언한 이승만은 배웅하는 주변 사람들에게 "늦어도 한 달 후에는 돌아올 테니 집 잘 봐 달라"고 할 정도로 다시 귀국할 수 있을 것이라는 기대를 품은 채 1960년 5월 29일 아침 하와이로 떠났다. 그러나 그는 끝내 살아서 고국으로 돌아오지 못했다. 1965년 7월 19일 하와이의 미 육군병원에서 '나를 고국에 데려가 주오'라는 유언을 남긴 채 쓸쓸히 숨을 거뒀다.

1950
유엔은 북한 침략을
저지할 의무가 있습니다

장면

우리 대한민국 정부는 유엔에 의해 태어났습니다. 그런데 바로 그 대한민국이 지금 북한의 불법적 기습 공격에 큰 고통을 받고 있습니다. 본인은 적개심에 가득 찬 북한군이 1950년 6월 25일 일요일의 평화로운 아침에 모든 방향에서 밀고 내려오면서 우리의 영토의 몇몇 지역을 침범했다는 사실을 본국 정부로부터 공식적으로 통보받았습니다. 한국의 수도인 서울로부터 북쪽으로 불과 40마일 떨어져 있는 개성도 북한군의 공격을 받았습니다. 옹진반도에서는 전 주민이 소개(疏開)됐습니다. 북한 전투기 몇 대는 서울 근처 김포공항을 비롯한 우리의 영토로 날아 들어와 들판에 기총소사를 퍼붓고 있습니다. 삼척과 수원을 비롯한 우리나라 북쪽지역에서는 바다와 육지 양쪽에서 북한군의 침공이 이뤄지고 있습니다.

북한군은 이번 남침 공격에서 탱크와 대포, 6인치 무반동 총, 전투기 등을 총동원했습니다. 한마디로 전면전을 치르겠다는 것입니다. 북한의 목표는, 말할 필요도 없이, 우리 대한민국 정부를 전복시킨 뒤 자신들의 조종을 받는 공산괴뢰정부를 수립한다는 것입니다.

그러나 우리 대한민국 국군은 불굴의 투지와 용맹함으로 이 같은 침략에 맞서고 있습니다. 우리 국민들도 조국의 자유와 독립, 민주주의를 지키기 위해 목숨을 바쳐 침략자들에게 항거하겠다는 결의에 가득 차 있습니다.

북한군의 이 불법적인 도발은 인도주의와 인류의 양심에 대한 범죄 행위입니다. 또한 우리나라에 대한 침략은 국제평화와 안전에 대한 공격이자 협박이기도 합니다. 본인은 국제평화 위협 행위를 분쇄함에 있어서 안전보장이사회가 즉각 행동에 나서주기를 호소합니다. 아울러 본인은 안전보장이사회가 침략자들에게 전쟁 행위를 중단하고 우리 영토에서 물러나라고 명령해 주기를 간곡히 호소합니다.

우리 대한민국이 존립할 수 있는 것은 바로 유엔의 덕택입니다. 본인은 평화 유지의 중차대한 책임을 떠맡고 있는 안전보장이사회가 이 절체절명의 의무를 저버리지 않을 것이라는 사실을 믿어 의심치 않습니다.

연단에 선 주미대사 장면은 벅차오르는 감격과 격심한 중압감에 한동안 몸을 가누지 못했다. 자신의 유엔 안전보장이사회 참석이 표결을 거친 다음에 성사됐기 때문이었다. 북한의 한국 침공이라는 중대한 사태를 맞아 남북한 당사자들의 말을 들어보자는 제안이 표결로 부쳐졌는데 북한의 참석은 6 대 1로 부결이 된 데 반해 한국의 참석은 9 대 1로 가결됐다.

이제 자신의 말 한마디, 몸짓 하나에 조국의 운명이 결정될 지도 모른다는 생각이 들었다. 장면은 다시금 결의를 다졌다. 서둘러 작성한 영문 연설문을 지그시 내려다 보았다. 흐릿하게 보이던 글씨가 이윽고 뚜렷이 보이기 시작했다.

북한군이 1950년 6월 25일 일요일 새벽을 기해 전면적인 기습 공격을 감행한 지 하루 뒤인 6월 25일 오후 3시 뉴욕(현지시간. 한국시간으로는 6월 26일 새벽 4시. 이하 현지시간으로 통일). 유엔본부에서는 북한의 침공 행위에 대처하기 위한 긴급 안전보장이사회가 열리고 있었다. 장면은 의장으로부터 발언권을 얻어 북한군의 남침행위에 대한 즉각적인 개입을 요청하는 연설을 시작했다.

장면이 북한군의 남침 사실을 처음으로 안 것은 6월 24일 밤 9시쯤이었다. 평소 친분이 두터운 AP통신의 모리스 해리스 기자가 전화로 이를 알려주었다. 비슷한 시간 워싱턴 주미대사관의 한표욱 1등 서기관은 UP통신의 도널드 곤잘레스 기자로부터 전화를 받았다. 마침내 10시 30분경 이승만 대통령이 직접 전화를 걸어와 이 같은 사실을 공식 통보했다.

장면은 전화를 끊자마자 서기관과 함께 곧바로 미 국무성으로 향했다. 딘 러스크 극동 담당 차관보를 만나기 위해서였다. 시계바늘이 자정을 향해 가고 있는데도 국무성 건물은 환하게 불이 켜져 있었다. 한국 담당관들을 비롯한 국무성의 관련 직원들은 UP기자의 서울발 특종 기사와 무초 주한 미국대사가 보낸 긴급 전문을 앞에 놓고 분주히 움직이고 있었다.

장면은 러스크 차관보에게 이 대통령의 지시사항을 상세하게 설명했다. 장면은 러스크에게 "미국이 시급히 군사 원조를 제공해야 한다"고 여러번 강조했다. 러스크는 "잘 이해하고 있으며 한국의 입장에 동의한다"고 대답했다. 러스크는 이어 "이 문제는 미국 단독으로 결정할 일이 아니다. 내일 유엔 안전보장이사회가 열리니 한국 측도 참석했으면 좋겠다"고 말했다. 장면이 국무성 건물을 나온 것은 새벽 4시였다.

꼬박 뜬 눈으로 밤을 새운 장면은 성당에서 아침 미사를 드린 뒤 대사관의 서기관과 함께 워싱턴 앤드루 공군기지로 달려갔다. 기내에서 그는 종이를 꺼내 놓고 직접 연설문 초안을 작성했다.

장면은 연설의 서두에서 무엇보다 한국과 유엔은 운명적 관계에 있다는 사실을 상기시켰다. 미국과 소련은 1945년 말 모스크바 3상회의에서 한반도에 임시정부를 수립하고 신탁통치를 시행할 방법을 논의하기 위해 미·소 공동위원회를 구성했다. 그러나 1946년 3월과 1947년 5월에 각각 열린 1, 2차 위원회에서도 합의점을 찾지 못하자 미·소 공동위원회는 완전히 결렬됐다. 남한만의 단독정부 구성안이 구체화되기 시작했다.

미·소 공동위원회가 결렬되자 미국은 한국 문제를 유엔으로 넘겼다. 미국의 영향권에 있었던 유엔은 소련의 반대에도 불구하고 1947년 11월 미국의 제안을 그대로 받아들여 유엔 한국임시위원단의 감시 아래 인구 비례에 따라 남북한 총선거를 실시하기로 결정했다. 그러나 북한지역에서의 선거가 소련의 거절로 불가능해지자 유엔은 1948년 2월 남한만의 단독 선거를 결정했다. 김구, 김규식을 비롯한 민족주의자들과 공산주의자들은 남한만의 선거로 단독정부가 수립되면 분단이 영구화된다며 격렬히 반대했으나 이승만과 친일세력들은 유엔의 제안을 적극 지지했다. 결국 1948년 5월 10일 선거에 반대하는 세력들이 불참한 가운데 남한만의 총선거가 실시됐고 같은 해 8월 15일 대한민국 정부가 수립됐다. "대한민국 정부는 유엔에 의해 태어났다"는 장면의 언급

한국전쟁 당시 미공군의 폭격으로 파괴된 한강의 광진교 (1950)

은 바로 이 같은 역사적 사실을 염두에 둔 것이다.

장면은 이어 북한군이 얼마나 많은 무기를 동원해 총공세를 퍼붓고 있는지, 그로 인해 한국의 운명이 바람 앞의 등불처럼 얼마나 위태로운지 설명했다. 서울에서 불과 40마일 떨어진 개성이 공격을 당했고, 김포공항까지 북한 전투기의 기총소사에 속수무책으로 당하고 있는 상황 등 하늘과 땅, 바다 세 방면에서 북한군의 전면적인 침공이 이뤄지고 있음을 고발했다.

연설의 본론에 해당하는 것은 "우리나라에 대한 침략은 국제 평화와 안전에 대한 공격이자 협박"이라는 대목이다. 즉 북한의 도발은 단지 한국이라는 특정 국가, 특정 지역에 대한 무력 공세일 뿐만 아니라 인도주의와 인류의 양심, 국제 평화와 안전 등 전 세계 사람들과 모든 국제사회가 추구하는 보편적 가치를 짓밟는 행위라는 발언이다. 따라서 유엔이 나서지 않는다는 것은 자기 자신에 대한 도발을 용인하는 것과 같다는 논리였다.

장면은 끝으로 다시 한 번 유엔의 노력과 한국의 존립은 하나라는 사실을 강조했다. 유엔이 한국사태에 적극 개입하면 대한민국이라는 국가는 살아남아 계속적으로 발전할 수 있겠지만 만약 회피하거나 방관하면 대한민국은 그날로 끝날 것이며, 이렇게 된다면 유엔과 한국의 공동운명을 저버리는 일이 되지 않겠느냐, 이것이 그의 결론이었다.

장면의 연설이 끝나자 영국 대표가 한국의 입장을 지지하는 보충 발언을 했다. 이어서 미국 측이 제의한 결의안이 표결에 부쳐졌다. 그리고 결의안은 9 대 0으로 가결됐다.

안전보장이사회의 대 북한 결의안이 채택되자 장면은 흐르는 눈물을 주체하지 못했다. 그는 각국 대표들이 회의실을 떠난 뒤에도 기둥에 머리를 대고 눈물을 쏟았다. 장면은 "하느님, 감사합니다"를 수십 수백 번씩 되뇌며 기도를 올렸다. 군용기를 타고 워싱턴으로 돌아오면서도 "이제 우리 대한민국은 살았다"고 소리치며 서기관을 부둥켜안았다. 장면이 워싱턴의 대사관저로 돌아와 장면이 다시 무릎 꿇고 감사의 기도를 올린 것은 밤 10시. 그의 인생에서 가장 긴 하루였다.

장면의 전쟁 외교는 안보리 연설 이후에도 계속됐다. 6월 26일에는 백악관을 찾아가 트루먼 대통령에게 직접 지원을 호소했다. 트루먼은 회고록에서 이날 장면과의 만남을 이렇게 서술했다. "이 대통령의 지원 호소 메시지를 들고 온 장면 대사는 하얗게 질린 얼굴로 거의 울음을 터뜨릴 지경이었다. 나는 그를 위로했다. "전쟁이 시작된 지 불과 48시간 밖에 지나지 않았다. 역사를 보면 더 절망적인 상황에서도 자유를 수호하고 승리를 얻은 경우가 있다."

장면은 또 워싱턴에 주재하는 각국 대사와 국무성 관계자들을 거의 매일 만나 미국의 해·공군뿐만 아니라 지상군까지 파견해야 전쟁이 빨리 끝날 수 있음을 강조했다. 신생 약소국 대사인 장면과 주미 대사관은 이미 본국 정부와의 연락도 끊긴 상태에서 대미외교는 물론 대 유엔 외교까지 감당했다.

이와 함께 장면은 유엔 안전보장이사회 회의가 끝날 때마다 라디오 방송 '미국의 소리(Voice of America)'를 통해 국내 동포들에게 미군 파병과 유엔 결의를 설명하고 "지금은 국군이 후퇴하고 있지만 곧 서울을 탈환할 것이니 적 치하에서 어려움을 참고 견뎌 달라"고 호소했다.

장면은 피난민 구호 외교에도 노력했다. 그가 백방으로 뛰어다닌 끝에 8월 14일 유엔 경제사회 이사회에서 '한국 피난민 구호안'이 통과됐다. 그는 자신이 가톨릭 신자라는 점을 활용해 미국 가톨릭 자선회 등 종교단체의 구호도 이끌어 냈다.

장면은 1899년 서울에서 개화지식인 장기빈의 아들로 태어났다. 장면은 일찍이 각성한 개명(開明) 관료이자 외국 물정에 밝은 지식인 부친과 독실한 가톨릭 신자였던 어머니의 영향으로 초등교육과정에서부터 가톨릭계 학교에 진학했다. 1920년 미국 유학을 떠난 장면은 뉴욕의 맨해튼대학에서 문학사 학위를 받았다.

귀국한 뒤 한동안 교편을 잡았다가, 1946년 정계에 투신하여 제헌의회 의원이 됐다. 1949년 초대 주미 대사로 부임했으며 한국전쟁이 끝난 뒤 야당 지도자로 자유당 독재정권에 맞서 투쟁했다. 4월혁명 뒤 제5대 민의원을 거쳐 내각책임제하의 제2공화국 국무총리로 선출됐으나 5·16군사쿠데타로 실각했다. 그 이후 정치정화법에 묶여 정치활동을 금지당했고 1966년 운명했다.

이승만 독재체제의 구축과 민주주의의 열망

이승만 독재체제의 구축과 민주주의의 열망

전 국토를 잿더미로 만들고 수많은 인명을 앗아간 3년 1개월 동안의 한국전쟁은 남한과 북한을 모두 극단적인 정치체제로 몰고 갔다. 특히 영구집권을 꿈꾸던 남한의 이승만에게 전쟁은 하나의 기회였다. 이승만 정권은 학살, 부역자, 연좌제 등의 끔찍한 전쟁의 공포를 이용해 사회 전체가 자신들의 극우반공 이데올로기에 철저히 순응하도록 만들었다.

이승만은 국군과 인민군이 일진일퇴를 거듭하고 있던 전쟁의 와중에서도 독재체제 구축을 위한 시도를 멈추지 않았다. 1948년에 제정된 제헌헌법은 정·부통령을 국회에서 선출하도록 규정하고 있었다. 그 헌법에 따른 대통령 재선의 가능성이 희박해지자 이승만은 1951년 12월 조선민족청년단(족청)과 원외자유당(나중에 자유당이 됨) 등 자신을 지지해줄 정당을 결성했다. 한 달 뒤인 1952년 1월 정부는 정·부통령 직선제를 골자로 한 개헌안을 제출했으나 압도적인 표차로 국회에서 부결됐다. 이에 이승만은 땃벌떼·백골단 등 이름도 희한한 정치깡패들을 동원해 국회를 협박하고 '관제 민의'를 동원했다.

이승만은 5월 24일 임시수도였던 부산 일원에 계엄령을 선포한 뒤 '국제공산당 사건'을 조작해 국회의원 10명을 구속시키는가 하면 국회 주변을 관제 시위대가 포위하는 공포 분위기를 연출했다. 이 같은 상황 아래서 이른바 발췌개헌안이 제출됐고 마침내 7월 4일 불법적인 '기립표결'로 개헌안이 통과됐다. 이승만 독재체제의 1차 교두보가 구축된 것이다.

영구집권을 향한 이승만의 권력욕은 여기에서 멈추지 않았다. 발췌개헌에 따르면 대통령은 1차에 한해 중임할 수 있었기 때문에 1956년에 임기가 끝나면 이승만은 더 이상 대통령이 될 수 없었다. 권력욕에 눈이 먼 그는 헌법조차 고치고 싶어 했다.

이승만은 발췌개헌 때와 마찬가지로 관제 시위대를 동원하고 공안정국을 조성하는 등 험악한 분위기를 조성한 끝에 1954년 11월 대통령 임기 중임제한철폐를 골자로 하는 개헌안을 제출했다. 그러나 예상과 달리 개헌정족수에 1표가 모자란 135표밖에 나오지 않아 부결됐다. 그러나 정부는 '수학적' 사사오입 원칙에 따라 개헌안이 통과됐다고 발표했고 국회에서는 야당의원이 총사퇴한 가운데 부결된 개헌안에 대한 번복가결동의안이 통과됐다. 두고두고 국민들의 비웃음을 산 '사사오입' 개헌에 의해 독재자 이승만은 영구집권을 위한 마지막 관문을 통과했다.

그러나 이승만 독재정권의 앞에는 신익희·조병옥·장면 등을 중심으로 하는 보수적 야당인 민주당과 조봉암을 내세운 진보성향의 진보당이 가로막고 있었다. 정치적 성향이 전혀 다른 데에도 이승만 독재에 항거한다는 점에서는 일치했던 민주당과 진보당이 급부상한 것은 1956년에 치러진 정·부통령 선거에서였다.

민주당 대통령후보 신익희가 선거운동 도중 사망하는 바람에 이승만이 당선되긴 했지만 이는 엄청난 투·개표 부정에 의한 것이었다. 이런 상황에서도 조봉암은 이승만이 얻은 표의 절반 가량을 얻는 저력을 과시한다. "투표에 이기고 개표에 졌다"는 조봉암의 명언은 여기에서 나왔다. 야당의 단일 부통령후보였던 장면은 집권 자유당의 이기붕을 꺾고 당선되는 파란을 연출했다. 이승만이 사망할 경우 야당 출신이 대통령이 되는 상황이 조성된 것이다.

한편 선거에서 선전한 조봉암은 여세를 몰아 세력을 확대하려 했으나 괴한들의 테러 등 혹독한 탄압이 끊이지 않았다. 조봉암에게 위협을 느낀 이승만 정권은 마침내 1958년 1월 그를 비롯한 진보당 관계자들에게 간첩 혐의를 씌워 체포했다. 사형판결을 받은 조봉암은 재심이 기각된 바로 다음날인 1959년 7월 31일 형장의 이슬로 사라진다. 평화통일을 외치며 이승만 독재와 극우 수구세력에 맞서 싸우던 진보적 정치인의 애통한 최후였다.

독재체제 구축을 위한 이승만 정권의 발악은 여기에 그치지 않았다. 1958년 5월 2일 실시된 총선에서 야당이 대도시 지역을 휩쓰는 등 국민들의 지지를 받자 이승만 정권은 언론이 자신들을 매섭게 비판하기 때문이라고 맹비난했다. 그 화살은 자유당 정권에 가장 비판적인 〈경향신문〉에 돌아갔다. 마침내 〈경향신문〉은 이듬해인 1959년 4월 폐간당했고 4월혁명으로 자유당 정권이 붕괴된 뒤에야 복간될 수 있었다. 자유당과 이승만 정권은 야당과 언론 탄압을 골자로 하는 국가보안법 개정안을 날치기로 통과시켰다. 보안법 날치기 통과에 맞서 야당과 재야인사들은 대대적인 반대투쟁을 전개했다. 이 모든 것이 이승만 체제의 몰락을 알리는 경적소리였다.

당시 지식인들의 사랑을 받았던 월간잡지 《사상계》도 이승만 정권의 언론탄압으로 수난을 당했다. 1958년 8월호에 함석헌이 기고한 「생각하는 백성이라야 산다」는 글 가운데 몇몇 대목이 극단적 반공주의 노선을 내세우고 있던 이승만 정권의 심기를 거슬렀기 때문이다.

1960년 4월 11일 아침. 경남 마산 중앙 부두에 시체 한 구가 떠올랐다. 최루탄 파편이 머리에 박혀 죽은 참혹한 모습의 소년이었다. 마산상고 신입생 김주열, 열여섯 살 학생이었다. 전북 남원 출생인 김주열은 마산상고에 합격하고 3월 15일 합격증을 받으러 나왔던 길에 우연히 3·15부정선거 규탄시위에 참가했다가 경찰의 최루탄에 맞았던 것이다. 한 달 동안 시신으로 바닷속을 떠돌던 김주열이 처참한 모습으로 나타나자 마산시민들의 분노는 하늘을 찔렀고 반이승만, 반자유당 정서는 전국적으로 확산됐다.

3월 15일 실시된 정·부통령 선거는 일찍이 유례를 찾을 수 없는 온갖 부정과 불법으로 얼룩졌다. 선거가 치러지기 훨씬 전부터 최인규 내무부장관은 "징역을 가더라도 내가 간다"며 부정선거 방안을 직접 지시했고, 이에 따라 사전투표, 유권자 명부조작, 야당 참관인 축출, 투표함 바꿔치기 등 실로 기상천외한 갖가지 부정선거 방법이 동원됐다.

이승만 정권의 부정선거에 대해 맨 먼저 반기를 든 것은 학생들이었다. 일요일인 2월 28일 야당의 유세에 가지 못하도록 학교에서 학생들을 강제 등교시키자 경북고 학생들이 시위에 나섰고, 대구고, 경북사대부고 학생들이 그 뒤를 이었다.

최초의 유혈시위는 선거 당일 마산에서 일어났다. 민주당 간부들과 시민 수천 명이 자유당의 사전투표에 항의하며 시위를 벌이자 경찰이 발포를 시작했다. 이날 8명이 사망하고, 80명이 부상했는데 김주열은 바로 이때 죽음을 당해 바다에 버려진 것이다. 김주열 사건은 시민들은 물론 남녀고교생까지 참여하는 대규모 시위를 불러일으켰고, 이 과정에서 또다시 경찰이 발포해 두 명이 사망했다. 2차 마산항쟁은 4월혁명의 도화선이 됐다.

4월 18일 시위에 나섰던 고려대생들이 정치 깡패들에게 습격당한 사건도 혁명의 불길에 기름을 부었다. 수십 명의 학생들이 쇠망치로 얻어맞고 쓰러진 사진이 다음날 조간신문에 커다랗게 보도되자 학생들과 시민들은 경악했다.

마침내 4월 19일 화요일 결전의 아침이 왔다. 서울대 문리대 학생들이 교문을 나서자 서울대 법대 등 여러 단과대 학생들이 합류했다. 서울시내 대부분의 대학들도 시위대열에 가담했다.

오후 1시쯤 고교생들과 중학생 일부도 합류해 10만여 명에 이른 시위대는 세종로와 태평로 일대를 가득 메웠다. 1시 40분경 경무대 입구에서 경찰과 대치하고 있던 동국대생들에게 총탄이 쏟아졌다. '피의 화요일'이 시작된 것이다.

곧바로 계엄령이 선포되었다. 독재체제를 향한 국민적인 분노의 불길은 더욱 맹렬하게 타올랐다. 부산·광주·대구·대전·청주·인천 등 전국 주요 도시마다 격렬한 시위가 벌어졌고 이날 하루에만 115명이 사망했다.

4·19시위는 그동안 선거부정 문제를 일체 언급하지 않았던 미국의 태도를 변화시켰다. 이날 매카나기 주한 미국대사는 경무대를 방문해 "정당한 불만의 해결을 희망한다"고 밝혔고 허터 미 국무장관은 주미 한국대사에게 항의서한을 보냈다. 국민들의 거센 저항과 미국의 압력으로 궁지에 몰린 이승만 정권은 국무위원 일괄사표 등 미봉책으로 국면을 전환하려 시도했으나 이미 때는 늦었다.

4월 25일 대학 교수단의 시위는 이미 정치적 사망에 이른 이승만 체제에 치명타를 가했다. 이날 서울대 교수회관에 모인 각 대학교수 258명은 시국선언문을 채택한 뒤 "학생의 피에 보답하라"는 플래카드를 앞세우고 거리로 나섰다. 1만여 명의 군중이 그 뒤를 따랐다. 통금 사이렌 소리에도 불구하고 시위는 밤새 계속됐다. 4월 26일 날이 밝자 시위군중은 더욱 늘어났고 밤 10시쯤 서울 시내의 시위대는 10만 명에 이르렀다. 시위대는 서

대문에 있던 이기붕의 집을 파괴하고 파고다 공원에 있던 이승만의 동상도 끌어내렸다.

마침내 4월 26일 오전 10시 20분 이승만은 시민대표와의 면담에서 "국민이 원한다면 물러나겠다"고 밝혔다. '피의 화요일'은 1주일 만에 '승리의 화요일'로 바뀌었다.

이승만의 사임과 동시에 자유당 정권은 자연스럽게 무너졌고, 헌법규정에 따라 수석국무위원인 허정이 대통령 권한대행을 맡았다. 4·19시민혁명 기간 동안 민주주의의 제단에 피를 뿌린 희생자는 모두 184명이었고, 부상자는 6천여 명이었다. 4월혁명은 혁명 그 자체로 끝나지 않았다. 그날의 함성과 절규는 한국사회를 쇄신하고 변화시키는 위대한 동력으로 지금까지 생생하게 살아 움직이고 있다.

허정 과도정부는 1960년 6월 15일 내각책임제 개헌안을 통과시켰다. 국회는 민의원과 참의원의 상하 양원제로 구성하고, 대통령의 권한을 크게 줄이며, 국무총리가 국가의 실질적인 지도자가 되는 것 등이 골자였다. 7월 29일 실시된 총선에서는 예상대로 민주당이 압승을 거뒀다. 8월 23일 대통령 윤보선, 국무총리 장면의 내각이 출범했다. 그러나 신·구파의 해묵은 갈등은 4월혁명의 유산 위에 수립된 새로운 체제 아래서도 여전히 그치지 않았다. 윤보선을 내세운 구파와 장면을 정점으로 하는 신파는 사사건건 대립했고, 마침내 구파는 신파와의 결별을 선언한 뒤 신민당을 결성했다.

제2공화국 장면 정부는 무엇보다 경제제일주의를 내세웠다. 정부는 인프라 조성사업으로 전력을 중시했고 중소기업 육성에 힘을 기울였다. 또 경지정리, 산림녹화, 댐 건설 등 국토개발사업을 의욕적으로 추진했으며 경제개발 5개년 계획도 마련했다.

그러나 장면 정부는 4월혁명을 완수하는 문제에는 소극적이었다. 자유당 정권 시절에 저질러진 부정부패와 반민주 행위에 대한 처리가 국민이 기대했던 것만큼 시원하게 해결되지 못했다.

장면 정권의 무능과 정책적 실패 가운데 또 하나 주목할 만한 것은 군부에 대한 통제를 제대로 하지 못한 것이다. 이는 결국 박정희를 중심으로 하는 정치군인들의 쿠데타를 불러오게 만들었다.

4월혁명은 통일운동의 문을 활짝 열어 젖히는 데도 기여했다. 이승만 정권 내내 극우반공 이데올로기와 레드 콤플렉스에 시달렸던 민중들은 시국토론회 등을 통해 통일운동에 불을 붙였다. 특히 대학생들은 '가자 북으로, 오라 남으로'라는 구호를 외쳐서 보수적인 기성세대들에게 충격을 안겨주었다. 이 같은 사회적 분위기는 혁신계의 정치세력화로 연결됐다. 1961년 2월에 결성된 통일운동의 주도단체로 민족자주통일협의회(민자통)는 자주·평화·민주를 통일의 3대 원칙으로 내걸었다. 그러나 이 모든 움직임들은 1961년 5월 16일에 박정희가 일으킨 쿠데타로 한순간에 얼어붙어버리고 말았다.

한편 정치에서의 격변 못지않게 경제·사회·문화 등 모든 분야에 걸쳐서 이 시기의 변화는 엄청났다. 우선 교육의 확대는 한국 사회에 새로운 역동성을 부여했다. 한국전쟁이 끝나고 사회가 어느 정도 안정되자 베이비붐이 일어나 출산율이 급격히 증가했다.

교육열은 이농현상을 촉발하여 도시로의 인구유입이 가속화됐다. 초·중등학교의 숫자는 비약적으로 늘어났고, 고교에서는 인문계의 비중이 커졌다. 전문학교가 대학으로 승격되면서 대학도 많이 생겼다. 일제가 강요했던 일본어는 당연히 폐지됐고, 한자도 거의 사용하지 않은 한글 교과서가 각급 학교에 공급되자 한글세대가 등장하게 됐다. 이들의 등장은 외자의 도입과 함께 1960년대부터 한국경제가 비약적으로 발전하는 기본 동력이 되는 한편 사회 전체에 활력을 불어넣었다.

전쟁으로 무너진 한국경제에 숨통이 트인 데는 미국의 원조가 컸다. 1956년에서 1961년까지 미국의 원조가 차지하는 비중은 국민총생산의 13~14%였고, 재정규모에 대한 비중은 50%가 넘었다. 미국의 원조는 신흥재벌을 탄생시키는 데도 결정적인 역할을 했다. 원면(原棉)·원맥(原麥)·원당(原糖) 등 원조물자는 배당받는 것 자체가 큰 이권이었는데 대기업에 독점적으로 배정됐다. 기업들은 그 대가로 거액의 돈을 관료들과 정치권에 건넸고, 이를 발판으로 다시 이권을 따내는 정경유착의 고리가 형성된 것이다. 희망적인 요소도 있었다. 인플레이션은 1956년경 수습됐고, 대부분의 기반시설이 부흥궤도에 올랐다. 연평균 성장률도 다른 후진국에 비해 양호한 편이었다.

여성들의 지위향상과 여권에 대한 인식의 변화도 주목할 만한 것이었다. 전쟁 미망인들이나 남편의 부상으로 미망인과 다를 바 없는 여성들은 가족의 생계를 위해 경제활동에 뛰어들어야만 했다. 또 매춘여성이 급증하면서 사회문제가 되기도 했다. 1959년 가수 안다성이 부른 〈에레나가 된 순희〉는 수많은 여성들이 생활고 때문에 미군 기지촌여성이 된 현실을 말해주고 있다. 1960년 시행된 새 민법은 이혼과 재산권에서 여성의 지위를 강화하는 데 기여했다. 또 미군의 대량 주둔, 댄스의 유행, 여성의 사회활동 증가는 과거와는 다른 성도덕을 낳았다. 그것의 상징이 바로 『자유부인』 논쟁이었다. 정비석이 쓴 이 소설은 대학교수의 부인이 뭇 남성과 댄스홀을 전전하며 나이 어린 대학생에게 '양춤'을 배우는 내용을 담고 있어 센세이션을 불러일으켰다.

분단과 전쟁은 문학에서 휴머니즘과 허무주의를 동시에 낳았다. 황순원의 『카인의 후예』(1954)는 맹목적인 이데올로기가 어떻게 인간을 유린하는가를 고발했다. 이범선은 『학마을 사람들』(1957)과 『오발탄』(1959)을 통해 이념적 갈등의 과정과 사회비판의식을 보여줬다.

대중문화라고 할 만한 것 자체가 드물기는 했지만 그나마 영화와 대중
가요가 고달픈 대중들의 삶을 어루만져 주었다. 이규환 감독의 〈춘향전〉
(1955)이 크게 성공하면서 국산영화 성장의 기반이 마련됐고, 이병일 감독
의 〈시집가는 날〉(1956)은 아시아영화제에서 최우수희극상을 받았다. 대중
가요는 분단의 아픔과 전쟁의 참상 등을 노래함으로써 대중들의 가슴속에
파고들었다. 〈단장의 미아리고개〉, 〈이별의 부산정거장〉, 〈굳세어라 금순
아〉 등은 고통스럽게 살았던 당시 대중들에게 적잖은 위안이 됐다.

전후 미국문화의 대량유입은 〈아리조나 카우보이〉, 〈아메리카 차이나타
운〉 등 미국을 주요대상으로 하는 가요를 낳았다. 또 미군 클럽에서 활동
했던 이른바 '미8군' 출신 가수들은 뒷날 우리 가요계의 중추적인 멤버로
떠오르게 된다.

못 살겠다 갈아보자

신익희

여러분! 이 한강 모래사장에 가득히 모여 주신 친애하는 서울시민 동포 동지 여러분!

나는 여러분이 아시다시피 해방이 되기 전에 약 삼십 년 동안이나 외국에 망명생활을 하던 사람의 하나로, 오랜 시간을 두고 본국 안에 살고 있는 부모 형제 자매 동포 동지들이 그리워서 밤낮으로 눈물을 흘리고 한숨을 짓던 사람입니다.

오늘과 같이, 이와 같이 많은 우리 동포 동지들과 이 한자리에서 대하게 되니 내 감격은 무엇이라 말하기 어렵습니다. 더욱이 6 · 25사변 때 원한으로 우리 전국 남녀 동포 동지들의 가슴속에 깊이 박힌 원한의 이 한강. 오늘 이렇게 많이 만나 뵙게 된 것도 감탄 회포를 불금하는 바입니다.

여러분! 우리는 40년 동안이나 두고 우리 전국민 동포들 남녀노소를 물론하고 우리나라가 독립이 되어야 우리는 살겠다고 하였거니와 참으로 우리는 오매지간에도 염원하고 성축하고 바라고 기다리던 우리 독립, 국민의 자유를 인정하는 민주주의 국가, 우리들이 찾은 지도 벌써 8년입니다.

일본 제국주의의 파멸에 이은 무조건 항복이라는 것이 있은 지 10년이나 되는 것을 기억하지만 우리나라가 독립이 되어서 대한민국에 정치가 선 지도 8년이 된 것입니다. 우리들의 살림살이 살아가는 형편이 어떠한 모양이었습니까?

이것이야말로 우리 전국 동포 동지들이 날마다 시간마다 꼬박꼬박 몸소 우리들이 겪고 몸소 지내 내려온 터인지라 여러분은 특별히 잘 체험하고 잘 기억하실 것입니다. 만일 우리들이 살아가는 모양, 이 꼬락서니 우리들이 40년 동안 두고 밤이나 낮이나 원하고 바라던 독립, 이 독립, 이것이 결코 우리가 사는 꼬락서니, 이와 같으리라는 것을 생각했던 것은 아닐 것입니다.

여러분! 이 까닭이 무엇입니까? 세상만사가 이유 없는 일이 없을 것입니다. 무슨 이유? 무슨 까닭? 이 까닭은 다 이야기한다 할지라도, 책임 맡아 나라일 하는 이들이 일 잘 못해서 이 꼬락서니가 되었다는 결론입니다. 이것은 고래부터 내려오는 정경대원의 원칙일 것입니다.

국토는 양단된 채로 우리들이 사는 형편, 언제까지든지 우리가 이 모양으로 살아갈 수 있을까? 우리들은 어떻게 해서 이러한 고생에 파묻혀 있나? 여러분, 오직 우리나라 정치가 한 사람의 의사에 의한 일인 독재정치로 여론을 다 무시하고 제 마음대로 제 뜻대로 함부로 비판이나, 모든 가지의 체계 없는 생각이란, 정책이란 하는 것을 함부로 거듭해서 불법이니 무법이니 위법이니 하는 것이 헌법을 무시하는 것을 비롯해서 큰 법률, 작은 법률 지키지 않은 까닭에 우리들의 도덕은 여지없이 타락되어서 사람인지 짐승인지 구별이 없는 이러한 형편으로 한심한 형편이 되어 있는 것이 아닙니까?

한 겨레의 능률은 극도로 저하가 되고, 우리 전국의 우리 군인 동포 동지들은 고통의 위협에 허덕이고 있을뿐더러 빌어도 환멸인 이런 그늘 밑에서 우리들은 시들고 있는 것입니다. 어찌하면 우리는 살아 나갈 수 있을까?

나는 우리 이 위기와 이 곤경에 직면하고 있는 우리 국가 민족을 똑바로 바라보면서 사랑하는 이 나라, 사랑하는 이 민족을 어떻게 해야 보다 낫게 바로 살아가도록 힘을 쓸 수 있을까? 우리나라 우리 민족을 어떻게 해야 구할 수 있을까 하는 이 어리석은 그러나 내 정성된 몇 가지의 의견을 여러분께 말씀드리려고 합니다.

이 몇 마디 말을 여러분이 생각하기를 신익희라는 사람은 민주당에서 앞으로 오는 선거에 대통령의 후보자로 지명받은 사람이니 이제 몇몇 마디의 말은 만일 자기가 투표를 많이 받아서 대통령으로 당선이 되면 이런이런 일을 하겠다고 우리 국민들에게 하는 약속이리라 들어 주셔도 틀림이 없을 것입니다.

그러나 대통령에 당선되고 안 되는 것은 원칙적으로 전 국민이 지지하고 찬동해서 많은 표를 던져줌으로 해서 당선되어 대통령이 되는 것이지, 자기가 잘났다고 '내가 대통령 되겠다' '나를 따르라' 이러한 생각 가지고는 대통령 되기가 어렵다는 것이 아마 우리 일반 사람들이 아는 도리일 것입니다.

특별한 방법으로 되고 안 되는 것은 나는 알 수 없고, 이러한 처지니까 만일 내가 오늘 이 자리에서 말씀하는 몇 마디 이야기는 대통령이고 무엇이고 다 집어치우고서라도 우리나라가 이렇게 해야 잘될 것이고, 우리 민족이 이렇게 해야 잘 살 수 있으리라 하는 한집안 식구가 한자리에 모여서 걱정하고 의논하고 얘기하는 격으로 여러분이 들어주신대도 많이 틀리지는 않을 것입니다 하는 말씀입니다.

제일 먼저 중요한 줄거리를 말씀드리면 사람과 짐승의 구별은 도의 도덕에 있다는 것입니다. 우리의 목적이 사람 사는 보람 있게 남부럽지 않게 남의 뒤에 떨어지지 않게 잘 살아 가자는 것이 우리 전체의 목적이라면, 우선 먼저 사람다운 표준을 세워야 할 것입니다.

양심 있고 올바르게 일하고 사람 속이지 아니하고 책임지고 모든 가지 일을 틀리지 않게 해 가자고 하는 사람들은 오늘날 이 세상에서 행세를 못하게 되는 것입니다. 양심 떼서 선반에 올려 놓고 얼굴에다 강철쪼박을 뒤집어쓰고 사람을 속이고 거짓말하고 도둑질 잘하는 자들이 대로 활보하고 행세하고 꺼덕대고 지내는 세상입니다.

이러하니 만일 이 세상이 그대로 이렇게 지속되어 간다면 아마 사람다운 생활을 하기에는 틀렸을 것입니다. 그러므로 우선 먼저 사람답게 잘 살아가자면 우리는 도의 도덕을 지켜서 사람과 짐승의 구별이 예의 염치를 찾는 데 있다는 옛날의 교훈을 받아 새로 우리는 정신을 가다듬고 마음을 바꾸어 먹자 하는 말씀을 제일 먼저 첫 마디로 드립니다.

둘째로는 우리가 오늘날 살고 있는 이 나라는 옛날과 달라서 민주국가라는 나라입니다. 백성이 제일이요 백성이 주장하는 나라인 것입니다. 우리나라의 이름은 대한민국이라, 백성의 나라, 이 백성의 나라는 옛날 나라와 다른 것입니다. 그러므로 민주국가에서 제일 우리들이 주의하는 것은 법을 다스리는 나라다 하는 것을 제일 먼저 주의를 하는 것입니다.

그래서 수많은 학자들이 말하기를 민주국가라 하는 것이 거죽 외면으로 되는 것이라 하면 이면에 있어서는 법을 다스리는 법치국가라는 이야기를 하고 있는 것입니다. 더군다나 옛날 지나간 시대에는 황제의 말 한 마디가 법률이라고 해서 지키지 않으면 모가지를 자르는 때도 있었지만 오늘날 우리가 살고 있는 이 세상은 한 사람의 말이나, 요새 항용 보는 특명이니, 무슨 명령이니 특권으로 무슨 명령한다 유시한다 하는 것이 법률을 못 당하는 것이며, 법률이라야만 반드시 우리들이 하는 일 못하는 일 규정한다는 법치의 정신을 지키자는 것입니다.

그러므로 이 법률이야말로 전 국민의 뜻대로 국회에서 통과되는 것이 법률인데, 이 법률이야말로 대통령되는 사람부터 저 길거리에서 지게를 지고 품삯을 지는 친구들에게 이르도록 남녀노유 부귀빈천 아무 구별 없이 법률 앞에서는 다 만인이 평등으로 다 똑같이 지켜야 된다는 것입니다.

우리나라 형편으로 이런 말을 하기가 나부터도 가슴이 쓰린 얘기입니다마는 대한민국의 법률의 그물은 커다란 독수리는 물론이려니와 까막, 까치, 제비까지도 모두 뚫고 나가지만 불쌍하게도 법망에 걸리는 것은 오직 파리나 모기뿐이라 하는 얘기가 있는 것입니다.

그러므로 우리는 사람답게 살려고 하면은 도덕과 도의를 높여가지고 큰 법률 작은 법률 다 지켜야 될 것이라는 말씀을 드립니다.

다음 얘기할 것은 우리 동포들이 주야로 염원하고 있는 우리 국토의 통일, 우리 국가 재건에 선결문제되는 이 남북통일의 문제, 이 통일 문제, 우리들이 산 사람을 비유한다면 한 허리 중간에다 바오래기로 잔뜩 동여매 놓고 밥 한 숟가락 물 한 모금, 잘 내려가고 넘어갈 이치가 없을 것입니다.

오늘날 우리 형편으로서는 남쪽이 없이 북쪽이 살아가기 어렵고, 북쪽이 없이 또한 남쪽이 살 수 없는 것입니다. 조상 때부터 단일민족으로 정든 삼천리 강산을 반쪽으로 나눌 수 없는 것도 또다시 말할 필요가 없는 것이지만 현재 우리가 사는 경제형편으로 본다 할지라도 남북이 통일되지 않는 한 제대로 우리의 행복스러운 생활을 해가는 것이 불가능한 것입니다.

그러므로 우리는 남북을 통일하자는 것이 우리 민족의 제일 간절한 근본의 과제인 것이고 의무인 것입니다. 우리는 이것이 모두 잘 살아가자는 데 선결문제라는 것을 다같이 생각하고 있어요. 이것은 모든 가지 일이 국내적 형편에 알맞게 현실적으로 되도록 우리가 해 가야 될 것은 물론입니다.

우리 전 민족의 본의 아닌 휴전조약이니 하는 것이 성립되어 가지고 몇 해째 계속하고 있지마는 필경은 우리의 조국을 통일하는 이 문제야 우리들이 해결할 문제인 데는 틀림없지마는 이것저것 상관할 것 없이 덮어 놓고 오늘 저녁이나 내일 아침이라도 북쪽으로 밀고 올라가서 곧 당장에 백두산 상상봉에다 태극기를 휘날리고 두만강 압록강 물에 우리의 마른 목을 축이자는 이 희망이야말로 우리 민족이 누가 없으리요마는 되지 않는 헛소리, 책임지지 않는 큰 소리, 아무리 소리질러 보았댔자 특별히 뜻이 없을 것입니다.

그러므로 나는 될 수 있는 일, 우리가 할 수 있는 일, 우선 먼저 우리가 생각해야 되겠다는 나의 주장입니다. 여러분! 나라의 목적이 어디 있느냐? 정부를 세우는 목적이 어디 있느냐? 우리 국민이 다 잘 살아가자는 것이 나라의 독립의 목적이요, 민족의 자유의 목적이고 정부 건립의 또한 목적인 것입니다.

여러분! 우리는 뭐니뭐니 다 얘기할 것 없이 우선 먼저 우리 국민이 잘 살아 가도록 올바른 민주정치로 백성을 위하는 정치, 백성이 하는 정치, 백성의 정치라는 유명한 이상적인 민주정치 정의를 내리고 이야기하는 이 실상에 있는 이 올바른 민주정치를 우리는 하나하나 실행함으로써 우리 전 국민이 마음으로 연구해서 "옳다! 우리 정부야말로 우리를 살게 하는 정부다. 우리는 정부 없이 살아갈 수 없구나. 이 정부야말로 과연 우리 정부다." 남녀노유를 물론하고 이와 같은 신의와 이와 같은 대세가 우리 정부에 오도록 우리는 정치를 해야 한다는 것입니다. 이렇게 되면 북쪽의 공산치하에서 신음하고 있는 수많은 이북동포 동지들 목을 길게 늘여서 목구멍이 마르도록 하루 바삐 백성을 위하는 우리의 정부, 대한민국, 우리 조국의 따뜻한 품 안으로 한시 바삐 들어가서 자유롭게 행복하게 살자는 터전을 우리 스스로가 만들어 놓으면, 어느 사람치고 자유 없고 구박받는 정치제도 하에서 살겠다고 하겠습니까?

그러므로 우리는 먼저 정치를 잘해서 백성들이 잘 살도록 해야만 될 것인데, 오늘날과 같은 정치를 해가지곤 도저히 우리 국민이 행복하게 살 수 없어요, 우리가 밤낮으로 염원하는 첫째 조건으로서, 우리가 잘 살 수 있게 하는 올바른 민주정치를 해야 된다는 것입니다.

그리하여 우리가 이렇게 잘 살고 있지 않느냐 하고 자랑할 수 있는 것입니다. 즉 국민이 자유롭고 행복하게 살 수 있는 국정의 혁신이 있는 연후에 비로소 국방력도 강화될 수 있고 모든 국민이 마음 놓고 북진통일도 할 수 있는 것입니다. 그러나 오늘날 형편을 보면, 국민은 생활고에 허덕이어 못 살겠다고 하고 있는데 큰 소리로 뭐니뭐니 하는 것은 하나의 공수표에 지나지 않습니다.

그러므로 모든 가지 자랑거리가 있다고 공연히 내대지 말고 한 가지라도 내 손으로 내 힘으로 만들도록 하는 현명하고 슬기로운 방면으로, 여러 군사 방면으로, 최후의 승리를 가져온다는 것은 평상시에 보기 좋은 장비를 훌륭하게 가졌다는 것이 최후의 승리를 얻는 요결이 아닌가? 하루 반나절 못 돼서 최후의 승리를 가져오는 비결은 장비에 있는 것이 아니라 보충에 있다는 것입니다. 대포 하나 없어지면 보라는 듯이 보충하고 탄알이 몇 십만 발 몇 백만 발 없어지면 보라는 듯이 보충해 놓고, 비행기가 오그라지면 비행기다, 화염방사기가 없어지면 또한 화염방사기다, 이렇게 보란 듯이 보충보급이 돼야 최후의 승리를 가져온다.

이 준비야말로 싸움 한 번이라도 해 본 사람이면 다 아는 것입니다. 오늘날 우리의 군사, 어느 한 가지 우리나라에서 총 몇 자루나 만든다고 그럽디까. 우리나라에서 탄알을 몇 개나 만든다고 그럽디까? 그런고로 우리나라 우리의 힘으로 모두 우리가 다 마련해 놓고 얘기를 해야 되는 것이 아니겠습니까.

그러므로 이 긴요하고 근본인 우리의 조국통일 문제에 있어서도 우리는 정치적으로 기본을 삼고 군사역량을 조금 가미해 가지고, 평화로운 방법이 칠팔 할이라 하면 이와의 다른 방법을 한 이삼 할 쯤 가미해 가지고 우리는 통일하는 것이 근본 결론의 길이고 또한 우리 국내 국제적으로 제약돼 있는 우리 형편에 반드시 현실적으로 우리가 노력할 일이라고 하는 것을 나는 말씀 드립니다.

그 다음에 여러분! 오늘날 우리 민주국가의 형편은 지나간 세대와는 달라요. 대통령이 대단히 능력 있고 자격 있고 고귀한 듯한 지위에 있는 사람이지만 민주국가에서 대통령을 무어라 그러는지 여러분들은 다 잘 알고 계실 것입니다. 하인이라고 불러요. 프레지던트라고 불러요, 프레지던트라는 말은 심부름꾼이 되는 하인이라는 말입니다.

그런데 대통령이 하인인데 대통령 이외의 사람들, 부장, 차장, 국장이니 과장이니 지사니 무슨 경찰국장이니 군수니, 경찰서장이니 또 무엇이니 하는 사람들이 거 뭣일까요? 하인 중에도 자질구레한 새끼 파리들이다. 이 말이에요.

그러므로 하인이란 말은 심부름꾼이란 말을 비유로 얘기해보면, 농사짓는 집의 머슴꾼 같은 것이고, 장사하는 집의 점원 같은 것입니다. 대통령이라고 하늘에서 떨어진 것이 아니고 땅에서 솟아난 것이 아니요. 그러므로 일 잘못하면 주인되는 우리 국민들의 반드시 이야기하고 반드시 나무라고 반드시 갈자는 이야기가 나온다 이런 말입니다.

여러분 이것이야말로 당연한 일입니다. 주인되는 사람이 심부름하는 사람 청해 놓았다가 잘못하면 "여보게 이 사람 자네 일 잘못하니

가소” 하는 것이 당연한 게 아니겠습니까? 요새 무슨 표어를 보면 ‘모시고’ ‘받들고’ 뭐고뭐고 여러 가지 이야기가 있습니다마는 다 봉건 잔재의 소리입니다. 모시기는 무슨 할아버지를 모십니까? 받들기는 뭐 상전을 받듭니까?

이러므로 만일 주인되는 국민들이 언제나 “당신 일 잘못했으니 그만가소” 하면 두 마디가 없는 것입니다. “대단히 미안합니다. 나는 일 잘못했으니 물러가겠습니다” 하고 가야 합니다.

요새는 어떻게 되었는가 하면 “가거라” 하면 “가? 어딜 가, 날더러 가라구―당치 못한 소리” 거 좀 실례에 가까운 말이지만, 농사짓는데 논 속에서 무슨 논을 갈든지 할 때 논 속에 많은 거머리가 정강이에 딱 달라붙으면 암만 떼려고 해도 자꾸 파고 들어갑니다.

거머리 달라붙듯이 딱 붙어 떨어지지 않습니다. 이 말을 통속적으로 얘기했습니다마는 우리 민주당에서 정치적인 원칙으로 내각책임제의 책임제도로 정치를 하자는 것이요, 이 진리를 우리는 주장하는 것입니다. 언제나 국민의 대표격인 국회에서 “당신 일 잘못하니 정부 그만 둬” 그러면 당연히 책임지고 물러가야 하는 것이다 이 말입니다.

그런데 요새 국회의 형편 모양은 한 당의 사람들이 굉장히 수효를 모아가지고, 된 일도 손을 들고 안된 일도 손을 들고 그래 가지고 전체의 올바른 사람들이 눈살을 찌푸리고 두통을 앓도록 하는 형편입니다. 이러한 것조차 우리는 주의를 해야 된단 말씀입니다.

쓸데없이 공연히 정부에서 괜찮게 일하는데도 ‘가거라 말아라’ 하는 때에는 그것도 좀 어렵습니다. 그런 까닭에 말썽 많으면 가는 게 원칙이지만 쓸데없이 공연한 험담이나 하고 가라고 하는 때에는 과연

이게 전 국민의 의사가 이런가 아닌가 그걸 또 알아보는 방식으로 해 가지고 정부에서는 국회를 한 번은 해산시키는 권리를 가져야 한다는 것이 내각책임제가 가지는 근본 뜻일 것입니다. 이것이 내각책임제의 알기 쉬운 이런 얘기를 말씀 드리는 것입니다.

다음은 우리 일반 행정 방면으로 어떻게 해야 우리들은 보다 낫게 좀 살아가겠는가? 제일 먼저 내가 말씀하려고 하는 것은 나라 살림을 해 가는 데 제일 긴요하고 시급한 문제 즉 일반공무원에 대한 문제입니다.

나라일을 해 가는 데는 수많은 일꾼이 필요해요. 중앙정부나 지방정부나 문관이나 무관이나 경찰이나 군인들이나 전부 모아서 국가의 공무원이란 명칭으로 설명하고 있는데 자─이분들이 오늘날 우리 일하고 있는 형편이 어떠합니까?

애는 많이 쓰고 갖은 고생 다 겪어 내려오는 우리 일반 공무원 동지들, 나는 늘 평소에 얘기하기를 말이나 노새에게 짐을 지워서 백 리나 팔십 리 길을 가라고 할 때는 반드시 배불리 먹이지 아니하고는 팔십 리 길 백 리를 그대로 가라 하고 채찍질한다고 하면 그 말이나 노새가 그대로 갈 수 없는 것입니다.

그러므로 오늘날 우리나라 공무원의 형편은 어떠합니까? 한 사람이 이십 일이나 아니 반 달이나 제대로 살아가기 어려울 만한 월급푼어치를 주면서 어느 누구가 부모처자 없는 이가 있어요? 적어도 사오식구를 부양해서 살아가는 이러한 형편이니 우리가 늘 말 듣건대 우리 공무원들이 일 잘못해 간다고, 행정에 효율이 올라서지 않는다고, 더

심한 말인지는 모르지만 일본 사람들이 있을 때는 세 시간 못해 내더니 미군정 때가 되니까 삼일 간에도 다 해내지 못하더니 대한민국이 생긴 뒤에는 석 달이 되어도 뒤뭉개고 해놓지 못하더란 말입니다.

무슨 까닭일까요. 도장 하나 찍어서 결재해 주는 일이라는데 한 달 두 달 석 달 넉 달 끈단 말이야요. 또 어떤 이가 얘기하는 것을 들으니 무슨 대통령 비서실로 끌고 갔다 끌고 내려왔다. 올라갔다 칠십 일 동안 돌아다녀도 도무지 도장이 안 찍혔다는 그런 말을 최근에 들었습니다.

왜 이러느냐 말입니다. 얘기를 들어보니 또 무슨 사바사바가 있어야 된다고, 교제가 있어야 된다구요. 왜 이러는 거냐 말입니다. 여러분 대한민국에서 공무원의 생활을 최저한도로 보장을 아니해주고 공무원의 신분을 확보하지 아니하고 그대로 일 잘해 가거라 하며 그대로 밀고 끌고 가는 것은 곧 대한민국의 공무원들은 도적질해서 먹고 살라 하는 말과 똑같은 것이라고 나는 말합니다.

실정에 우선 맞도록 최저한도의 조밥이나 보리밥이라도 배가 고프지 않도록 주고 무명이나 외명복 끝이라도 집안 식구의 등어리를 덮어 줄 수 있도록 해야겠습니다. 그리고 부패한 공무원이 비단으로 감고 싶다든지 산해진미의 좋은 음식을 먹고 싶다고 하여서 그렇기 위해서 수뢰하거나 요새 흔히 하는 말로 사바사바를 하거나 이렇게 되거든 아무 사양할 것 없이 그야말로 모가지를 잘라 버리라는 말입니다.

이러하기 위해서 무엇보다 먼저 나라살림을 꾸려 가려면은 일반공무원 동지들에게 신분을 보장하고 최저한도의 생활을 확보해 주어야 한다는 말씀을 드리는 것입니다.

다음에는 또 한마디 말씀드리려고 하는 것은 우리들이 민주국가를 꾸려 가려고 할 때는 백성이 주인이라는 세상이 있도록 찾아야 되는 것입니다. 여러분 극히 적은 말씀 같습니다마는 우리나라의 신문이나 영화에 돌아다니는 것을 본다면 봉건시대의 계급적 용어가 얼마든지 아주 상투적으로 습관이 되어서 그런지도 모르고 그대로 줄줄 써내려 온단 말입니다.

각하가 왜 이렇게 많은지, '각하'는 민주국가의 알 수 없는 취미야요. 원칙으로 먼저 '각하'는 다리 아래가 각합니다. 다리 아래.

또 말하자면 유시라는 게 있습니다. 신문에 보면 대통령의 유시라고 있습니다. 유시가 뭡니까? 유시가요. 여러분이 아실 것입니다. 한문 글자에 유시라는 글자는 그 전에 황제가 쓰던 자예요. 요새 대통령이 말하면 지시라든지 훈시라든지 하면 다란 말입니다. 유시가 무엇이란 말입니까?

거기다가 더군다나 대통령이 분부를 한다든지, 분부가 뭣입니까? 분부가……. 무슨 얘기를 한다든지 그러면 모르려니와 상전이 종들에게 분부하는 게고 더구나 가정에서 높은 어른이 얕은 비속에게 분부한다는 것입니다.

더구나 아래 하(下)자, 줄 사(賜)자 '하사' ― 그 전에 황제나 임금님이 신하에게 주는 것을 '하사'라 그랬습니다. '하사'는 또 뭐냐 말입니다.

그런 것 썩 집어치워야 해요. 내가 이 간단한 몇 마디 얘기한다는 것은 민주 국가에서 관권이 너무 남용된다는 얘기입니다. 아까 말과 마찬가지로 대통령이 심부름꾼이고 하인이라면 관권의 남용된 유시가 무엇이란 말입니까?

오늘날 어떻게 되고 있어요? 특별히 경찰권의 남용, 특무대니 경찰이니 무시무시합니다. 관리! 공무원들은 다 하인들인데, 이 하인이 주인의 따귀를 부치고 발로 차고 대든다고 하면 그 집안은 거꾸로 되어서 망해 버리는 것입니다.

그러므로 남부럽지 않게 살려고 하면은 관권의 남용을 애당초 싹 집어치우란 말입니다. 이것은 일반 행정면에서 얘기를 한 것이고, 다만 아무리 무어라 말하여도 현재 우리 생활에 있어서 재정 경제와 상공면에 관한 얘기를 한마디 아니할 수 없습니다.

여러분! 무엇보다도 민주국가란 무슨 국가를 막론하고, 더군다나 백성이 주인이 된다는 나라에 있어서 우리들이 자발적으로 결심하고 각오해 가지고 우리나라를 꾸려 가는 재정은 우리의 세금으로 다 마련하며 우리는 그 의무를 진 것입니다.

세금! 세금의 의무는 우리들의 거룩한 힘으로 우리들이 다 지고 있어요. 그렇지만은 오늘날 이 세금 제도의 소위 인정과세라고 하는 것은, 당신은 이만큼 소득이 있을 것이니 이만큼 세금을 내라는 경우라니, 이런 제도 이게 무슨 제도입니까? 우리나라 이외의 다른 곳에서는 별로 보지 못하는 제도입니다. 세금이라는 것은 얼마를 벌면 얼마를 내라는 그 비율이 결정되어 있다는 말씀입니다. 응당 이렇게 되어야 되는데 인정과세는 사람 못살게 하는 것입니다.

그런 제도이기에 모든 가지 폐단이 여실히 있어 가지고 제게 달갑게 하면 많이 벌어도 세금을 적게 내라고 하는 것이고, 제게 밉게 보는 처지라면 아무리 돈을 벌지 못하는 처지라도 세금을 많이 무겁게 부과시켜 가지고 전 국민이 이 세금 혼란에 눈코를 뜨지 못해 못살게 되는 지경이란 말입니다. 그러므로 이 인정과세의 제도라는 것을 하루바삐 폐지해야 되겠다는 말씀을 드리는 것입니다.

그 이외의 모든 가지 잡부금 — 농촌에도 도시에도 기가 막히는 잡부금 — 될 수 있으면 경감해 가지고 우리 전 국민에게 그 고통이 적도록 마련해야 되겠다는 것을 말씀드립니다.

더군다나 우리 도시에서, 특히 서울에서 많은 고통을 당하고 있는 전 서울 시민 동포 동지들이 눈살을 찌푸리고 있는 문제이겠지만 은행에서 빚 쓰는 문제 — 옛날에 은행이 없을 때는 말할 것이 없지만 국가에서 은행을 가지고 있는 의무가 우리 돈 버는 사람들이 집에다 그대로 돈을 두기에 편치 않으니 은행에 갖다 두고 이자를 붙여서 돈을 맡기는 것도 그 목적이겠지만, 그것보다 더 주요한 문제는 생산업의 자금으로 은행에서 빚을 내서 — 자기가 저당을 하거나 신용 대부를 해서 — 크거나 작거나 사업에 종사를 해서 은행에도 이익이 되고 상업하는 이들, 공업하는 이들, 공장하는 이들도 많은 이익을 받게 되어서 이것이 개인의 살림살이도 늘어갈뿐더러 국민의 경제가 발전이 되고 전 국가 경제가 번영하는 까닭에 이것은 전 국민의 기가 막히는 긴요한 관계를 가진 은행 문제인데, 여러분! 오늘날 우리 은행 융자, 은행의 빚 쓰는 관계가 어떻게 되고 있습니까?

여러분! 계획적으로 자기와 가까운 사람만이 은행에 가서 돈을 얻어 쓸 수 있고, 자기네가 밉게 보고, 자기네와 친분이 없는 사람은 돈을 얻어 쓸 수 없는 형편이 아니겠습니까? 더욱이 정부에서 특권으로 은행 융자를 이렇게 저렇게 좌지우지하게 되는 형편이라면 우리의 국민 경제, 우리의 산업 발전, 우리의 재정 경제가 정상적으로 발전되리라고는 우리가 기약하기 어려운 것입니다.

이러하므로 오늘날과 같이 은행의 앞문은 닫고, 좁은 뒷문으로, 옆문으로 드나들게 되는 이와 같은 기현상은 하루 바삐 시정해서 은행의 대문을 활짝 전 국민 앞에 열어놓아야 될 것이다 하는 것을 말씀드리는 것입니다.

다음에 우리가 다 같이 생각해야 할 것은 농촌 문제의 일로서 우리나라는 농업 국가로서 전 인구의 7할 이상 8할이 농민입니다. 농민들이 잘 살아서 농촌이 번영해야 우리나라는 잘 된다는 이치입니다. 우리는 누구나 부인할 수 없는 일입니다.

이러한 우리 농촌에서 제일 먼저 우리들이 생각하는 것은 토지수득세라는 것 — 이것도 6·25사변 직후로 군대 식량이라든지 모든 가지로 해서 단 1년, 2년 동안에 임시로 현물로서 받겠다는 것이 정부 방침의 토론 설명하는 얘기로서, 국회의 통과를 봤던 것이지만, 오늘날까지 꼬박꼬박 토지수득세를 현물로 받고 있는 형편입니다.

여러분! 이것 돈으로 금전으로 받아야 된다는 것을 국회에서 몇 번을 통과했는데도 불구하고 정부에서 오늘날까지 그대로 현물로 받고 있다는 말입니다. 이러한 토지수득세를 폐지해야 되고, 이것을 계속해서 나간다면 우리 농민의 고통은 이루 말할 수 없을 것입니다.

잡부금! 우리 농촌의 잡부금이 많은 데는 130여 가지, 적은 데라야 50여 가지의 이 잡부금! 이것은 과연 우리 농민의 기름과 땀을 그대로 긁어서 더 못살게 하는 것이니, 우리는 하루 바삐 안 받도록 마련해야 되겠다는 주장입니다.

여러분! 뿐만 아니라 비료를 염가로 때에 맞게 우리 농민에게 배급을 해줘야 될 것은 물론이고, 정부에서 양곡을 사들인다고 하는데도 강제로 매상하는 제도를 치워버리고 적어도 쌀 한 섬에 농민이 얼마만큼 밑천을 들였다는 그 밑천을 정부에서 주고 그대로 사들이는 공정한 이 방법을 쓰지 않으면 안 되겠다는 주장입니다.

다음은 군사 문제입니다. 이 문제도 대단히 중요한 문제인데, 조국을 방위하고 우리 전 민족을 수호해 나간다고 하는 것은 중요합니다. 공산 침략을 방지하는 유일한 우리의 힘은 군사 역량일 것입니다. 원래 국민의 의무로서 큰일의 의무 세 가지 중의 하나로서 병역에 복무하는 의무는 누구나 우리가 다 각오하고 있는 것이지만 여러분! 오늘날 우리나라의 병역이 공정하게 되었느냐 하는 것입니다.

여러분! 고관대작의 아들 손자, 특권 계층의 아들들이 얼마나 병정으로 전방에 가서 지내느냐 하는 것을 여러분이 아십니까? 징용이다 징병이다 하는 이 두 가지 어느 것도 물론 어느 계층이나 종류나 물론하고 다 똑같이 공정하게 우리는 징용·징병에 복무하는 의무를 져야 되겠다는 주장입니다.

이렇게 함으로 우리들은 병역에 가게 되는 것이 고통을 당하게 되는 것이 아니라 당연히 즐겁게 우리나라를 위하고 우리 민족을 위해서 우리가 당연히 질 의무일뿐더러 누구나 다 같이 하는 의무인 것입니다.

이러므로 우리의 사기는 양양되어 가고, 우리의 전쟁은 최후의 승리를 반드시 우리가 갖게 된다는 신념이 또한 이러한 것에 있는 것으로, 여기에 붙여서 말씀드리는 것입니다.

여러분뿐만 아니라 현대의 우리 전쟁은 수효가 많은 것에 있지 않습니다. 여러분이 다 아시다시피 신핵무기나 원자탄이나 수소탄이라는 과학 무기가 있는 까닭에 극히 적은 수효의 군사를 가지고서도 최후의 승리를 가져온다는 것을 우리가 다 잘 알고 있습니다. 하물며 옛날부터 병부재다로, 병(兵)이라는 것은 많은 데 있는 것이 아니고 재어정이라, 정(精)한 데 있는 것입니다.

그러므로 우리나라에서 반드시 앞으로 군대에 관한 정병주의로 현재 있는 군대수를 훨씬 줄여서 거의 반가량을 간발해 가지고서 우리나라의 병역을 공정히 하고 우리 군대의 군기를 천명하게 잘해 가지고 보면 최후의 승리는 반드시 우리에게 있다는 신념을 우리는 다 같이 갖게 될 것입니다. 이것을 나는 특별히 주장하는 바입니다.

그리고 끝으로 우리의 교육 문화에 관한 문제에 있어서도 — 시간이 너무 걸려서 미안합니다마는 — 우리나라에서는 의무교육이라 해 놓고 실제로 우리가 의무교육을 하고 있습니까?

사친회비니 기성회비니 잡부금이 중·고등학교라든지 대학생들은 차지해 놓고서도 초등학교 아동까지도 이 부담에 학부형 되는 이들이 기가 막혀 머리가 빠진다는 것은 도리어 허승된 비유의 얘기고, 그 아주 못살 지경이에요. 자, 그러하니 어떻게 됐든 의무교육이라는 초등학교만은 사친회비니 무슨 잡부금이니 하는 것을 다 치워버리고 좀 깨끗하게 해봤으면 하는 주장입니다.

또 뿐만 아니라 대학교 관계에 있어서도 학원의 모리배처럼 법규에 맞지 않는 대학이라는 것을 합리화하고 적법하게 정비해야 될 것입니다. 그뿐만 아니라 학생들의 징집 문제 — 이것은 소집이거나 징집이거나 다 응용되는 문제라고 생각되는데, 국가의 생명은 무한한 것입니다.

국가의 위기로 후방에서 당장 전국에 미만한 화약내 나는 전시판이라 하더라도 후방에서 교육받고 있는 학생들은 적어도 보류되어야 된다는 것이 원칙인데 요새는 징집에 관한 보류문제가 대단히 시끄러워진 모양입니다. 나는 후방의 국가의 동량의 제목으로 부흥재건에 간부 양성하는 본의로 고등학교 이상 대학교 학생동지들의 징집문제를 반드시 보류하는 것을 고려해야 되겠다는 주장입니다.

뿐만 아니라 사회문제에 있어서도 우리들이 간과하지 못하는 문제들은 더군다나 우리 서울 같은 도시들이야요. 기술자, 한 사람의 기술자면 하루 이틀에 양성되는 것이 아니에요. 이 기술자의 대접이 우리 대한민국처럼 초라한 나라는 없다고 생각합니다. 언제나 기술자는 정부에서 보장해서 취직문제나 모든 가지가 기술자 이외의 다른 사람보다는 특별히 잘 되도록 해야 하는 것을 노력해야 될 것입니다.

전체의 실업자의 구제문제니 취직문제니 하는 것도 사회문제의 큰 문제이겠지만 기술자를 우선적으로 실업자의 구제문제를 우리는 유의해야 되겠다는 것을 먼저 말씀드리면서 이 가운데에 포함되고 있는 문제겠지만 수많은 상이용사 더군다나 전란에 전몰한 우리 군경장병들의 유가족의 구호문제, 거기에 부수해서 성질은 다르다 보겠지만 형편에 있어 같은 것이 6 · 25사변 때 무참하게도 이북에 납치되어 간

가족들의 구호문제, 이런 등등의 문제가 아무쪼록 합리하고 적절하게 되도록 우리 정부 우리 국가 우리 전 국민의 동정, 거룩한 동족의 사랑을 바라는 것입니다.

미련하고 불쌍한 수많은 우리 동포들에게 따뜻한 마음과 부드러운 손이 닿도록 우리는 노력해야 되겠다는 말씀을 드립니다.

이것이야말로 인간적으로 동족의 의리로 반드시 이렇게 아니하면 안 되겠다는 말씀이에요. 극히 적은 문제이겠지만 하도 말썽이 많은 문젠데 도시의 미관도 우리 서울, 대서울 이런 도시에 그렇게 무시할 문제는 아니겠지만 산 사람의 사회의 일인 만큼 오늘날 우리나라에서는 대서울 도시의 미관이라는 것보다는 수많은 전재민 동포의 집 없는 고충을 좀 알아줘야 되지 않겠어요?

누구인들 좋은 집에서 살고 싶지 판잣집에서 살고 싶은 사람은 없을 것입니다. 이 주택문제는 우리나라뿐 아니라 구라파에서도 있는 문제로서 그들이 문명한 나라라고 해서, 도시미관상이니 위생상이니 하고 오늘날 우리나라와 같이 몇 만 호를 갑자기 헐어버리는 일은 없습니다.

이 문제만 하더라도 정부에서 외자 물자를 많이 받아들여 공공주택을 하루 빨리 지어서 그들에게 싼값으로 주는 것이 옳은 방법인데도 불구하고, 산 설고 물 설고 타향살이에 갑자기 판잣집을 헐라고 하니 그들이 갈 곳이 어디냐 말입니다.

이것이 모두 주책없는 정책이란 말입니다. 아니 심하게 말하면 판잣집을 헐라는 사람들은 자기들이 좋은 양옥집에서 사니까 남이야 집 없이 헤매든 말든 아랑곳 없다는 듯이 도시의 미관이니 위생상 나쁘다는 구실을 붙여가지고 전재민들을 못살게 구는 것밖에 안 된단 말씀입니다. 이것 안 됩니다.

그리고 다음으로 앞으로 우리의 정부는 반드시 거국일치의 내각으로 전국의 인재를 망라해가지고 인재본위로 옛날에 한말과 마찬가지로 야무유현(野無遺賢)격으로 적재적소로 무슨 당파에 속한 사람이거나 민주당에 당적을 가진 사람이나 자유당에 당적을 가진 사람이나 그 이외에 또 무슨 당에 당적을 가졌다는 사람이거나, 나하고 친한 사람이나 그렇게 친하지 않은 사람이나, 내가 평소에 그렇게 이쁘다고 곱다고 생각을 한 사람이나 아주 마땅하다 가깝다 생각한 사람이거나, 다만 자격이 있어 이만한 인재라면 한국에 다 들어붙어서 우리나라를 어떻게 잘해 갈 수 있고 우리가 어떻게 잘 살아갈 수 있으며 우리의 조국을 어떻게 해야 하루 바삐 통일하며 우리 전 국민이 생활을 어떻게 해야 하루 바삐 안정시킬 수가 있느냐 하는 이 일을 함께 해나가자는 말씀입니다.

이러하므로 나는 정당의 관계로 '나를 괴롭혔다' '나를 무시했다' '나를 모욕했다' 더군다나 우리나라 선거라는 것은 대통령 선거라고 해서 그런지는 몰라도 국회의원 선거보다 참 욕설이 큽니다. 국회의원 선거 때 각 지방을 돌아다녀 보면은 서로 입후보했다는 사람들이 자꾸 같이 욕을 해서 나는 그때의 그분들에게 얘기하기를 "당신들은 선거운동하는 요결을 모르니 내 얘기할 테니 들어보라" 하고 이렇게 말했습니다.

"입후보한 사람이 여럿이거든 당신은 그 입후보한 사람들을 자꾸 칭찬해주라. 마음껏 칭찬해 놓고 맨 나중에 아무리 그분들이 잘났고

좋다고 하더라도 나보다는 조금 못하다는 얘기로 결론해라." 나는 이렇게 얘기했습니다.

아나 모르나 선거운동의 요결은 그래야 될 것입니다. 그런데 요새 듣고 보니 대통령 선거라 그런지 도무지 욕설이 너무 많고 듣기 어려운 욕이 너무 많습니다. 그렇지마는 욕하는 사람이 죄지, 욕먹는 사람은 죄가 없다는 것입니다. 그러므로 나를 아무리 욕하던 사람이라도 내가 대신 욕하고 싶지 않고 또 만일 내가 앞으로 전 국민 동지들에게 찬성을 받아서 지원을 받아 내가 대통령으로 당선이 된다고 하더라도 나를 욕한 사람들을 '원망스럽다' '괘씸하다' '보복해야 하겠다'는 생각은 아니하겠다는 말을 드립니다.

이것이야말로 덕으로 원한을 갚으라는 동방선현의 교훈을 나는 일부러 지키고 반드시 밟으려고 하는 결심입니다 하는 말씀을 드립니다. 그리고 끝으로 만일 내가 대통령으로 당선만 된다면 서울 근처의 속담 한마디와 마찬가지로 "내가 만일 광주 군수를 하면은 남한산성에 줄불을 놓겠다." 그런 얘기와 마찬가지로 내가 만일 대통령으로 당선된다 하면 우리 전 국민의 주인되는 우리 전 국민 동포 동지들의 심부름꾼으로 충실하게 일할 작정입니다. 그 말씀입니다.

결코 '내가 잘났다' '내가 이렇거니 우리 국민들은 따라 와라' 이런 죄스러운 생각과 죄스러운 말씀은 아니하겠습니다. 뿐만 아니라 우리 전 국민 동포 동지들과 같이 괴로우나, 즐거우나, 웃음이나, 울음이나, 먹으나, 굶으나 똑같이 여러분과 지내보리라는 약속입니다.

높직한 데 들어 앉아서 국민이 무엇을 생각하는지 국민이 우는지, 웃는지 도무지 모르고 너는 너, 나는 나의 격으로 그대로 살아가지는 아니할뿐더러 언제나 여러분을 자주자주 찾아서 '어떻게들 지내시며' '무슨 생각을 하고' '무슨 일이 있소' 하는 얘기를 묻기도 하려니와 동시에 여러분은 부단히 나를 찾아서 '우리 주인되는 국민들은 이러한 생각을 가지고 있으니 당신은 이렇게 일해 주소' 하는 부탁으로 여러분이 자주 찾아 주시기를 간절히 바라는 바입니다.

이러한 형편으로 나는 언제나 대통령이 있는 집이라면 언제든지 대문을 활짝 열어 놓고 여러분을 기다리겠습니다 하는 말씀을 드립니다.

이 좌석도 불편한 모래사장에 수많은 여러분이 차례 없이 지껄이고 있는 이 사람의 말을 재미있는 것처럼 잘 들어 주셔서 특별히 고맙습니다. 내 말은 여기서 끝내기로 합니다. 고맙습니다.

인파의 행렬은 끝이 보이지 않았다. 서울역에서 한강철교까지 차도와 인도를 가릴 것 없이 군중들이 밀려가고 있었다. 그들의 발길이 닿은 곳은 다름 아닌 한강철교 옆 백사장(지금의 용산구 동부이촌동).

봄 햇볕이 유난히도 화창하던 1956년 5월 3일 토요일 오후 1시, 한강 백사장은 남녀노소 군중들로 발 디딜 틈 하나 없었다. 강 건너 흑석동 언덕배기와 한강 인도교 위에도 사람들이 빼곡히 들어찼다. 어림잡아 30여만 명의 인파가 집결했다. 당시 서울의 인구가 150만 명, 유권자가 70만 명이었으니 이곳에 모인 군중의 숫자는 실로 엄청난 것이었다. 같은 시각 서울 시내가 텅텅 비었다는 당시 언론의 보도는 과장이 아니었다.

누가 강요하지 않았음에도, 이토록 많은 인파가 자발적으로 몰려든 것은 당시 야당이던 민주당 신익희 대통령 후보(제3대 대통령 선거)의 연설을 듣기 위해서였다. 당시 서울의 시내버스가 모두 637대뿐이었으니, 이날 유세장에 참석한 사람의 대부분은 아침부터 걸어서 이곳에 도착했을 터이다. '못 살겠다 갈아 보자'의 구호에 응축된 민초들의 정권교체 열망이 이날 신익희 후보의 한강 백사장 유세에 한국 정치사상 초유의 청중이 몰려

들게 했다. 드디어 신익희가 연단의 마이크 앞으로 다가섰다. 함성과 박수 소리가 한강 백사장을 가득 채웠다.

"여러분! 이 한강 모래사장에 가득히 모여 주신 친애하는 서울시민 동포 동지 여러분!"

신익희는 처음부터 격정적인 어조로 유세를 시작했다. 원고도 없었다. 제헌국회(1, 2기)와 2대 국회(1, 2기)에 걸쳐 연 4회 국회의장을 역임하면서 해학과 유머를 유감없이 발휘하며 명사회자로 이름을 날린 신익희는 연설 솜씨에서도 정평이 나 있었다. 결코 흥분하지 않되 확신에 찬 어조로, 적절한 비유를 곁들여 청중의 폐부를 찌르는 그의 연설은 이번 대통령 선거전에서도 그 힘을 발휘했다. 그는 유세 때마다 청중을 구름처럼 몰고 다녔다.

이날 유세 연설 역시 쉬우면서도 정곡을 찌르는 비유를 동원해 '못 살겠 다 갈아보자'라는 청중의 열망을 정확히 꿰뚫고 들어갔다.

"우리가 사는 꼬락서니, 이와 같으리라는 것을 생각했던 것은 아닐 것 입니다. 여러분! 이 까닭이 무엇입니까? 책임 맡아 나라일하는 이들이 일 잘 못해서 이 꼬락서니가 되었다는 결론입니다."

"양심 떼서 선반에 올려 놓고 얼굴에다 강철쪼박을 뒤집어쓰고 사람을 속이고, 거짓말하고 도둑질 잘하는 자들이 대로 활보하고 행세하고 꺼덕 대고 지내는 세상입니다."

신익희의 연설이 시작되자 곳곳에서 '옳소' 함성과 함께 박수가 터져 나왔다.

신익희는 이승만 정권의 법치 유린, 독재적 행태를 집중적으로 지적했 다. 먼저 대통령부터 지게꾼까지 지켜야 하는 큰 법률, 작은 법률을 대통 령과 권력자들이 짓밟고 있음을 강도 높게 비판했다. 그리고 나서 "대한 민국 법률의 그물은 커다란 독수리는 물론이려니와 까막, 까치, 제비까지도 모두 뚫고 나가자마자 불쌍하게도 법망에 걸리는 것은 오직 파리나 모기뿐이라는 얘기가 있는 것입니다"라고 말하자 다시 '옳소' 하는 함성과 박수가 터져나왔다.

신익희는 계속해서 이승만 정권의 부패와 타락상, 독재의 실상을 종횡무진 난타하며 운집한 민초들의 가슴을 시원하게 했다.

"주인되는 국민들이 언제나 '당신 일 잘못했으니 그만 가소' 하면 두 마디가 없는 것입니다. '대단히 미안합니다. 나는 일 잘못했으니 물러가겠습니다' 하고 가야 합니다. 요새는 어떻게 되었는가 하면 거머리 달라붙듯이 딱 붙어 떨어지지 않습니다."

우레와 같은 박수가 터지지 않을 리 없었다.

신익희는 또 "각하가 왜 이렇게 많은지, '각하'는 민주국가의 알 수 없는 취미야요. 원칙으로 먼저 '각하'는 저 나리 아래 각합니다. 다리 아래"라며 '모시고' '받들고' '유시' 등의 표현들이 난무하는 대통령 주변의 왕조적 충성경쟁의 행태를 맘껏 힐난했다.

유세 후반에 이르러 신익희는 실업과 주택 등의 민생 문제와 공정한 인재 중용, 내각책임제 등의 공약에 대해 언급했다. 그리고 "내가 만일 대통령으로 당선만 된다면…… 우리 전 국민 동포 동지들의 심부름꾼으로 충실하게 일할 작정입니다. ……우리 전 국민 동포 동지들과 같이 괴로우나, 즐거우나, 웃음이나, 울음이나, 먹으나, 굶으나 똑같이 여러분과 지내보리라는 약속입니다"는 다짐으로 한 시간이 넘는 열정적인 연설을 마무리했다.

백사장에는 격정과 분노, 그리고 희망이 물결쳤다. 유세에 참석한 청중의 숫자만으로도 정권교체가 바로 눈앞에 다가온 것처럼 생각됐다.

실제로 1956년 5월 15일에 치러질 제3대 대통령 선거는 정권교체의 가능성이 높았다. 1952년 '발췌 개헌'과 1956년 '사사오입 개헌'으로 이어

'못 살겠다 갈아보자'는 민주당의 선거구호에 시민들이 몰려들었다. (1956)

진 이승만의 영구집권 음모와 자유당의 부패·폭정에 대해 국민들의 분노와 염증은 극에 달해 있었다. 그것이 통합 야당 민주당의 신익희 후보 지지로 분출되고 있었다.

하지만 신익희를 통해 분출되던 정권교체의 희망은 어이없게 무너졌다. 신익희는 해방 전에는 항일 독립운동에 헌신하고, 해방 후에는 건국운동과 민주주의를 위해 투쟁했다. 3·1운동 직후 중국 상하이로 떠난 신익희는 해방이 될 때까지 26년의 망명 기간 동안 열정적으로 독립운동을 펼쳤다. 상해임시정부의 임시헌법을 기초하고, 이후 내무총장·법무총장·문교부장·외무부장 등을 맡아 활동했다. 1929년에는 한국혁명당을 조직했고, 조선의용대를 이끌고 대일 선무공작과 무장투쟁을 벌였다.

해방된 뒤 1945년 12월 임시정부 요인의 일원으로 귀국한 신익희는 대한독립촉성국민회를 만들어 부회장을 맡았고, 정부수립과 함께 제헌국회에 진출해 국회의장을 역임했다.

한강 백사장 유세 이틀 뒤인 5월 5일 새벽, 신익희는 지방유세를 위해 타고 가던 호남선 기차 안에서 쓰러져 갑자기 숨을 거뒀다. 대선을 불과 열흘 앞둔 시점에서 국민들은 이승만 정권을 심판할 야당 후보를 잃어버렸다.

국민들은 도저히 믿을 수가 없었다. 신익희의 유해가 서울에 도착하자 대학생과 시민 수만 명이 이승만 대통령의 면회와 사인 규명을 요구하며 운구를 밀고 경무대로 향했다. 이를 막던 군경의 발포로 2명이 즉사하고, 27명이 부상당했으며 700여 명이 체포됐다. 신익희의 갑작스런 죽음은 국민들의 상실감을 극도로 자극했다. 그 상실감을 다독여준 대중가요가 '목이 메인 이별가를 불러야 옳으냐/돌아서서 피눈물을 흘려야 옳으냐'의 〈비 내리는 호남선〉이다.

국민들의 상실감과 이승만 정권에 대한 분노는 5월 15일 치러진 대선 결과에서 극명히 드러났다. 유효투표율은 투표자 총수의 79.5%에 그쳤다. 신익희 후보 지지표는 무소속 조봉암 후보에게로 이동했다. 그는 216만 표를 얻었다. 185만 표는 고인이 된 신익희 후보를 찍어 무효 처리됐다. 기권은 53만 표였다. 80% 이상의 득표를 장담하던 이승만 후보는 전체 투표수의 52%인 504만 표를 얻어 힘겹게 당선됐다. 부통령 선거에서는 민주당 장면 후보가 자유당 이기붕 후보를 누르고 당선됐다. 내용상으로는 자유당의 완패였다.

신익희의 급서로 평화적 정권교체의 기회는 다시 좌절됐고, 이후 자유당과 이승만의 영구집권 기도는 더욱 노골화됐다. 결국 정권교체는 신익희가 사망한 4년 뒤인 1960년 4월 19일, 선거에 의해서가 아니라 민중의 혁명에 의해서 이뤄지게 된다.

1956

진보당 창당 선언문

조봉암

우리가 8·15의 해방을 맞이할 때, 우리의 앞에는 자유발전의 탄탄대로가 열리고 이 강토에 수립될 새로운 민주국가로 모든 우리 국민에게 자유와 평등과 사람다운 생활을 보장하여 주게 될 것을 믿고 기대하고 희망하였던 것입니다.

그러나 그 후 11년이 지난 오늘날 우리나라에는 통일된 자주독립 대신에 억압과 혼란과 폭력이 횡행하여 건설과 진보와 번영 대신에 파괴와 궁핍이 지배하고 있습니다.

경제시책은 비생산적인 소비면에 치중하여 의연 자립경제 건설에 대한 실질적인 노력을 결여하고 있습니다. 따라서 매년 수억 불에 달한다는 미국 원조를 받으면서도 수백만의 실업자와 수십만의 상이군경이 가두에서 방황하고 있고 노동자, 농민, 봉급생활자 및 수백만의 월남피난민들은 말 못할 도탄에 빠져왔으며 중소 공업자들은 파산의 생활 불안으로 전전긍긍하고 있습니다.

탐관오리들의 발호와 추락은 날로 우심하고 관료와 결탁한 소수의 정상모리배는 국재와 민부를 갖은 수단으로 잠취도점하고 있습니다. 이리하여 법질서는 유린되고 강기는 해이되었으며 도의는 아주 땅에 떨어져 거세 도도히 탁류 속으로 휩쓸려가고 있습니다.

그러면 해방 이후 아름다운 이 강토에 이렇듯 추악 불미하며 부정 불의한 정치적 사회적 상태를 출현시키고 사랑하는 우리 국민대중을 이렇듯 절망과 비애 속에 허덕이게 한 것은 도대체 그 무슨 까닭이겠 습니까.

첫째로는 온갖 파괴적 수단으로서 통일자주독립의 민주 한국건설을 극력 방해하여 오다가 급기야 그들의 상전인 스탈린의 명령을 따라 동족상잔적 6·25의 참변을 일으킨 저 공산도배들의 침략 때문임은 물론입니다.

그러나 그뿐이 아닙니다. 8·15 이후 지주자본가로서 미군정에 중용되었던 한국민주당 중심의 고루한 보수적 정치세력과 대한민국 수립 이후에 있어 한국 정치의 추기를 장악하고 민주주의의 이름 밑에 반(牛)전제적 정치를 수행하여온 특전 관료적 매판자본적 정치세력의 과오에 기인하였다는 것은 명백한 사실입니다.

시대적 감각과 사회적 양심을 결여하고 있는 후진제국의 독선적 보수세력이 정치권력을 장악하게 될 때 그들은 놀랄 만한 무능성과 부패성을 스스로 폭로하면서 국가적 혼란과 사회적 불안을 조장 격화하고 국민대중을 도탄에다 빠뜨리지 않을 수 없다는 것은 보편적인 국제적 통례로 되어 있습니다. 우리 한국의 경우가 결코 이에 대한 예외를 이룰 수 없음은 물론입니다.

사랑하는 동포 여러분!

우리의 조국과 민족은 바야흐로 누란의 위기에 처해 있습니다.

그러면 이러한 국가적 중대 위기를 극복하고 생사의 관두에 선 우리 민족의 운명을 크게 타개하는 기사회생의 방도는 어떠한 것이겠습니까. 그것은 그른 것을 광정하고 낡은 것을 혁신할 수 있으며 모든 난관을 극복하고 새로운 건설을 수행하며 국리민복을 크게 증진 실현할수 있는 새로운 민주주의적 대정당을 새로이 결성 발전시키는 것이야말로 우리의 조국과 민족을 존망의 위기로부터 구출하는 유일의 길인 것입니다.

사랑하는 동포 여러분!

20세기의 진정한 민주정치는 광범한 근로인민의 의사와 이익을 대표하고 또 이를 힘차게 실천 구현하는 데 있습니다. 그러기 위하여는 높은 과학적 견식과 강한 사회적 정치적 실천력은 어느 유능한 일개인이나 일부 소수인에게 기대할 수도 없고 또 기대하여서도 아니 됩니다.

광범한 노동인민을 사회적 기반으로 하는 진보적이며 대중적인 정치세력의 집결체－즉 참다운 민주주의적 정당만이 전 인류적 지식과 경험을 올바르게 섭취하고 종합함으로써 이를 진정으로 소화하며 제고하여 소유할 수 있습니다.

그리하여 광범한 민중의 창조적 에네르기를 민주적이며 건설적으로 조직 동원함으로써 후진 한국의 과도적 혼란과 곤란을 극복 수습하는 한편 운명적 기로에 선 우리의 조국과 민족을 힘찬 건설과 자유

발전의 대로에로 이끌어 올릴 수 있습니다.

사랑하는 동포 여러분!

이러한 큰 역사적 사명을 지닌 우리 진보당은 오늘 국민 대중의 절대한 기대와 촉망을 받으면서 우렁찬 고고의 소리를 울렸습니다.

우리 진보당은 어떤 일부 소수인이나 어떤 소수집단의 정치적 조직체도 아니고 광활한 근로민중의 이익실현을 위하여 노력하고 투쟁하는 근로대중 자신의 민주적 혁신적 정당입니다. 우리 당의 기본적 역사적 파업은 경제, 문화, 방위 등 제부문에 걸친 건설을 촉진 수행하여 우리의 민주적인 역량을 확대 강화하는 한편 새로운 복지사회를 건설하는 데 있습니다.

사랑하는 동포 여러분!

노동자, 농민, 근로인텔리, 중소상공업자 여러분!

20세기는 실로 변혁의 세기입니다. 인류사회는 바야흐로 큰 전환기에 처하여 있습니다.

지구상의 이 나라 저 나라에서 급속히 또는 원만히 현저히 혹은 은연히 큰 변혁이 진행되고 있습니다. 이러한 변혁의 기본목표는 명실상부한 자유와 평등과 사람다운 생활을 보장하여 줄 진정한 대중적 복지사회를 건설하는 데 있는 것입니다. 그렇다면 전 국제사회의 일원인 우리의 조국과 민족도 위대한 20세기 변혁을 피와 땀으로써 수행하고 있는 전 인류와 함께 자유와 광명의 새로운 복지사회 건설을 향하여 매진하여야 하며 또 하지 않을 수 없는 것은 명백한 일입니다.

우리의 진보당은 사랑하는 이 강토에 만인공영의 새 사회를 건설하기 위하여 모든 피해대중과 함께 양심과 성의와 열정으로써 백절불굴 감투용진할 것을 감히 맹세하는 바입니다.

근로대중 여러분의 적극적인 지지와 협력과 편달을 기대하고 열망하여 마지않습니다.

제3대 대통령 선거가 끝나고 이승만 정권의 영구집권 기도가 한층 더 노골화되던 1956년 11월 10일, 서울 시 공관에는 팽팽한 긴장감이 흘렀다. 복도 곳곳에 무장경관들이 배치돼 삼엄한 경비를 펼치고 있는 가운데 전국에서 모여든 대의원들이 속속 대회장으로 들어갔다. 국민의례에 이어 묵념 순서가 되자 시인 박지수가 엄숙하게 묵념시를 낭송했다.

　오! 인도세력의 굳건한 전위는
　이 겨레와 온누리
　길이 함께
　번영할 터전을 닦으며
　자유 평등과 우애로 맺힌
　훈훈한 복지사회를 이룩하는
　세계의 깃발을 높이 들고
　바라고 그리던 낙원의 광장을 향하여

보무도 우렁차게

이제 권고하노니

피땀 일궈 가신

인민의 대열이여

거룩한 목자의 영령이여

마음 편히 쉬어라

고이고이 잠드시라

인도세력의 굳건한 전위를 자처하는 진보당 창당의 막이 올랐다. 전국 대의원 900명 중 853명이 참석한 가운데 열린 이날 진보당 창당대회에서 임시의장 조봉암이 개회사를 했다.

조봉암은 개회사에서 "공산주의와 자본주의를 다같이 거부하고 사회개조의 원칙인 진보사상을 지향코저 한다. 우리는 민주적 평화방식에 의한 남북통일과 혁신요소의 대중적 결집으로써 원자력 시대에 적응할 인류의 새 이상을 옳게 파악하고 실천에 옮기지 않으면 안 된다"고 진보당 창당의 목적을 제시했다. 공산주의와 자본주의를 모두 거부하면서 사회개조의 원칙인 진보사상을 견지하는 제3의 길, 곧 사회민주주의 노선을 채택한 것이다. 고도의 냉전체제 속에서 이승만의 북진통일에 반대하는 세력에게는 무자비한 탄압이 가해지던 시기에 '평화방식에 의한 남북통일'을 천명함으로써 기존 제도권의 극우 보수정당들과 선명한 차별화를 선언한 것이다.

조봉암은 이어 "우리들의 이상인 복지사회의 건립은 한국 실정에 적응하여 이룩되어야 하며 우리 당은 피해 대중의 전위대가 되어야 한다"고 힘주어 말했다.

환호와 박수로 장내가 떠나갈 듯했다. 한국전쟁을 거치면서 우파 민족주의의 세력을 제외한 다른 정치세력은 물리적이고 일방적인 방식으로 배제됐다. 해방 공간에서 민족의 개혁 열망을 업고 다양하게 분출된 좌파와 중도 세력의 태반은 몰락했거나, 침묵을 강요당했다. 가히 개혁세력의 암흑기였다. 그런데 드디어 진보정당의 깃발이 올랐던 것이다. 참석자들 모두 감격에 겨웠다.

창당대회는 대의원 투표를 통해 창당 작업의 실질적 지도자인 조봉암을 위원장, 박기출을 부위원장으로 선출했다.

그리고 진보당 창당의 당위와 대의를 밝히는 창당 선언문과 5대 강령을 채택했다. 해방정국에서 대한노총의 간부로 일했고, 이후 진보당 노동부장을 맡게 되는 임기봉이 창당 선언문을 우렁차게 읽어 내려갔다.

"그(해방) 후 11년이 지난 오늘날 우리나라에는 통일된 자주독립 대신에 억압과 혼란과 폭력이 횡행하여 건설과 진보와 번영 대신에 파괴와 궁핍이 지배하고 있습니다."

해방으로 되찾았던 희망이 무참히 좌절되고, 민주주의는 유린되고 민생은 궁핍한 오늘의 현실을 타개하기 위해서는 새로운 민주주의 정당이 필요하다고 역설했다. 진보당의 탄생 순간이었다.

새로운 혁신정당의 창당 깃발이 공식화된 것은 앞서 1955년 9월 1일 서울 광릉회합에서다. '광릉회합'에는 조봉암, 서상일, 등의 원로와 신도성, 윤길중, 이명하 등의 신진을 포함한 진보적 인사 40여 명이 참석했다. 이들은 더 이상 부정부패와 민중생존권의 위기를 방치할 수 없다는 데 뜻을 같이하고 혁신 신당을 만들기로 결의한다.

앞서 이승만 정권의 영구집권 기도에 맞서 자유당 반대 세력을 중심으로 단일 야당 건설이 모색됐으나 조봉암의 거취를 두고 이견이 엇갈려 끝내 성사되지 못했다. 한민당 계열의 극우 보수인사들은 초대 농림부 장관을 역임하기도 한 조봉암의 과거 공산주의 경력을 문제 삼아 그의 참여를 극렬히 반대했기 때문이다. 이로 인해 이른바 '정통야당'으로 매김되는 민주당은 조봉암의 참여를 주장했던 범개혁세력을 배제한 채 창당하기에 이른다. 민주당 역시 한민당과 민국당으로 이어지는 극우보수세력 중심으로 짜여진 것이다. 이승만을 두고 지지냐, 반대이냐의 차이만 있을 뿐 여야 정당 모두 친미와 반공을 기본으로 하는 수구 보수노선이라는 데서는 별반 차이가 없었다.

혁신 신당의 움직임은 바로 이런 틀을 깨야 한다는 문제의식에서 출발했다. 여러 갈래로 추진되던 혁신 신당의 움직임 중 맨 먼저, 가장 구체적으로 진척된 것이 바로 진보당 추진이다.

'광릉회합'이 있은 3개월 뒤인 12월 22일 진보당 창당준비위원회가 발족됐다. 이때 채택된 발기취지문과 강령 초안은 혁신정당의 과업으로 '민주수호와 조국통일'을 내걸었고, 이는 추후 창당대회에서 채택된 창당 선언문과 강령의 근간을 이뤘다. 발기취지문과 강령 초안은 해방정국에서 민주사회주의 운동에 전념한 혁신계열의 대표적인 이론가 이동화가 기초했다. 이동화는 8·15광복 후 건준 간부로 활동했고, 〈평양민보〉 주필을 역임했다.

진보당 창당준비위원회는 제3대 대통령 선거(5월 15일)가 닥치자 1956년 3월 31일 서울 중앙예식장에서 전국추진위원 대표자대회를 열어 조봉암을 대통령 후보로 선출했다. 당시 조봉암은 혁신, 진보 진영에서는 가장 대중성을 갖춘 인물이었다. 조봉암은 1919년 3·1운동에 참가 1년 동안 복역하면서 본격적인 독립운동의 길로 접어들었다. 1925년 조선공산당 조직에 참여하는 등 일제하에서는 공산주의 계열에서 독립투쟁 활동을 벌였다. 감옥에서 해방을 맞은 조봉암은 건준을 거쳐 재건된 조선공산당 등에 참여했으나 1946년 박헌영의 종파주의를 비판하며 공산당을 탈당, 전향했다. 1948년 제헌의회에 진출, 초대 농림부 장관을 역임했고 2대 국회에서는 국회부의장을 지냈다. 민주당의 신익희 대통령 후보가 선거를 열흘 앞두고 급서하자 제3대 대통령 선거는 '이승만 대 조봉암'의 대결로 좁혀졌다. 조봉암은 자유당의 조직적인 선거운동 방해와 투개표 부정에도 불구하고 총 투표수의 23.9%인 216만여 표를 얻었다. 진보적 강령과 정책을 내세운 후보로서는 실로 한국정치사에서 전무후무한 득표율이다. 조봉암의 약진은 이승만 정권뿐 아니라 보수정치세력을 긴장시켰다.

　5·15선거에서 나타난 거대한 대중적 지지는 혁신 신당 움직임에 한층 탄력을 부여했다. 견고한 대중적 지지를 확인받은 조봉암이 자연스레 그 움직임의 주축을 이뤘다.

서울고등법원은 원심을 파기하고 조봉암(왼쪽 끝)에게 사형을 선고했다. (1958)

비록 진보당은 중도좌익은 물론 해방정국에서 단독정부 수립을 반대했던 민족주의 우파 등 복잡한 인적 구성으로 출발했지만, 당이 천명한 노선과 정책은 기존 보수정당들과 선명히 차별화됐다. 그 차별화의 지점을 집약해 드러낸 것이 11월 10일 창당대회에서 발표한 창당 선언문과 5대 강령이다.

창당 선언문은 '국민대중이 절망과 비애 속에 허덕이게 한 까닭'을 두 세력의 과오로 지목하고 있다. 바로 "동족상잔적 6·25의 참변을 일으킨 저 공산도배들의 침략"과 "한민당 중심의 고루한 보수적 정치세력과 대한민국 수립 이후에 있어 반전제적 정치를 수행하여온 특전 관료적 매판자본적 정치세력" 때문이라고 주장했다. 인민독재와 자본독재 모두를 반대하는 사회민주주의의 노선을 천명한 것이다.

선언문은 이어 "조국과 민족을 존망의 위기로부터 구출하는 유일의 길"은 "새로운 민주주의적 대정당을 새로이 결성 발전시키는 것"이라면서 "광범한 노동인민을 사회적 기반으로 하는 진보적이며 대중적인 정치세력의 집결체─즉 참다운 민주주의적 정당"이라고 진보당의 자리를 매김했다.

선언문이 밝힌 진보당의 노선과 이념을 더 구체화해 응축시킨 것이 함께 채택된 5대 강령이다. 세계평화와 인류복지의 달성, 공산독재 및 자본가와 부패분자의 독재 배격, 혁신정치 실현, 생산분배의 합리적 계획을 통한 민족자본 육성과 농민 노동자 등의 생활권 확보, 평화적 방식에 의한 조국통일 실현, 교육체제의 국가보장제 수립 등이 그것이다.

평화통일을 비롯한 이 같은 진보당의 강령은 한국전쟁으로 인해 분단체제가 공고화, 가속화되던 당시로선 상상하기 힘들 정도의 진보적인 내용이다. 실로 진보당은 수구 보수 일변도의 기존 정치 구도에서 전혀 다른 얼굴을 한 정당으로 등장했다. 한국전쟁으로 끊어진 진보정당의 부활을 알리는 신호탄 같았다. 조봉암과 진보당을 말살하기 위해 끊임없이 정치 공작을 시도하던 이승만 정권은 1958년 간첩혐의로 조봉암과 진보당 간부들을 전격 체포한다. 조봉암은 1심에서 간첩혐의에 대해 무죄가 인정돼 징역 5년이 선고됐으나, 2심에서 돌연 간첩죄가 적용돼 사형이 선고됐다. 대법원이 그의 재심 청구를 기각한 바로 다음날인 1959년 7월 31일 조봉암은 서대문형무소에서 형장의 이슬로 사라졌다.

조봉암은 사형 직전 유언을 남겼다.

"이 박사는 소수가 잘 살기 위한 정치를 하였고 나와 나의 동지들은 국민 대다수를 고루 잘 살리기 위한 민주주의 투쟁을 했소. 나에게 죄가 있다면 많은 사람이 고루 잘 살 수 있는 정치운동을 한 것밖에는 없는 것이오. 그런데 나는 이 박사와 싸우다가 졌으니 승자로부터 패자가 이렇게 죽음을 당하는 것은 흔히 있을 수 있는 일이오. 다만 나의 숙음이 헛되지 않고 이 나라의 민주발전에 도움이 되기를 바라며 그 희생물로는 내가 마지막이 되기를 바랄 뿐이오."

그러나 그것은 결코 '흔히 있을 수 있는 일'이 아니었다. 조봉암은 해방된 조국에서 정부수립 이후 최초로 사형이 집행된 정치인 사형수였다.

또한 조봉암에 대한 사형집행은 혁신 정당, 진보주의에 대한 사형집행이었다. 그의 죽음과 더불어 진보당이 소멸된 후 이 땅의 진보정당은 오랫동안 그 맥이 끊기게 된다.

1958

생각하는 백성이라야 산다

-6 · 25 싸움이 주는 역사적 교훈-

함석헌

1.

나라를 왼통 들어 재덤이 시체덤이로 만들었던 6 · 25 싸움이 일어난 지 여덟 돌이 되도록 우리는 그 뜻을 깨닫지 못하고 있다. 역사의 뜻을 깨달은 국민이라면 이러고 있을 리가 없다. 우리 맘이 언제나 답답하고 우리 눈알이 튀어 나올 듯 하고 우리 팔다리가 시들 부들 느러져만 있어 아무 노릇을 못하지 않나? 역사적 사건이 깨달음으로 되는 순간 그것은 지혜가 되고 힘이 되는 법이다. 6 · 25 사건은 아직 우리 목에 씌워져 있는 올갬이요 목구멍에 걸려 있는 불덩이다. 아무런 불덩이도 삼켜져 목구멍을 내려가면 되건만 이거는 아직 목구멍에 걸려 있어 우리를 괴롭힌다. 그러므로 밥을 먹을 수 없고, 숨을 쉴 수 없고, 말을 할 수도 울 수도 없는 것이다. 어서 이것을 삼켜 내려야 한다. 혹은 이 올갬이를 벗어 버려야 한다.

올갬이가 거저는 아니 베껴진다. 죽을힘을 다해 베껴야 하지. 코가 좀 벗어지고 귀가 좀 찢어지고 이마가 좀 벗어지고 턱이 부스러지는 한이 있더라도 베껴야 한다. 불덩이가 그대로는 아니 넘어간다. 눈을 꽉 감고 죽자하고 혀를 깨물고 목구멍을 좀 대면서라도 꿀꺽 삼켜야 한다. 역사적 사건의 뜻을 깨달음은 불덩이를 삼킴이요 올갬이를 베낌이다.

모든 일에는 뜻이 있다. 모든 일은 뜻이다. 뜻에 나타난 것이 일이요 물건이다. 사람의 삶은 일을 치름(經驗)이다. 치르고 나면 뜻을 안다. 뜻이 된다. 뜻에 참여한다. 뜻 있으면 있다(存在), 뜻 없으면 없다(無). 뜻이 있음이요, 있음은 뜻이다. 하나님은 뜻이다 모든 것의 밑이 뜻이요. 모든 것의 끝이 뜻이다. 뜻 품으면 사람, 뜻 없으면 사람 아니다. 뜻 깨달으면 얼(靈), 못 깨달으면 흙. 전쟁을 치르고도 뜻도 모르면 개요 돼지다. 영원히 멍에를 메고 맷돌질을 하는 당나귀다.

2.

6·25 싸움은 왜 있었나? 나라의 절반을 꺾어 한뱃 새끼가 서로 목을 찌르고, 머리를 까고, 세계의 모든 나라가 거기 어우름을 하여 피와 불의 회리바람을 쳐 하늘에 댔던 그 무서운 난리, 사람의 죽고 상한 것이, 물자의 없어진 것이, 남편 잃고 반쪽 사람이 된 과부가, 어미 애비 잃고 고아가 된 어린이가, 거기 써 버린 쇠를 쌓으면 산이 될 것이요, 거기 태워 버린 기름을 모으면 바다가 될 것인 이 끔찍한 전쟁은 도대체 왜 일어났을까? 바다를 뒤집는 고래 싸움은 하필 이 가엾은 새우등을 터쳤을까?

밤거리를 헤매다가 도둑놈에게 욕을 본 계집도 그 상하고 더러워진 몸을 어루만지며 생각을 해 본다면 그 까닭이 어디 있음을 알 것이요, 대낮에 술에 취해 자다가 온 세간을 다 불태워 버린 사내도 잿덤이에 마주 앉아 생각을 해 본다면 그 잘못이 어디 있음을 알 것이다. 이 역사의 행길에 앉는 곤난의 여왕은 제 욕보고 뺏김 당한 것이 어떤 까닭임을 생각하나 아니하나?

6·25 싸움의 직접 원인은 38선을 그어놓은 데 있다. 둘째 번 세계 전쟁을 마치려 하면서 럭키산의 독수리와 북빙양의 곰이 그 미끼를 나누려 할 때 서로 물고 당기다가 할 수 없이 찢어진 금이 이 파리한 염소 같은 우리나라의 허리동강이인 38선이다. 피가 하나요, 조상이 하나요, 말이 하나요, 풍속 도덕이 하나요 이날것 역사가 하나요, 이해 운명이 한가지인 우리나라에 우리로서 한다면 갈라질 아무 터무니도 없다. 그러므로 이 싸움의 원인은 밖에 있지 안에 있지 않다. 우리는 고래 싸움에 등이 터진 새우다.

그러나 다시금 한번 생각해 볼 때 아무리 싸움은 다른 놈이 했다 하더라도 우리는 왜 등을 거기 내놓았던가? 왜 남의 미끼가 됐던가? 거기는 우리 속에서 찾을 까닭이 있어야 할 것이다. 모든 역사적 현실은 제가 택한 것이다. 쉬운 말로, 만만한데 말뚜기질이지, 만만치 않다면 아무 놈도 감히 말뚜기를 내 등에 대일 수는 없을 것이다. 이른바 약소민족이었기 때문이다. 전쟁에 지는 일본의 식민지였던 것이 원인 아닌가? 그렇다면 미운 것은 미국도 쏘련도 아니요, 일본이며 일본도 아니요 우리 자신이다. 왜 허리 꼬부린 새우가 됐던가?

우리는 왜 남의 식민지가 됐던가? 19세기에 있어서 남들은 다 근대식의 민족국가를 완성하는데 우리만이 그것을 못했다. 왜 못했나? 동해 바다 섬 속에 있어 문화로는 우리에서조차 없이 여김을 당하던 일본도 그것을 하고 도리어 우리를 덮어 누르게 되는데, 툭하면 예의의 나라라 적은 중화라 자존심을 뽐내던 우리가 왜 못했나? 원인은 여러 말할 것 없이 서민 곧 백성이란 것이, 이 씨알이 힘있게 자라지 못했기 때문 아닌가? 남들은 아무리 봉건제도라 하며 정치가 아무리 본래 백성 부려먹는, 씨알 짜먹는 일이라 하더라도 그래도 그 오리인 서민계급을 길러가며, 생산방법을 가르쳐주며, 그 금알을 짜먹을 만한 어짐과 인정은 있었는데, 우리나라 시대 시대의 정치업자 놈들은 예나 이제나 한결 같이 그저 짜먹으려만 들었다. 그러므로 백성은 줄곧 말라들기만 했다.

민족국가, 경제에 있어서 자본주의국가는 씨알 중에서도 중산층의 나라다. 중산층이란 다른 것 아니요, 그 사회제도가 씨알이 자라 제 힘으로 올라갈 수 있는 길이 열려 있다는 말이다. 그러므로 언제나 중산층이 튼튼히 있으면 그 나라가 성해 가는 것은 천하가 다 아는 사실이다. 중산층이 살아 있으리만큼 씨알의 발달이 되어 있는 나라는 마치 맨 밑의 곧은 뿌리가 잘 자란 나무 같아 어떤 역사적 변동이 와도 거기 맞추고 그 기회를 타고 이겨 살아나갈 수 있지만 그렇지 못한 나라는 망하는 수밖에 없다.

민족주의의 물결이 세계를 뒤덮어 일어날 때 우리만이 그것을 타지 못하고 떨어져 민족 전체가 남의 종이 됐던 것은, 우리나라의 씨알이 양반이라는 이리떼보다 더한 짜먹는 놈들의 등살에 여지 없이 파괴를 당하였기 때문이다. 민족국가 시대에 제 노릇을 못하고 남의 종이 됐기 때문에 그 다음 시대에도 또 다른 데 종으로 팔리는 수밖에 없었다.

우리가 일본에서는 해방이 됐다 할 수 있으나 참 해방은 조금도 된 것 없다. 도리어 전보다 더 참혹한 것은 전에 상전이 하나였던 대신 지금은 둘셋이다. 일본 시대에는 종살이라도 부모 형제가 한집에 살 수 있고 동포가 서로 교통할 수 있지 않았나? 지금 그것도 못해 부모 처자가 남북으로 헤져 헤매는 나라가 자유는 무슨 자유 해방은 무슨 해방인가? 남한은 북한을 쏘련 중공의 꼭두각시라 하고 북한은 남한을 미국의 꼭두각시라 하니 있는 것은 꼭두각시뿐이지 나라가 아니다. 우리는 나라 없는 백성이다. 6·25는 꼭두각시의 노름이었다. 민중의 시대에 민중이 살았어야 할 터인데 민중이 죽었으니 남의 꼭두각시밖에 될 것 없지 않은가?

잘못이 애당초에, 전주 이씨에서 시작이 됐다. 압록강 두만강에 울타리를 치고 그 밖에서는 중국 만주의 이리 호랑이에게 꼬리를 치며 미끼를 바치는 대신 이 파리한 염소를 사정없이 악착하게 더럽게 짜먹기 시작하던 이조 오백 년에 이 나라는 결단이 나고 말았다. 그 염소가 행여 울타리를 깨칠까봐 그들은 임진강 이북을 관서니 관북이니 평안도 상놈이니 해서 아주 대강이를 눌러버렸다. 이놈의 삼팔선은 운명의 남북 경계선이다. 민족해방의 물결이 태평양에서 밀려들어 이 잠자는 민족에서도 거기 맞춰 깬 혼이 몇 개 없었던 것은 아니건만 매양 일을 그르친 것은 이놈의 남북 충돌이었다. 6·25 난에 부산 부두에 몰려 있어 말라가는 논귀에 송사리의 살림을 하면서도 놓지 못한 것은 당파 싸움, 오늘까지도 그것인데 당초에 그 시작은 전주 이씨네의 정치에 있다. 임진난에 나라가 왼통 일본의 말발굽에 밟힐 때 민중의 충성은커녕 동정하나 못받으며 밤도망을 해 임진강을 넘어

가던 선조(宣祖)가 압록강가에서 감상적인 울음을 운 일 있지 않나?

　나라일 엉망진창인데
　누가 충성 다할고
　서울을 버릴 때 큰 뜻은 남겼으니
　도루 찾음은 그대들을 믿을 뿐
　관산 달에 슬피 울고
　압강 바람 맘 상해라
　그대들이여 오늘을 지내고도
　오히려 동ㆍ서 또 있겠느가

　알기는 알았건만! 부산서도 그 울음 울었던가 아니 울었던가! 알기나 하면 무엇 해? 울기만 하면 무엇 해? 울려거든 민중을 붙잡고 울었어야지, 민중 잡아먹고 토실토실 살찐 강아지 같은 벼슬아치를 보고 울어서 무엇 해? 여우 같고 계집 같은 소위 측근자 비서 무리들 보고 울어 무엇 해? 나라의 주인은 고기를 바치다 바치다 길거리에 쓰러지는 민중이지 벼슬아치가 아니다. 구원이 땅에 쓰러져도 제 거름이 되고 제 종자가 되어도 돋아나는 씨알에 있지 그 씨알 긁어먹는 손톱 발톱에 있지 않다.

3.
그러므로 6ㆍ25의 남북 싸움의 원인은 스탈린 김일성 루스벨트에 있지 않고 이성계에 있다. 이북을 상놈의 땅으로 금을 긋던 날 38선은 시작됐다. 아니다. 거기서도 더 올라간다. 고려 중간에 김부식이가 묘청의 혁명운동을 꺾어버리던 날, 평양 이북을 적국처럼 보기 시작하던 날 벌써 일은 글러졌다. 아니다. 그만도 아니다. 김춘추, 김유신이 당나라에 홀꾼거려 드나들던 날 진흥왕이 기껏 간 것이 삼각산이어서 거기 비석을 세우던 날 기운은 벌써 빠졌다. 아니야, 온조가 한가람의 딴 전을 벌리던 날 벌써 문제가 설어졌다. 우리나라의 정신이 없었다면 모르지만 있다면 그 등떠리가 아무래도 고구려적인 성격 아닌가? 그러니 그 고구려가 망하고 신라가 통일이랍시고 나라의 떨어지다 남은 한 귀를 들고 서서 나면서부터 잔약질인 것 같은 신라적 백제적인 것이 줄거리 노릇을 하게 될 때 한 번 꺾였다. 고려시대만 해도 그 남은 기상이 있었는데 묘청의 운동이 실패로 돌아갈 때 그 두 번째 꺾인 것이다. 이조가 스스로 명나라의 속국으로 만족할 때 세 번째 꺾였다. 등심 뼈가 꺾이고 끄트머리 신경만 남았을 때 있을 것은 저림과 비꼬임과 쥐 일어남밖에 없지 않은가?

하나님이 왜 이상하게도 우리나라 땅에 남북의 다툼을 만들었다. 인천만에서 원산만으로 긋는 선이 지각(地殼)이 약한 곳이어서 그리로 온천이 많이 터져나오고 그 이북과 그 이남이 지리가 서로 다르지만 이것은 팔문(八文)으로도 약한 경계선이다. 단군 때부터 한사군, 신라, 고려 내리 내리 늘 민족 성격의, 문화의, 사회생활의 경계선이 되어왔다. 어느 모로 보나 하나요 하나일 수밖에 없는 이 나라 이 겨레에 그 금이 놓여 있는 것은 무슨 시련의 선인가? 무슨 숙제의 선인가? 하나님은 아니 믿으려면 아니 믿어도 좋지만 있는 사실에 눈을 감을 수는 없고 그것을 정신적으로 이겨 넘지 않는 한 역사의 바른 걸음은 있을 수 없을 것이다. 그러므로 6·25의 뜻은 눈앞의 사실만을 볼 것 아니라 저 먼 역사의 흐름에서부터 찾아보아야 할 것이다. 뜻을 깨닫는다는 것은, 본래 세 점을 한 곧은 줄로 맞추는 일이다. 과거와 현재와 미래가 일직선상에 놓여서 이 끝에서 저 끝이 내다 뵈는 것이 뜻을 앎이다. 그것을 하는 자만이 역사의 주인노릇을 할 수 있다. 사람이 예와 이제를 뚫지 못하면 마소에 옷 입힌 것이라 하는 것은 이 때문이다.

그러므로 예수가 나타나서 세계 역사를 한번 새롭게 하려 할 때 그 앞에 서서 요한이 외치기를 "빈 들에 주의 길을 예비해라. 하나님의 곧은 길을 닦아라!" 했다. 하나님의 길은 역사의 길이나 역사의 길은 언제나 과거 현재 미래의 세 점이 일직선에 놓여 내다보여서만 나갈 수 있다. 그러므로 잘못된 것은 곡절 파란이 많다. 역사를 치르는 인간의 할 일은 늘 곧은 줄로 되지 못한 사실의 과정을 뜻으로 바루잡는 데 있다.

우리가 6·25 싸움이라는 역사적 현실에 서서 지나온 것을 내다볼 때 그것은 역사 처음에서부터, 민족 성격에서부터 내다뵈는 것임을 알 수 있고 돌아서서 앞을 볼 때 "아 이것은 이렇게 되잔 것이다" 하는 것이 보여지는 것이 있어야 한다. 이것만이 우리를 역사적 현실에서 건진다.

4.

우리나라 역사적 숙제는 세 마디로 말할 수 있다. 하나는 통일정신이요, 하나는 독립정신이요, 또 하나는 신앙정신이다. 그리고 이 셋은 결국 하나다. 나는 우리 역사는 고난의 역사라 보는데 그렇게 보면 세계 어느 민족의 역사나 고난의 역사 아닌 것 없고, 인류 역사가 결국 고난의 역사지만 그 중에서도 우리 역사는 고난 중에서도 그 주연으로 보는데 그 고난의 까닭은 이 세 가지 문제에 있다. 오천 년 역사의 내리 밀림이 이조 오백 년인데 그것은 그저 당파 싸움으로 그쳤다. 아무도 이 당파 싸움의 심리를 모르고는 우리나라 역사를 알 수 없을 것이다. 이 오백 년의 참혹한 고난은 이 한 점에 몰린다. 그러므로 문제는 하나 되는 데 있다. 민족으로 당하는 모든 고난, 그 원인이 우리 잘못에 있든 남의 야심에 있든 그 뜻은 적은 생각 버리고 크게 하나〔大同〕 돼봐라 하는 하나님의 교훈으로 역사의 명령으로 알아서만 우리는 역사적 민족이 될 수 있다.

　그러나 하나 되지 못하는 원인을 찾으면 독립하지 못하는, 제 노릇 하지 못하는 데 있다. 하나됨은 남의 인격을 존중해서만 될 수 있는 일인데 남의 인격을 아는 것은 내가 인격적으로 서고야 될 일이다. 정말 제 노릇 하는 사람은 제가 제 노릇을 할 뿐 아니라 남을 제 노릇 하도록 만든다. 거지에도 자존심은 있다고, 인격이 곧 자존(自尊)이다. 스스로 높임이 스스로 있음〔自存〕이다. 그러므로 우리에게 독립정신이 부족하다는 말은 스스로 비위에 거슬리는 말이지만 남이 되어서 볼 때, 아니라 할 수 없는 사실이다. 일본에 손을 내민 백제의 일이 그거요, 고려도 그거요, 이조는 말할 것도 없지 않은가? 지리적 조건에 핑계를 대면 댈 수도 있고 주위 민족의 탓을 하려면 할 수도 있지만 인격에 핑계는 없다. 핑계 되는 그것이 곧 그 정신 아닌가? 우주를 등에 지는 것이 인생이요 정신이지 나 밖에 다른 책임자를 찾는 것은 역사를 낳는 인격이 아니다. 그러므로 우리는 우리의 어려운 지리적 역사적 환경조차도 역사적 의지가 우리게 명하는 '너는 역사의 주인이 돼봐라' 하는 숙제로 알아서만 이긴 자가 될 수 있다.

그러나 또다시 독립정신은 어디서 나오나? 깊은 인생관 높은 세계관 없이는 될 수 없다. 그럼 그것은 어디서 나오나? 위대한 종교 아니고는 될 수 없다. 종교란 다른 것 아니요 뜻을 찾음이다. 현상의 세계를 뚫음이다. 절대에 대듦이다. 하나님과 맞섬이다. 하나님이 되잠이다. 하나를 함이다. 그러므로 이 이상의 일이 있을 수 없고, 이 밖에 일이 있을 수 없다. 이것이 맨 첨이요 이것이 맨 끝이다. 그러므로 문제는 따지고 따져올라가면 여기 이르고 만다. 일찍이 역사상에 위대한 종교 없이 위대한 나라를 세운 민족이 없다. 아무 나라도 어떤 문화도 종교로 일어났고 종교로 망했다. 애급이 그렇고 바빌론이 그렇고 희랍이 그렇고 인도가 그렇고 중국이 그렇다.

우리의 근본 결점은 위대한 종교 없는 데 있다. 우리나라 백 가지 폐가 간난에 있다. 하지만 간난 중에도 심한 간난은 생각의 간난이다. 철학의 간난, 종교의 간난, 우리나라는 우선 물자의 간난 때문에 못사는 나라 아닌가? 중국 평원을 우리게 주어보라, 미국의 자원을 우리게 주어보라, 그래도 못살 것인가? 금수강산 이름은 좋지만 이 마른 뼈다구 같은 산만을 파먹고는 힘이 날 수도, 생각이 날 수도, 인심이 날 수도 없지 않은가? 그러나 뒤집어 생각하면 아무래도 생명은 물질의 주인이지, 물자의 간난의 원인은 인물 간난에 있다. 우리나라 이렇게까지 어려워진 것은 당파 싸움에 인물 자꾸 없애 버렸기 때문이다. 베인

나무는 십 년이면 다시 있을 수 있으나 인물은 죽으면 매년 길러도 다시 얻기 어렵다.

왜 그렇게 어려운가? 정신이란 귀한 것이요, 생각은 하기 힘드는 것이기 때문이다. 재목은 숲에서야 나고 인물은 종교의 원시림에서야 얻을 수 있다. 그런데 우리 민족의 종교가 본래 깊지 못하다. 이것은 몽고 민족의 통폐다. 원나라가 세계를 휩쓸었으나 회리바람처럼 지나가고 만 것은 깊은 정신문명 없기 때문이다. 반대로 희랍은 손바닥 같은 반도지만 그 문화는 아직도 살지 않나? 일본이 크게 못된 것도 그 종교의 작고 옅음에 있다. 만주족이 중국을 왼통 정복해 삼백 년을 갔지만 아무 같은 것이 없는 것도 그 때문이다. 여러 말할 것 없이 우리 고귀한 종교가 시원한 것이 없지 않은가? 화랑도라 하지만 그 윤리적 철학적인 내용은 다른 데서 배운 것이요 그 외의 것은 이른바 화랑으로 끝맺고 말지 않았나? 화랑도로 역사를 살리지는 못할 것이다. 너무 옅다. 너무 평면적, 낙천적이다.

그러면 우리의 역사적 숙제는 이 한 점에 맺힌다. 깊은 종교를 낳자는 것. 생각하는 민족이 되자는 것. 철학하는 백성이 되자는 것. 그럼 6·25의 뜻도 어쩔 수 없이 여기 있을 것이다. 깊은 종교 굳센 믿음을 가져라. 그리하여 네가 네가 되어라. 그래야 우리가 하나가 되리라. 세계 역사는 이제 하나됨의 직선 코스에 들고 있는 이때에.

5.
이것은 눈앞의 역사에 맞추어 생각해보면 이렇게 된다. 6·25전쟁이

난 것은 그 뜻을 알고 본다면

1. 이것은 참 해방이냐?

2. 이 정권들은 정말 나라를 대표하는 거냐?

3. 너희는 새 역사를 낳을 새 종교를 가졌느냐?

참 해방이 됐다면 참 자유하는 민족이 되었다면, 미·쏘 두 세력이 압박을 하거나 말거나 우리는 우리대로 섰을 것이다. 해방 전까지 없던 남북한의 대립이 두 나라 군대가 옴으로 말미암아 시작된 것은 우리 국민 정신이 진공상태였던 것을 말하는 것이다. 그러므로 이 형제 쌈은 일어났다. 남의 첩이에 잡혀 동포가 서로 찌르고 죽인 담에 생각이 좀 나지 않을까?

이 정권들이 참 이 나라를 메인 정권이라면 이 정치하는 사람들이 정말 권세욕이 아니고 나라를 생각하는 정성이 있다면 같은 전쟁에도 좀더 백성을 불쌍히 여기지 않았을까?

이 민중에 참 종교가 있다면 아무리 정치적 기술도 없고 경제의 힘도 군사의 힘도 없다 하더라도 환란 속에서도 좀더 힘있게 견디고 넘어진 중에서도 또 기운차게 일어서지 않을까? 아무 밑천을 못가지고도 없는 데서 새것을 지어내지 않았을까? "바로 돌아 앞으로!" 하는 새 시대의 앞장을 아니 섰을까? 어느 시대나 새 시대의 주인이 되는 것은 가진 것이 없는 자인데.

그런데 이 끔찍한 전쟁이 지나간, 지나간 것도 아니요 아직 목을 올 갬으로 목구멍에 불덩이로 걸려 있지만, 이 오늘에 있어서 결과는 어떤가? 완전히 낙제라 할 수밖에 없다. 남쪽 동포도 북쪽 동포도, 동포

라구는 하면서, 아들이 아버지에 칼을 겨누고 형이 동생에게 총을 내
미는 이 싸움인 줄을 천이나 알고 만이나 알면서도 쳐들어온다니 정
말 대적으로 알고 같이 총칼을 들었지, 어느 한 사람도 판을 벌리고
"들어오너라, 너를 대항해 죽이기보다는 나는 차라리 네 칼에 죽는 것
이 맘이 편하다. 땅이 소원이면 가져라, 물자가 목적이면 맘대로 해라,
정권이 쥐고 싶어 그런다면 그대로 하려므나. 내가 그것을 너와야 바
꾸겠느냐? 참과야 바꾸겠느냐?" 한 사람은 없었다. 대항하지 않으면,
그저 살겠다고 도망을 쳤을 뿐이다. 그것이 자유하는 혼일까? 사랑하
는 맘일까?

만일 정말 그런 혼의 힘이 국민 전체를 말고 일부라도 있었다면 쏘
련 중공이 감히 강제를 할 수 있었을까? 우리 속에 참으로 인해 길러
진 혼의 힘이 도무지 없음이 남김없이 드러났다. 해방이 우리 힘으로
되지 않았으니 해방이 될 리 없다. 이제라도 우리 손으로 다시 해방을
해야 한다.

전쟁이 일어나자 남북 두 정부가 서로 저쪽을 시비할 뿐이었지, 네
잘못이 내 잘못 아니냐 하는 태도가 없었다. 전쟁 터지자 나타난 것은
국민의 냉담한 태도였다.

즉 국민들이 정부를 신용하지 않았다. 전쟁을 정권 쥔 자들의 일로
알았지 국민의 일로 알지 않았다. 사실 국민이야 싸울 아무 이유가 없
지 않은가? 쏘련·미국이 붙었다 하겠지만 아무리 잘 붙어도 싸우지
않으려는 형제를 억지로 시킬 수 없는 것이다. 속아서 그 앞잡이된 것
은 정권 쥔 자들이요, 속은 것은 욕심 있기 때문이다. 더구나 그렇게
큰 전쟁이 일어나는데 그날 아침까지 몰랐으니 정말 몰랐던가? 알고

도 일부러 두었는가? 몰랐다면 성의 없고 어리석고 알았다면 국민을 팔아 넘긴 악질이다.

그리고는 밤이 깊도록 서울을 절대 아니 버린다고 열 번 스무 번 공 포하고는 슬쩍 도망을 쳤으니 국민이 믿으려 해도 믿을 수 없었다. 저 희도 서로 살겠다 도망을 한 것이지 정부가 피란한 것은 아니었다. 문 서 한 장 도장 하나 아니 가지고 도망한 것이 무슨 정부요 관청인가? 그저 너도 나도 피란 가서 다시 거기서 만났으니 또 사무라 하고 볼가 한 것뿐이었다. 민중이 신용 아니 하는 것 당연한 일이었다.

전쟁이 지나가면 서로 이겼노라 했다. 형제 쌈에 서로 이겼노라니 정말 진 것 아닌가? 어떤 승전축하를 할까? 슬피 울어도 부족할 일인 데. 어느 군인도 어느 장교도 주는 훈장 자랑으로 달고 다녔지 "형제 를 죽이고 훈장이 무슨 훈장이냐?" 하고 떼어던진 것을 보지 못했다. 로자는 전쟁에 이기면 상례로 처한다 했건만. 허기는 제이국 민병 사 건을 만들어내고 졸병의 옷 밥 깎아서 제 집 짓고 호사하는 군인들께 바래기가 과한 일이다. 그러나 그것이 나라의 울타리일까?

한번 내리 밀리고 한번 올려 밀고 그리고는 다시 삼팔선에 엉거주 춤, 전쟁도 아니요, 평화도 아니요, 그 뜻은 무엇인가? 힘은 비슷비슷 한 힘, 힘으로는 될 문제 아니란 말 아닌가? 이 군대 소용 없단 말 아 닌가?

전쟁 중에 가장 보기 싫은 것은 종교단체들이었다. 피난을 시킨다 면 제 교도만 하려 하고 구호물자 나오면 서로 싸우고 썩 잘 쓰는 것이 그것을 미끼로 교세 늘리려고나 하고, 그리곤, 정부 군대의 하는 일 그 저 잘한다 잘한다 하고 날씨라도 맑아 인민군 폭격이라도 좀더 잘 되기를 바라는 정도였다. 대적을 불쌍히 여기는 사랑, 정치하는 자의 잘못을 책망하는 참 의의 빛을 보여주고 그 때문에 핍박을 당한 일을 한 번도 보지 못했다. 그 간난 중에서도 교당은 굉장히 짓고 예배장소는 꽃처럼 단장한 사람으로 차지 어디 베옷 입고 재에 앉았다는 교회를 보지 못했다.

종교인이나 비종교인이나 향락적인 생활은 마찬가지고 다른 나라 원조는 당연히 받을 것으로 알아 부끄러워 할 줄은 알지 못할 뿐 아니라 그것을 잘 얻어오는 것이 공로로 솜씨로 알고, 원조는 받는다면서, 사실 나라의 뿌리인 농촌은 나날이 말려 들어 가는데, 도시에서는 한 집 건너 보석상, 두 집 건너 오리집, 과자집 그리고 다방, 딴스홀, 연극장, 미장원. 아무것도 없던 사람도 벼슬만 한번 하고 장교만 되면 큰 집을 턱턱 짓고 길거리에 넘치는 것은 오늘만을 알고 나만을 생각하는 먹자 노자의 기분뿐이지 어느 모퉁이에도 허리띠를 졸라매고 먼 앞을 두고 계획을 세워 살자는 비장한 각오한 얼굴을 볼 수 없으니 이 것이 전쟁 치른 백성인가? 전쟁 중에 있는 국민인가? 이것이 제 동포의 시체 깎아먹고 살아난 사람들인가?

그리고 선거를 한다면 노골적으로 내놓고 사고 팔고 억지로 하고. 내세우는 것은 북진통일의 구호뿐이요. 내 비위에 거슬리면 빨갱이니, 통일하는 것은 칼밖에 모르나? 칼은 있기는 있나? 옷을 팔아 칼을 사라 했는데 그렇게 사치한 벼슬아치들이 칼이 무슨 칼이 있을까? 고집의 칼을 가지고는 나라는 못 잡을 것이다.

6.

국민 전체가 완전히 낙제를 했다. 그러나 여기 우리의 낙제에도 불구하고 잊어서는 아니 되는 커다란 일이 드러난 것이 있다. 그것은 6·25 싸움에 유엔이 손을 내밀었다는 사실이다. 이것은 미래의 역사를 위해 크게 뜻이 있는 일이다. 역사상에 일찍이 이런 일이 없었다. 어느한 나라의 문제로 인해 세계의 모든 나라가 단체적으로 간섭을 하여 국제군대를 보낸 일이다. 만일 유엔이 재빨리 그의 있는 손을 내밀지 않았더라면 일은 어찌 됐을지를 알 수 없다. 아니다 모르는 것 아니라 뻔하다. 우리나라 전체는 공산화했을 것이다. 그렇게 되면 일본 비율빈 문제가 아니고 그러면 미국이 태평양 저쪽에서 재즈곡을 들으며 평화의 꿈을 꾸고 있을 수 있었을까? 우리는 그때에 일의 책임을 졌던 트루먼 대통령, 미국민의 여론, 그때 유엔 기관의 여러 사람들의 어진 결단에 감사를 하지만 미국으로서도 유엔으로서도 그럴 수밖에 없었을 것이다. 참 이(利)는 의(義)다. 유엔군의 출동은 역사의 명령이었다. 우리는 이것을 밝혀 알아야 한다. 그러므로 덕을 본 것은 우리만 아니다. 우리야 물론 덕을 입었다. 멸망을 면했으니 덕이요, 더구나 정신면에 있어서 영향은 크다. 전쟁 후 무너져가는 민심을 그만큼이라도 거두고 우리나라 썩고 썩은 관료정신을 가지고도 그만큼 나갈 수 있는 것은 이 유엔군이 출동했다는 데서만이 그 의기가 고무된 점이 있다. 그렇게 우리야 물론, 덕을 입었지만 그보다 뜻깊은 것은 유엔 그 자체가 그것으로 인해 강해지고 그 걸음이 확실해졌다는 사실이다. 만일 유엔이 이때에 한국 일을 모른다 했다면 미국의 신용은 물론 유엔도 있느냐 없느냐 하는 지경에 떨어졌을 것이다. 우리는 유엔이 장차 오는 역사를 위해 아주 완전한 것으로는 보지 않으나 이것이 내일의 세계를 낳은 산파역을 할 것을 믿기는 서슴지 않는데 그 처음 일어서는 자신은 이 6 · 25에서 얻었다.

6 · 25의 중심되는 뜻은 하나되는 세계로 달리는 한걸음이란 데 있다.

7.

국민 전체가 회개를 해야 할 것이다. 예배당에서 울음으로 하는 회개 말고(그것은 연극이다.) 밭에서, 광산에서, 쓴 물결 속에서 부엌에서 교실에서 사무실에서 피로 땀으로 하는 회개여야 할 것이다.

누구를 나무래는 것 아니요 책망하는 것도 아니다. 나 자신을 보고 하는 말이지, 죽지 못하고 부산까지 피난을 갔던 나는 완전히 비겁한 자요, 미워하는 자요, 어리석은 자다. 거기에서 돌아와서도, 오늘까지 말에 팔려 사는 나는 평안을 탐하는 나는 완전히 음란한 자요, 악한 자요, 속된 자요, 거룩을 모르는 자다. 그러면서도 오히려 말을 하는 것은 말을 파는 자요, 진리를 파는 자요, 하나님을 팔아 더럽히는 자다. 만번 죽어 마땅한 나, 오늘까지 살리신 것을 그 죄 속하라 함이 아닐까? 무슨 십자가를 거꾸로 못박혀야 그 죄를 속할까? 하나님 이 나라를 불쌍히 여기소서!

자유당 독재정권 말기인 1958년 8월 6일 서울 종로구 관철동 월간 《사상계》 사무실에는 요란한 구둣발 소리와 함께 서울시경 사찰과 소속 경찰관들이 들이닥쳤다.

"장준하, 안병욱이는 어디 있어?"

"남아 있는 책들 모조리 다 압수해!"

경찰관들은 영장도 제시하지 않고 사무실의 집기와 책, 자료들을 마구잡이로 파헤쳤다. 그리고 며칠 전 발간된 8월호의 내용에 대해 편집진과 회의를 하고 있던 사장 장준하와 주간 안병욱을 우격다짐으로 질질 끌고 나갔다. 장준하, 안병욱을 비롯한 잡지 편집진들의 항의와 수사관들의 내뱉는 욕설이 뒤엉킨 사무실은 온통 아수라장이었다. 8월 오후의 찜통 더위로 후텁지근하던 실내 공기가 더욱 후끈 달아올랐다.

함석헌은 이미 서울시내 자택에서 수사관들에게 연행된 뒤였다. 그는 시경 사찰과 사무실에서 강도 높은 조사를 받았다. 이날의 사단은 종교사상가이자 문필가인 함석헌이 《사상계》 8월호에 기고한 「생각하는 백성이라야 산다」라는 글 때문에 비롯됐다.

'6·25 싸움이 주는 역사적 교훈'이라는 부제가 붙은 이 글은 6·25전쟁의 역사적 근원을 규명하고 남북한 가릴 것 없이 우리 민족 모두의 각성을 촉구하는, 오늘날의 기준으로 보면 지극히 평범한 내용이다. 그러나 글 가운데 몇몇 구절이 당시 극단적 반공노선을 내세우고 있던 이승만 정권의 심기를 거스른 것이다.

즉 함석헌은 분단의 원인에 대해 6·25는 제2차 세계대전을 마치려 하면서 럭키산의 독수리(미국)와 북빙양의 곰(소련)이 그 미끼를 나누려고 서로 물고 당기다가 할 수 없이 찢어진 금이 이 파리한 염소같은 우리나라의 허리동강이인 38선이라고 규정했다. 특히 남한을 '미국의 꼭두각시'라고 표현한 것이 말썽이 됐다. 함석헌은 우리가 일본으로부터 해방이 됐다고는 하나 전에는 상전이 하나였던 것이 지금은 둘셋이라는 점에서 더 참혹하다고 주장했다. 즉 "남한은 북한을 쏘련 중공의 꼭두각시라고 하고, 북한은 남한을 미국의 꼭두각시라 하니 있는 것은 꼭두각시뿐이지 나라가 아니다. 우리는 나라 없는 백성이다. 6·25는 꼭두각시의 노름이었다"고 '본질적 진실'을 말한 것이 이승만 정권의 분노를 샀다.

이승만 정권 입장에서는 '자유 대한'을 '북한 괴뢰'와 동렬에 놓은 것도, 미국의 '꼭두각시'인 '괴뢰'라고 표현한 것도 도저히 용납할 수 없는 일이었다.

장준하와 안병욱은 조사를 받은 뒤 풀려났으나 함석헌은 이틀 뒤인 8월 8일 반공법 위반혐의로 구속됐다. "대한민국을 '꼭두각시'로 표현함으로써 국체를 부인했으며, 북한 괴뢰와 대한민국을 동일시함으로서 군의 전투의욕을 감퇴시키고 비상시기에 놓인 사회의 사상 질서를 문란케 했다"는 죄목이었다.

함석헌의 글은 모두 7개 장으로 구성됐다. 제1장에서는 온 나라를 잿더미 시체 구덩이로 만든 6·25전쟁이 일어난 지 8년이 지났지만 아직도 그

강원도 양양의 38선 팻말. 나라와 민족을 가르는 분단선이 되고 말았다.

역사적 의미를 깨닫지 못하고 있는 현실을 통탄하고 있다. 함석헌은 모든 일에는 뜻이 있게 마련인데 그것을 알면 얼(靈)이자 사람이지만 깨닫지 못하면 개돼지이자 영원히 멍에를 메고 맷돌질을 하는 당나귀라고 매우 자극적인 수사를 사용했다.

2장에서는 전쟁의 직접 원인이 미국과 소련이 자신들의 국제정치적 이해관계 때문에 자의로 설정한 38선 때문이라는 것을 설파하고 있다. 그러나 미소 양대 강대국의 분할이 그 원인이라도 하더라도 남의 미끼가 되어야만 했던 이유는 바로 우리 자신들 안에서 찾아야 한다고 강조한다. 특히 조선시대 이래 '씨알(민중·백성)'들의 괴로움을 외면한 채 자신들의 당리당략만 추구하다가 민주주의의 물결이라는 세계적 대세를 타지 못하고 나라를 나락으로 빠뜨린 양반 지배계급에 대한 통렬한 비판을 가한다.

2장에서 또 하나 음미할 만한 대목은 바로 '중산층 국가론'이다. 즉 함석헌은 민족국가와 민족경제에 있어서 자본주의 국가는 씨알 중에서도 중산층의 나라인데 중산층이 제 힘으로 올라갈 수 있는 길이 열려 있어야 한다고 역설했다. "중산층이 튼튼히 있으면 그 나라가 성해 가는 것은 천하가 다 아는 사실"이라거나 중산층이 살아 있다는 것은 맨 밑의 곧은 뿌리가 받치고 있는 잘 자란 나무와 같으며 그렇지 못한 나라는 망하는 수밖에 없다고 했다. 50년 전의 주장이라고는 믿기지 않을 정도의 통찰력이다.

3장에서는 6·25전쟁의 국내적 원인을 열거했다. 함석헌은 특유의 구어체 표현으로 "이북을 상놈의 땅으로" 본 이성계에서부터 "묘청의 혁명운동"을 꺾어버린 김부식이나 "당나라에 드나들던" 김춘추·김유신을 거쳐 '단군·한사군'까지 언급했다. 물론 역사적 현실을 돌이켜보자는 취지에서 이 같은 논법을 동원했겠지만 다소 지나친 비약도 느껴진다.

4장에서 함석헌은 우리나라의 역사적 숙제는 통일정신, 독립정신, 신앙정신이며 이 세 가지는 결국 하나라고 주장했다. 세계 어느 민족의 역사든지 고난의 역사가 아닌 것이 없는데 특히 우리 역사는 하나가 되지 못하는 통일정신과 스스로 일어서지 못하는 독립정신의 부족 때문에 고난으로 점철됐다는 것이다. 그런데 통일정신과 독립정신은 어디에서 오는가? 함석헌은 바로 신앙정신이라고 강조한다. 신앙정신이라는 것은 특정 종교를 신봉하는 것이 아니라 현상의 세계를 꿰뚫는 위대한 종교를 가질 때 나온다고 주장했다. 나아가 위대한 종교를 갖는다는 것은 생각하는 민족이 되고, 철학하는 백성이 되자는 것이라고 강조했다.

5장에서는 우리 민족이 참으로 제대로 된 생각과 철학을 가졌더라면 설령 미국과 소련이 아무리 압박을 하든지 말든지 우리 식대로 섰을 것이라고 했다. 함석헌은 "선거를 한다면 내놓고 사고 팔고 억지로 하고", "내 비위에 거슬리면 빨갱이"로 몰아붙이는 저급한 작태로는 결코 제대로 일어설 수 없을 것이라고 단언한다.

6장에서 함석헌은 6·25전쟁에서 유엔군이 참전해 우리 민족의 공산화를 막는 등 큰 덕을 입었지만 유엔도 참전으로 인해 더욱 강해지고 신용을 얻었다는 사실을 지적했다.

결론에 해당되는 7장에서는 국민 전체의 각성과 회개를 촉구하고 있다. 예배당에서 울고불고 하는 회개는 연극일 뿐이니 광산에서, 부엌에서, 교실에서, 사무실에서, 바로 구체적인 삶의 현장에서 피와 땀으로 회개하자고 역설한 것이다.

「생각하는 백성이라야 산다」를 비롯한 함석헌의 모든 글과 연설, 그리고 그의 전 생애를 관통하는 철학은 바로 '씨알(민중·백성) 사상'이다. 그의 씨알 사상을 한두 마디로 정의하기란 매우 어려운 일이지만 함석헌은 삼라만상을 역동적인 운동과 생성과정으로 파악했다. 철학적으로는 '존재(being)'보다 '생성(becoming)'을 중시했다. 씨알이라는 표현 자체가 살아 있는 그 무엇, 특히 수난과 역경의 소용돌이 속에서도 생명성과 건강성을 잃지 않고 끊임없이 노력하는 민중에 대한 은유였다.

따라서 씨알은 생각함에 있어서 항상 새롭고 역동적이어야 한다. 고인 물은 썩고, 불변하는 물체는 죽어 있는 기계일 뿐이다. 씨알 사상에서 정체현상이나 현실 안주, 전통 고수 등은 독약과 같다.

또한 씨알사상은 만물의 역사적 실재성을 특히 강조했다. 우주와 자연도 그저 그냥 그렇게 영원히 있는 실재가 아니라, 역사적 과정을 거쳐 지금에 이르고 있는 역사적 과정의 산물이라고 파악한다. 그 우주적 역사적 실재를 맨 아래 밑바닥 현실 끝에서 파악하는 존재가 바로 씨알들인 것이다. 무교회주의자이긴 하지만 독실한 기독교 신자인 함석헌이 편벽한 교의를 벗어나 가장 날카로운 현실에 몸을 던졌던 이유도 바로 그 씨알 때문이었다.

함석헌은 1901년 평북 용천에서 태어나 오산고보와 일본 도쿄 고등사범학교를 졸업했다. 모교 오산학교에서 교편을 잡은 그는 1940년 독립운동과 관련해 1년간 옥고를 치렀다. 해방 직후 평북 자치위원회 문교부장이 됐으나 신의주 학생의거의 배후 인물로 지목돼 북한 당국에 의해 투옥됐다. 1947년 단신으로 월남한 함석헌은 퀘이커교도로서 각 학교와 단체에서 성경을 강론하였다.

1956년 월간잡지 《사상계》를 통해 사회비평적인 글쓰기로 지식인 사회의 주목을 받기 시작한 함석헌은 1961년 5·16군사쿠데타 이후 박정희 군사정권에 정면으로 도전하면서 날카로운 비판을 가했다. 언론수호대책위원회, 3선개헌 반대 투쟁위원회, 민주수호국민협의회 등에도 열렬히 참여했다.

1970년에는 《씨올의 소리》를 창간해 민중계몽운동과 반독재 투쟁을 전개했다. 1976년에는 명동사건, 1979년에는 YWCA 위장 결혼사건 등에 연루돼 투옥되는 등 극심한 탄압을 온몸으로 견뎠다.

1989년 89세에 세상을 떠난 함석헌은 개신교가 한국에 전래된 이후 주체적으로 기독교 신앙을 소화 흡수하여 동양의 고전과 대화시키면서 독창적이고 토착화된 기독교 사상을 이룩했다는 평가를 받고 있다. 그는 역사를 가르친 교육자이자, 역사의 진리를 추구한 종교사상가였으며, 언론인이자 민주인권운동가였다. 저서로는 『뜻으로 본 한국 역사』, 『지평선 너머』 등이 있다.

자유의 종을 난타하라

서울대 문리대 4 · 19혁명 선언문

상아의 진리탑을 박차고 거리에 나선 우리는 실풍과 같은 역사의 조
류에 자신을 참여시킴으로써 이성과 진리, 그리고 자유의 대학 정신
을 현실의 참담한 박토에 뿌리려 하는 바이다.

오늘의 우리는 자신들의 지성과 양심의 엄숙한 명령으로 하여 사악
과 잔학의 현상을 규탄, 광정(匡正)하려는 주체적 판단과 사명감의 발
로임을 떳떳이 천명하는 바이다.

우리의 지성은 암담한 이 거리의 현상이 민주와 자유를 위장한 전
제주의의 표독한 전횡에 기인한 것임을 단정한다.

무릇 모든 민주주의의 정치사는 자유의 투쟁사이다.

그것은 또한 여하한 형태의 전제로 민중 앞에 군림하던 '종이로 만
든 호랑이' 같은 헤슬픈 것임을 교시한다.

한국의 일천한 대학사가 적색전제(赤色專制)에의 과감한 투쟁의 거
획(巨劃)을 장(掌)하고 있는 데 크나큰 자부를 느끼는 것과 똑같은 논리
의 연역에서, 민주주의를 위장한 백색전제(白色專制)에의 항의를 가장

높은 영광으로 우리는 자부한다.

근대적 민주주의의 기간은 자유다. 우리에게서 자유는 상실되어가고 있다는 것을, 아니 송두리째 박탈되고 있다는 것을 우리는 이성의 혜안으로 직시한다.

이제 막 자유의 전장엔 불이 붙기 시작했다. 정당히 가져야 할 권리를 탈환하기 위한 자유의 투쟁은 요원의 불길처럼 번져 가고 있다. 자유의 전역은 바야흐로 풍성해 가고 있는 것이다.

민주주의와 민중의 공복이며 중립적 권력체인 관료와 경찰은 민주를 위장한 가부장적 전제 권력의 하수인으로 발벗었다.

민주주의 이념의 최저의 공리인 선거권마저 권력의 마수 앞에 농단(壟斷)되었다. 언론, 출판, 집회, 결사 및 사상의 자유의 불빛은 무식한 전제 권력의 악랄한 발악으로 하여 깜빡이던 빛조차 사라졌다. 긴 칠흑같은 밤의 계속이다.

나이 어린 학생 김주열의 참시를 보라!

그것은 가식 없는 전제주의 전횡의 발가벗은 나상(裸像)밖에 아무것도 아니다.

저들을 보라! 비굴하게도 위하와 폭력으로써 우리들을 대하려 한다. 우리는 백 보를 양보하고라도 인간적으로 부르짖어야 할 것 같은 학구(學究)의 양심을 강렬히 느낀다.

보라! 우리는 기쁨에 넘쳐 자유의 횃불을 올린다.

보라! 우리는 캄캄한 밤의 침묵에 자유의 종을 난타하는 타수의 일익임을 자랑한다. 일제의 철퇴 아래 미칠 듯 자유를 환호한 나의 아버지, 나의 형들과 같이……

양심은 부끄럽지 않다. 외롭지도 않다. 영원한 민주주의의 사수파 (死守派)는 영광스럽기만 하다.

보라! 현실의 뒷골목에서 용기 없는 자학을 되씹는 자까지 우리의 대열을 따른다.

나가자! 자유의 비밀은 용기일 뿐이다.

우리의 대열은 이성과 양심과 평화, 그리고 자유에의 열렬한 사랑의 대열이다. 모든 법은 우리를 보장한다.

"보라! 우리는 캄캄한 밤의 침묵에 자유의 종을 난타하는 타수의 일익임을 자랑한다."

운명의 1949년 4월 19일 아침, 서울 동숭동 서울대 문리대 담벼락에 나붙은 벽보를 읽은 학생들은 자기도 모르게 주먹을 불끈 쥐었다.

선언문은 불과 28개의 문장으로 이루어졌으나, 거기에는 시대를 고민하는 대학생들의 고뇌와 분노가 절절히 배여 있었다.

"상아의 진리탑을 박차고 거리에 나선 우리는 질풍과 같은 역사의 조류에 자신을 참여시킴으로써 이성과 진리, 그리고 자유의 대학 정신을 현실의 참담한 박토에 뿌리려 하는 바이다."

선언문은 이렇게 시작된다. 절제된 표현, 그러나 도저한 비유와 강렬한 필치를 통해 '왜 지금 거리로 나서야 하는가'를 설파하는 이 선언문은 절로 소매를 걷고 거리로 나서게 하는 힘을 뿜어낸다.

이것이 4월혁명 과정에서 나온 선언문 중에서 가장 유려하고도 힘 있는 것으로 평가되는 서울대 문리대 선언문이다.

1960년 3월 15일 정·부통령 선거는 올빼미표, 유령표, 투표함 바꿔치기, 공개투표 등 온갖 부정으로 얼룩졌다. 부정선거가 아니고는 정권을 지탱할 능력이 없는 독재정권의 말기적 증상이 몰염치하게 드러났다. 자유당 정권의 폭정과 실정, 부패에 염증을 내고 있던 민중들의 분노는 불만 붙으면 바로 폭발할 임계점에 달해 있었다.

그 불을 당긴 곳이 3·15 선거 당일 마산시위다. 부정선거 획책에 반발, 1만여 명의 시민과 학생이 시위를 벌였고 이 과정에서 경찰의 발포로 9명이 사망했다. 이후 부정선거 규탄시위는 전국적으로 확산될 기미가 보였다. 그러자 정부는 경찰력을 앞세워 무차별 진압에 나섰다.

4월 11일, 마산 중앙부두 앞바다에서 최루탄 파편이 눈에 박힌 처참한 형태의 주검이 떠올랐다. 3·15마산시위 당시 실종된 고교생 김주열의 시신이었다. 격분한 시민과 학생 2만여 명이 시위에 나섰으나 경찰은 폭력으로 맞섰다. 정권은 '북괴간첩이 선동하여 일어난 난동'이라는 어처구니없는 선전까지 늘어놓았다.

"더 이상 상아탑에 안주해 침묵할 수 없다!"

4월로 들어서면서 서울의 대학들에서 조직적인 시위 움직임이 일었다. 이미 '신진회' 등의 독서서클을 통해 시대적 고민을 축적하고 있던 서울대 문리대가 가장 활발히 움직였다. 서울대 문리대의 서정복, 유세희, 윤식, 이수정, 이영일, 이장춘, 황선필 등 15명은 3월 말부터 회합을 갖고 대학생 연합시위를 계획했다. 고려대 등 서울 시내 각 대학에 협조문을 보냈고, 동참 의사도 확인했다. D-데이는 4월 21일이었다.

그런데 4월 18일 고려대생들이 교내 집회를 마치고 국회의사당으로 진출해 구속 학우 석방과 학원자유화를 요구하며 평화시위를 벌이고 귀교하던 중 정치 깡패들의 테러로 수십 명이 부상당하는 사태가 발생했다.

이 소식을 전해들은 서울대 문리대 집행부는 시위를 19일로 앞당기기로 결정했다. 코스며 책임자 등이 즉시 정해졌다. 무엇보다 선언문 작성이 시급했다. 정치학과 학회장이던 윤식을 중심으로 당시 문리대 대학신문 기자로 있으면서 필력을 인정받고 있던 이수정이 선언문을 작성했다. 조직 선전은 이영일, 인쇄물 작성은 황선필 등으로 역할을 나누었다.

이수정은 학교 근처 자신의 하숙방으로 자리를 옮겨 선언문 작성에 들어갔다. 서정복, 유세희, 윤식 등도 참여했다. 짧으면서도 강렬하게, 그러면서도 절제를 잃지 않는 논리 정연함, 지성과 양심의 목소리로 자유를 찾아 거리로 나서는 결연한 의지를 밝히는 시대의 명문 「4·19혁명 선언문」이 한 허름한 하숙방에서 완성됐다.

이것을 벽보용 전지와 등사용 종이에 옮겨 쓰는 것은 그 당시 학우들 사이에서 명필로 유명했던 황선필이 담당했다.

4월 19일 아침, 집행부는 선언문을 벽보에 내거는 한편 교내 곳곳에 선언문을 배포하고 학생들을 모았다. 삽시간에 천여 명의 학생들이 모였다. 그들은 곧바로 교문 밖으로 나섰다.

문리대 선언문은 그들이 왜 지금 거리로 나설 수밖에 없는가를 선명하게 천명하고 있다. 바로 "지성과 양심의 엄숙한 명령으로 하여 사악과 잔학의 현상을 규탄, 광정하려는 주체적 판단과 사명감의 발로"라는 것이다.

또한 어린 학생 김주열의 참시는 "가식 없는 전제주의 전횡의 발가벗은 나상밖에 아무것도 아니다"고 통렬하게 비판했다.

그리고 나서 저 유명한 구절이 등장한다.

"보라! 우리는 기쁨에 넘쳐 자유의 햇불을 올린다. 보라! 우리는 캄캄한 밤의 침묵에 자유의 종을 난타하는 타수의 일익임을 자랑한다."

문리대 선언문은 "우리의 대열은 이성과 양심과 평화, 그리고 자유에의 열렬한 사랑의 대열이다. 모든 법은 우리를 보장한다"고 이날 시위의 정당성을 당당히 선포하면서 끝맺는다.

서울대 문리대 시위대가 교문을 나설 즈음, 미리 약속했던 계획에 따라

각 대학에서도 일제히 선언문을 낭독하고 중앙청으로 향했다. 대학생들뿐
아니라 대광고교의 시위대를 필두로 중·고교생들도 대거 동참했다. 이들
학생 시위대가 나아가자 연도에 나와 있던 시민들도 속속 합류했다. 광화
문과 중앙청, 국회의사당 주변에 집결한 시위대의 수는 거의 10만 명을 넘
어섰다. 시위대열의 전위가 경무대로 향했다. 어깨를 걸고 애국가를 부르
며 나가는 시위대가 1차 저지선을 무너뜨리자 경찰은 무차별 사격을 가하
기 시작했다. 현장에서 수많은 사망자가 발생했다. 같은 시각 부산, 인천,
대구, 청주, 전주 등지에서도 대규모 시위가 일어나 수많은 사상자가 발생
했다. 민심이 완전히 떠난 정권은 경찰의 발포라는 야만적 수단 없이는 시
위대를 막을 도리가 없었다. 이것은 곧 정권의 조종을 예고했다.

4월 19일 경무대 앞에 몰려든 시위 군중들과 경찰이 대치된 상황에서 최루탄이 터졌다. (1960)

경찰의 무자비한 탄압에 분노한 시민들이 대거 합류하자 시위대는 급속히 혁명의 대열로 바뀌었다. 궁지에 몰린 정권은 궁여지책으로 이기붕 부통령의 사퇴 용의를 발표하는 등 미봉책을 내놓았다. 그러나 민중의 분노는 가라앉지 않았다.

4월 25일 서울의 대학 교수 259명이 '대통령 이하 3부 요인의 즉각 사퇴와 정부통령 선거 재실시' 등을 요구하는 시국선언문을 채택하고 구속학생 석방 등을 요구하며 국회의사당 앞까지 행진시위를 벌였다. 이것은 마지막 안간힘을 쓰던 정권에 결정타를 가했다.

4월 26일 아침부터 몰려나온 시민, 학생 10만여 명이 서울시내 중심가를 가득 메웠다. 남산과 파고다공원에서 이승만 대통령의 동상이 끌어내려졌고, 3·15 부정선거의 주역인 이기붕 부통령과 최인기 내무장관의 집이 불탔다. 서울은 사실상 해방구였다.

사태 수습이 불가능하다는 것을 뒤늦게 알아차린 이승만은 이날 오전 11시 방송을 통해 하야 성명을 발표했다. 드디어 민중에 의해 독재정권이 붕괴됐다. 4·19가 민주주의혁명으로 발돋움하는 순간이었다.

4·19는 독재정권을 무너뜨린 실로 위대한 시민혁명이었으나, 그 후에 정권을 인수한 정권 담당 세력의 무능과 사회·경제적 기반의 취약성 등으로 온전히 완성되지는 못했다. 결국 민중들은 실질적 민주주의와 자주적 통일운동으로 4월혁명의 이념을 완성하고자 직접 나섰으나, 이것 역시 5·16군사쿠데타에 의해 좌절됐다. 결국 4·19는 미완의 혁명이 됐다.

하지만 자유와 민주, 민족을 위해 불타오른 4월혁명의 정신은 6·3운동을 시발로 1960~70년대 민주화 투쟁을 통해 연면히 이어졌다. 그리고 1980년 광주민중항쟁, 1987년 6월항쟁으로 줄기차게 계승됐다. 실로 4월혁명은 불멸의 가치를 지닌다.

제2공화국 경축사

장면

이 축전에 모인 우리들 마음이나, 새 공화정부의 백성된 모든 남녀노소의 마음은 오로지 민권과 정의를 수호하는 싸움에서 귀한 생명을 바침으로써 살아 있는 우리들로 하여금 이 영광과 기쁨을 누리게 한 수많은 순국 학도의 영령과 함께 있습니다.

우리들은 엄숙히 고개 숙여 꽃다운 영령들의 명복을 빌며, 귀한 자녀들을 나라에 바친 유가족들에게 심심한 위로의 말씀을 드립니다. 우리들의 커다란 희생은 민족적 과업의 첫걸음에 지나지 않는 것이며, 이제부터 우리들은 정치적 혁신과 경제적 발전 및 사회적 정의의 구현으로써 혁명의 요청을 완성해야 할 거창한 임무를 어깨에 짊어지고 있습니다.

정치적 부면에 있어서 모든 독재적 요소를 제거하고 언론 · 집회 · 결사의 자유를 포함한 제반 기본 인권을 확보 확대하며, 사법권의 독립과 권위를 신장하여 공명선거의 확보와 권력의 정치적 중립과 지방 자치제도의 강화 등을 기도함에 있어서 우리들은 이미 성실한 노력을 경주하고 있습니다. 민주당 내각은 법 앞에 만인이 평등하여야 한다는 것과 정부는 일당 일파의 것이 아니고, 오직 국민의 복리에 봉사하는 국민의 정부임을 명심하여 국사를 처리할 것을 이 자리에서 다시금 엄숙히 선언하는 바입니다.

다음으로 민족의 당면한 과제가 산업의 현대화와 국민 소득의 가증적(加增的) 증가에 있음을 재확인하고, 정부의 시정 목표로서 경제 제일주의를 지향하고 있습니다.

정부는 주로 국민의 경제적 활동의 기회 균등을 보장하는 환경 개선에 노력을 집중하고, 국민의 최대한의 창발력과 기업적 모험심을 발휘하여 계획성 있는 자유 기업체의 장점을 살려서 하루 속히 국민 경제의 비약적 성장을 가져올 수 있는 인화점에 도달할 것을 기도함이며, 새로운 공화 정체 하의 당면한 최대 과제임을 다시금 강조하는 바이며, 그런 견고한 터전 위에서 점차적으로 복리사회 건설의 여러 가지 시책을 준비할 것입니다.

국토의 통일을 바라는 민족적 염원은 신생 공화 정부의 국방과 외교 정책의 기본이 될 것입니다. 그리고 민주 진영의 여러 나라와의 우의를 더욱 두텁게 하는 한편, 아시아 · 아프리카의 모든 신생 독립 국가는 물론이요, 이른바 중립국들에까지 과감한 외교의 폭을 넓혀, 우리 주권의 소재와 민주 국가로서 우방과 공존 공영하려는 우리 민족의 열의를 널리 선양하는 것이 신 정부의 외교의 기본이 될 것입니다.

우리와 인접하여 있는 일본에 대하여서는 36년에 걸친 그들의 침략의 쓰라린 기억이 아직도 완전히 가시지 않은 우리들의 국민 감정을 이해하면서 재일교포 문제, 어족 보호 문제, 재산권 문제 등 과거 오랜

시일을 두고 쉽사리 타결될 수 없었던 여러 가지 문제를 양국 상호 간의 이익에 부응하도록 해결하려는 성의를 호혜적으로 표시하기 시작하였고, 일본으로서도 한국의 유엔 가입을 꾸준히 지지함으로써 대한민국 정부의 주권을 인정하여 왔습니다.

민주당과 정부가 주장하는 감군 계획은 국가 경제의 실정에 비추어서 구상되는 것이고, 강력하고 현대적인 신무기를 도입함으로써 국방력의 감퇴를 초래하지 않는 범위 내에서만 이루어져야 하는 것입니다. 실로 오늘날처럼 철통같은 임전태세와 신헌법에 대한 충성심이 요청되는 때는 있을 수 없는 만큼 육·해·공군의 장병들은 국가와 민족이 그들에게 기대하는 바를 보답할 결의와 지혜를 발휘할 것을 의심치 아니합니다.

이 나라 장래의 번영을 생각할 때, 한시라도 잊을 수 없는 것은 장차 나라의 동량이 될 청소년 학생들의 건전한 성장일 것입니다. 이들 학생들의 주동력으로 이루어진 4월혁명의 위대한 공헌은 영원한 민족적 금자탑이며, 최근에 사회 작풍의 정화를 부르짖는 학생들의 가두 진출은 그 의도하는 취지에 대하여 경의를 표하기를 아끼지 않는 바입니다.

그러나 일부 학교의 분규가 아직도 계속되고 있는 사실과 아울러서, 이미 반년 이상이나 결과적으로 학생의 본분인 학업이 부분적으로 중단되게 된 것을 국민은 안타까운 마음으로 보고 있습니다.

이러한 문제는 결국 학원 당국자들과 학생들의 건전한 지성으로써 해결될 것이거니와, 4월혁명의 젊은 사자들이 귀중한 자기 수련의 시간을 잃어버린다거나, 또는 학원 밖의 사회 분위기에 불안을 더하는 결과를 가져오지 않기를 바라는 바입니다.

　본인은 행정부를 대표하여 가장 겸허한 마음으로 국민의 공복으로서 헌신 봉사할 것을 맹약하는 바이며, 4월혁명의 요청인 정치적 자유와 경제적 번영 및 사회적 정의의 실현을 적극 추구하고, 민족의 숙원인 국토 통일의 거룩한 과업을 우리들의 손으로 완수하여 민족의 자유와 안전과 행복을 영구히 보장할 것을 국민과 정부가 다시 한 번 서약함으로써 오늘의 경축을 보람 있게 하기를 충심으로 바라마지 않습니다.

1960년 10월 1일, 장면은 경축식장인 서울운동장이 떠나갈 듯한 쏟아지는 박수 소리를 들으며 연단에 올라섰다. 그는 울컥 치밀어 오르는 감회를 지그시 억눌렀다. 6개월 전 학생청년들이 4월혁명에서 흘린 뜨거운 피로 마침내 12년간의 이승만 독재정권이 무너졌다. 그는 새 정부의 국무총리가 되어 이제 막 제2공화국의 출범을 알리게 되었다.

　장면은 아주 짧은 순간 동안 자신의 파란만장한 정치 역정을 떠올렸다. 민주당 신파로서 구파의 윤보선 대통령 측과 반목하긴 했지만 그래도 자유당 정권에 저항할 때면 언제나 한 마음 한 뜻이었다. 학생들과 민주시민의 거센 함성에 굴복한 이승만이 "국민이 원한다면 물러나겠다"며 하야 성명을 발표할 때는 또 얼마나 감격적이었던가.

　이승만 정권이 붕괴되고 내각책임제 개헌안이 통과된 뒤 실시된 총선거에서 민주당이 압도적인 승리를 거뒀던 순간도 새삼 뇌리를 스쳤다. 총선에 의해 구성된 새 민의원에서 8월 19일 내각의 수반인 국무총리로 인준됐을 때의 기쁨도 새록새록 피어올랐다.

　'이제 압제의 세월은 지나갔다. 오로지 이 나라를 세계 어디에 내놔도

손색없는 부강한 국가로 만드는 것이 나 자신의, 우리 민주당 정부의 지상 과제이다.'

생각이 여기에 미친 장면은 문득 눈을 돌려 연단에 앉아 있는 윤보선 대통령 내외를 바라보았다. 윤 대통령 역시 지그시 눈을 감고 깊은 감회에 잠겨 있었다. 마침내 장면은 역사적인 제2공화국 경축사를 읽어 내려가기 시작했다.

장면은 경축사의 도입부분을 4월혁명의 위대함을 찬양하고 혁명 과정에서 쓰러져간 젊은 영령들의 명복을 비는 데 할애했다. 제2공화국 출범의 원동력 자체가 직업 정치인들의 노력이 아니라 거의 전적으로 청년학생들의 궐기에 있었던 만큼 이는 너무나 당연했다.

장면이 4·19를 특별히 강조하여 언급한 이유는 자신의 제2공화국 정부가 4월혁명을 완수하는 데 소극적일 것이라는 세간의 우려를 불식시키기 위해서였다. 이 같은 우려는 장면 정부와 색채가 동일한 허정 과도정부가 보여주었던 우유부단한 자세에서 비롯되었다. 그러나 결과적으로 국민들의 예상은 크게 벗어나지 않았다. 장면 정부는 이승만·자유당 정권 청산 문제, 즉 부정선거의 원흉 및 반민주활동자 처벌, 부정축재자 문제 처리 등 어느 것 하나 속 시원하게 해결하지 못했다.

특히 '역사 바로 세우기'에는 지나치게 소극적이었다. 자유당 간부들이나 민주당 간부들이나 극우반공적이라는 점에서는 별 차이가 없었고, 당내 친일파도 자유당 만큼이나 많았기 때문이다. 비교적 적극적인 부문은 경찰 숙청이었다. 민주당 인사들이 경찰에게 혹독하게 당했기 때문이었다. 장면 정부는 집권 3개월 만에 자유당 정권의 하수인 노릇을 한 경찰 4,500명을 숙청했고, 전체 경찰관의 80%를 다른 직책으로 옮기거나 다른 지방으로 전출시켰다.

장면이 경축사를 통해 언급한 정치 혁신, 경제 발전, 사회 정의 구현 등

제2공화국 수립기념식에서 사열을 받고 있는 윤보선 대통령(왼쪽 첫 번째)과 장면 총리내외(오른쪽 끝)

3대 국정 지표 가운데 가장 강조한 것이 경제 발전이다. 그는 "민족의 당면한 과제가 산업의 현대화와 국민 소득의 가증적 증가에 있음을 재확인한다"면서 '경제 제일주의'를 선언했다.

경제발전을 위해 장면은 자신의 제2공화국 정부는 "경제활동의 기회 균등을 보장하고 국민의 최대한의 창발력과 기업적 모험심을 발휘하여……하루 속히 국민경제의 비약적 성장을 가져올 수 있는 인화점에 도달할 것"을 다짐했다.

실제로 장면 정부는 '경제 제일주의'를 정책으로 실현했다. 일제강점기 생활의 핍박과 한국전쟁 기간의 경제적 곤경으로 말할 수 없는 고통을 겪은 국민들은 1950년대 후반부터 경제자립과 경제발전을 강력히 요구했다. 장면의 민주당 정부 또한 이 점을 잘 알고 있었다.

정부는 인프라 조성사업으로 전력을 중시했다. 1961년 전력개발을 위해 전년의 다섯 배인 289억 환을 예산에 배정했다. 장면이 경축사에서 기업적 모험심 발휘, 계획성 있는 자유 기업체의 장점 발휘라고 언급한 것처림 중소기업 육성에도 힘을 기울여 전년의 배가 넘는 286억 환을 배정했다. 또 경지 정리, 관개 및 배수, 산림 녹화, 도로·교량 건설, 댐 건설 등의 국토 종합개발사업도 의욕적으로 추진했다.

이러한 경제개발계획을 단계적으로 내실 있게 추진하기 위해 1961년 4월 경제개발 5개년 계획안을 완성했다. 장면 정권을 쿠데타로 뒤엎은 박정희 군사정권이 1961년 7월에 발표한 5개년 종합경제계획안은 바로 이것을 그대로 베낀 것이다.

경제개발 계획을 선두에서 추진할 테크노크라트(전문 기술관료)도 턱없이 부족했으나 1961년 4월 정부 공무원임용령 등을 선포하여 관료제를 쇄신하려는 노력도 기울였다. 중소기업협동조합법도 제정하여 중소기업 발전의 제도적 기반을 구축하고자 애쓰기도 했다. 1961년 2월, 무역은 전년도 3월보다 무려 60%가 늘어났다.

또한 장면은 경축사에서 아시아·아프리카의 신생 독립 국가 및 중립국들과도 과감하게 외교 관계를 맺겠다고 선언했다. 이는 독재정권인 이승만 정권과는 달리 정통성을 갖춘 민주당 정권으로서 의당 가져야 할 자신감의 발로였다.

일본에 대해서는 "36년에 걸친 그들의 침략의 쓰라린 기억이 아직도 완전히 가시지는 않은 우리들의 국민 감정을 이해하면서" 재일교포 문제, 어족 보호 문제, 재산권 문제 등의 관심사항을 그냥 방치할 수만은 없으며 이를 양국 상호간의 이익에 부응하도록 해결하겠다는 의지를 피력했다.

감군(減軍)과 관련한 언급도 주목을 끄는 대목이다. 장면은 강력하고 현대적인 신무기를 도입함으로써 국방력의 감퇴를 초래하지 않는 범위 내에서 감군이 이뤄져야 한다고 말해 군부의 반발과 우려를 미리 차단했다. 실제로 장면 정부는 경제개발 5개년 계획을 마련한 뒤 그 재원 마련을 위해 미국의 원조를 얻는 한편 국군을 대폭 감축한다는 계획을 세웠다. 그러나 감군 계획은 미국의 강력한 반대로 실현에 옮기지 못했다.

끝으로 장면은 대학가를 중심으로 불어닥친 변혁의 요구에 대해 깊은 우려를 나타냈다. "학생들의 주동력으로 이뤄진 4월혁명의 위대한 공헌은 영원한 민족의 금자탑"이며 "사회 작풍의 정화를 부르짖는 학생들"의 가두진출의 취지에 대해 경의를 아끼지 않지만 학생들이 자기 수련의 시간을 잃어버리거나 사회 불안 요소가 되는 것은 바람직하지 않다고 말했다.

이승만 정권 붕괴 이후 수많은 시위가 연이었던 것은 사실이다. 과거의 잘못과 불합리, 모순에 대한 분노와 불만, 항의가 한꺼번에 분출됐던 것이다. 그러나 이는 민주사회로 나아가기 위한 일종의 '통과의례'였다. 또 이런 과정을 통해 사회의 건강성이 담보되는 것이다. 7월 이후 시위는 눈에 띄게 줄었다. 장면 정권 출범 이후에는 급격히 감소했다.

그런데도 극우반공세력은 이를 불안해했다. 특히 통일운동, 그 가운데서도 남과 북이 만나서 얘기하자는 협상론에 대해서는 극단적인 거부반응을 보였다. 권력을 넘보던 박정희와 군부 쿠데타 세력들은 이러한 불안을 교묘하게 이용했다. 결국 장면이 경축사에서 발표한 야심찬 청사진은 7개월 뒤인 1961년 5월 16일 박정희 소장이 이끄는 쿠데타 세력에 의해 휴지가 돼버렸다. 안타깝고 불행한 일이다.

군부 쿠데타 세력들은 진보적이고 민족주의적인 혁신 세력들을 모조리 좌경용공세력으로 몰았고, 권력을 탈취한 이후에도 '무능한 장면 정권' 때문에 혼란이 극심해졌다고 선전을 일삼았다. 지금까지도 적잖은 사람들이 '장면 정권'의 '제2공화국' 하면 '무능', '혼란'의 이미지를 떠올리는 것은 바로 이 때문이다.

5·16군사쿠데타를 통해 박정희는 장면의 제2공화국을 뒤엎었지만 그 이전부터 두 사람 사이에는 묘한 인연이 있었다. 박정희가 군에서 추방될 위기에 처했을 때 장면이 주위 사람들의 청탁을 받아 그를 구해준 적이 있

었던 것이다.

1960년 7월 군수기지사령관 박정희는 광주 1관구사령관으로 좌천됐다. 박정희는 평소에도 김종필, 선정선 등 영관급 장교들과 함께 "무능한 정치인들을 쫓아내야 한다"고 주장해왔는데 이 사실이 군 수뇌부의 귀에 들어갔다. 군 수뇌부에서는 박정희가 소령 시절 남로당 사건에 연루된 사실을 은근히 흘리며 그를 '빨갱이'로 몰아 아예 군에서 쫓아내려는 움직임까지 일었다.

이에 박정희는 사단장 시절부터 친하게 지내던 민주당 소장파 지도자 이철승 의원에게 찾아가 구명을 부탁했다. 국회 국방위원장이자 민주당 내에서도 적잖은 영향력을 행사하던 이철승은 장면 총리를 찾아가 "박정희를 지금 내보내면 군내 반발이 커진다"고 말했다. 뒷날 이철승은 "장 총리가 내 말을 듣고 박정희 장군의 옷을 벗기지 않았다"고 회고했다. 그러나 결국 박정희는 쿠데타를 일으켜 장면을 권좌에서 끌어내렸고, 이철승도 오랜 세월 정치규제로 묶어버렸다.

1875 일본이 조선을 강제로 개방하기 위한 무력시위로 운요 호 사건을 일으켰다.

1876 조선 최초의 근대적 조약이자 불평등 조약인 강화도조약이 체결되었다.

1880 개항 이후 외교를 전담하고 중국에서 신무기를 도입하기 위해 통리기무아문이 설치되었다.

1881 근대 문물을 수입하기 위해 일본에 신사유람단, 청나라에 영선사를 파견했다. 최초의 신식 군대인 별기군을 창설했다.

1882 구식 군대가 불만을 품고 임오군란을 일으켰다. 미 · 영 · 독 등과 불평등 통상소약을 체결했다.

1883 상설 조폐기관으로 전환국을 설치했다. 태극기가 처음으로 사용되었다.

1884 우편 사무를 관장하는 우정국이 설치되었다. 개화파가 갑신정변을 일으켰으나 3일천하로 끝났다.

1885 영국이 러시아의 남하를 제어할 목적으로 거문도를 2년간 무력으로 점령했다. 최초의 사립 중등학교인 배재학당이 설립되었다. 서울-인천 간 전신이 개통되었다. 최초의 근대식 의료기관인 광혜원이 설립되었다.

1886 최초의 관립 근대학교인 육영공원과 최초의 사립 여성 교육기관인 이화학당이 설립되었다.

1889 곡물 수출을 금지하기 위해 함경도에 방곡령이 시행되었다.

1894 동학혁명이 일어났고, 진압을 구실로 청일전쟁이 발발했으며, 그 여파로 개화파가 근대화 추진 계획으로 갑오 개혁을 실시했다. 「**무장 창의문**」과 「**백산 격문**」

1895 정치 혁신의 기본 강령인 홍범14조가 반포되었다. 을미사변이 터져 을미개혁과 을미의병이 일어났다. 유길준이 구미를 순방한 체험을 『서유견문』으로 썼다.

1896 〈독립신문〉이 발간되고 독립협회가 설립되었다. 고종이 1년간 러시아 공관으로 거처를 옮긴 아관파천이 있었다. 「**독립신문 창간사**」

1897 대한제국이 선포되어 형식상 중국과 대등한 관계가 이뤄졌다.

1898 독립협회가 종로에서 만민공동회를 개최했다.

1899 최초의 철도인 경인선이 개통되었다.

1902 간도에 거주하는 한국인을 보호하기 위해 이범윤이 간도관리사로 파견되었다.

1903 YMCA가 발족했다.

1904 일본이 러일전쟁을 일으켰다. 조선을 전쟁에 동원하기 위해 조선 정부에 한일의정서를 강요하고 제1차 한일 협약을 체결했다.

1905 을사늑약이 체결되어 을사의병이 일어났다. 손병희가 동학을 천도교로 개명했다. 「**시일야방성대곡**」, 「**창의 토적소**」

1906 조선총독부의 전신인 통감부가 설치되었다.

1907 민간에서는 국채보상운동을 전개했고, 정부에서는 헤이그의 만국평화회의에 특사를 파견했다. 그 여파로 고

종이 퇴위했고 군대가 해산되었다. 항일 비밀결사인 신민회가 조직되었다. 「**헤이그 만국평화회의 연설**」

1909 안중근이 하얼빈에서 이토 히로부미를 사살했다. 나철이 단군을 교조로 하는 대종교를 창시했다.

1910 한일합방으로 국권을 공식적으로 빼앗겼다. 「**법정 최후 진술**」

1911 일본이 신민회원들을 대대적으로 체포한 105인 사건이 일어났다.

1912 조선을 체계적으로 침탈하기 위한 토지조사사업이 시작되었다.

1918 「대한독립선언서」가 발표되었다.

1919 도쿄 유학생들이 「2·8독립선언서」를 발표했다. 3·1운동이 일어났고 상하이에서 대한민국임시정부가 수립되었다. 임시정부를 지원하기 위해 평양에서 대한애국부인회가 조직되었다. 「**대한독립선언서**」, 「**기미독립선언문**」, 「**조선독립에 대한 감상의 개요**」, 「**일본 인사들은 깊이 생각하라**」

1920 김좌진의 북로군정서가 청산리에서 일본군을 대파했다.

1922 일제의 수탈에 항거해 범국민적인 물산장려운동이 일어났다. 방정환의 색동회가 어린이날을 제정했다.

1923 일본 관동에서 지진을 구실로 무고한 한국인들이 피살된 관동대학살이 일어났다. 천민층이 형평사를 조직했다. 「**조선혁명선언**」

1925 서울에서 조선공산당이 지하조직으로 결성되었다. 「**동포에게 고하는 글**」

1926 순종의 인산일을 계기로 범국민적 항일운동인 6·10만세운동이 일어났다. 의열단원 나석주가 동양척식회사에 폭탄을 투척하는 의거를 벌였다. 「**청년이여**」

1927 좌우익 합작 항일 단체인 신간회가 창립되었다.

1929 한국 학생과 일본 학생의 충돌을 계기로 광주학생항일운동이 일어났다.

1932 이봉창이 일본 천황의 암살을 기도했고, 윤봉길이 홍커우 공원에 폭탄을 던져 일본군 장교들을 살해했다.

1933 조선어학회가 한글 맞춤법 통일안을 제정했다.

1934 한국의 역사, 언어, 문학을 연구하기 위한 진단학회가 설립되었다.

1938 일제가 한글교육을 금지했다.

1940 임시정부가 직속 부대로 광복군을 창설했다. 「**한국광복군 총사령부 성립 전례 개회사**」

1942 일제가 국학 말살 정책의 일환으로 조선어학회 사건을 일으켜 지식인들을 대거 체포했다.

1944 여운형이 해방을 예감하고 준비하기 위해 지하조직인 건국동맹을 결성했다.

1945 8·15 광복을 맞았다. 그날에 여운형이 건국준비위원회를 조직했다. 미군과 소련군이 남북한에 각각 진주했고 38도선을 기준으로 남북이 분할되었다. 건국준비위원회가 조선인민공화국의 성립을 선포했다. 「**조선 민족 해방의 날은 왔습니다**」, 「**현 정세와 우리의 임무**」, 「**임시정부 개선 환영 대회 연설**」, 「**모든 힘을 새 민주조선**

건설을 위하여」

1946 북한이 토지개혁을 단행했다. 남한의
조선공산당이 위조지폐를 제작한 조
선정판사위폐사건이 일어났다. 제1차
미소공동위원회가 개최되어 한국 문
제를 논의했다. **「우리 조국을 광복하
오리다」**

1947 제2차 미소공동위원회가 개최되었
고, 유엔한국위원단이 구성되었다.
「조선말 큰사전 머리말」

1948 제주도에서 단독선거를 놓고 좌우익
이 충돌한 4·3사건이 일어났다. 남
한만의 단독선거인 5·10선거가 치
러졌고, 제헌헌법이 공포되었다. 이
승만이 국회에서 초대 대통령으로 당
선되었고, 대한민국 정부가 정식으로
수립되었다. 북한에서 북조선민주주
의인민공화국이 수립되었다. 여수에
주둔한 군대 내의 좌익이 무장투쟁을
벌여 여수·순천사건이 일어났다.
**「대한민국 초대 대통령 취임사」, 「정
부수립 기념사」**

1949 일제강점기의 친일파를 처단하기 위
한 반민족행위특별조사위원회(반민
특위)가 발족되었다. 김구가 피살되
었다.

1950 북한의 도발로 한국전쟁이 발발했다.
**「유엔은 북한 침략을 저지할 의무가
있습니다」**

1951 한국전쟁 중 경남 거창에서 군대가 마
을 주민들을 공비로 오인해 대량 살육
한 거창양민학살사건이 일어났다.

1952 포로 교환 문제를 놓고 북한 포로들이
난동을 일으킨 거제도포로소요사건
이 일어났다. 부산에서 야당 인사들
이 대통령 직선제를 거부하고 반독재
호헌을 선언한 국제구락부사건이 일
어났다. 1차 개헌(발췌개헌)이 이뤄졌
고, 이승만이 직선제를 통해 제2대 대
통령으로 당선되었다.

1953 제1차 화폐개혁이 실시되었다. 휴전협
정이 조인되어 한국전쟁이 끝났다.

1954 2차 개헌(사사오입 개헌)이 이뤄져
이승만의 독재 체제가 구축되었다.

1955 신익희를 대표로 민주당이 창당되었다.

1956 제3대 대통령선거에서 이승만이 낙
선되었다. 조봉암을 중심으로 혁신정
당인 진보당이 창당되었다. **「못 살겠
다 갈아보자」, 「진보당 창당 선언문」**

1957 어린이헌장이 선포되었다. 『우리말
큰사전』(전6권)이 완간되었다.

1958 진보당사건이 일어나 진보당 간부들
이 간첩 혐의로 체포되었다. **「생각하
는 백성이라야 산다」**

1959 국가보안법에 반대하는 시위가 전국
적으로 확산되었다.

1960 3·15부정선거로 이승만이 제4대 대
통령으로 당선되었다. 4·19혁명이
일어나 이승만이 물러났다. 3차 개헌
이 이뤄지고 제2공화국이 수립되었
다. **「자유의 종을 난타하라」, 「제2공
화국 경축사」**